메커니즘 5

유지경성有志竟成

메커니즘 5 유지경성有志竟成

발행일	2021년 11월 22일

지은이	권보성		
펴낸이	손형국		
펴낸곳	(주)북랩		
편집인	선일영	편집	정두철, 배진용, 김현아, 박준, 장하영
디자인	이현수, 한수희, 김윤주, 허지혜, 안유경	제작	박기성, 황동현, 구성우, 권태련
마케팅	김회란, 박진관		
출판등록	2004. 12. 1(제2012-000051호)		
주소	서울특별시 금천구 가산디지털 1로 168, 우림라이온스밸리 B동 B113~114호, C동 B101호		
홈페이지	www.book.co.kr		
전화번호	(02)2026-5777	팩스	(02)2026-5747

ISBN	979-11-6539-976-4 04810 (종이책)	979-11-6539-977-1 05810 (전자책)	
	979-11-6539-967-2 04810 (세트)		

(주)북랩 성공출판의 파트너

북랩 홈페이지와 패밀리 사이트에서 다양한 출판 솔루션을 만나 보세요!

홈페이지 book.co.kr • **블로그** blog.naver.com/essaybook • **출판문의** book@book.co.kr

작가 연락처 문의 ▸ ask.book.co.kr

작가 연락처는 개인정보이므로 북랩에서 알려드릴 수 없습니다.

메커니즘

5
유지경성
有志竟成

권보성 지음

북랩 book Lab

차례

제28장

한식당의 수다

"호호호! 정말, 스마트한 국민이군요?"

도회적인 안혜숙은 재미있다며, 경쾌하게 낄낄거렸다.

"내 말이요…. 하하하! 정부가 규제 대책을 꺼내 들면 각종 매스컴들이 일제히 국민의 알 권리를 내세워 득달같이 정부의 정책에 해석을 달아서 보도합니다."

삼각 머리 조편재는 실실 웃어 가며, 익살스럽게 늘어놓았다.

그는 매스컴은 특종에 목말라 있다는 사실과 속보에서 언론 권력이 나온다는 것을 아는 주둥이처럼 발언을 서슴지 않았다.

그러나 국민들은 언론에 의해 동요하지만, 언론 권력도 정치권력과 경제 권력에서 자유로울 수 없다는 것이다. 그러한 사실을 간과한 채 아니, 눈감고 떠들고 있는 줄 모른다.

"호호! 부동산 시장은 어릴 적 다방구 놀이를 보는 것 같아요."

도회적인 안혜숙은 어릴 적 동네 소꿉놀이 친구들과 자주 어울렸던 놀이 문화에 비유하며 즐거워했다.

"하하하! 그럴지도 모르죠?"

흰머리 윤편인은 가볍게 받아 주며, 밝은 얼굴로 계속 주절거렸다.

"이 말이 적절한 표현인지 모르겠지만, 부동산이야말로 다방구 놀이처럼 규제에 걸리면 숨을 죽이고 있다가, 누군가 돌파구를 찾아내면, 꺼졌던 불씨도 다시 살아나서 들불처럼 번져 나가니 말입니다."

흰머리 윤편인은 말끝에 옛 소꿉친구들과 뛰놀던 생각이 떠올라 안면 가득히 미소가 퍼지고 있었다.

"우리나라 국민은 무에서 유를 창조하는 재능을 타고나서 그런지도 모르죠? 호호!"

우아한 전원숙은 아는 척 한마디 덧붙이고는 그를 보며 히죽 웃었다.

"그래서 그런지는 모르겠지만, 하여튼 정부가 규제를 내놓으면, 누군가 절묘한 해결책을 찾아내고는 미꾸라지처럼 빠져나가 정부를 한껏 비웃잖아요. 흐흐흐."

삼각 머리 조편재는 입술에 침을 바르며, 풍선효과를 말하듯 재미있지 않느냐며 실실 웃었다.

"그뿐이면 다행이지만, 한술 더 떠 정부가 어느 지역을 개발할지를 미리 검토해 돈이 되는 부동산을 사전에 거둬들이니 그게 문제입니다."

흰머리 윤편인은 얘기 중간에 마땅찮다는 표정으로 미간을 살짝 찌푸렸다.

"어머… 대박!"

우아한 전원숙이 웅얼거렸다.

"일부 기득권층은 정부가 신도시를 발표한다는 방귀만 뀌어도 어떻게든 정보를 알아내서 그 주변 땅을 사들인다고 합니다."

삼각 머리 조편재는 토지 얘기만 나오면 가만있지 못하고 아는 척하며 개 거품을 물곤 했었다.

"미쳤어! 간덩이가 부었군. 허어…"

속 알머리 봉상관은 화를 벌컥 내며 개탄스러운 듯 헛웃음을 토했다.

"그뿐 아닙니다. 그들은 정부가 사들이는 땅을 교묘하게 피해가거나, 일부러 택지나 주택 입주권을 보상받는 곳에 장치물을 건립하거나, 수목을 심는 전략을 구사합니다. 이것은 안팎으로 돕는 동조자가 없는 이상 누가 그렇게 할 수 있겠습니까? 젠장!"

흰머리 윤편인은 정부가 꾼들을 왜 이길 수 없는지를 성토하듯 목소리를 높이고는 모두를 둘러보았다.

"어머나…. 그럼, 국민이 정부보다 한발 앞서 시장을 움직인다는 얘기가 아닌가요? 정말 대단히 스마트한 국민이네요? 호호!"

도회적인 안혜숙은 빈정거리며, 엄지손을 세워 보였다.

"아니죠, 정확이 말하면 국민이 아니라 숨은 꾼들입니다."

흰머리 윤편인은 히죽 웃어 가며, 이기죽거렸다.

"어머… 꾼들은 기득권층을 말하나요?"

그녀는 애매한 얼굴로 물어 왔다.

"맞습니다. 맞고요, 히…. 그러니 정부가 시장을 감당할 수 없는 겁니다. 흐흐…"

흰머리 윤편인은 그녀의 유리잔에 맥주를 따라 주며, 도덕적 해이가 판을 치는 아니, 비리의 천국이 되어 버린 요즘 세태를 떠올리며 한숨을 삼켰다.

"어머… 저는 그만요. 조금만 주세요. 호호!"

도회적인 안혜숙은 손사래를 치며, 그의 손을 살짝 잡았다 놓았다.

"개발될 신도시가 어느 지역인지를 알고 투자했다면, 누군가 우라질 정보를 흘린다는 얘긴데, 아닙니까?"

상구 머리 노식신은 토끼몰이를 하듯 들이대며 물었다.

"글쎄요, 하늘이 알고, 땅이 알고, 내가 알면, 누군가 아는 것은 시간문제 아닐까요?"

흰머리 윤편인은 마치 동문서답식으로 둘러대며 홍얼거렸다.

그의 능청이 마땅찮은 상구 머리 노식신은 눈에 모를 세워 째려보면서 인상을 구기고 있었다.

"아…. 정부가 어느 지역을 개발한다고 방귀만 뀌어도, 계약되었던 부동산이 하룻밤 사이에 해약되는 세상인데, 누구를 탓한다 말입니까?"

큰 머리 문정인은 가만히 듣고 있다가 괜히 짜증이 솟아 구시렁거렸다.

이들이 그러든 말든 몇몇 여성 회원들은 마주 보며, 서로에게 수다를 떨고 있었다.

"중도금을 치르기 전이라면 그렇기도 하겠습니다."

흰머리 윤편인은 계약금의 갑절을 물고서 해약할 수 있다는 생각에 고개를 끄덕거리며 말했다.

"하긴, 요즘 들어 수도권 주변에 땅 매매가 기승을 부리는 지랄도 다 그만한 이유가 있다고 봅니다. 사실 뒤집어 보면 그 증명을 뒷받침하고 있는 셈이니까요?"

삼각 머리 조편재는 새삼스럽지도 않다는 얼굴로 덧붙여 말했다.

"결국, 권력이든, 재물이든, 언제나 가진 자들의 잔치판이네요?"

도회적인 안혜숙은 없는 자의 서러움을 대변하듯이 고시랑거렸다.

"망할 놈의 세상이 언제는 달랐습니까? 늘 마지막은 힘을 가진 자가 싹쓸이하는 엿 같은 세상인걸…. 젠장!" 짱구 머리 나겁재는 새삼스러울 것이 없다는 표정이었다.

"집 한 칸 마련하고 싶은 서민들은 정부 규제에 막혀서 이러지도 저러지도 못하는 세상이 되어 가니, 정말 아이러니한 세상이야. 쯧쯧!"

속 알머리 봉상관은 그 말을 해 놓고 스스로 기가 막혀 혀를 찼다. 그는 서민들의 사다리를 전부 꺾어 버리면 도대체 어떻게 살길을 도모할지 모르겠다며, 원망을 쏟아 냈다.

"결국, 현찰 가진 놈에게 입주권이든, 청약 통장이든, 당첨된 분양권이든, 통째로 넘어가는 거죠. 우라질!"

둥근 머리 맹비견은 울화가 치밀어 이맛살을 찌푸린 채 구시렁거렸다.

"맞아요, 재개발하면 뭐 합니까?"

짱구 머리 나겁재는 대뜸 맞장구를 치며, 구시렁거렸다.

"내 말이…. 젠장!"

둥근 머리 맹비견은 세상이 못마땅하고, 울화가 치밀어 퉁명을 떨었다.

"아… 대출이 막히면 돈 줄이 막혀 입주할 형편이 안되는데, 다 가진 놈들 잔치에 불과할 뿐이죠. 젠장맞을!"

짱구 머리 나겁재는 오만상을 찌푸렸다 펴면서 중얼거렸다.

"딴은… 그러네."

그는 속살거렸다.

"아… 소득이 적은 서민들이 대출을 받음 뭐해! 원리금을 갚을 능력이 없는데, 젠장! 결국 입주권은 권리금 몇 푼에 날아가고, 하루아침에 수도권 변두리로 쫓겨 가는 신세가 아닌가 말이지…. 젠장맞을!"

짱구 머리 나겁재는 배고픈 시절 자신의 처지와 같다는 생각에 순간 울컥해서 신세타령을 하듯 툴툴거렸다.

돈 사랑 회원들은 이 순간만큼은 아이러니하게도 숯이 검둥이를 나무라고 있다는 생각을 까맣게 잊고 있었다. 내로남불 인간들이 보여 주는 모순적인 행동과 전혀 다를 것이 없었다.

"그러고 보면 집값 상승은 아이러니하게도 정책이 투기를 조장하는 셈이네요?"

젤 바른 선정재는 자신의 기준에서 비아냥거리며, 그에게 눈길을 주었다.

"꼭 그렇다고만 볼 수는 없습니다."

큰 머리 문정인이 먼저 나서며 손사래를 쳤다.

"그럼 시장도 공범이라고 보면 오히려 해결책은 간단하지 않을까요? 크크!"

그는 킥킥 웃으며 하찮게 대답했다.

"부동산 문제가 말처럼 쉽게 풀 수 있다면 역대 정부가 지금까지 골머리를 앓았겠습니까?"

흰머리 윤편인은 고개를 가로저었다. 일부의 회원들은 술잔을 비워가며 공감하듯 끄덕거렸다.

"저는 수도권 집값은 일자리 문제를 보다 넓게 내다보고 해결하면 점차적으로 가라앉는다고 봅니다."

큰 머리 문정인은 문제의식을 가지고, 차분하게 견해를 밝혔다.

"글쎄요, 어디에 근거를 두고 있는지는 모르겠지만, 가능은 한 얘기입니까?"

속 알머리 봉상관이 그렇게 되묻자, 회원 몇몇은 인상을 찌푸리며, 고개를 가로젓고 있었다.

"그러기 위해서는 우선 기업부터 규제를 풀고, 법인세도 경쟁국과 동등하거나, 낮게 내려 경영 합리화에 신바람을 불어넣는 정책적 배려가 절실하다고 봅니다."

큰 머리 문정인은 세계를 선도하는 일류 기업이 많을수록 세수도 늘어나 더 많은 법인세를 확보할 수 있다며, 그래서 부동산 문제도 정부보다 시장이 나서서 해결해야 된다고 보고 있었다.

"그 논리도 대승적인 견지에서 보면 집값을 잡는 데 한몫한다고 봅니다."

흰머리 윤편인은 그 말에 덧붙여 공감을 표했다. 왠지 이들이 마뜩찮은 삼각 머리 조편재는 눈살을 찌푸리며, 한껏 째려보고 있었다.

그러든 말든 그는 이어 주절거렸다.

"왜냐하면 지방 산업단지나 기업도시들이 전국에 들어서고, 벤처 신생 기업들이 투자를 많이 하면 새로운 일자리가 생겨날 것입니다. 그러다 보면 직장을 찾아서 인구가 분산되는 효과가 점차적으로 나타날 겁니다."

흰머리 윤편인은 회원들의 이해를 돕기 위해 아는 척을 하고 나섰다. 그의 말에 큰 머리 문정인은 연신 끄덕이며 듣고 있었다.

"으이구…! 저 우라질 자식! 아는 척은…."

삼각 머리 조편재는 그를 질시해서 몹시 아니꼽다는 눈길로 속살거리고 있었다.

"역시, 윤 부회장님이십니다. 하하하!"

큰 머리 문정인은 한바탕 웃고는 엄지손을 추켜세웠다.

"또한 지방 분권화를 통해서 지역 특성에 맞는 상품을 개발하고, 제4차 산업 혁명을 선도하는 혁신 기업도시를 전국적으로 구축하면서 판교 테크노 밸리 첨단 연구 단지 같은 아이티 벤처 산업을 육성하면, 장기적으로 일자리 창출과 집값 상승을 동시에 해결하는 가시적인 효과가 나타날 겁니다."

흰머리 윤편인은 베드타운이 아닌 직장과 주거가 모여 있는 콤팩트 한 직주 타운을 건설해야 두 마리 토끼를 한꺼번에 잡을 수 있다며 마치 달관한 강사처럼 떠벌렸다.

"저도, 윤 부회장님 얘기가 설득력이 있다고 봅니다."

우아한 전원숙은 히죽 웃으며 말했다.

"지랄! 지가 뭘 또 안다고 나서냐, 나서길…."

앞자리에 있던 삼각 머리 조편재가 눈총을 주며 속살거렸다.

"왜냐하면 대한민국은 5,000년 역사와 문화를 가진 민족이 아닙니까?"

흰머리 윤편인은 계속 이야기를 이어 갔다.

"당연하지…."

회원들은 속살거렸다.

"게다가 세계적인 학구열과 열성적인 맹모지교 교육열까지 합세해 문맹률이 제로에 가깝고, 뛰어난 손재주와 그리고 부지런한 근면 성실성을 갖추고 있지 않습니까?"

그는 우아한 전원숙을 마주 보며 계속 주절거렸다.

"그거야 누가 모르는 사람 있나, 이 사람아?"

속 알머리 봉상관은 그를 쏘아보며 속살거렸다.

"더불어 전국에 문화재가 토착되어 고장 곳곳이 작은 박물관으로 치장되어 있지 않습니까? 게다가 서울에만 30여 개가 넘는 대학교와 수십만 명의 지성들이 미래 산업을 연구하고 있는 국가이기도 합니다."

"뭐… 전국적으로 살펴보면 339개의 대학에서 지성들이 세계 대학들과 경쟁하면서 밤낮없이 대한민국 미래 먹거리를 위해서 불을 밝히고 있다는 겁니다."

상구머리 노식신은 덧붙이며 아는 척 떠벌렸다.

"하하하! 역시 노 총무님은 이해가 빠르십니다."

흰머리 윤편인은 엄지손을 세워 그를 추어주었다.

"아주… 지랄들을 떨어요. 우라질 자식들 말이야…."

삼각 머리 조편재는 두 사람을 번갈아 째려보다가 흰머리 윤편인을 쏘아보며 심술 난 놀부처럼 속살거렸다.

"그래서 누구나 지역 특성에 어울리는 상품을 개발하면 소도시라도 일자리을 많이 양성할 수 있다고 생각합니다."

흰머리 윤편인은 회원들이 어찌 받아들이든 해쭉대며 말을 이어 갔다.

"그러나 소도시라도 아이티 선진국답게 정보통신기술을 접목시킨 오지 통신, 그리고 교통, 의료, 교육, 직무, 육아, 산업, 농업, 등을 기술적으로 처리하는 슈퍼 커넥티드(광대역 유·무선 통신

망) 스마트 도시와 콤팩트 스마트 팜(정보통신기술과 접목된 지능화된 농장)."

"거기다 인공지능과 빅 데이터를 첨가한 사물 인터넷 등이 융·복합된 인프라(기반시설) 구축이 기본적으로 깔려야 가능하다고 봅니다."

흰머리 윤편인은 말을 하며 갈증을 느끼고, 혀를 날름거렸다.

"어머머… 대박!"

여성 회원들은 입을 모아 웅얼거렸다.

"즉 인공지능화 된 스마트 도시나 스마트 팜이 지역 곳곳에 필요하다는 겁니다."

흰머리 윤편인은 맥주잔을 집어 갈증을 해소하듯 홀짝거렸다.

그 순간에도 끊임없이 울려대는 핸드폰 알람 소리가 이들의 대화의 흐름을 이따금씩 방해하고 있었다.

그러나 그는 대수롭지 않다는 듯이 할 말을 계속 이어 가고 있었다.

"호호! 대단해요, 윤 부회장님!"

우아한 전원숙은 엄지 척을 해 주며 그를 추켜세웠다.

"에잇… 요즘은 누구나 다 아는 정보입니다."

그는 한쪽 눈을 찡긋거렸다.

"어머… 저는 처음 듣는데요?"

이국적인 조다혜는 정말 몰랐다는 표정을 보이며 어깨를 살짝 들어 올렸다.

"하하! 그래요? 그럼 이제라도 알게 되었으니 그나마 다행입니다."

흰머리 윤편인은 그녀를 쳐다보며 해쭉 웃었다.

"우리나라는 삼면이 바다로, 무수히 많은 섬들을 보유하고 있잖아요?"

"…."

"그래서요?"

그는 이국적인 조다혜의 물음에 까칠하게 되물었다.

"그래서 말인데요. 남해와 서해 도서를 관광 벨트로 개발하면 일자리 창출에도 엄청난 시너지 효과를 발휘할 수 있지 않을까요?"

그녀는 의외의 질문으로 순간 그를 당황시켰다.

"맞습니다. 그뿐 아니라, 관광 사업과 연계할 수 있는 상품을 테마별로 의료 서비스, 케이팝 문화 및 케이뷰티, 쇼핑 관광과 숙박 등으로 일자리를 구축하면 부가적인 산업들이 생산성이 높아져 새로운 일자리가 늘어나는 나비효과(나비의 작은 날갯짓이 바다 건너 육지에 태풍을 일으키는 작용)를 볼 수 있을 겁니다."

흰머리 윤편인은 그녀의 예상치 못했던 날카로운 질문에 당황한 듯 당장 머릿속에 떠오르는 내용들을 횡설수설 늘어놓으며 진땀을 흘렸다.

"아하! 그러면 일자리를 찾아서 수도권으로 몰리던 사람들이 도리어 지방으로 빠져나가는 유턴 효과를 노려볼 수도 있겠네요? 호호!"

이국적인 조다혜는 의미심장한 미소를 보이며, 고개를 끄덕였다.

"그렇습니다. 국토의 균형적 발전은 주택이 부족해서 고민하던 일도, 집값이 급등하는 악순환도, 자연스럽게 조율되지 않을까? 미루어 짐작해 봅니다."

흰머리 윤편인은 입술을 문지르며 그녀를 슬며시 쳐다보았다.

속 알머리 봉상관은 '사람 참! 그게 어디 소꿉장난인가?' 하며, 눈살을 찌푸리면서 가만히 혀를 차고 있었다.

"윤 부회장님 말씀대로 된다면 저출산 문제, 부동산 문제, 고령화 문제까지 한 방에 해결 짓는 겁니까? 하하하!"

삼각 머리 조편재는 개소리하지 말라는 눈총으로 비아냥거렸다.

그는 '잃어버린 일본 경제 20년을 모르느냐?'라는 째진 눈길로 쏘아보면서 그 당시의 부동산 가격이 최대 80%까지 하락하는 침체기를 겪었다는 생각을 떠올렸다.

그보다도 지금도 저출산, 고령화, 부동산, 문제 등에서 일본 정부가 해결의 실마리를 찾지 못해 고민하고 있다며 입가에 냉소를 머금었다.

왜냐하면 일본 경제는 프라자 협정(1985년 9월 22일 미국 뉴욕 프라자호텔 G5 경제 선진국 모임) 이후에 엔고 현상으로 저금리 정책을 시행했고, 그 결과는 전국적으로 증권과 부동산 투기 광풍을 몰고 왔었다.

게다가 동남아 국가 등에 기축 통화 화폐를 구축하려다가 정책의 오판으로 외환이 빠져나가고, 고금리로 돌아서면서 한순간에 부동산 거품이 꺼지기 시작했다. 그렇게 일본 경제는 수렁에 빠지는 위기에 처해졌었다.

그 잃어버린 20년 경제를 왜 너만 모르는 척하느냐며 그는 우라질 윤편인을 비꼬아 빈정거린 것이다.

"뭐… 그렇다기보다 그렇게 되면 더 바랄 게 없다는 말입니다. 흐흐…"

흰머리 윤편인은 그 속을 눈치라도 챘는지 슬쩍 한 발을 뒤로 빼며 겸손을 떨었다. 그 순간 누군가의 핸드폰 벨 소리가 울리고 있었다.

"…"

이들의 눈길이 돌아갔다. 그때였다.

"자… 자! 이제 사담들 그만하시고, 우리 프로젝트에 대해서 의견들을 좀 들어봅시다."

속 알머리 봉상관은 낙찰된 기쁨은 제쳐 두고, 자신들만 잘났다며 내뱉는 달관한 행동들이 은근히 짜증이 치밀었다.

"하하하! 회장님, 아직 확정된 일도 아닌데, 오늘은 그냥 넘어갑시다."

짱구 머리 나겹재는 유들유들한 얼굴로 어물쩍 받아넘겼다.

"호호! 그러시는 게 좋겠어요? 회장님…"

미모의 명정관은 살포시 웃으며, 그를 은근히 쳐다보았다.

"허허허! 그래도 만약을 대비해 두는 게 좋지 않을까 싶은데…?"

그녀 앞에만 서면 작아지는 속 알머리 봉상관은 그래도 여러 가지 상황을 염두에 두고서 걱정스러운 표정을 지었다.

"뭐… 어차피 걸려든 물건인데 뒤탈이야 있겠습니까?"

둥근 머리 맹비견은 대수롭지 않다는 표정으로 말하며, 그의 눈을 슬며시 쳐다보았다.

"그야 모르죠? 경쟁자들도 있고, 이해관계인들도 즐비하잖아요?"

모던한 한옥경은 냉소를 머금고 세상일은 아무도 모른다는 얼굴로 까칠하게 끼어들었다.

"이제 와서 발버둥 쳐 봐야 득보다 실이 클 텐데 안 그렇습니까?"

둥근 머리 맹비견은 그렇게 미리부터 초 칠 이유가 없다는 짜증난 얼굴로 양손을 벌렸다. 그러고서 어깨 뽕을 살짝 추켜올렸다.

"뭐… 그럴 수도 있겠습니다. 까딱 실수 한 번에 30억이 넘는 큰돈이 날아가는 판이니…."

상구 머리 노식신이 해쭉 웃으며 중얼거리자, 회원들은 고개를 끄덕끄덕거리며, 공감을 표하고 있었다.

"아하! 항소 보증금 10% 때문에…."

모던한 한옥경은 나름 감을 잡은 듯 입맛을 다시며 말했다. 그녀는 '아차 하는 순간 보증금을 몰수당할 수 있다.'라는 생각에 잠시 소름이 돋았다.

"보증금 30억 9990만 원이 작은 돈도 아니고, 웬만한 꼬마 빌딩 한 채 값인데. 애들 장난치는 것도 아니고, 맨 정신에 힘들지 않겠습니까?"

짱구 머리 나겹재는 익살을 떨어 가며 이죽거렸다.

"우리가 모르는 법원의 실수나 집행관의 착오가 있다면 모를까. 괜히 사서 걱정할 필요가 있을까요?"

젤 바른 선정재는 그건 아니라는 표정이었다.

"그건 그래⋯."

그의 말끝에 속 알머리 봉상관은 혼잣말로 속살거렸다.

"괜히, 입찬소리들 하지 마시고 기다려 봅시다."

젤 바른 선정재는 이들이 주고받는 대화 내용들이 귀에 거슬려 입술을 실룩대며, 구시렁거렸다.

미모의 명정관은 되도록 그에게서 멀리 떨어져서 그가 뭐라 떠들든 딴청을 피우며, 음식을 먹고 있었다.

그 바람에 괜히 신이난 사람도 있었다. 그녀를 짝사랑하는 속 알머리 봉상관은 그 광경을 보면서 오늘따라 기분이 새처럼 날아갔다.

"그래요, 일단 차분하게 기다려 봅시다."

흰머리 윤편인은 신경이 쓰여 한마디 거들고는 눈웃음을 지었다.

젤 바른 선정재는 가끔씩 그녀를 힐끔힐끔 쳐다보며 서운한 눈길을 보내고 있었다. 그는 아직도 그녀에 대한 미련을 버리지 못한 채 이제나 저 제나 기회를 노리고 있었다.

"그러다 뒤통수 맞으면 지 놈이 책임이라도 지겠다는 거야 뭐야?"

삼각 머리 조편재가 그를 째려보며, 속살거렸다.

그는 사사건건 흰머리 윤편인이 하는 행동이나 말에서 무슨 꼬투리를 잡을까 안달하는 사내처럼 그를 씹지 못해 못마땅한 인상을 구기곤 했었다.

보잘것없고, 용렬하다는 지질이 소리는 듣기가 싫어 차마 내놓고는 하지 못한 채 항상 속으로 반복하듯 속살거렸다.

"누가 압니까? 어느 놈들 농간에 우리가 놀아나고 있는 건지도…."

흰머리 윤편인은 말끝에 히죽 웃었다.

"암… 그럴 수도 있지?"

속 알머리 봉상관은 고개를 끄덕이며, 웅얼거렸다.

"그리고 봉 회장님 기분도 생각해서 각자 무슨 일을 분담할지도 생각해 두시기 바랍니다."

흰머리 윤편인은 모두를 향해 주절대고는 그의 눈치를 슬쩍 보며 해쭉 웃었다.

"뭐… 어려운 일도 아닌데 그렇게 하도록 합시다."

새치머리 안편관은 맞장구를 치며 멋쩍게 웃었다.

"그럼… 지난번 회의 때 프로젝트에 대해 의논을 했으니 각자 자신 있는 업무를 말씀해 주세요."

속 알머리 봉상관은 그 말을 기다렸다는 듯이 입을 열었다. 그러고는 젓가락을 내려놓으며, 모두를 돌아보았다.

"요즘은 들어도 돌아서면 잊어버리니 건망증이 도졌나 봅니다."

짱구 머리 나겹재는 가볍게 미소를 지으며 말하고는 머리를 갸웃거렸다.

"하여튼, 알아줘야 해. 크크!"

둥근 머리 맹비견은 집게손가락으로 나겁재를 가리키며 히죽히죽 웃었다. 그때 핸드폰을 받고 있던 상구 머리 노식신이 둘이서 노닥대는 짓거리에 눈가에 주름을 보이며, 히죽 웃었다.

"그때 분담할 업무가 뭐가 있었습니까?"

짱구 머리 나겁재는 괜히 민망해서 뒷머리를 긁적거리며 물었다.

"허허허! 저도 마찬가지입니다."

생각이 나지 않는 것은 그도 매일반이었다. 그래 속 알머리 봉상관은 겸연쩍은 얼굴로 빙그레 웃었다.

"지금까지 건축에 관한 프로젝트는 문 감사님과 윤 부회장님이 맡아서 진행을 해 왔으니, 두 분께서 알아서 하시도록 일임을 하시죠?"

젤 바른 선정재가 구경하고 있자니 답답했던 모양이다. 그래서 슬쩍 끼어들었다.

"맞아! 그게 좋겠습니다. 허허허!"

속 알머리 봉상관은 고개를 끄덕이면서 바로 응했다.

"그럼… 문 감사님과 의논해서 차후에 알려 드릴 테니 오늘은 여기까지 하는 걸로 정리합시다."

흰머리 윤편인은 그의 답변을 기다리는 눈짓을 하며, 슬며시 바라보았다.

"그러시겠습니까?"

속 알머리 봉상관은 단조롭게 되물어 왔다.

"예… 돌아가서 할 일도 있고 해서요."

그는 손목시계를 힐끔 쳐다보며, 우물거렸다.

"그럽시다. 그럼… 여러분들도 찬성하시죠?"

속 알머리 봉상관은 모두를 향해 물어 가며, 벽시계를 올려다보았다.

"예!"

이들은 작은 소리로 대답하며 고개를 끄덕거렸다.

"뭐… 아쉽기는 하지만, 또 다음이 있으니 그럽시다."

짱구 머리 나겁재는 남아 있는 맥주잔을 비우며 중얼거렸다. 이들은 마지막을 정리하느라 한동안 부산스럽게 소란을 떨고 있었다.

"자…! 모두들 술잔을 채우시고, 제가 건배사로 돈 사랑 외치면 여러분들은 '위하여!' 하고 건배해 주세요."

속 알머리 봉상관은 술잔을 높이 들며 힘차게 주절거렸다.

"돈 사랑!"

"위하여…!"

"쨍…!"

이들은 가볍게 서로의 술잔을 부딪쳤다.

그리고 천천히 들이키며 술잔을 비우기 시작했다.

맥주잔을 비운 사람들은 하나둘씩 자리를 털고 밖으로 나왔다. 마지막으로 음식 값을 치른 상구 머리 노 총무가 출입구를 빠져나왔다.

그의 모습을 바라보며 웅성거리던 회원들은 서로에게 잘 가라는 인사말로 작별을 고했다.

그러고는 다음을 기약하며, 각자의 행선지로 흩어졌다. 사무실이 근처에 있는 속 알머리 봉상관은 귀가하는 회원들을 일일이 배웅을 하고 있었다.

그들이 떠나자 그는 석류처럼 빨갛게 익은 얼굴을 하고서 설렁설렁 걸었다. 그는 사무실로 가는 가까운 길을 피해서 굳이 먼 공덕시장 쪽으로 돌아가고 있었다.

제29장

각자의 생각

제의

그즈음 한쪽에서는 한두 사람이 미적거리고 있는 사이 돌아가려는 큰 머리 문정인의 어깨를 흰머리 윤편인이 슬쩍 붙잡았다.

그는 용건이 있다면서 자신을 잠깐 보고 가라며, 그를 한적한 커피숍으로 데리고 갔다. 두 사람은 조용한 빈자리를 찾아 마주 앉았다.

"오늘은 또 무슨 용건입니까?"

큰 머리 문정인은 그를 주시하며 물었다.

"문 형! 내가 아무리 짱구를 굴려 봐도 우리 회원 수에 비해 프로젝트 규모가 너무 빈약한 것 같은데 어찌 생각하십니까?"

흰머리 윤편인은 얼마 전에 현장을 돌아보며 품었던 계획도 있었지만, 나름 그에게 들은 말도 기억하고 있었다. 그래서 생각 끝에 염치는 없는 부탁을, 아니 조언을 해 달라는 심산으로 그를 붙잡았던 것이었다.

"첫술에 배부른 사업이 어디 있습니까?"

이때까지만 해도 큰 머리 문정인은 아무 생각 없이 툭 내뱉었다.

"그래도요?"

흰머리 윤편인은 보채는 아이처럼 되물었다.

"에이…. 처음부터 크게 벌리기보다 시작이 반이라는데, 한 걸음씩 천천히 갑시다."

큰 머리 문정인은 그제야 지난 일을 떠올리며 고개를 좌우로 흔들었다. 그는 '사람 거절할 때는 언제고, 이제 와서 왜 이러나?' 싶은 표정으로 그를 가당치 않게 쏘아보고 있었다.

"문 형… 말은 만고의 진리이지만, 어쩐지 대지 평수가 부족한 것이 애매한 부분이 있지 않습니까?"

윤편인은 뭔가 아쉽다는 표정을 지어 보였다.

그는 낙찰 전에 수없이 지역을 돌면서 나름 구상했었던 계획을 실행에 옮기고 싶었다. 아니 되든 안 되든 도전이라도 한번 해 보고 싶었다.

"저도 대지 평수가 조금 더 넓었으면 하는 생각은 현장에 갔을 때부터 들었지만…."

그는 어줍고 찜찜한 얼굴을 해 보였다.

홀 안은 이들의 기분은 아랑곳하지 않은 채 경쾌한 클래식 멜로디가 흐르고 있었다. 이들이 들어오면서 주문한 커피가 나오기도 전이라 주로 손가락을 꼼지락거리며, 말을 꺼냈다.

"그렇지만 뭐요?"

흰머리 윤편인은 얼른 그의 말꼬리를 물고 늘어졌다.

"그렇다고 뾰족한 묘안이 있는 것도 아니고 해서 말입니다."

큰 머리 문정인은 고개를 가로저었다.

"아니, 생각하기에 따라 다르지 않겠습니까? 헤헤!"

그는 실실 웃었다.

"뭐… 그렇기는 하지만, 형편에 따라 건축하는 수밖에… 지금으로서야 별도리가 없지 않습니까? 흐흐….."

그는 시치미를 뚝 떼며 두 손을 벌렸다.

큰 머리 문정인은 '지주 작업이나 낡은 건물을 사들여 밸류 애드(가치부가) 개발을 제안했을 때 딴소리만 늘어놓더니 고새 마음이 변했나…?' 싶어 지그시 웃으며, 능청을 떨고 있었다.

"아… 문 형도 그 동네에 가 봐서 잘 아시잖습니까?"

흰머리 윤편인은 둥근 원을 그리는 제스처를 취했다. 그러면서 뚫어지게 그의 얼굴을 쏘아보았다.

"글쎄요? 뭘… 안다는 소린지를 전 도무지 모르겠습니다."

그는 오리발을 내밀며 영문을 모르겠다는 얼굴을 하고 있었다.

두런거리는 손님들 말소리에 비해 큰 소리로 떠드는 이들의 말소리가 누군가의 까칠한 신경을 거슬렸다. 그래서 주변 손님들의 날카로운 눈초리가 조용히 날아와 뒤통수에 꽂혔다.

그러나 흰머리 윤편인은 자신의 욕심대로 큰 머리 문정인을 설득해야 된다는 일념에 주위 사람들에게 신경을 쓸 겨를조차 없는 눈치였다. 그는 주변의 뜨거운 이상 기운에도 힐끔 돌아보는 게 전부였다.

"아… 왜, 낙찰을 받은 대지 옆에 건물이 없는 땅들이 드문드문 있었는데…. 왜 생각이 안 나십니까?"

흰머리 윤편인은 그의 기억을 되살려 보려고, 히죽 웃으며, 지형을 천천히 그렸다.

"음…. 그 말을 듣고 가만히 생각해 보니 이제야 어렴풋이 생각납니다."

큰 머리 문정인은 안간힘을 다해 애를 쓰는 그보다 큰소리에 더 신경이 쓰였다. 그는 보다 못해 미간을 찌푸리며, 어물쩍 대답했다.

"그렇죠? 빈터가 있던 그곳이 생각이 나시죠?"

흰머리 윤편인은 반가워 되짚어 물어 가면서도 한편 '우라질 자식! 알면서 괜히 사람 속을 태우기는 에잇! 몹쓸 사람….' 하고 속살거렸다.

"길쭉길쭉한 철판을 세워서 가려 놓은 땅이 있었지요, 아마…?"

그는 계속 모른 척하기가 미안해서 한참을 생각하다가 가볍게 무릎을 '탁!' 쳤다. 그러고는 그를 보며 겸연쩍게 해죽 웃었다.

"맞습니다. 이제야 제대로 생각이 나시는 모양이네…."

흰머리 윤편인은 그의 말 한마디에 신이 나서 말했다.

"그게 뭐… 어쨌다고 이러십니까?"

큰 머리 문정인은 그를 올려다보며, 짜증스럽게 이맛살을 구겼다.

"아… 그 땅 위쪽과 아래쪽을 합치면 제법 평수가 나올 것 같지 않습니까?"

흰머리 윤편인은 생각만 해도 괜히 기분이 좋아 말을 하면서도 연신 생글거렸다.

"내가 전에도 한번 얘기했지만, 아마… 그 정도 땅이면 일반 아파트 몇 동은 너끈히 건축할 수 있을 겁니다."

큰 머리 문정인은 일전에 자신이 생각해 두었던 그림을 끄집어내면서 그를 쳐다보았다.

"흐흐…. 그러면 주택법에 해당합니까?"

흰머리 윤편인은 슬쩍 물어 가며 히죽 웃어 보였다.

"그렇게도 볼 수 있습니다. 하지만, 그 지역은 주상 복합 아파트 등을 건축하는 편이 여러모로 유리하지 않겠습니까?"

큰 머리 문정인은 그를 쳐다보며 견해를 달리해 물었다.

"하기야 토지 양편에 도로가 있으니 아파트보다는 주상복합 아파트 등이 더 어울릴 것도 같습니다."

그는 얼른 맞장구를 쳐 주고, 입가에 미소를 흘리며 고개를 끄덕거렸다.

"그럼요, 상업성을 가미한 근린 상가 주택이 주변 환경과는 딱 맞아 떨어질 겁니다."

큰 머리 문정인은 아무래도 아파트보다는 주상 복합이 여러 면에서 적합하겠다는 생각을 가지고 있었다.

"그럼 주택법이 아닌 건축법 규제가 적용되겠습니다."

흰머리 윤편인은 아는 척 거들면서 그의 눈을 바라보았다. 그때 주문한 커피가 나왔다는 알람 소리가 어디선가 들려왔다.

이들은 일반 아파트와 조합 아파트의 경우는 주택법의 규제를 받지만, 주상 복합 아파트는 건축법이 적용된다는 사실을 이미 알고 있는 눈치였다.

"아마… 그럴 겁니다."

큰 머리 문정인은 가볍게 끄덕였다.

"한데… 그쪽 임자 있는 땅은 별안간 왜 들먹이는 겁니까?"

그는 통통한 여종업원이 가져온 커피를 살며시 탁자 위에 놓으며, 그에게 물었다.

"감사합니다."

흰머리 윤편인은 그가 뭐라 하던 커피를 받으며 인사부터 챙기고 나서야 그를 쳐다보았다. 여종업원에 의해 살짝 가렸던 그의 얼굴이 다시 눈에 들어왔다.

"뭐라고 하셨습니까?"

흰머리 윤편인은 느물거리며, 히죽 웃었다.

"뜬금없이 그 땅은 왜 갑자기 들먹이냐, 이 말입니다."

큰 머리 문정인은 괜히 짜증을 내며, 신경질적인 반응을 보였다. 흰머리 윤편인은 그의 말을 개의치 않고는 계속 주절거렸다.

"아하! 생각해 보세요."

하며 머릿속으로는 '사람 짜증은 왜 내고 난린데…?' 하고는 '혹시 종업원이 자기 스타일이 아니라서… 설마 그럴 리가…?' 하며, 엉뚱한 생각을 하고 있었다.

"뭘요?"

큰 머리 문정인은 눈을 치켜뜨며 물어 왔다.

"그 정도 땅이면 문 형 말대로 스마트 빌딩으로 지역 랜드마크 건물을 올리는 데 설마… 부족하지는 않겠는지요?"

그는 히죽 웃으며 말했다.

"왜요? 이제 와서 은근히 욕심이 생깁니까? 하하하!"

큰 머리 문정인은 속심은 같다는 생각에 그제야 박장대소하듯 크게 웃었다.

"뭐… 그 정도 땅이라면 욕심을 부릴 만하지 않겠습니까? 흐흐…"

흰머리 윤편인은 실실 웃어 가며, 굳이 속마음을 감출 게 없다는 듯이 말했다. 그는 누가 쳐다보든 말든 '그게 뭐 어때서?' 하는 뻔뻔스러운 낯짝을 보이고 있었다.

"그렇기는 한데…?"

큰 머리 문정인은 주위를 둘러보며, 걱정스러운 표정으로 고개를 좌우로 저었다.

"그렇기는 한데, 뭐요?"

흰머리 윤편인은 그의 어눌한 태도에 순간 걱정이 앞서 말꼬리를 물고 늘어졌다.

"아니… 내 말은… 떡줄 놈은 생각도 않는데 벌써부터 김칫국을 마신다고, 젠장! 괜히 헛물켜다가 낙동강 오리알이 되지 마시고, 이쯤에서 미련을 버리시는 게 어떨까 싶습니다."

큰 머리 문정인은 자신의 생각을 이제 와서 그가 들먹거리는 것도 그렇고, 해서 은근히 오기가 생겼다. 그래서 심술궂게도 괜히 어깃장을 놓아가며, 슬쩍 딴죽을 거는 부정적인 반응으로 나왔다.

"사람하고는. 아니… 줄지 안 줄지 찔러나 본다고, 해 보지도 않고서 포기하는 콩알 배포는 사나이 자존심에 금 가는 문제가 아닙니까?"

흰머리 윤편인은 일단 대차게 나갔다.

왜냐하면 그의 반응이 예상하고는 전혀 딴판으로 나왔기 때문이었다. 주위 손님들이 큰 소리에 화들짝 놀란 듯 순간 이들을 향해 싸늘한 눈총을 쏘아대고 있었다.

"그럼… 무슨 혜안이라도 가지고 덤벼드는 겁니까?"

그는 의미심장한 낯빛으로 물었다.

"이거… 이거… 자꾸 오리발을 내밀 겁니까?"

흰머리 윤편인은 이미 다 알고 있다는 얼굴로 미간을 약간 구겼다.

"어째… 말하는 투가 그래 보여서 하는 말입니다."

큰 머리 문정인은 그의 기세에 눌린 채로 커피를 홀짝이며, 차분하게 말했다.

"하하하! 내가 너무 들이댔나?"

흰머리 윤편인은 괜히 미안해서 큰 소리로 웃었다.

"지금 기세가 그렇지 않습니까?"

큰 머리 문정인은 퉁명스럽게 으르며, 그를 한껏 눈총을 주었다.

"그랬다면 죄송합니다. 혜안은커녕 뭐 말라비틀어진 해결책이 있겠습니까?"

흰머리 윤편인은 순간 한풀 꺾인 채로 '괜히 큰소리를 쳤나?' 싶어 변명을 늘어놓으며, 뒷머리를 긁적거렸다.

"그럼 빈손으로 맨땅에 헤딩하겠다는 겁니까?"

큰 머리 문정인은 어안이 벙벙해 어이가 없다는 표정이었다.

"하하! 그래서 문 형한테 조언을 구하는 것 아닙니까?"

그는 뻔뻔스럽게도 커피를 홀짝거리며, 겸연쩍게 웃었다. 그때였다.

여종업원이 슬며시 다가와 말소리를 낮춰 달라고 눈짓을 주자, 흰머리 윤편인은 죄송하다며 가볍게 고개를 끄덕였다. 그녀가 돌아가자 큰 머리 문정인은 소리를 한껏 낮춰서 주절거렸다.

"방법이야 있겠지만, 돈이 문제 아니겠습니까?"

그는 자신을 한껏 낮춰 납작 엎드리는 그에게 순간 동정심이 일어 '하여튼 알아줘야 한다니까?' 하는 눈빛을 보이며, 히죽 웃고 말았다.

"아니… 돈으로 안 되면 문 형이 일전에 꺼냈던 지주 작업을 시도하면 안 되겠습니까?"

"그게… 그게 말처럼 쉬운 일은 아닐 겁니다."

그는 큰 머리를 흔들며 이맛살을 잔뜩 찡그렸다.

"젠장! 그렇다고 손 놓고 하늘만 쳐다본다고 일이 저절로 풀릴 것도 아니잖습니까? 어떻게 하든 대책을 강구해 보고서 정 힘들다 싶으면, 그때 가서 손을 떼면 어떻겠습니까?"

흰머리 윤편인은 반 강요를 하듯 운을 떼고 그의 기색을 살피며, 히죽 웃었다.

"으이구…! 출혈이 심할 텐데요?"

큰 머리 문정인은 순간 몸서리를 치면서 고개를 살래살래 흔들었다.

"아니… 그 정도 각오도 없이 덤벼들면 순 도둑놈 심보 아닙니까?"

그는 배짱 하나는 두둑해서 오히려 큰소리치며 말했다.

"하하! 그런 각오와 똥배짱이라면 모를까? 하여튼 힘든 건 사실입니다."

큰 머리 문정인은 '이 사람이 뭐 뾰족한 해결책 하나 가진 것도 없이 큰소리만 뻥뻥 치는데, 정말 보기 딱하지만, 어쩔 건가. 지가 좋아서 해 보겠다는데…' 하는 생각에 빠져 그의 페이스로 은근히 말려들고 있었다.

"어째? 오케이…."

흰머리 윤편인은 듣기 거북한 소리에도 말꼬리를 물고 늘어지기보다는 자구책을 모색해 보려는 의지가 무엇보다 강했다. 그래서였을까? 순간순간 속이 뒤틀려도 아무렇지도 않게 무시하고는 배짱 있게 달려들고 있었다.

"그럼 조합원이라도 모집하자는 말입니까?"

큰 머리 문정인은 알 수 없는 기운에 휩쓸린 것처럼 거부하는 말과는 달리 마음은 이미 그의 배에 올라탄 채로 끌려가고 있었다.

"땅 소유주가 몇 명인지 모르겠지만, 건축물도 없는 나대지에 굳이 조합을 결성할 필요까지 있겠습니까?"

흰머리 윤편인은 그건 아니라는 표정으로 고개를 가로저었다.

"그럼 뭐… 지분 투자 얘깁니까?"

큰 머리 문정인은 약간 각도를 달리해 물었다.

"그렇죠, 제 말은 땅 소유주를 설득하자는 겁니다."

그의 말에 흰머리 윤편인은 옳다고나 싶어 오른손으로 '딱!'소리를 내며 미소를 지었다.

그는 일의 성격상 처음부터 조합원을 모집하는 것은 적절치 못하다는 부정적인 생각을 가지고 있었다. 왜냐하면 먼저 지주 작업을 시도해 보고, 아니다 싶으면 그때 해도 늦지 않는다고 생각했었기 때문이었다.

"만약, 지주들이 그럴 생각이 없다고 거부하고 나서면 어쩌시려고 그럽니까?"

큰 머리 문정인은 그의 자만이 지나친 것 같다는 걱정에서 부정적으로 질문을 해 보았다.

"뭐… 그때는 땅을 매도하라고 죽기 살기로 매달려야 되겠죠.

헤헤!"

흰머리 윤편인은 건방을 떨며 대책 없이 지껄였다. 그의 말대로라면 나무에 올라 물고기를 잡는 식이었다.

"땅값이나 건축비가 만만치 않을 텐데, 자금은 어디서 구하시려고, 그런 무모한 계획을 입에 담는 겁니까?"

큰 머리 문정인은 눈을 희번덕거리면서 그를 다그치듯 구석으로 몰아갔다.

"글쎄요? 아직 거기까지 미처 생각을 못 했지만, 우선은 계약금하고 중도금만 치른 다음 잔금은 분양 후에 받는 조건을 걸면 안 되겠습니까?"

흰머리 윤편인은 연목구어도 모자라 바다에서 봉황을 잡으려는 가당치도 않은 어불성설을 토설하고 실실 웃었다. 마치 자신이 대동강 물을 팔아먹은 봉이 김 선달 수제자라도 되는 양 터무니없는 헛소리를 지껄인 것이었다.

"그거야, 우리 생각이지 누가 잔금을 건축물이 분양할 때까지 기다려 준답니까? 골 빈 인간이 아닌 다음에야… 흐흐…."

그는 피식피식 웃음을 터트렸다.

큰 머리 문정인은 그가 하도 기가 차고 코가 막혀 헛웃음 소리를 내다가 결국에는 속으로 꺼이꺼이 울다시피 웃었다.

"아마 무리겠죠?"

흰머리 윤편인은 자신도 좀 억지소리라는 난센스를 알고서 히죽거렸다. 하지만 어찌 보면 불가능한 거래도 아니라는 교만스러움이 그의 낯빛 가득 교차하고 있었다.

"당연하죠, 백치가 아닌 다음에야 설령 이자를 쳐 준다 해도 쉽지 않은 거래조건입니다."

큰 머리 문정인은 고개를 좌우로 살래살래 흔들며, '아주 건방이 하늘을 찌르네, 우라질 자식!' 하며 강하게 부정하고 있었다.

그러나 이들은 주위의 시선을 의식하고, 처음과 달리 목소리를 낮춰 가며 도란도란 주고받고 있었다.

"까짓것 죽기 아니면 까무러치기지 뭐?"

흰머리 윤편인은 오기가 생겨 막가파처럼 웅얼거렸다. 그리고 주위를 두리번거리며 눈치를 살폈다.

"왜 맨땅에 헤딩이라도 해 보시려고 그럽니까? 후후!"

큰 머리 문정인은 정말 가여워서 못 봐주겠다는 눈빛으로 빈정거렸다.

"안되면 되게 하라, 뭐… 그런 말도 있지 않습니까?"

흰머리 윤편인은 만용을 부리듯 배짱 있게 지껄였다.

"잃느니 차라리 죽는 게 낫다고, 조합원을 모집하는 게 더 빠르겠습니다."

큰 머리 문정인은 평소의 그답지 않은 행동에 '미친놈! 미치려거든 곱게 미쳐라, 남까지 망조 들게 하지 말고…' 하는 눈총으로 속살거리며 그를 쏘아보고 있었다.

그는 그럴 바에 차라리 우공이산이라며, 어리석은 자가 산을 옮기듯 멀찌감치 돌아서 가자는 뜻에서 그를 달랬다.

"문 형! 말뜻을 내가 왜 모르겠습니까?"

흰머리 윤편인은 그의 비위를 살살 맞추며 알랑거렸다.

"아이고, 그렇습니까?"

그는 은근히 비꼬아 가며 빈정거렸다.

"제길! 조합원을 모집하면 지금까지 고생한 우리 이익을 그들과 같이 나누어 가져야 하는데 괜찮겠습니까?"

흰머리 윤편인은 그건 아니라는 뜻으로 고개를 흔들었다.

"그게 하나 걸리기는 하지만, 자금 문제에서는 훨씬 자유로울 수 있다는 장점은 있습니다."

큰 머리 문정인은 금융 대출이자가 만만치 않다는 걱정에서 그렇게 말하고 있었다. 당장은 두 사람의 생각은 일장일단이 있었다.

그러나 그 부분은 조합원이나 분양자들 몫이기도 해서 걱정은 기우에 불과한 이들의 언쟁 속에 감춰져 있었다.

"그럴 바에 차라리 안 하고 말지, 왜 사서 그 고생을 합니까?"

흰머리 윤편인은 재주는 곰이 부리는데 돈은 사람이 챙겨가는 억울한 꼬락서니를 눈 뜨고 못 보겠다는 것이었다.

"그럼… 이자 비용이 나가더라도 프로젝트 파이낸스(신용도나 담보 대신 사업 계획, 수익성 등을 보고 자금을 제공하는 금융 기법) 금융 건설 자금이나 그것도 여의치 않으면… 피투피(일종의 크라우드 펀딩으로, 금융 기관을 거치지 않고 온라인 플랫폼을 통해 개인끼리 자금을 빌려주고 돌려받는 새로운 대출 서비스) 건설 자금을 이용하는 방법이 더 손쉽지 않을까요?"

흰머리 문정인은 나름 두 가지 혜안을 꺼내 놓고, 그를 주시했다. 그러고는 커피를 한 모금 마시며 갈증 난 목을 축였다.

"아니… 그걸 누가 몰라서 그럽니까?"

흰머리 윤편인은 은근히 짜증을 내어 가며 받아쳤다.

"짜증은…? 사람 참! 싫음 말고."

큰 머리 문정인은 그의 역정에 혓바닥을 날름하고는 속살거렸다.

"저는 시간이 걸려도 지주 작업이 여러모로 유리하다고 보는데, 제 오만한 편견인지 모르겠지만, 말입니다."

그는 무거운 표정을 보이며, 고집스럽게 우겼다.

"아니… 지주 작업은 수익을 나누어 주지 않아도 된다고 알고 있는 거야… 뭐야? 제기… 그것도 아니면 아예 무시해 버린 거야? 하긴, 조합원을 모집하는 일도 그리 만만한 작업은 아니지만 말이야…."

그는 속살거리며 흰머리 윤편인을 유심히 쏘아보다가 다시 주절거렸다.

"젠장! 그렇게 말렸는데도 왕고집을 피우니. 죽은 사람 소원도 들어준다는데, 되든 안 되든, 어디 한번 부딪쳐나 봅시다."

큰 머리 문정인은 이미 마음의 준비를 하고 있기도 했지만, 혹 일이 잘못 꼬이더라도 책임의 한계를 분명히 해 놓은 셈이었다. 그러고는 선심을 쓰면서 못 이기는 척 그의 주장을 받아들였다.

"하하하! 진작 그럴 일이지, 이제야 뭔가 통하는 데가 있습니다

그려…."

흰머리 윤편인은 그의 너구리 같은 한마디에 표정이 한결 밝아
졌다. 천군만마를 얻은 기쁜 얼굴이었다.

"그러나 저러나 매각 허가와 잔금을 치르고 나야 움직일 수 있
으니 그때까지 땅 소유주에 관한 정보나 파악해 놓으세요."

큰 머리 문정인은 생각을 구체화시키며, 일전에 준비해 두었든
계획을 슬며시 끄집어내었다.

"두말하면 잔소리, 세말하면 개소리죠. 흐흐…."

흰머리 윤편인은 갑자기 신명이 나서는 생글생글 웃어 가며 소
리쳤다.

"윤 형은 이제야 평소 모습을 되찾은 것 같습니다. 하하하!"

큰 머리 문정인은 기뻐하는 그를 쏘아보며 천진난만한 아이처
럼 손가락을 흔들고 웃었다.

"제가 언제는 달랐습니까? 흐흐…."

그는 동조하는 그의 고마움에 실실 웃으며 받아넘겼다.

"말이라고요? 마치 사나운 살쾡이 눈빛으로 금방이라도 물어뜯
을 기세로 덤벼들 것 같았습니다. 하하하!"

큰 머리 문정인은 입술에 침을 묻혀 가며, 익살을 떨었다.

"설마! 그렇게까지… 뻥이 너무 심한 거 아닙니까?"

흰머리 윤편인은 연신 웃어 가며 집게손가락으로 그를 가리키
고서 살살 흔들었다.

홀 안은 흘러간 추억의 팝송 티시 이노호사Tish Hinojosa가 부른

「돈데 보이Donde Voy」가 잔잔히 흐르고 있었다.

"내가 좀 과장했나? 하하!"

큰 머리 문정인은 커피를 마시며 그윽한 눈빛으로 말했다.

"그렇게 보였다면 하여튼 죄송합니다. 흐흐…."

그는 괜히 미안한 생각에 먼저 사과부터 했다.

큰 머리 문정인은 히죽 웃고는 슬쩍 시간을 보았다.

"다 마셨으면 일어납시다."

그는 다른 볼일이 있는 사람처럼 서둘러 자기 물건을 챙겨가지고 일어나며 말했다.

"그럴까요?"

흰머리 윤편인은 자리를 털고 일어나 그를 뒤쫓아 밖으로 나왔다.

"아… 참! 회원들이 분담할 업무는 문 형이 작성하시겠습니까?"

문득 봉 회장과 약속했던 일이 생각난 흰머리 윤편인은 그에게 슬쩍 양해를 구했다.

"알겠습니다. 제가 작성해서 대화방에 올려놓겠습니다."

큰 머리 문정인은 두말없이 받아들였다.

"그럼… 들어가시고 나중에 또 연락합시다."

흰머리 윤편인은 그를 향해 가볍게 고개를 숙였다.

"알겠습니다. 매각 결과 나오면 그때 봅시다."

큰 머리 문정인은 고개를 끄덕이곤 이내 뒷모습을 보이며 걸어갔다. 때맞춰 핸드폰 소리가 요란하게 울렸다.

'바람이— 불어오는 곳— 그곳으로 가네—'

흰머리 윤편인은 번호를 확인하고는 히죽 웃으며 얼른 통화 버튼을 눌렀다.

"여보세요? 윤편인입니다."

그녀는 우아한 전원숙이었다.

"저예요 부회장님."

그녀의 핸드폰 속으로 시끄러운 도시의 소음이 들려왔다.

"예— 알고 있어요. 전 서기님— 하하하!"

그는 목소리를 잔뜩 깔고서 부드럽게 받으며 한바탕 웃었다.

"어디 계세요? 소음이 꽤나 시끄러운 곳이군요?"

"아… 여기 도롯가라 좀 시끄럽지요? 왜 무슨 좋은 일이라도 있습니까?"

그는 핸드폰을 건 이유를 대충은 짐작을 하면서도 능청스럽게 물었다.

"아니요, 시간 괜찮으시면 잠깐 들렀다 가시라고요. 호호!"

그녀는 한쪽 다리를 무릎 위에 올려놓고는 꼬아진 다리로 건들거리며 말했다. 심심해서 어찌할 바를 모르겠다는 몸짓 같았다.

"이거 어쩌나… 미안해서, 제가… 지금 문 감사님하고 이번 프로젝트에 대해서 상의하다가 급하게 처리할 일이 생겨서 어디 좀 가는 중인데, 제가 이따 한가해지면 전화를 드리도록 하겠습니다."

흰머리 윤편인은 혓바닥을 날름거리며 핑계를 대고는 히죽 웃었다.

"어머… 같이 계시나 본데… 그럼, 그렇게 하세요. 호호!"

우아한 전원숙은 아쉬움을 삼키며 주저 없이 말했다. 그녀는 '두 사람의 일을 방해를 한 것은 아닌가?' 싶었다.

"서운해하지 마세요, 우리 사이에…. 하하하!"

그는 따돌리려니 속이 뜨끔해서 웃음으로 대신하고 있었다.

"호호호! 뭐… 그럴 이유도 없고요, 별일 아니니 신경 쓰지 마시고 급한 일부터 처리하도록 하세요."

그녀는 말과 다르게 가슴이 시리도록 남자의 향기가 그리웠다.

그래서 외로움도 달래고 오래간만에 사내 품에 안겨서 회포를 풀고 싶었는지 모른다.

"그럼 저야 감사하죠. 하하하!"

흰머리 윤편인은 괜히 미안해 더 큰 소리로 웃었다. 그는 사실 그녀의 집에서 본 지도 오래되고 해서 핑계 김에 '그냥 잠깐 들러서 그녀의 아쉬움을 달래 주고 올까?' 싶은 마음도 있었다.

"그래요, 볼일 보시고 다시 통화해요, 우리 안—뇽?"

우아한 전원숙의 상냥한 목소리에는 어딘지 모르게 서운함이 스며 있었다.

그녀는 통화 중에도 연신 다리를 심하게 건들거렸다. 뭔가 불만이 가득한 마땅찮은 몸짓이었다.

"예… 일처리가 마무리되는 대로 연락을 드리겠습니다."

흰머리 윤편인은 그녀의 응접실에서 술자리를 가진 이후에도 가끔씩 연락을 취하며, 서로의 안부를 묻곤 했었다.

그러나 회원들이 모인 장소에서는 되도록 거리감을 두고 지냈다. 우아한 전원숙은 모임 장소에서 집이 가까워 잠깐 들렀다가 갈 줄 알고 서둘러 귀가해서 기다리고 있었다.

그러나 시간이 흘러도 인기척이 없자 서운한 마음에 핸드폰을 걸어온 것이었다. 흰머리 윤편인도 그녀의 마음을 알고 있기에 한껏 부풀려 처리할 일이 있다고 핑계를 둘러대었다. 그러고 나니 그도 왠지 찜찜한 구석이 있었다.

남몰래 저지르는 사랑 놀음이 어쩐지 어색한 그는 술김에 저지른 불륜이라는 것이 영 거추장스러웠다. 청바지가 입고 싶다고, 얼떨결에 빨랫줄에 널린 청바지를 훔쳐 입은 동태잡이 사내처럼 거동 하나에도 조심스러웠다.

역시 내로남불이나 내연 관계는 여간 간덩이가 크지 않고서는 아무나 할 수 있는 사랑놀이가 아니라는 것이 그가 얻은 깨달음이었다. 그래서 그는 몸가짐에 각별히 유의해서 행동을 하고 있었다.

한편 여성 회원들 틈에 어울린 삼각 머리 조편재는 할 얘기가 있다며, 손목을 잡아끄는 젤 바른 선정재에게 이끌려 '무슨 일이 있나?' 싶은 마음에 귀갓길도 미룬 채 집과는 전혀 다른 방향으로 그를 따라나섰다.

그러나 무리 속에 관심을 가지고 있는 여성이 함께 있었기에 삼각 머리 조편재는 더욱 마음이 동해 발걸음이 이끌렸다.

네 남녀의 탁상공론

그동안 젤 바른 선정재와 단짝처럼 동행했던 미모의 명정관은 불편한 심기를 드러낸 채 다른 볼일을 핑계로 일찌감치 돌아갔다.

그녀는 요즘 들어 돈 사랑 일 외에는 젤 바른 선정재를 멀리하고 있었다. 그는 자신의 곁에서 멀어지는 그녀를 보면서 한때는 마음이 몹시 아리고 고통스러운 시간을 보냈었다.

그러나 요즘 들어서는 다소 서운한 면은 있었지만, 이전처럼 특별히 신경을 쓰지 않았다.

그는 그녀가 가든 말든, 어차피 이제는 남이라는 생각에 일행들을 이끌고 커피숍을 찾았다. 이들이 안으로 들어서자 실내는 아늑해 편안하고, 조용한 느낌을 주었다.

모던한 인테리어가 잘 아우러져 포근히 감싸 안기는 우아한 분위기였다. 흘러간 추억의 재즈 팝송이 잔잔하게 흐르고 있어, 대화를 나누기에도 적당한 장소로 보였다.

네 사람은 탁자를 앞에 두고 남녀가 마주 앉았다.

여종업원이 다가와서 주문을 권하자, 젤 바른 선정재는 각자의 취향을 묻고서 이들의 입맛대로 주문을 했다.

"잔뜩 먹었는데 여긴 또 왜 데려오셨습니까?"

삼각 머리 조편재는 주위를 살피며, 능갈맞게 그를 긁어 댔다.

"왜, 입가심을 시켜 드리려고 왔는데 분위기가 별로입니까? 흐흐…"

그는 말과는 다르게 '자식! 떫으냐?' 하는 눈빛으로 강렬히 그를 쏘아보았다.

"뭐… 따로 할 말이 있는 것은 아닙니까?"

삼각 머리 조편재는 그의 눈치가 이상해 눈을 치켜뜨며, 묻고는 한껏 쏘아보았다.

"왜… 여기 분위기가 '내겐 아니올시다'입니까?"

젤 바른 선정재는 능청스럽게 받아치며 씽긋 웃었다.

"호호! 역시 선 감사님은 세심하게도 여자의 취향을 잘 아시는 분 같아요?"

도회적인 안혜숙은 그를 추켜세우며, 가볍게 미소를 지었다. 그녀는 이미 오래전부터 그에게 관심을 가지고 있었다.

삼각 머리 조편재는 질투심에 '취향은 개뿔!' 읊조리고, 입을 샐쭉거렸다.

그러고는 자기 마음을 몰라주는 그녀를 재수 대가리가 없다는 듯이 쏘아보고 있었다.

"호호! 그렇게 안 봤는데 센스가 보통이 아니신데요?"

이번엔 조용히 지켜보던 모던한 한옥경이 옷매무새를 만지작거리며, 칭찬을 하고 나섰다.

그 순간 여종업원이 주문한 커피를 가지고 다가왔다. 그녀는 종류에 따라 커피를 주문한 사람을 기억하고, 생글생글 미소를 보이면서 각자에게 커피를 건넸다.

먼저 에스프레소를 탁자에 놓았다. 이어서 카페모카를 내려놓았다.

그리고 카푸치와 아메리카노를 차례대로 내려놓고는 가볍게 고개를 숙이고 돌아갔다.

"그렇게 좋게 봐주시니 천만다행입니다."

두 여자의 칭찬에 젤 바른 선정재는 가볍게 미소를 보였다.

"호호! 사실인걸요, 뭐…."

그녀는 커피 향을 음미하며 달달한 눈빛으로 말했다.

"주위 사람들은 제가 여자 깨나 후리고 다니는 줄 아는데, 사실은 전혀 아니거든요. 하하하!"

젤 바른 선정재는 그녀들이 자신을 어떻게 생각하고 있나 알고 싶어 슬쩍 두 여자의 성향을 찔러보았다.

"어머… 세상에! 이제야 솔직하게 고백하시네요? 호호!"

도회적인 안혜숙은 한술을 더 떠 가며, 능청을 떨었다.

"아니… 선 감사님 얼굴에 나 로맨스 가이라고 새겨져 있나 봅니다. 하하하!"

삼각 머리 조편재가 너스레를 떨며, 그의 의표를 찔렀다.

그때 사운드박스 스테레오 스피커에서는 모리스 앨버트Morris Albert의 「필링스Feelings」가 은은한 선율에 담겨 잔잔하게 흘러나왔다. 그의 감미로운 목소리는 이들의 커피 맛을 더욱 향기롭게 돋우어 주고 있었다.

"아이… 선량한 가장을 바람둥이로 만들 작정입니까?"

젤 바른 선정재는 발끈해서 대뜸 눈총을 쏘았다. 그러고는 에스프레소 진한 커피를 한 모금 마셨다.

"헐…! 화를 내시는 표정을 보니 맞는 모양이네요? 호호!"

모던한 한옥경은 배시시 웃어 가며 은근히 빈정거렸다.

"아! 아… 적당히 합시다."

젤 바른 선정재는 순간 표정이 일그러졌다가 다시 해쭉대며, 말끝에 힘을 주었다.

"으하하하! 그러나 저러나 진짜 여기 온 이유가 뭡니까?"

한바탕 웃고 난 삼각 머리 조편재는 마시던 아메리카노 커피를 내려놓고는 다리를 다시 꼬아 앉으며, 물었다.

"성질도 급하시긴. 커피나 마시고 얘기하려 했는데, 뭐 어쩔 수 없죠. 호호…"

젤 바른 선정재는 '네놈이 나를 엿 먹였다 이거지, 히히 그래 너도 맛 좀 봐라 이 우라질 녀석아…!' 하며 그의 눈을 마주 보고,

약간의 미소를 지었다.

"뭔데 그래… 뜸을 들이시나요?"

모던한 한옥경은 카페모카를 홀짝 마시다가 눈동자를 번뜩거리며, 그를 치켜보았다.

"두 분은 처음 듣는 얘기라, 들으셔도 잘 모르실 겁니다."

젤 바른 선정재는 쓸데없는 데 신경 쓰지 말라는 눈치를 주며, 이들의 성질을 슬그머니 건드려 놓았다.

그녀는 자신들을 등한시하며 까칠하게 대하자, 은근히 부아가 치밀었다. 그래서 그녀는 '미치다 펑크 날 망할 놈의 자식! 이럴 거면 뭐 하러 여기까지 데려온 거야?' 하는 눈길로 그를 노려보며 더 이상은 묻지 않았다.

"조 이사님! 지난번에 괜찮은 물건 나오면 동업을 해 보고 싶다고, 저한테 한 말 생각이 나십니까?"

젤 바른 선정재는 그를 빤히 쳐다보며, 이전의 횟집에서 얘기했던 기억을 더듬게 만들었다.

"제가 그랬습니까?"

삼각 머리 조편재는 어깨 뽕을 살짝 올리며, 자기는 전혀 모르는 것처럼 뜬금없다는 표정으로 오리발을 내밀었다. 그의 황당한 태도에 젤 바른 선정재는 당황하는 눈길로 이어 다시 주절거렸다.

"술김에 한번 해 본 소리라면 뭐 꺼낼 필요도 없습니다."

그는 사심 없이 나누었던 횟집에서 약속이 '정말 그의 진심이었을까?' 궁금하기에 앞서 자신을 엿 먹였다는 데 대한 분풀이로 물었다.

그러나 그의 반응이 자신의 예상과 달리 그때와는 전혀 다른 얼굴로 시치미를 잡아떼자 그는 잠시 긴장하는 표정을 보이며 '어, 이거는 전혀 아닌데…' 하며 도리어 자신이 당황해서 머뭇거렸다. 그러고는 그의 눈치를 살펴 가면서 한참을 뜸을 들이고 있었다.

영문을 모르는 두 여자는 앞뒤가 없는 소리에 '무슨 소린가?' 싶어 그들을 쏘아보며, 커피를 마시고 있었다.

"아니… 도대체 무슨 말을 하려고 잔뜩 기대감을 주는지 모르겠습니다. 흐흐…. 뭐… 그럴 만한 자리도 아닌 것 같은데…."

삼각 머리 조편재는 입맛이 쓴지, '쯧쯧!' 소리를 내며, 말꼬리를 흐렸다.

그러고는 자기와는 아무런 상관도 없다는 얼굴로 능청을 떨고 있었다.

그는 지난번 마음을 떠보느라 한 이야기를 이제야 새롭게 반응을 보이는 이유도 그렇고, 게다가 여자 회원들이 있는 좌석에서 말을 꺼내니 그로서는 입장이 난처해서 모르는 척 딴청을 부린 것이었다.

"아하! 그렇군요? 제가 홧김에 괜한 말을 꺼내 분위기만 어색하게 만들었나 봅니다."

젤 바른 선정재는 오히려 자신이 무안한 척 고개를 돌려 비열하게 웃었다.

그에게 한 방 먹이려다 도리어 한 펀치 얻어맞고 맥이 빠진 꼴이었다. 하지만 그를 당황시켜 나름 효과는 있었다.

"어머! 우리가 낄 자리가 아닌데 괜히 두 분께 방해가 된 건 아닌지…요?"

좌불안석하는 삼각 머리 조편재의 불편한 모습에 괜히 눈치가 보였던 도회적인 안혜숙은 마시던 카푸치노 커피를 내려놓은 채 호들갑을 떨었다.

삼각 머리 조편재는 '망할 놈의 자식! 눈치라고는 여자들보다도 못하네,' 하고 속살거리며, 그를 마땅찮은 눈초리로 쏘아보고 있었다.

"아니… 그런 거는 아닙니다. 다만 제가 잠시 착각을 했나 봅니다. 여하튼 오늘은 할 얘기가 아닌 것 같습니다."

젤 바른 선정재는 갑자기 둘러대는 척 허둥지둥하며 다른 말들로 이들의 호기심만 잔뜩 키워 놓은 채 슬쩍 꽁무니를 뺏었다.

그는 시치미를 떼는 삼각 머리 조편재의 불편한 눈치가 아주 깨소금 맛이라는 생각에서 벗어난 것은 불현듯 너무 나갔나 싶은 마음이 들고부터였다. 그래서 은근히 걱정이 앞섰다.

왜냐하면 그의 표정이 좀 예사롭지 않다는 생각이 들었기 때문이었다. 그는 그렇게 그녀들의 의심만 잔뜩 부풀어 오르게 해 놓고, 입을 닫았다.

삼각 머리 조편재는 서슬이 시퍼런 눈초리로 그를 째려 가며, '우라질 자식! 명 서기하고 그렇고 그런 사이가 틀어지더니 사리 판단마저 사라졌나…. 젠장!' 하고는 비웃는 표정으로 냉소를 짓고 있었다. 자신이 그의 비위를 건드려 놓았다는 생각을 하지 못하는 눈치였다.

"호호! 그럼 다행이지만, 그게 아니라면 우리는 일어나 볼 테니, 두 분이서 하던 얘기를 마저 하시고 나오세요."

모던한 한옥경은 마음이 불편해서 언짢은 심정을 조심스럽게 드러냈다.

"아닙니다, 그런 거…. 그럼, 마시던 커피나 마저 들고 일어납시다."

삼각 머리 조편재는 말이 잘못 와전되어 오해라도 생기면 나중에 해야 할 일들이 잘못 틀어질 수 있다는 생각이 먼저 들었다. 그는 여유를 부리는 척 능청을 떨었지만, 그 순간 살얼음판을 걷는 심정으로 여간 조심스럽지 않았다.

그래서 그의 어리숙한 입놀림을 더 이상은 놀리지 못하도록 틀어막았던 것이었다.

"호호! 우리가 있어서 못 하시는 것은 아니시죠?"

도회적인 안혜숙은 그와 좀 더 있고 싶은 마음에 눈치 없이 물어 왔다. 삼각 머리 조편재가 씨익 웃었다.

젤 바른 선정재도 급하게 손을 저으며 주절거렸다.

"그럴 일 같으면 같이 오자고 했겠습니까? 신경 쓰지 마세요."

그는 남은 커피를 홀짝 마셨다. 그러고는 고개를 주억거리며 자리에서 일어섰다.

그녀는 눈치를 살피며 커피 잔을 든 채로 머뭇거렸다.

나머지 일행들이 따라서 일어나자, 도회적인 안혜숙은 서운한 표정을 지으며 엉거주춤 일어났다. 이들은 한 사람씩 카페를 천천히 걸어 나갔다.

젤 바른 선정재는 매각 부동산을 낙찰을 받아서 두 사람이 동업을 하자는 얘기를 듣고, 그도 사람인지라 한동안 고민을 하며 나름 숙고의 나날을 보냈었다.

그러나 지난번에 자신의 입장을 분명히 전달은 했었다. 하지만, 막상 낙찰이 되고 보니 없던 욕심이 은근히 불거져 온갖 잡념으로 만감이 교차했었다.

그런데 오늘따라 그녀의 싸늘한 행동거지도 그렇고 해서 괜히 싱숭생숭한 마음이 들자, 이들과 함께 카페를 찾은 것이었다.

그런데 하필 이들의 장난기가 그의 우울한 심정을 잘못 건드렸다. 그는 잠시 분노를 참지 못하고, 졸지에 엉뚱한 소리를 꺼내 이들을 불쾌하고, 당황하도록 몰아갔던 것이다.

하지만 도리어 삼각 머리 조편재에게 완전 무시를 당한 꼴이었다. 또한 그녀들에게는 넋 빠진 얼간이 취급까지 당하고 완전 체면만 구긴 셈이었다.

둘만의 유희

그에게 오전은 홍콩 가는 기분 째지는 시간이었다면, 오후는 오뉴월 개꼬리 신세처럼 완전 재수 빠지는 기분 더러운 시간이었다. 그런 생각이 들자, 그는 귀가를 서둘렀다. 그렇게 카페를 빠져나온 이들은 각자의 볼일을 향해 흩어졌다.

한편 일행들과 헤어진 새치 머리 안편관은 귀갓길을 잠시 미루고 도시의 숨결을 느끼고 있었다. 오랜만에 해후한 이국적인 조다혜와 복잡한 시내 거리를 다정하게 누비고 다녔다. 이들은 서로가 떨어져 있던 시간이 길었던 만큼 잠시라도 둘이서만 함께 있고 싶었다.

그래서 두 남녀는 한 쌍의 다정한 연인이 되어 걸었다. 그는 그녀의 가녀린 어깨를 감싸 안았다. 그녀는 그의 팔짱을 끼고 걸었다. 오늘은 왠지 두 사람 모두 서로를 그냥 돌려보내기가 서운했던 모양이었다.

그래서 새치 머리 안편관은 그녀와 둘이서 한동안 거리를 이리저리 싸돌아다녔다. 마치 도시의 청춘들처럼, 아니 어쩌면 둘만의 숲속을 찾아다니고 있는 것이었다. 말은 못 해도 새치 머리 안편관은 둘만의 공간을 찾아다니고 있는 눈치였다.

그는 한식당에서 솟구쳤던 남모를 사랑을 가슴 한 곳에 숨겨 놓은 채 그대로 헤어질 수가 없었다.

아니 그것보다는, 한동안 만나지 못했던 그리움을 한껏 채워서 돌려보내고 싶었는지 모른다.

그래서 그렇게 헤매고 다니고 있는 것이었다. 둘은 다정하게 걷다가 처음 눈에 들어오는 한적한 모텔을 하나 발견했다. 이들은 머뭇거림도 없이 곧장 그곳으로 들어갔다. 그녀도 주저하지 않았다.

두 사람은 대학원 먹자골목 모텔 방에서 술에 취해 서로를 안고 하룻밤을 함께한 사이였기에 더욱 거리낌이 없었다. 그날 밤 기억은 한동안 생각에서 지워져 있었다.

하지만, 지금 이 순간 그날의 기억이 생생하게 스쳐 갔다.

새벽에 눈을 떴을 때 서로가 실오라기 하나 걸치지 않은 전라의 몸이었다는 것을…. 두 사람은 소스라치게 놀라기보다 그 상태로 뜨겁게 눈이 맞았었다.

그러나 오늘은 그때와는 달리 약간의 술기운은 있었지만, 정신만은 또렷했다. 어스레한 조명 불빛 아래 들어선 두 사람은 머뭇거릴 틈도 없이 새치 머리 안편관이 먼저 달려들어 포옹을 하며 입술을 비볐다.

밖은 아직 벌건 대낮이었다. 하지만, 달달한 분위기는 두 연인의 가면을 벗기기에 충분했다. 담벼락 하나 사이에 자유를 얻은 이들은 거리낌 없이 겉옷을 벗어 팽개쳤다.

두 사람은 마지막 남은 작은 조각마저 거침없이 벗어 던졌다. 그러고는 마침내 하나가 되어 그 아침으로 돌아가 있었다. 이들은 딥 키스로 시작해 숨 가쁜 감성을 뿜어냈다.

그리고 점점 프렌치 키스에 빠져들었다. 백자처럼 윤기가 흐르는 그녀의 뽀얀 흰 살결 위로 질그릇처럼 투박한 근육질이 거칠게 꿈틀거렸다.

벌겋게 달구어진 가마 속에서 구워지는 도자기처럼 두 남녀의 사랑은 그렇게 익어 가고 있었다.

전신에 흐르는 굵은 땀방울은 거친 호흡을 내뿜는 두 연인을 하나로 만들어갔다.

이들은 한동안 떨어져 지냈던 시간들을 아쉬워하며, 두 사람은 오랜 시간을 서로의 사랑을 확인하고 품었다.

그렇게 시간은 빠르게 흘러갔다.

이들은 늦은 시간이 돼서야 헤어져야 한다는 아쉬움 속에서 각자가 되어 샤워를 시작했었다.

그리고 다음 만난 날을 기약하고, 모텔 방을 빠져나왔다. 거뭇거뭇 어둠이 내려앉는 거리에서 이별을 나눈 두 사람은 땅거미가 슬금슬금 기어가는 방향으로 서로의 바쁜 발걸음을 옮기고 있었다.

잔무

한편 그 시각 집으로 돌아온 흰머리 윤편인은 서둘러 토지 소유주에 대한 확인 작업에 들어갔다. 그는 낙찰된 땅을 기점으로 그 주변 주소지의 토지 소유주를 확인하다가 깜짝 놀라 뒤로 자빠질 뻔했다.

왜냐하면 그의 생각보다 예상외로 지분 소유주 숫자가 많았기 때문이었다. 등기사항전부증명서를 확인한 결과 대부분 상속을 받은 지분이었다. 나머지 지주는 열 손가락 안에 잡혔다. 생각하기에 따라서는 지주 작업 가능성은 절망에 가까웠다.

그러나 그는 역발상이 희망을 가져다줄지 모른다고 긍정적인 생각을 했었다. 그리고 토지 소유주들의 명단을 착실하게 작성을 해 나갔다. 토지 전체 면적은 6611.6제곱미터였다. 약 2,000평으로 낙찰된 토지와 묶으면 총면적은 2,700평 정도가 나왔다.

대지 소유주는 돈 사랑 회원 열네 명과 지분 소유주 일곱 명 개인 소유주 네 명을 합쳐 총 스물다섯 명이었다. 대지 면적은 개인 소유주가 1,250평에 46.2%로 1순위였다.

다음은 지분 소유주가 750평에 27.8%로 2순위였다. 그리고 돈 사랑 회원이 700평에 25.9%에 해당되어 3순위로 정리가 되었다.

그 시각 큰 머리 문정인은 회원들이 담당할 업무를 작성하느라 골머리를 앓고 있었다. 근원적으로 다른 회원들은 보조적인 가벼운 업무 외에 당장은 크게 할 일이 없었다.

가장 당면한 문제는 지주 작업도 큰일이지만, 건축 허가를 신청하려면 마흔 개의 고개를 넘어야 하는 심의와 7단계 절차를 거치는 어려운 관문이었다.

그것도 관공서 공무원을 상대로 하는 고난도로 난제 중에 난제였다. 거기다가 또다시 스무 개의 고개를 넘어야 하는 인증 단계는 비용도 많이 들어 여간 복잡한 일이 아니었다.

게다가 관공서(지방자치단체) 심의 및 인허가에 소요되는 날짜도 건물에 따라서는 최대 430일 정도가 걸렸다. 그러나 우선은 낙찰된 토지의 미치고 환장할 잔금 마련이 최우선 과제였다.

다음은 경매 전 등록된 등기말소 및 소유자 이전등기를 처리해야 했다. 맨 나중은 지랄 맞은 주유소 토지의 인도와 점유자 퇴거 조치를 강행해야 했다.

그리고 건축법에 관해 까다로운 사전 인허가 및 심의 문제를 이행하면서 지주 작업 및 토지 매각 등 건축에 필요한 망할 놈의 조건들을 한 가지씩 마무리해 나가야 했다.

큰 머리 문정인은 회원들의 자질과 성격을 감안해 임시 업무에 필요한 담당과 인원을 작성해 대화방에 올렸다.

그가 작성한 문건은 이랬다. 건축과 관련된 관공서 담당 업무는 큰 머리 문정인과 흰머리 윤편인 그리고 보조를 함께할 도회적인 안혜숙과 미모의 명정관을 배정했다.

다음으로 금융 및 회계 담당 업무는 삼각 머리 조편재와 젤 바른 선정재 그리고 속 알머리 봉상관과 상구 머리 노식신을 함께 배정했다.

나머지 대내외적인 지주 작업 담당 업무는 짱구 머리 나겁재와 둥근 머리 맹비견 그리고 모던한 한옥경과 우아한 전원숙을 한 팀으로 묶었다.

마지막으로 거주지가 지방인 새치 머리 안편관과 이국적인 조다혜는 거리 관계상 보조적인 업무를 돕도록 편성하고, 각자의 역할 분담을 끝냈다.

돈 사랑 회원들은 우라질 직무에 대해서 이런저런 대화가 콩 튀듯 팥 튀듯 오고 갔다. 하지만, 누구 한사람 큰 불만은 없었다.

그러는 가운데 일주일이 더디게 지나갔다. 결국 2017 타경 2022 물건은 비로소 매각 허가 결정 선고가 떨어졌다.

경쟁자 두 사람은 땅값을 손해 보지 않으려는 채권자와 채무자였다는 사실을 알지 못한 채 이들은 안도의 한숨을 내쉬었다. 그러나 이들 가운데 몇몇은 철부지 어린아이처럼 난리법석을 떨며 기뻐했었다.

그리고 며칠 후 법원은 대금 지급 기한을 한 달 내로 정해 봉상 관 외의 열세 명 전원에게 대금 지급 기일 지정 우편 송달 통지서를 보내왔다.

맨 처음 등기 우편을 받은 상구 머리 노식신은 기쁜 마음에 대화방에 축하 메시지를 신속하게 올렸다. 대화방은 호떡집에 불이 난 것처럼 한동안 축하 댓글이 콩 튀듯 날아 다녔다.

그리고 한참이 지난 뒤에야 잔금에 관한 긴급 안건이 하나 올라 왔다. 속 알머리 봉 회장이 직접 문안을 작성해서 올린 글이었다.

낙찰 잔금은 회원들이 부담할 금액을 제외하고, 금융 기관을 통해서 대출할 금액을 삼각 머리 조편재와 젤 바른 선정재가 은행 이자와 같은 조건으로 개인대납 하겠다는 제안이었다.

대화방은 한바탕 소동이 일어났다. 국회 청문회 난리는 난리도 아니었다. 회원들은 노골적인 찬반은 없었지만, 나름 문제의식을 가지고, 여러모로 질타하고 있었다.

두 사람의 탈퇴

이들은 여러 가지 장단점을 들먹였다. 그리고 불편한 심사를 내놓고 토설하는 것조차 주저하지 않았다.

두 사람은 정해진 이자 외에는 이익을 추구하거나, 금액을 내세워 부당한 행위나 위력을 행사하는 짓을 절대 하지 않겠으며, 만일 이를 어길 시에는 문서에 다짐한 그대로 수익과 사업에서 손을 떼겠다는 각서를 작성해 공증하는 것으로 마무리를 지었다.

그러나 문제는 다른 곳에서 불거져 나왔다. 은행 대출을 제외한 나머지 투자 금액에서 차질이 생긴 것이었다.

잔금 마감 일주일 앞두고 속 알머리 봉 회장과 상구 머리 노 총무는 은행 통장을 정리하다가 아직 미납한 두 사람이 있다는 것을 발견했다. 그래서 이들은 지분 20억 146만 4,286원이 입금되지 않은 사실을 확인할 수 있었다.

돈 사랑 회원이 부담할 금액은 280억 2050만 원의 50%로 나머지 절반 금액은 140억 1025만 원이었다.

그 가운데 열네 명으로 나눈 금액이 한 사람당 10억 73만 2,143원 꼴이었다.

상구 머리 노 총무는 그 두 사람이 이국적인 조 고문과 새치 머리 안 고문이라는 사실이 확인되자, 그는 초조한 마음에 '우라질 인간들! 까칠한 성질과 다르게 게으르기가 굼벵이 삼촌이네, 젠장!' 하고 구시렁대며, 잔금 기일이 촉박하다는 안내 문자를 수시로 발송해 주었다.

그러나 이들은 이렇다 할 답장을 보내지 않고 있었다. 그렇다고 두 사람이 할당된 금액을 입금시킨 것도 아니었다.

기다리는 이들의 노심초사와 달리 소식마저도 두절된 상태였다. 속이 탄 상구 머리 노 총무는 시간이 날 때면 수시로 통화를 시도했지만, 매번 불통이었다.

어찌 된 영문인지 속 알머리 봉 회장이 문자를 보내도 이들은 답장이 없었다.

물론 핸드폰을 걸어도 받지를 않고 있어 그들과 통화 자체가 어려웠다. 그러다 잔금 마감일 3일을 앞두고 이른 아침에 문자 한 통이 날아들었다.

평택에 사는 이국적인 조다혜의 글이었다.

그녀는 피치 못할 사정이 생겨 투자할 돈이 발목이 잡혔다며, 회원 모두에게 이해를 구하는 문자를 보냈다.

그녀의 사정은 이랬다.

돈 사랑 회원님들께.

안녕하세요? 봉 회장님, 그리고 회원님들. 본의 아니게 민폐를 끼치게 되어 정말 죄송합니다. 다름이 아니라 이번에 거래했던 토지 매매가 매수자의 갑작스러운 변심으로 계약이 파기되었습니다. 그 바람에 믿고 있던 투자 금액이 묶여 여러분과 함께 이번 사업을 하지 못할 것 같습니다.

정말 송구하고 미안해서 더 이상 할 말도 없습니다.

이만 여기서 저의 핑계를 줄일까 합니다. 죄송합니다. 돈 사랑 여러분. ^^

이렇게 적고 있었다.

그녀는 사방으로 투자 금액을 마련해 보려고 사력을 다했었다. 하지만 여력이 부족해 돈을 구하지 못하자, 이번 프로젝트에서 발을 빼겠다는 의사를 분명히 하고 문자를 보냈다. 그러나 누구보다 당황한 사람은 속 알머리 봉 회장과 상구 머리 노 총무였다.

이들은 갑작스럽게 벌어진 사안이라 별안간 어디서 어떻게 수습을 해야 할 것인지가 매우 난감했다. 그러나 속 알머리 봉 회장은 마지막 한 사람이라도 어찌해 볼 요량으로 통화를 계속 시도했었다.

하지만 그와 통화를 할 수 없어 이렇다 할 진전이 없었다. 새치머리 안편관도 그동안 기죽지 않으려고 큰소리를 쳤지만, 수중에 가지고 있던 돈마저 급하게 터진 일을 수습하는 데 묶이면서 도저히 해결할 방법을 찾지 못하고 있었다.

지방에서 10억에 가까운 돈을 마련하기가 쉽지 않았다.

그렇지만 사나이 자존심에 가오 빼면 뭐가 남나 싶어 그는 죽을힘을 다해 부족한 돈을 구하러 다녔었다.

그러나 결국은 돈을 구하지 못한 채 속 알머리 봉 회장의 핸드폰을 통해 회원들에게 죄송하다는 사과 문자를 보냈다.

그는 마감일이 다가와 시간이 촉박하다는 것을 잘 알고 있기에 서둘러 문자를 보낸 것이었다.

알람이 울리자 곧바로 문자를 확인한 속 알머리 봉 회장은 급하게 그의 번호를 눌렀다.

"여보세요? 안 고문님!"

새치 머리 안편관은 속 알머리 봉 회장의 번호가 뜨자 차마 거절할 수가 없어 통화 버튼을 슬며시 밀었다.

"예… 접니다. 봉 회장님! 정말 죄송하게 되었습니다."

그는 한숨을 크게 내쉬며, 어눌한 목소리로 받았다.

"안 고문님… 무슨 사정이 생겼습니까?"

속 알머리 봉상관은 목소리에 걱정을 잔뜩 깔고서 물었다.

"뭐 좀…."

그는 대답하기가 곤란했던지 한참을 망설인 끝에 짧게 대답했다.

"통 연락이 닿지 않아서 걱정을 많이 했습니다."

그의 목소리에는 진정성이 담겨져 있었다.

"정말… 죄송합니다. 심려를 끼쳐드려서요."

새치 머리 안편관은 어쩔 줄 모르는 음성이었다.

"왜 무슨 문제라도 생겼습니까?"

그는 의미를 부여하며 물었다.

"제가 말 못 할 사정이 좀 생겼습니다. 휴!"

그는 말끝에 한숨을 크게 내쉬었다.

"예에… 그랬군요?"

속 알머리 봉상관은 그가 안돼서 목소리에 힘이 빠져 있었다.

"그래서 말인데 이번 프로젝트에서 저는 빠져야 할 것 같습니다."

"허허! 기회가 좋은데 이번 사업 놓치면 두고두고 후회할지 모릅니다."

"저도 알고 있죠. 휴!"

그는 속이 타서 또다시 한숨을 내뱉고 있었다.

"웬만하면 계속 진행을 하시지 그러세요?"

그는 재차 권유를 하며, 은근히 회유를 해 보았다.

"오죽하면 사나이 체면에 수익을 눈앞에 두고 존심 상하게 이런 말까지 다 하겠습니까?"

새치 머리 안편관은 가늘게 떨리는 음성이었다.

"하긴, 무슨 말인지를 이해는 갑니다."

속 알머리 봉상관은 그 심정 충분히 알고도 남겠다는 듯이 고개를 끄덕였다.

"봉 회장님도 아시죠? 저도 웬만하면 자존심에 금 가는 말은 못 하는 성격입니다."

"허허! 안 고문님 대쪽 성격이야 잘 알지요."

"면목이 없지만, 이번만 양해를 좀 해 주세요."

그의 음성은 여전히 가늘게 떨리고 있었다.

"하여튼 알았습니다."

속 알머리 봉 회장은 어쩔 수 없지 않느냐는 심정으로 받아들였다.

"예에… 감사합니다."

그는 긴 호흡을 내뿜으며 말했다.

"허… 참! 참여하면 좋을 성싶은데 피치 못할 사정이 있다니 어쩔 수 없죠…."

"제가 다음 프로젝트는 반드시 참여하겠습니다."

새치 머리 안편관은 메어지는 목소리로 어눌하게 말했다.

"어쩔 수 없죠, 그럼 그렇게 하는 걸로 알고 있겠습니다."

속 알머리 봉 회장은 한숨을 내쉬며, 고개를 끄덕거렸다.

"회원분들께 저 대신 죄송하다고 말씀이나 잘 좀 해 주십시오."

"알겠습니다. 그렇게 해 드리죠."

"그럼 다음 모임에 만납시다."

그때 누군가 사무실로 들어오고 있었다.

"아, 참! 그리고 회장님! 선입한 입찰보증금에 대한 지분은 뒷마무리를 잘 부탁드립니다."

그는 지분 수익에 대한 자신들의 몫을 챙겨 달라며, 약삭빠른 말을 빼놓지 않았다.

"염려 마세요. 손님이 오셔서 이만 끊습니다."

그는 갑자기 서두르고 있었다.

"감사합니다. 봉 회장님! 안녕히 계세요."

그가 핸드폰을 가만히 책상에 놓았다.

속 알머리 봉상관은 통화가 끝나자, 곧바로 손님이 계신 곳으로 다가가 그에게 인사를 건넸다.

그리고 이내 자기 자리로 돌아와 회원들에게 보낼 초안을 구상하고 있었다.

이들의 대화 속에서 속 알머리 봉 회장은 그에게 부담되는 말은 되도록 가려서 했었다. 이유야 뻔했다. 민감한 돈 문제에 관한 일이라는 것을 짐작하기에 질타도, 그의 자존심을 건드리는 말도 일언반구 꺼내지 않았다.

당신 때문에 회원들이 곤란하게 됐다거나, 촉박한 기일로 잘못하면 이자를 물어주게 생길지 모른다거나 하는 우라질 잔소리는 목구멍 속으로 삼켜 버렸다.

그는 이국적인 조다혜도 이번 사업에 참여하지 못하게 됐는데, 어쩜 하나같이 지방에 계신 분들이 이 모양인지 모르겠다며, 그런 호랑말코 같은 원망조차 하지 않았다. 아니, 하지 못했다. 가슴이 오뉴월 논바닥 갈라지듯 타들어 가는 그 속에다 무슨 말을 더 할까 싶어서였다.

그러고 보면 속 알머리 봉상관은 돈 사랑 최고령자로 회장님다운 면모와 품위를 갖추고 있었다. 그는 평소에도 넓은 가슴을 가지고 회원들의 일상을 보듬어 왔었다.

속 알머리 봉상관은 찾아온 손님이 돌아가자 서둘러 대화방에 피치 못할 사정 이야기를 올렸다.

잠시 후 대화방은 발칵 뒤집어졌다. 문자 알람이 호텔 방에 불이 난 것처럼 요란스럽게 울렸다.

그사이에도 벌써 많은 문자들이 콩 볶듯 올라왔다.

회원 열두 명이 N분의 1로 십시일반 갹출하든가, 누군가 두 사람의 지분을 더 투자하든가, 양단간에 결정을 짓자는 내용들이 각축을 벌였다.

그 순간 대화방은 또다시 댓글전이 벌어져 엔딩 장면이 화면 가득 차오르고 있었다.

마감 3일을 앞두고 벌어진 난감한 사태는 작은 돈도 아니고, 자그마치 약 20억 원이나 되는 거금을 얼씨구나 내가 내겠다고 선뜻 들이대는 사람이 없었다.

왜냐하면 지분을 안게 되면 그들의 입찰 보증금까지 떠안아야 했다. 그렇다고 N분의 1로 갹출하자는 회원도 없이 두 사람을 성토하는 문자만 우라지게 날아 다녔다.

그 시각 회원들의 의중을 파악하느라 눈치만 살피던 삼각 머리 조편재가 혼자서 개지랄 춤을 추며 신바람이 나 있었다. 그는 위기는 기회라는 생각에 이들이 문제 해결보다 그들을 비방하거나 헐뜯고 있을 때 계산기를 두드리며 기다리고 있었다.

그는 분위기가 어느 정도 이루어질 때 타이밍을 맞춰 뛰어들어야겠다며, 눈치를 살피고 있었다. 그런데 이들이 서로 미루기만 하자, 그는 지금이다 싶어 자신이 문제를 해결하겠다며, 먼저 나섰다.

이는 두 사람의 지분을 혼자 독식하겠다고 나선 것이었다. 그러나 젤 바른 선정재는 그가 지분을 독식하도록 두고 볼 수 없다는 욕심을 드러냈다.

그는 각서 때문에 회원들 눈치를 보느라 망설이며, 나서지 못했다. 그런데, 삼각 머리 조편재가 먼저 나서자, 그도 기회는 이때다 싶어 뛰어들었다.

돈을 굴리는 데 번뜩이는 재치를 가진 두 사람은 회원들이 두 손을 들고 뒤로 나자빠지기를 기다렸었다. 처음부터 선뜻 나서지 못했던 사정도 다 그런 이유와 각서 때문이었다.

또한 전체 낙찰 대금 비율로 회원들 간의 문제가 불거지는 위험도, 모두에게는 경계 대상이었다.

왜냐하면 회원들의 투자 금액은 두 사람의 투자 금액에 비하면 개미 발의 군화였기에 더욱 그랬다.

두 사람의 지분(50 + 7.1 = 57.1%)은 과반수를 초과해 회원 전체 지분(3.6% × 12명 = 42.9%)을 모두 합해도 그들이 투자한 금액에는 턱없이 부족했었다.

그런데 다시 두 명의 지분(7.1%)마저 두 사람이 투자해 가져간다면, 그들의 지분(64.2%)은 증가하고, 나머지 회원 지분(35.7%)은 감소해서 힘의 밸런스가 일방적으로 기울어지기 때문이었다. 그래서 이들은 이런 점이 회원들 간의 분쟁의 빌미를 제공하지 않을까 걱정하며 망설였었다.

흰머리 윤편인은 생각지 못했던 일이 발생하자, 더럭 고민에 빠졌다. 뭔가 잘못되면 고생한 보람도 없이 두 사람 좋은 일만 새빠지게 하다가 젠장맞을 뒤통수를 맞는 일이 생길지도 모른다는 불안감 때문이었다.

그는 괜한 공포감이 엄습해 오자, 졸아드는 마음을 진정시키기 위해 핸드폰을 집어 들었다. 그리고 천천히 번호를 눌렀다. 잠시 후 신호가 떨어지고 누군가의 목소리가 들려왔다.

"여보세요?"

"문 형! 접니다."

그의 음성은 가늘게 흔들리고 있었다.

"아, 예… 윤 형! 그간 잘 지냈습니까?"

큰 머리 문정인의 목소리는 매우 경쾌했다.

"그보다 이 노릇을 두고만 봐야 합니까?"

흰머리 윤편인의 목소리에는 힘이 잔뜩 들어가 있었다.

"아니, 다짜고짜 뭔 소리입니까?"

큰 머리 문정인은 앞뒤 다 자르고 들이대는 소리에 영문을 몰라 황당해서 물었다.

"아… 선 감사하고 조 이사 말입니다."

그는 작정을 하고 목소리를 높였다.

"아하! 그분들 투자 문제요?"

그는 남의 얘기하듯 받았다.

"아니, 남의 일처럼 무슨 대답이 그렇습니까? 그리고 문 형도 한번 생각을 해 보세요."

흰머리 윤편인은 그에게 약간의 짜증을 섞어 신경질적으로 받아치며, 하소연을 하듯 말했다.

"젠장! 내가 뭘 어쨌다고 나에게 이러십니까? 그렇게 흥분만 하지 마시고, 차분히 얘기나 해 보세요."

큰 머리 문정인은 엄격하면서도 정중하게 말했다. 그는 이미 자신의 생각을 정리해 놓고 있는 눈치였다.

"아이쿠, 죄송합니다. 제가 좀 흥분을 했었나 봅니다. 그나저나 도대체 두 사람이 다 해 처먹을 심산인 모양인데, 죽 쒀서 개 주는 꼴 아닐까요?"

그의 사리를 따지는 이성적인 역정에 그는 금세 자세를 낮추며, 으르렁 거렸다.

"거야 알 수 없는 노릇이죠."

큰 머리 문정인은 그의 앓는 소리에 은근히 짜증이 솟아 미간을 찌푸리며, 건성건성 대꾸했다.

"그래서 그런지 갑자기 일할 맛이 뚝 떨어집니다."

흰머리 윤편인은 말속에 짜증이 잔뜩 섞여 툴툴거렸다.

"그 사람들 공중까지 했는데 설마 그러기야 하겠습니까?"

"문 형도, 참! 돈 앞에는 부모 형제도 없는 인간들이 천지 벗가리입니다. 흐흐."

그는 대뜸 세태를 들먹여 가며, 큰 소리로 구시렁거렸다.

"에잇… 윤 형! 너무 앞서가신다."

큰 머리 문정인은 그를 달래듯 그게 아닐 거라고 고개를 가로저었다.

"저도, 기우라면 좋겠습니다."

흰머리 윤편인은 한숨을 크게 쉬었다.

"나는 그보다 언제 그 많은 돈을 모아 두었는지 부럽기만 합니다."

"이거야말로 천하태평이시네, 뭐 부모 유산을 상속받은 건지도 모르죠?"

흰머리 윤편인은 튀틀리는 속을 어찌하지 못하고, 시기하듯 투덜거렸다.

"하긴, 뭐…. 남이 가진 돈 부러워해 봤자 내 돈 되는 것도 아닌데…. 후후!"

그는 말끝에 싱겁게 웃었다.

"당연하죠, 그림의 떡일 뿐인데…. 문 형! 문제는 그것보다 두 사람 지분 비율이 그렇게 비대해지면 우리가 계획한 문제며, 어디 목소리나 한번 제대로 내보겠습니까?"

그는 예전과는 달리 은근히 겁을 집어먹은 듯 만약의 사태를 우려하고 있었다.

"저도 그 부분에 대해서는 걱정이 없는 것은 아닙니다. 두 사람의 지분에 비해 겨우 3.6% 지분을 가지고 그들과 상대하는 짓은 계란으로 바위를 치는 것과 뭐가 다르겠습니까?"

큰 머리 문정인은 눈앞에 거대한 돌산이라도 놓인 것처럼 중얼거렸다.

"젠장! 다윗과 골리앗 싸움도 아니고, 그들과 어깨를 나란히 한다는 게 이거… 이거! 가당키나 한 겁니까?"

흰머리 윤편인은 그들을 감당하기 힘든 괴물처럼 느끼며, 말 속에 긴장감이 서려 있었다.

"정말… 숫자만 생각하면 벌써부터 기가 한풀 꺾이는 것은 사실입니다. 젠장!"

큰 머리 문정인도 한숨을 내쉬며 약간의 두려움을 느끼는 눈치였다.

"내 말이… 문 형! 하지만 50%는 은행 대출로 꺼내려고 한 금액이 아닙니까?"

그는 손가락을 꼽아 가며 말했다.

"물론 그렇죠, 그러고 보면, 제가 아까도 말했지만, 그 부분에 대해서는 각서 공중한 것도 있으니 무슨 탈이야 있겠습니까?"

큰 머리 문정인은 애써 긍정적인 태도를 보였다.

"하긴 문 형… 말대로 기댈 데라고는 그것밖에 없지만, 만약 일이 틀어지면 두 사람이 공모하지 않는다고, 누가 보장하겠습니까?"

그는 한숨을 길게 내쉬었다.

"하하! 거기까지 생각하면 그냥 발을 빼든가, 아니면 쉽게 가시든가 하는 편이 현명할지 모르죠? 흐흐…"

"글쎄…"

"윤 형, 지금까지 함께 잘해 왔는데 우리 큰돈 바라지 말고 경험을 쌓는다는 생각으로 그들을 한번 믿고 신뢰해 봅시다."

그는 무슨 꿍꿍이 속셈을 가지고 있는 모양으로 긍정적인 면에서 그에게 권했다.

"그럼, 우리가 구상했던 지주 작업은 아직 누구에게도 발설하지 않았는데 어찌하면 좋겠습니까?"

그는 진짜 자신이 하고 싶었던 속내를 이제야 꺼내 놓고서 그가 뭐라고 할지를 한 걱정을 하며 기다렸다.

"내… 참! 윤 형도 지금 무슨 허벅지 긁어 대는 소리를 하시는 겁니까?"

그의 목소리가 갑자기 커졌다.

"왜요?"

흰머리 윤편인은 대뜸 받아쳤다.

"지금 숫자가 말해 주는 것처럼 우리가 기획을 한다고 씨알이나 먹히겠습니까?"

그도 걱정스러운 속내를 꺼내 놓으며, 고시랑거렸다.

"하긴 그렇죠?"

그는 흰머리를 끄덕거렸다.

"당장 그들의 눈치를 보게 생겼는데, 구체적인 계획이 나온다 한들 무슨 소용이나 있겠습니까? 우리 두 사람의 망상일 뿐이죠."

큰 머리 문정인은 닭 쫓던 개 지붕 쳐다보는 격이라며, 그들에게는 한낱 개소리처럼 들릴지 모를 거라고 지레짐작을 했다.

"가만히 생각해 보니 문 형 말도 일리는 있는 것 같습니다."

그는 한숨을 내쉬며 흰머리를 끄덕거렸다.

"젠장맞을! 지주 작업도 힘들 텐데 두 사람 허락에 눈치까지 봐야 한다면 젠장! 말해 뭐 합니까? 이미 물 건너 간 것 아닙니까?"

그는 말끝에 혀를 끌끌 차고는 다시 주절거렸다.

"허긴, 뭐… 낙찰을 받은 땅이나 서둘러서 해결하는 걸로 매듭을 지읍시다."

"문 형! 말씀은 충분히 이해가 됩니다. 하지만, 제가 이번에 못하면 평생 랜드마크 건축물을 꿈속에서나 그리워하며 살아갈까 봐 그게 두렵습니다. 그리고 한편 아쉽기도 하고 말입니다."

그랬다. 흰머리 윤편인은 그동안에 혼자 해 왔던 구상들이 한꺼번에 '와르르' 무너져 내리는 소리를 듣는 것 같았다. 그래서 그는 미련을 버리지 못하고, 지푸라기라도 잡는 심정으로 하소연을 하고 있었다.

"아니면, 돈 생각하지 마시고 덤벼들든가요?"

그도 미련은 남았지만, 괜히 비틀어 꽈배기를 꼬는 심정으로 비아냥거렸다.

"그럼, 문 형 말대로 경험을 쌓는다는 각오로 매달려 봐? 흐흐…."

"하하! 모르죠? 그들이 더 좋아서 적극 호응하고 나올지도…. 사람일은 한치 앞도 모르니 말입니다."

"뭐 윤 형께서 이번 일을 계기로 일머리를 배운다 생각하면 그렇게 어려운 일도 없을 겁니다. 흐흐…."

큰 머리 문정인은 찰떡같이 말을 하면서도 속생각은 '착각은 자유지만 공상은 망념이다, 이 우라질 자식아!' 하며 읊조리고 있었다.

"그게 잘 되겠습니까?"

흰머리 윤편인은 순진무구하게도 그의 속생각도 모른 채 그저 도움을 얻고 싶은 마음에 차분히 물었다.

"윤 형이 대화방에 우리 계획을 먼저 올려놓고, 회원들의 반응을 살펴본 뒤에 결정을 해도 늦지 않을 겁니다."

그는 말려도 듣지 않을 사람이라는 것을 간파한 눈치였다. 그래서 슬며시 한 가지 아이디어를 제공하며, 그의 의중을 살폈다.

"허허! 그거 굿 아이디어이군요?"

그는 손가락을 튕기며 미소를 지었다. 실망과 아쉬움으로 가득했던 머릿속을 그의 꽈배기 같은 말 한마디가 보약처럼 신통하게 날려 버렸기 때문이었다.

"그럼, 어디 한번 올려볼까요? 흐흐…."

흰머리 윤편인은 자신이 구상했던 계획들이 물거품이 되는 상황을 그냥 두고만 볼 수 없었다.

그래서 때로는 비아냥거림도 패러독스처럼 그에게는 힘이 될 수 있었다. 이처럼 말 한마디가 누군가의 심장을 고동치게 하는 것은 신의 한 수와 다를 게 없었다.

그래서 그는 가속 페달을 그가 대신 밟아 준 것이라 생각하고 있었다.

그러나 이윤을 창출해 소득을 배가시키는 계획도 그에게는 중요했다.

하지만, 그보다 생전에 꼭 한 번이라도 지역 랜드마크가 될 수 있는 건물을 올리고 싶었다.

그는 이번 일만 성사되면 두 마리 토끼를 한꺼번에 잡을 수 있겠다는 생각에 숙고의 나날을 보내 왔었다. 그러다 새치 머리 안 편관과 이국적인 조다혜 사건이 터지자 일이 '틀어지지 않을까?' 하는 조급한 마음에 그에게 자문을 구했던 것이었다.

잔금 완납

다음 날.

속 알머리 봉상관은 일찌감치 출근해 미루어 두었던 업무를 서둘러 처리하고 있었다. 상구 머리 노식신이 도착하는 대로 법원에 가기 위한 사전 작업이었다.

낙찰 잔금 마지막 날까지 이들은 긴장을 늦추지 못했다. 이유야 뻔했다. 잔금을 납부하기 전까지 언제든지 채무자는 빌린 채권을 반제하고, 경매를 취소할 수 있었기 때문이었다.

그는 사무실로 나오기 전에 흰머리 윤편인과 회원들은 물론 업무를 함께 돕기로 한 젤 바른 선정재와 삼각 머리 조편재로부터 수고해 달라는 감사 전화를 미리 받았었다.

"안녕하세요? 회장님!"

상구 머리 노식신은 감색 정장 차림에 노란 넥타이를 매고 들어섰다.

"어서 오세요, 노 총무님! 와! 오늘 의상 죽이는데요. 어디 미팅이라도 가시는 분 같습니다. 허허!"

속 알머리 봉상관은 산뜻한 그의 모습을 보자 탄성을 자아냈다.

"하하하! 감사합니다. 그렇게 좋게 봐 주시니."

출입구 문을 한 손으로 붙잡고, 그가 한바탕 웃었다. 여 사무장은 입술을 실룩거리며, 한마디 하고 싶은 것을 꾹 참고 있는 눈치였다.

"이거… 빈말이 아닙니다. 허허!"

그는 넌지시 추켜세우며, 씨익 미소를 지었다.

"하하하! 알고 있습니다."

그는 말을 받아 주절거렸다.

"제가 오늘 멋 좀 냈거든요. 흐흐…."

상구 머리 노식신은 우쭐하며 한바탕 웃고는 가볍게 어깨를 털어 내고 있었다.

속 알머리 봉상관은 '저런 거 보면 사람은 의복이 날개라는 소리가 틀린 말은 아니야?' 하고 읊조리며 고개를 끄덕거렸다.

"오늘은 어쩐지 뭔가 다른 분위기입니다. 흐흐…."

남 사무장은 '뭔 일이 있나?' 싶어 슬쩍 말을 건넸다.

"준비되셨으면 가실까요? 회장님!"

남 사무장의 물음에 대꾸도 하지 않은 채 그는 거들먹거리듯 자기 할 말만 하고, 밖으로 휙 나갔다.

"망할 자식! 사람이 물으면 한마디 대꾸라도 해 주면 입이 찢어지냐?"

그는 메아리가 없자 혼잣말을 웅얼거렸다.

"알았어요, 곧 뒤따라갈 테니 천천히 걸어가고 있으세요."

속 알머리 봉상관은 하던 일을 대충 정리해 사무장에게 건네주고는 서둘러 밖으로 나왔다.

그를 밖에서 기다리고 있던 상구 머리 노 총무가 옆으로 다가서며, 나란히 법원을 향해 걸어갔다.

사무실에서 지척에 있는 지방 법원은 몇 마디 대화를 나누다 보니 어느새 코앞에 정문이 보였다.

오늘도 여전히 출구에는 많은 사람들과 차들이 한데 섞여 박작거렸다. 두 사람은 법원 일층에 들어서자, 곧장 경매계를 찾아 들어갔다.

속 알머리 봉상관은 사무관에게 사건 번호를 불러주면서 낙찰 잔금을 납부하러 왔다고 말했다. 그의 말에 코 큰 사무관은 신분증을 먼저 보여 달라며 생긋 웃었다.

그는 지갑을 꺼내 곧바로 신분증을 빼내서 넌지시 그에게 건넸다. 코 큰 사무관은 몇 가지 내용을 확인을 하고는 은행에 다녀오라며, 법원 보관금 납부 명령서를 그에게 내밀었다.

수차례 경험을 가지고 있는 이들도 오늘따라 긴장을 하고 있어 왠지 일처리가 매끄럽지 못했다.

두 사람은 출입구 왼쪽에 붙어 있는 은행 출장 지점으로 천천히 걸어갔다.

입찰이 없는 날이라 은행 창구는 그리 번잡스럽지 않았다. 상구 머리 노식신은 서식 용지 보관함 앞으로 다가갔다. 그러고는 법원 보관금납부서를 한 장 꺼내 천천히 빈 공간을 채워나갔다.

작성이 끝나자, 그는 받아 온 법원 보관금 납부 명령서를 첨부해 창구 직원에게 잔금이 든 통장 등을 접수시켰다. 잠시 동안 업무를 처리한 안경 낀 여 행원은 처리된 영수증과 통장 등을 다 끝났다며 그에게 건네주었다.

두 사람은 다시 발길을 돌려 경매계로 찾아갔다. 민원서류가 놓인 책상을 버팀목을 삼은 상구 머리 노식신은 새롭게 매각대금 완납 증명원과 부동산 목록 두 부를 빠르게 작성했다.

그중 하나에 수입 인지를 붙이고, 은행에서 받아 온 법원 보관금 영수 필 통지서를 첨부해 담당 접수처에 제출했다. 그러고는 두 사람이 잠시 노닥거리는 사이에 코 큰 사무관은 서류 정리가 끝났다며, 그에게 영수증을 건넸다.

사무관이 건네준 매각대금 완납 증명원 모퉁이에 담당사무관의 직인이 동그랗게 찍혀 연월일이 선명하게 보였다. 우체국 소인이 찍혀 있는 것 같았다.

두 사람은 서둘러 등기 촉탁 업무 등을 신청하러 다녔다. 이들은 부지런히 발걸음을 옮겨 다니며, 남은 잔무를 처리하고 있었다.

속 알머리 봉상관은 혹시나 하는 노파심에 인도명령 신청(토지·

가옥·선박 등을 인도하라는 법원의 명령)과 명도소송 신청(대금을 지급한 후 6개월이 지났음에도 인도명령 대상자 등이 부동산의 인도를 거절할 때 매수인이 관할 법원에 부동산을 비워 넘겨달라고 제기하는 재판)을 미리 신청을 해 두었다.

망할 놈의 신청비용은 추가되었지만, 만약 점유자와 대화가 통하지 않을 때를 대비해 빌어먹을 경비 출혈을 감수해야 했었다. 그 이유야 뻔하지, 않은가? 인도받는 기일을 최소화시키기 위한 그만의 예방주사였다.

그는 한 가지 더 신중을 기해 부동산 점유 이전 금지 가처분(부동산에 대한 인도·명도청구권을 보전하기 위한 가처분)까지 철저하게 신청을 해 두었다.

점유 이전 금지 가처분은 점유자가 다른 사람에게 명의를 전환하지 못하도록 조치하는 안전장치로 목적물의 인적(주관적)·물적(객관적) 현상을 본 집행 시까지 그대로 유지하게 하는 것이었다.

속 알머리 봉상관은 모든 업무를 꼼꼼하게 체크하며, 마무리까지 끝내고 나서야 법원을 빠져나왔다. 이들은 그제야 허기를 느끼고, 곧바로 식당으로 직행했다.

그곳은 오랜 세월 한우 양지머리(소의 가슴에 붙은 뼈와 살로 제1목뼈에서 제7갈비뼈 사이의 양지 부위 근육들이다)탕으로 유명한 음식점이었다.

이들은 양지탕과 수육을 주문해 점심을 함께 하면서 대화방에 서류 작업을 무사히 마쳤다는 문자와 완납 증명원 사진 등을 올

렸다. 곧이어 돈 사랑 회원들의 반응이 뜨겁게 교차하며, 각자의
핸드폰은 미친 듯 신호음이 울리기 시작했다.

긴급 제안

대화방은 온통 축하 문자와 감사의 메시지가 쉴 새 없이 올라왔다. 영화의 마지막 장면을 연상시키듯 액정 가득 댓글로 도배를 하고 있었다.

그렇게 이들이 들떠 있는 사이에 누군가 회원들에게 선물 보따리를 안길 것처럼 잠시 후 속보라는 제목으로 긴급 제안이 하나 올라왔다.

타이틀은 이랬다. 문정인 감사 기획, 윤편인 부회장 계획이라는 어찌 보면 이들에게 제공하는 올가미 문자였다. 내용은 토지 확장 사업에 관한 모두의 의중을 묻고 있었다.

흰머리 윤편인은 특히 젤 바른 선정재와 삼각 머리 조편재가 과연 어떤 반응을 보일지가 관심사로 그의 예민한 촉각을 곤두세우고 있었다.

첫 댓글은 짱구 머리 나겁재로 대박이라며 호들갑을 떨었다. 둥근 머리 맹비견은 완전 홈런 한 방을 제대로 때릴 수 있는 빅 이벤트라고 올렸다.

반면 속 알머리 봉상관은 과정이 복잡하고, 노력에 비해 성과를 보장할 수 없는 실속 없는 게임이라며, 보수적인 입장을 취했다. 상구 머리 노식신은 재정적인 문제와 시간의 싸움이라고, 반신반의하며 달가워하지 않는 눈치였다.

돈 냄새를 잘 맡는 '돈생돈사' 두 사람은 주판알을 튕기느라 머릿속이 바빠져 쉽게 의견을 달지 않고 있었다. 미모의 명정관은 생김새와 달리 한번 도전해 보고 싶다며, 일이 잘 성사되기를 원하는 우호적인 댓글을 달았다.

도회적인 안혜숙은 진보적인 성향으로 '못 먹어도 고'를 외쳤다. 한번 물면 놓지 않는 모던한 한옥경은 돈 냄새를 맡는 여자 특유의 촉각 때문인지 적극적으로 도움을 주겠다며, 빅 이벤트에 성원을 보냈다.

우아한 전원숙은 원금 회수가 생각보다 늦어진다는 사실을 걱정하면서도 한편 그만큼 이익이 커진다는 점에서 갈등하는 눈치였다. 또한 자신의 용두사미 같은 성격적 결함을 우려하는 것 같았다.

마지막까지 눈치를 살피며, 계산기를 두드리던 가이아[1] 를 무지 사랑하는 삼각 머리 조편재는 그 시각에 자신의 파트너이자 로맨

---

1) 가이아 : 그리스 신화에 나오는 대지의 여신.

스의 오빠 젤 바른 선정재는 무슨 생각을 가지고 있는지를 의중을 떠보고 싶어 따로 통화를 시도하고 있었다.

"여보세요?"

"아… 조 형! 어쩐 일로 전화를 다 주시고…. 하하하!"

젤 바른 선정재는 그의 번호가 뜨자 반갑게 받았다.

"다름이 아니라 윤 부회장님이 올린 안건이 신경이 쓰이는데… 선 형 생각은 어떠하신가, 듣고 싶어서 걸었습니다."

그는 음성을 낮게 깔고서 여느 때와 달리 심각하게 물었다.

"아닌 게 아니라 저도 그 문제 때문에 여러 각도로 고민을 하고 있었는데, 마침 전화를 잘 거셨습니다."

"하하하! 이심전심이었나 봅니다."

삼각 머리 조편재는 금세 능청스럽게 말을 받았다.

"윤 부회장님! 말대로라면 주변에 땅을 매입하거나 지주 작업을 해야 되는데, 사람들이 너무 겁 없이 덤벼드는 무모한 짓은 아닌지 걱정입니다."

젤 바른 선정재는 말과 동시에 한숨을 쉬었다.

"하하하! 그러시군요."

그는 대답을 하고는 삼각 머리를 끄덕대며 계속 주절거렸다.

"물론 틀린 말은 아니지만, 이참에 문제의 각도를 달리 들여다보면 좀 더 큰 구상을 할 수도 있지 않을까? 싶습니다. 흐흐…"

"예에… 아니, 그건 또 뭔… 소리입니까? 하하하! 조 형은 무슨 좋은 묘책이라도 가지고 있나 봅니다."

"어차피 우리가 준비 했던 프로젝트도 단시일 내에 해치울 수 있는 작은 공사가 아니지 않습니까?"

삼각 머리 조편재는 그를 회유하듯 은근히 끌어들이고 있었다.

"뭐… 한편 생각해 보면 그렇기도 합니다."

그는 틀린 이야기는 아닌지라 가볍게 받았다.

"그래서 제 미련한 생각에는 한데 묶고 더블로 가는 방법도 그리 나쁘지가 않다고 봅니다."

"땅 주인들이 호락호락 내놓겠습니까?"

젤 바른 선정재는 갸웃갸웃거렸다.

"글쎄요? 아직 뚜껑도 오픈하지 않았는데, 그 속이야 누구도 모르는 일 아니겠습니까? 하하하!"

그는 찬성하는 뉘앙스를 슬쩍 흘렸다.

"그럼 조 형은 이 제안에 찬성하는 쪽입니까? 지금 말투가 제게는 꼭 그렇게 들립니다. 제 착각입니까?"

"딴은 뭐 그렇다고 볼 수도 있고, 아직 고민을 더 해 보아야 되지 않겠습니까?"

"그럼 뭐야? 지금 제 생각을 떠보는 겁니까?"

젤 바른 선정재는 은근히 부아가 치밀어 언성을 높이며 물었다.

"하하하! 감히 제가, 천하의 선 감사님을 회를 친다는 게 말이나 됩니까?"

그는 한바탕 웃으며 시치미를 뗐다.

"그럼… 뭡니까?"

그는 괜히 열이 받쳐서 툴툴거렸다.

"에잇! 천부당만부당한 소리입니다."

삼각 머리 조편재는 약간의 언성을 높여 부정을 했다.

"아니… 이것도 아니다, 저것도 아니다, 도대체 그놈의 기준이 뭡니까?"

"아… 아, 감정 죽이시고, 제 말을 좀 들어 보세요. 선 형! 하하하!"

그는 차분하게 말을 하면서 그를 달래 놓고는 넉살스레 웃어 가며 다시 주절거렸다.

"만약에 제가 한 말에 동의하시면 한배를 타는 것이고, 싫으면 없던 얘기로 하시면 됩니다. 하하하!"

삼각 머리 조편재는 돈을 벌고 싶다면, 편승하고, 돈을 벌기 싫으면 하차하면 될 것이라며, 그를 넌지시 부추겼다.

"뭐, 얘기를 하시려고 사설이 한강 줄긴지 어디 한번 들어나 봅시다."

젤 바른 선정재는 순간 목소리가 가라앉아 차분하게 말했다.

"어차피 지주 작업을 벌여도 상당한 비용이 필요할 겁니다. 게다가 지주들이 협조하지 못하겠다면 어떤 식으로도 땅을 매입해야 가능한 일이라는 겁니다."

"당연 그렇겠지요, 그래서요?"

그는 조금씩 그의 이야기 속으로 빠져들고 있었다.

"게다가 일이 잘 풀리면 건축 공사비뿐만 아니라 분양대금 액수가 엄청납니다. 하지만 그게 모두다 돈이 있어야 가능하다는 겁니다."

그의 얼굴은 순간 희색이 가득해서 빛이 나고 있었다.

"조 형! 말대로라면 그렇기도 하겠습니다. 하지만 그 반대 상황이라면 그리고 지주들이 사정을 해도 팔지 않겠다고 나오면 나무아미타불이 아닙니까? 쉽지는 않을 겁니다."

"그렇다면 우리가 웃돈을 더 얹어 주고서라도 매달려야 되겠지요? 만약 팔지 않는다고 해도 좀 더 좋은 조건을 내세워 그들의 마음을 회유를 한다면 가능성은 아주 없다고 보지 않습니다. 하하! 물론 시일이야 좀 더 걸리겠지요, 뭐 그 정도는 감안해야 일이 성사되지 않겠습니까?"

그는 갑자기 마인드가 바뀌어 어느 사이에 긍정적으로 대답을 하고 있었다. 젤 바른 선정재는 그래도 미심쩍어 다시 물었다.

"만약 사업이 지지부진하면 경비만 축내고, 기껏 준비했던 작은 계획마저 수포로 돌아갈 거 아닙니까?"

"에잇… 선 형! 너무 그렇게 극단적으로 몰아가시지 말고요."

그는 힘을 주어 강력하게 말했다.

"물론 그런 일이 일어나서도 안 되겠지만, 사람 일이라는 게 예측할 수 없으니 하는 말입니다."

젤 바른 선정재는 핸드폰을 코앞에 대고는 네놈이 책임질 수 있느냐는 표정으로 중얼거렸다.

"그래서 얘긴데 윤 부회장님과 문 감사님이 일단 총대 메고 나섰잖아요?"

"그래서요?"

"우리는 돈줄을 잡고 있으니 가만히 기다리고 있다가 그쪽으로 나서는 것은 어떻겠습니까?"

그는 말끝에 비굴한 표정으로 웃고 있었다.

"아니, 그 막대한 자금을 우리가 책임지자 말입니까?"

젤 바른 선정재는 깜짝 놀라 경악하며 말했다.

"뭘… 그렇게 놀라십니까? 도랑치고 가재 잡자는 웃고픈 이야긴데…. 후후!"

그는 비웃적거리며 싱긋 웃었다. 그러고는 이어 주절거렸다.

"제 말은 어차피 이자 놀이는 이미 시작된 도화선이고, 잘 풀리면 수익금까지 한목에 챙기자는 겁니다. 흐흐…."

"회원들이 눈뜬장님도 아니고, 가만히 두고 보고만 있지 않을 텐데요?"

은근히 걱정이 앞선 젤 바른 선정재는 부정적인 태도를 취했다.

"하하하! 선 형도 참! 순진하신 겁니까, 순진한 척하시는 겁니까?"

삼각 머리 조편재는 그의 쫀쫀한 성격을 잘 알고 있기에 미리 선수를 치듯 성깔 사납게 대했다.

"아니… 뭐…."

그가 주저거리자 그는 계속 주절거렸다.

"어차피 사업을 하려면 자금이 필요하고, 그 돈을 어디선가 충당을 해야 하는데…. 금융기관이 아닌 우리가 나섰다 해서 큰 문제가 되겠습니까? 어차피 무거운 짐을 덜어 주는 것은 똑같은데…."

"그렇기는 하지만, 제 말은 대출을 일으켜도 돈 사랑을 앞세워 금융기관을 끼고 하거나, 법인을 설립해서 추진하려 할 것 아닙니까?"

"그거야 우리가 처신하기에 달린 문제가 아니겠습니까?"

"글쎄요? 입장을 바꿔서 내가 먼저 돈 문제를 해결하겠다고 나서면 조 형이라면 아이고 고맙습니다. 넙죽 절이라도 할 것 같습니까? 천만에 만만에 말씀입니다. 아마… 모르긴 몰라도 저를 잡아먹지 못해 안달복달을 할 겁니다. 하하! 뭐… 으르렁거리는 째진 시선을 안 봐도 비디오로 눈에 선합니다. 흐흐…."

"젠장! 물론 나라도 가만두고 보진 않을 겁니다. 적어도 의심의 눈으로 지켜보겠죠. 흐흐…. 그러나 금융 기관 이자율보다 조금이라도 낮추면 생각이 달라지지 않겠습니까?"

"그거야 당연히 금융 대출 이자보다 금리가 싸다면 가능성은 조금 높아질 겁니다."

"그래서 말인데… 우리가 이들을 지켜보다가 돈 구하기 어려운 타이밍이 닥치면 그 기회를 적절히 이용을 하는 겁니다."

"글쎄요…?"

"하하! 너무 걱정하지 마세요, 우리가 먼저 힘을 합쳐 적당한 시기를 엿보다가 기회다 싶을 때 치고 들어가면 됩니다. 흐흐…."

"그런데 주변 땅을 얼마만큼 넓게 작업을 하려고 하는지와 자금은 얼마가 소요될지도 모르는데, 너무 무모하다는 생각이 안 듭니까?"

젤 바른 선정재는 그의 배포에 혀를 내두르며 물었다.

"어느 규모로 하든, 지주 작업 특성상 일단 시일이 걸려 문제일 뿐, 돈 문제가 아니잖아요? 물론 비용도 필요하고, 때론 땅을 매입할 자금이 필요하겠지만 말입니다."

그는 젤 바른 선정재를 그렇게 안심을 시키면서 또 다른 말을 이어 주절거리려다 잠시 머뭇거렸다. 그사이 젤 바른 선정재가 말을 꺼냈다.

"물론 그렇지만, 만약 땅을 사들여야 한다면 문제는 달라지지 않겠습니까?"

그는 약간의 갭이 있다는 생각에 다시 물었다.

"당근이죠, 그때부터 자금이 얼마가 필요한지 문제가 될 겁니다. 하하하!"

"만약 그렇다고 하다면 우리가 감당해 낼 수 있을지도 문제겠지만, 저는 차마 엄두가 나지 않습니다."

"하하하! 선 형도 참! 땅 짚고 헤엄치는 건데, 뭐가 그리도 걱정이 많으십니까?"

삼각 머리 조편재는 어디서 나오는 배짱, 아니 자신감이 충만한 소리로 한바탕 크게 웃었다.

"난 조 형의 자신감이 왠지 불안한데, 자금도 확보해야 하지만, 그보다 담보 잡고 돈을 푸는데 뭐가 걱정이냐? 그 말 같은데…

어디 세상사가 말처럼 굴러가면 오죽 좋겠습니까?"

"그렇긴 한데, 시일이 좀 걸려서 그렇지 별 탈 없을 겁니다. 나만 믿고 염려 푹 놓으세요."

삼각 머리 조편재는 거대한 웅지를 품은 듯 자신 있게 말했다.

"말이야 쉬운데 건축 일처럼 성질 더러운 놈이 한번 꼬이기 시작하면 매듭 풀기가 장난이 아니잖습니까?"

젤 바른 선정재는 목소리에 힘을 잔뜩 주고 말했다.

"여보세요, 선 형! 만약 사업이 제대로 잘 풀리면 분양해서 수익도 챙기고, 게다가 우리는 이자까지 새끼 쳐서 들어옵니다. 그러니 좀 긍정적으로 삽시다. 하하!"

그는 뱃심 좋게 큰소리를 쳤다.

"뭐 돌 한 개를 던져서 새 두 마리를 잡는다는 말 같은데…. 그렇게만 된다면, 일석이조로 얼마나 좋겠습니까? 하하하!"

젤 바른 선정재는 불안한 속에서도 그제야 비로소 웃고 있었다.

"또 사업이 제대로 풀리지 않아도 걱정할 일이 없습니다."

"그건, 또 뭐… 우라지다 자빠질 소리입니까?"

그는 이게 '무슨 귀신 씻나락 까먹는 소린가?' 싶었다.

"제 말은 돈이 나가면 어디 그저 풀립니까? 하나에서 열까지 모두 근저당을 설정하고, 담보 가치만큼 해 주는 거 아닙니까?"

삼각 머리 조편재는 언성을 조금 높여 그를 설득하듯 말했다.

"헐…! 잘못되면 담보를 잡은 이자 수익만 챙기겠다."

그는 숨을 길게 내쉬었다.

"우리는 싼 이자 끌어다가 조금 얹어서 우리 돈과 함께 풀면 됩니다."

"그런, 저금리 물주가 하늘에서 뚝 떨어지거나 땅에서 솟는답니까?"

젤 바른 선정재는 그의 말 같지 않은 소리에 황당해서 갑자기 목소리를 높였다.

"아… 아! 그런 걱정은 하지도 마세요, 잠자고 있는 묵은 화폐가 세상 구경을 하고 싶어 안달이 나 숨을 못 쉬는 판국에 새 지폐로 환전시켜 주겠다는데 서로 간에 얼마나 생산적이고 효율적인 일입니까?"

그는 구권 화폐를 가지고 있다며, 물주를 현혹하는 사기꾼의 교묘한 화술을 구사하듯 능청스럽게 말했다.

"하하하! 누가 들으면 세상 음지에 잠자고 있는 돈은 다 가지고 계신 분 같습니다."

"하하하! 제가 가진 돈은 작아도, 돈을 가진 인맥과 알고 있는 무형의 자산들이 제법 큰 밑천 중 하나라고 자랑할 수 있습니다."

그는 백안시를 희번덕거리며 가운뎃손가락을 핸드폰에 대었다가 다시 살짝 내렸다.

"하하하! 세상 사람이 모르는 조 형만의 비밀 장부라도 가지고 있나 봅니다."

그는 은근히 비아냥거렸다.

"흐흐…. 누군가 가진 막대한 지하 자금들이 환전해 줄 날을 애타게 기다린다는 사실을 아시는지 모르겠습니다."

그랬다. 삼각 머리 조편재는 그가 꿈에도 생각하지 못하는 돈 줄을 움켜쥐고 있었다.

"그거 나중에 세무 조사를 하면 다 드러날 텐데 두렵지 않습니까?"

"아… 누이 좋고, 매부 좋잖은 일인데 그래 간이 작아서 어디 큰일 하겠습니까? 하하하!"

그는 떡 세를 받아 챙기는 비호 세력 속에 감춰져 드러나지 않는 그림자들이 그렇게 허술하게 본색을 드러내겠느냐는 것이었다.

"그래서 제 그릇대로 살고 있지 않습니까? 헤헤!"

그는 은근히 부아가 치밀어 비아냥거렸다.

"선 형! 그건 자랑할 만하다고 말하기도, 그렇다고 아니라고 말하기도 애매하긴 합니다. 하하하!"

"오호… 그래요? 아무튼 저는 너무 큰 재물을 탐낸 적도 없지만, 그렇다고 작은 재물에 눈이 어두워진 적도 없습니다."

"다만, 이거다 싶으면 물불 안 가리고 덤벼드는 불나방 같은 기질은 가지고 있는 사람입니다. 하하하!"

젤 바른 선정재는 연신 다리를 흔들거리며 '나도 한다면 하는 사람이다, 이거야. 이거 왜 이래…?' 하고 있었다.

"그렇다면 잘 생각해 보세요. 둘이 힘을 합치면 다른 사람은 몰라도 우리는 손해 볼 것이 없습니다."

삼각 머리 조편재는 제대로 한 방 날리고 싶은 모양이다. 아니,

대박을 치고 싶어 안달이 난 꾼처럼 그를 부추겼다.

"장담을 하는 거 보니 뭔가 믿는 구석이 단단히 있긴 있는 모양인데, 그 자신감은 도대체 뭡니까?"

젤 바른 선정재는 그의 자신감이 어디서 나오나 싶어 부러워 물었다.

"하하하! 조금 전에도 말을 했지만, 저만 믿고 따라오시면 제가 선 감사님 본전은 하늘이 두 쪽이 나도 반드시 책임을 지겠습니다."

그는 순간 두 주먹을 불끈 쥐었다.

"쳇! 본전만 챙기려면 우라질 개고생을 왜 합니까? 하하하!"

그제야 그는 느물스럽게 웃었다.

"그렇다는 얘깁니다. 사업이 마무리되든, 중도에 판이 깨지든, 우리 돈은 안전장치를 걸어 놓은 거나 진배가 없으니 짭짤한 수익이나 챙길 수 있게 한번 대들어 봅시다."

"저도 계산기를 두들겨 보니 대충 판단은 서는데 조 형 말처럼 회원들이 고분고분 나오겠습니까?"

그는 고개를 갸웃갸웃거리며, 끈질긴 걱정을 되씹고 있었다.

"그러니 윤 부회장님과 문 감사님 똥구멍을 살살 긁어 주면서 비위를 맞춰 주고, 다른 회원들 기분이 상하지 않게 기회 포착을 잘 노려야 될 겁니다."

그는 말을 해 놓고 보니 어쩐지 몰염치한 구석이 있어 자신도 모르게 히죽 웃었다.

"지금 기획은 문 감사님이 했지만, 계획은 윤 부회장님이 주도

하는 것 같지 않습니까?"

"저도 그렇게 판단하고 있습니다."

젤 바른 선정재는 긍정하며 고개를 끄덕거렸다.

"선 형! 사실 우리끼리 얘기지만, 돈 없이 머리를 쓰는 사람은 한번 돈줄이 막히면 바로 '돈맥 경화' 증세가 나타나는 게 특징이 아닙니까?"

그는 음흉한 낯짝으로 히죽 웃고는 이어 주절거렸다.

"우린 그걸 역으로 이용해야 합니다."

삼각 머리 조편재는 뒤통수를 때리는 시늉을 하며 말했다.

"하하하! 그 소리를 듣고 보니 조 형은 돈 사랑에 들어온 목적이 딴 데 있는 사람 같습니다."

젤 바른 선정재는 그를 다그치고, 뭐라 평계를 댈지 기다리고 있었다.

"하하하! 그럴지도 모르죠, 제가 원래 이율배반적인 논리에 강한 사람이거든요."

그는 한바탕 웃고는 자신을 비하하듯 말했다.

"하하하! 그거야 사람만이 할 수 있는 선택이 아닌가요?"

그는 덩달아 크게 웃었다. 자신을 낮추고 들이대는 데 어쩔 도리가 없는 눈치였다.

"그렇긴 합니다. 저도 인간이기에 달면 삼키고 쓰면 뱉는 이해의 저울추 중에 한 사람이거든요."

그는 혀를 날름거렸다.

"그야 당연한 거 아닙니까?"

젤 바른 선정재는 어느새 그의 그림자처럼 대답했다. 그리고 새롭게 주절거렸다.

"세상은 자기에게 이로우면 다가오지만, 해가 되면 멀어지는 것이 세상의 이치 아닙니까?"

"그래서 인간들은 간이고 쓸개고 다 팽개치며 살살대다가도 어느 날 갑자기 뒤통수 후려치고, 깡그리 담아서 도망치는 세상이 아닙니까? 안 그래요?"

그는 자신의 그런 태도에 은근히 부아가 솟구쳐 괜히 자신을 비방하듯 비아냥거렸다.

"하하하! 내 말이요. 특히나 요즘처럼 배금주의(돈을 최고의 가치로 여기고 숭배하는 주의)가 판치는 세상에 우리처럼 돈에 인생을 거는 사람이 어디 하나둘이겠습니까?"

삼각 머리 조편재는 그의 마음을 알면서 일부러 그러는 건지 주구장창 돈 얘기로 열을 올렸다.

"하하하! 우리야 돈에 목숨을 걸지만, 세상에는 권력이나 명예에 목숨을 거는 사람들도 얼마든지 많지 않습니까?"

젤 바른 선정재는 그의 말에 대거리를 하듯 받아쳤다.

"물론 많겠지요? 그러나 제가 그런 쪽으로는 능력이 없어도 돈맥을 잡는 재능만큼은 뛰어나다는 거 아닙니까? 하하하!"

그는 가운뎃손가락을 펴서 코앞에 들이대고 있었다.

"좋습니다. 뭐… 우리 둘 다 돈에 죽고 돈에 사는 인생 같은데

나야말로 조 형만 믿고 한번 대들어 보겠습니다."

젤 바른 선정재는 그에게 잔뜩 무게감을 실어 주며, 뜨거운 그의 열기에 핸드폰을 옮겨 반대편 귓가로 가져갔다.

"하하하! 아마⋯ 실망하지 않으실 겁니다."

그는 여전히 가운뎃손가락을 펴고 있었다. 어느 영화의 한 장면 속 레오나르도 디카프리오Leonardo Dicaprio를 연상시켰다.

"그럼, 우리는 뭐부터 해야 되겠습니까?"

"그리 서두를 필요까지 없습니다."

삼각 머리 조편재는 주먹을 불끈 쥐며 '아⋯싸, 가오리!' 하는 시늉을 해 보였다.

"아⋯ 그래요, 무슨⋯?"

그는 머뭇거리고 있었다.

"우리는 회원들 결정에 다수결로 따라가다가 적당한 기회가 오면 그때 우리의 목소리를 높이면서 급한 불을 꺼 주는 식으로 접근하면 됩니다."

그는 신명이 오른 사내처럼 중얼거렸다.

"후후! 아무튼 저는 조 이사님만 믿고, 일단 추진해 보겠습니다."

"아⋯ 그리고 제가 대화방에 한 다리 걸쳐 놓을 테니 선 형은 슬쩍 따리만 붙이면서 들어오세요."

"예⋯ 알겠습니다. 그렇게 하지요."

"그럼 이만 실례⋯"

삼각 머리 조편재는 그 말과 동시에 오프를 눌렀다. 젤 바른 선정재는 통화를 끝내며 대화방 화면을 들여다보았다.

돈 사랑 회원 가운데 두 사람만, 아직 한 문장도 올리지 않고 있었다. 통화를 끝낸 삼각 머리 조편재는 자신의 파트너로 선 감사를 끌어들이는 데 성공했다는 성취감에 잠시 개다리 춤을 추며, 조편재 만세를 외쳤다.

그러고는 몇 분 뒤에 약속대로 다듬은 초안을 다시 정리해 대화방에 이렇게 올렸다.

> 안녕하세요? 조편재입니다. 정확한 사업 계획은 아직 모르겠지만, 두 분을 신뢰하는 저로서는 한편 믿음이 갑니다.
>
> 그래서 말인데 회원의 한 사람으로서 협조를 하는 것은 당연하다고 생각합니다. 다만 완성된 계획이 아니고, 예비적인 성격을 가지고 있는 기획이라는 점에서 판단할 근거는 아직 부족하다고 봅니다.
>
> 좀 더 시간을 가지고 숙고는 하겠지만, 제 의견은 찬성 쪽에 무게를 두려고 합니다. 아무쪼록 신중하게 접근하셔서 알찬 계획을 보여 주시길 기대해 봅니다. 감사합니다. ^^
>
> 조편재.

그 뒤를 이어서 기다렸다는 듯이 새로운 문자가 올라왔다. 젤바른 선정재가 올린 문자였다.

두 분의 예상치 못한 도발적인 계획을 확인하고, 적지 않게 당황했습니다. 하지만 가만히 생각을 해 보니 계획대로 성사가 된다면 우리가 한 단계 도약하는 계기가 될 것 같습니다.

다만 사람의 노력도 중요하지만, 성사는 하늘에 달려 있으니 회원님들 수고가 염려스러울 뿐입니다. 그리고 윤 부회장님과 문 감사님의 노고에 진심으로 감사를 드립니다. ^^

선정재.

흰머리 윤편인은 마지막으로 기다리던 두 사람의 우라질 의견이 절대적인 것은 아니었지만, 그래도 나름 긍정적으로 올라오자, 그들의 심중을 들여다본 것처럼 빠르게 답변을 올렸다.

어려운 판단을 해 주신 모든 분들께 확실한 수확을 거두어들일 수 있도록 최선을 다할 것을 약속드립니다.

추신: 부족한 부분은 보완하고, 여러분의 충고는 가슴에 새겨 완성된 계획을 가지고 가까운 시일 내에 찾아뵙겠습니다. 감사합니다. ^^

부회장 윤편인.

위와 같은 문자로 자신의 각오를 밝혔다.

돈 사랑 회원들의 반응은 의외로 고주알미주알 뜨거웠다. 과반

수 회원들로부터 격려와 부탁 그리고 감사의 글이 올라왔다.

흰머리 윤편인은 대화방에 올라온 의견들을 참고해 큰 머리 문정인과 총체적인 문제들을 심중 있게 주고받았다.

두 사람은 전반적으로 긍정적인 신호로 받아들였다. 그러나 예민한 반응을 보인 몇몇 회원들이 목에 가시처럼 걸렸다. 그는 우선 속 알머리 봉 회장의 속셈이 무엇인지 궁금해서 전화를 걸었다. 그의 핸드폰 속에서 경쾌한 멜로디 소리가 흘러나왔다.

"여보세요?"

"봉 회장님! 윤 부회장입니다. 식사는 하셨습니까?"

그의 귀청으로 웅성거리는 소리가 함께 들려왔다. 속 알머리 봉상관은 막 점심 식사를 끝내고 상구 머리 노식신과 커피를 마시다가 전화를 받았다.

"예… 이제 막 점심 식사를 마치고, 커피 한잔 마시는 중입니다."

그는 식당 의자에 앉아 있었다.

"수고가 많으십니다."

그는 히죽 웃었다.

"어차피 누가 해도 해야 할 일이 아닙니까?"

그는 목에 잔뜩 힘을 주고 말했다.

"그렇기는 한데 우리 업무 때문에 중개사무실 일에 지장을 주는 것은 아닌지… 모르겠습니다."

흰머리 윤편인은 그를 한껏 걱정해 주고, 혀를 날름거렸다.

"아무래도 없다면 거짓말이죠, 하지만 이 정도 수고야 얼마든지 할 수 있습니다."

그는 '자식! 허세는…' 하며 미간을 찌푸렸다.

"역시… 우리 봉 회장님은 사이즈가 남다르십니다. 흐흐."

그의 혓바닥은 붉게 익은 뱀딸기 같았다.

"그러나 저러나 대화방에 올라온 속보를 보니 활약이 대단하십니다."

그는 은근히 빈정거렸다.

"하하하! 어디 봉 회장님만 하겠습니까?"

"언제 그런 아이디어를 구상했는지…? 참 대단들 하십니다."

그는 비아냥대고는 커피를 홀짝 마셨다.

"하하하! 봉 회장님도 칭찬이십니까, 야단을 치시는 겁니까?"

흰머리 윤편인은 은근히 부아가 치밀어 받아쳤다.

"윤 부회장님 좋을 대로 생각하세요! 허허허!"

속 알머리 봉상관은 가만히 손가락을 하나 치켜들었다.

"아무튼 여러모로 관심을 가져 주셔서 감사합니다."

그는 속으로 부아가 들끓었지만, 꾹 참고서 마음에도 없는 인사를 챙기며, 혀를 날름거렸다.

"에잇! 저는 찬성하고 싶은 생각이 없습니다."

속 알머리 봉상관은 갑자기 목소리를 낮게 깔고서 자신의 입장을 밝혔다.

그 소리에 깜짝 놀란 그는 헛말이 튀어나와 이렇게 주절거렸다.

"하하하! 어째서요? 무슨 콤플렉스나 징크스 같은 안 좋은 일이라도 있었습니까?"

"왜, 내가 뭐 그 비슷한 증후군이라도 가지고 있을까 봐 그러십니까?"

그는 '징크스는 무슨…' 하고 속으로 빈정거렸다.

"그런데… 왜?"

흰머리 윤편인은 조바심을 내며 물었다.

"아, 다른 이유가 있어서가 아니라 생각해 보세요, 그 작업을 하려면 부지하세월인데, 거기다 자금줄까지 막히면 한 방에 훅 가는 것쯤은 삼척동자도 다 아는 사실이고 말입니다. 그러니 당연히 반대하는 거 아닙니까?"

"하하! 긴 세월이 걱정이시다?"

흰머리 윤편인은 비위에 거슬렸지만, 틀린 소리는 아니기에 능청을 떨고 있었다.

"거기다, 사람 고생이 이만저만 아닐 텐데, 왜 그 고행길을 자처하려는지 저는 알다가도 모르겠습니다. 허허!"

속 알머리 봉상관은 말속에 힘을 주며 눈을 희번덕거렸다.

"하하하! 산다는 게 다 고행이 아니겠습니까?"

흰머리 윤편인은 능글능글 받아치고 있었다.

"뭐… 스님 같은 소리를 하십니까? 수행하는 것도 아니고, 지금 벌이려고 하는 사업이 그냥 목탁만 두드리는 염불입니까? 허허허! 사람 설득 시키는 일이 얼마나 스트레스 받는지를 알고나 대드는 겁니까? 쯧쯧!"

그는 엿이나 먹으라는 낯짝을 하고 중얼거렸다.

"우리 같은 사람이 색소폰이라도 불어 주어야 그 덕에 즐기는 사람도 있지 않겠습니까? 하하하!"

흰머리 윤편인은 까칠한 그의 역정을 슬기롭게 받아넘기며, 농담을 건넸다.

"아이고! 요즘 얘들 말로 대박입니다. 대박! 아주 훌륭하십니다 그려…."

"너무 그러지 마세요, 봉 회장님…!"

그는 말을 점잖게 하면서도 속에서 천불이 나 허공에 어퍼컷을 날렸다.

"아니… 제가 틀린 소리 한 것도 아니고, 뭘 어쨌다고 그러십니까?"

속 알머리 봉상관은 짜증스럽게 받아쳤다.

"에이…. 그러지 마시고, 이번에 한번 밀어주세요. 저는 봉 회장님만 믿겠습니다."

"아… 저도 윤 부회장님만 본다면 찬성하고 싶습니다. 하지만, 우리가 그렇게 애를 쓴다고 회원들이 공덕비라도 세워 줄 것 같습니까?"

그는 싫은 내색을 내놓고 반박하기보다 빙 돌려 꼬집어 가며 빈정거렸다.

"꼭 그런 걸 바라고 하는 일은 아니지만, 어차피 한 번 사는 인생인데… 이왕에 한판 벌이는 사업 대차게, 부티 나게, 경이롭게 놀아보자, 뭐… 이런 부탁 아닙니까?"

그는 떠벌려 놓고 보니 자신도 좀 과했나 싶어 씨익 웃고 있었다.

"허허! 정말… 후회 없이 해낼 자신은 있습니까?"

속 알머리 봉상관은 대책 없이 쏟아 내는 그의 장담이 기가 막히기도 했다. 하지만, 한편 기특한 구석도 있어 다짐을 받듯이 슬쩍 물었다.

"봉 회장님과 회원 분들만, 도와주신다면 지금 당장이라도 뛰어들 열정과 맡은 일을 책임질 각오는 되어 있습니다."

흰머리 윤편인은 그가 믿음이 가도록 다부지게 말했다.

"허허허! 그 정도 결심이라면 말려야 소용없겠습니다."

그는 진정성 있는 그의 다부진 한마디에 감정이 휩쓸려 지나가는 소리로 지껄였다.

"어쨌든, 지금으로서는 그렇습니다."

그는 겸허하게 대답했다.

"글쎄, 한번 고려는 해 보겠습니다."

그는 젊잖게 대답을 하면서도 '미친놈! 지랄하고 자빠졌다!' 하는 낯빛을 하고 있었다.

"저는 도와주시는 걸로 알고 있겠습니다. 봉 회장님! 하하하!"

흰머리 윤편인은 혀를 날름거렸다.

"좋을 대로 생각하세요."

그는 여지를 남기며 두리 뭉실 넘어갔다.

"참! 그나저나 점유자와 담판을 짓기 위해 누가 가기로 했습니까?"

"아… 그거요? 나 이사와 맹 이사 그리고 저와 노 총무가 함께 가기로 했습니다."

속 알머리 봉상관은 그제야 자신이 해야 할 일을 생각하며 대답했다.

"아하! 그러셨구나?"

그는 흰머리를 끄덕이며 말했다.

"윤 부회장님도 시간이 나시면 현장으로 나오시든가요."

"몇 시에 방문하실 예정이십니까?"

"글쎄요? 아직 약속 시간을 정하지는 않았습니다."

그는 잠시 호흡을 멈췄다가 다시 대답했다.

"아… 예."

그는 가볍게 받았다.

"오늘 안으로 약속을 잡아야겠죠?"

그는 그에게 묻는 모양새를 취하며 중얼거렸다.

"그럼 대화방에 뜨는 문자를 확인하고, 시간이 되면 참석을 하도록 하겠습니다."

"그러실래요? 하여튼 지주 작업은 신중을 기해서 하셔야지 죽도록 개고생만 하다가 남 좋은 일만 할 수 있다는 거 명심하세요."

"예…에, 충고 잘 새겨서 듣겠습니다. 봉 회장님!"

그는 가운뎃손가락을 어설프게 세워 대답하고 있었다.

"허허! 충고까지는 아니고, 그냥 조언일 뿐입니다."

속 알머리 봉상관은 '그래 잘해 봐라…' 하는 짓궂은 얼굴로 웃고 있었다.

"네에! 그럼 수고하시고 내일 뵙겠습니다."

"알겠습니다. 그럼…."

그는 봉 회장의 반응에서 컨트롤을 할 수 없는 절망적인 상황은 아니라는 판단이 섰다.

통화를 끝낸 흰머리 윤편인은 신중을 기하라는 그의 당부의 말에 갑자기 뭔가 생각이 떠올랐다. 그래서 얼른 노트북 파워를 눌렀다. 그러고는 이내 주유소 폐업과 관련된 정보를 찾아 들어갔다.

주유소 구조물 철거 비용과 사용하던 주유소 부지에 대한 관련 정보가 눈에 들어왔다.

우선 문제의 핵심을 파악해 나갔다. 그는 운 좋게도 주유소 부지는 실시간 첨단 탐사 장비를 사용해 지중 오염 실태를 현장에서 직접 확인할 수 있다는 사실을 먼저 알아낼 수 있었다.

그는 그렇게 토양 오염 등 환경 관련 비용은 얼마나 부담을 해야 하는지도 조사를 했다. 그리고 구조물 철거와 토양을 정화 시키는 데 들어가는 비용을 산출해 보았다.

우라지게도 3.3058제곱미터(1평) 기준으로 대략 557,143원 정도 예산이 나왔다. 흰머리 윤편인은 깜짝 놀라 '앗! 뜨거워…' 하고 속으로 외쳤다.

그는 '빌어먹을 이게 뭔가?' 싶었다. 가령 대지 700평에 대해 정화 작업을 착수한다면 미치고 환장하게도 억 소리 나는 상당한 비용이 추가로 발생했다.

부동산 비용 분석을 할 당시에 감안하지 못한 것은 아니었지만, 금액이 이 정도까지 엄청 소요될 줄은 안타깝게도 상상을 하지 못했었다. 흰머리 윤편인은 정말이지, 깜짝 놀란 상기된 얼굴이었다.

젤 바른 선정재의 물건 분석과 회원들의 실책은 실행 과정에서 조금씩 허점을 드러내고 있었다. 그로서는 당연히 해결책을 찾아야 했다. 그는 다시 정보의 바다를 넘나들었다.

그리고 지적법 개정 법률 내용 중에서 주유소 용지로 편입됐던 부지가 폐업 시에는 종전 지목으로 환원이 가능하다는 사실을 두 번째로 찾아냈다.

다만 지목 변경에 따라 부과되는 세금의 종류와 부과 기준은 지방세법 제105조 제5항) 규정에 따라야 했다.

우라지게도 세법은 토지의 지목을 사실상 변경함으로써 그 가액이 증가된 경우에 한해 이를 취득으로 간주하고 있었다.

그러므로 당연히 지목 변경으로 토지 가액이 증가된 경우에 해당되었다.

주유소 토지는 그렇게 취득세 납세 의무가 새롭게 발생했다. 일전에 젤 바른 선정재가 까발렸던 얘기가 틀린 헛소리는 아니었다.

예상치 못한 망할 놈의 추가 비용이 고개를 내민 것이었다. 흰머리 윤편인은 새로운 사실에 구들장이 꺼져라 한숨을 내쉬고 있었다.

현장 실태 파악

한편 사무실로 돌아온 속 알머리 봉상관은 자신의 책상에 앉았지만, 마음이 콩밭에 가 있어 막상 일이 손에 잡히지 않았다.

왜냐하면 마음이 자꾸 현장에 가서 실태를 파악하고 오라며, 자신을 재촉하고 있었기 때문이었다.

그래서 그는 다시 일상으로 돌아가려고 사무실을 나서는 상구 머리 노식신을 급하게 불러 세웠다.

"우리 현장에 한번 다녀오실래요?"

속 알머리 봉상관은 넌지시 웃어 가며, 그를 향해 말했다.

"내일 회원들 하고 함께 가기로 약속이 되어 있지 않습니까?"

상구 머리 노식신은 가고 싶지 않다는 말을 슬쩍 돌려서 응대했다.

"여기서 차만 막히지 않으면 30분이면 족히 오고 가는데 저랑 한번 다녀옵시다.

속 알머리 봉상관은 그가 회피할 수 없는 말로 그를 부추겼다.

"좋습니다. 어차피 전철 타러 가는 길인데 들렀다 가죠, 뭐."

상구 머리 노식신은 그의 부탁을 거절할 수가 없어 순순히 응했다.

더군다나 그는 전철역에서 멀지 않은 거리에 목적지가 있다는 것을 뻔히 알고 있기에 거절할 수가 없었다.

그의 승낙을 받아 낸 속 알머리 봉 회장은 얼른 사무실을 빠져나와 주차해 놓은 승용차에 먼저 올라 시동을 걸었다. 상구 머리 노식신도 뒤따라 조수석의 차 문을 열고 올라탔다.

이들을 태운 승용차는, 차 흐름이 막히지 않은 터라 대흥 사거리 앞까지 5분 만에 도착했다. 신호등을 받아 좌회전을 한 승용차는 곧장 현장으로 향했다.

비탈진 도롯가를 넘어가자 지하철역이 한눈에 들어왔다. 내리막길을 달려내려 간 승용차는 과속 방지 턱을 몇 개나 '털커덕!' 하며 지나갔다.

잠시 후 눈앞에 현장 주변이 서서히 보이기 시작했다. 속력을 죽이며 다가간 승용차는 한적한 곳을 찾아 먼저 상구 머리 노식신을 도롯가에 내려놓았다.

그가 두리번거리며 현장 쪽으로 걸어가자 빈터를 찾아낸 속 알머리 봉상관은 이내 승용차를 그곳에 주차시켰다. 그러고는 기다리고 있던 상구 머리 노식신과 곧바로 현장으로 들어갔다.

주유소는 영업을 중지한 채 '휴업 중'이라는 글자가 적힌 흰 용지를 한눈에 잘 볼 수 있도록 유리창과 주유기에 붙여 놓았다. 손때 묻은 사무실 문은 굳게 닫힌 채로 인적이라고는 찾아볼 수 없었다.

주유기는 비닐 포장에 덮인 채 장승처럼 서 있었다. 두 사람은, 오늘이라도 사람이 찾아올 것을 대비해 영업을 중지하고 문을 폐쇄시켜 놓은 것은 아닐까? 싶어 신중하게 살폈다.

속 알머리 봉상관은 상구 머리 노 총무와 달리 일단 주위를 탐문하기 시작했다.

이들은 전기 계량기 등을 살펴보고, 최근까지 누가 영업을 한 흔적을 찾지 못하자, 옆 상점을 방문해 주유소 근황에 대해 물어보았다.

상점 주인의 말을 빌리면 얼마 전까지 영업을 했는데, 근래 들어 무슨 일이 생겼는지, 사람들이 당최 보이지 않는다고 귀띔을 해 주었다. 속 알머리 봉상관은 회심의 미소를 지었다.

그리고 사무실 안쪽을 곁눈질하면서 눈이 빠져라 살펴보았다. 텅 빈 사무실은 주인을 잃은 집기들로 어지럽게 널려져 있었다. 하지만, 큰 걱정거리는 없어 보였다.

다만 신경을 곤두세우는 잡다한 일들이 눈에 밟혔다. 게다가 널브러져 있는 사무 집기와 각종 물건들을 어디다 보관해야 좋을지도 작은 고민거리로 부담을 주고 있었다. 내일이라도 전 소유자가 나타나서 가져가면 다행이었다. 하지만, 그런 희망은 바라지 않는 편이 현명하다는 판단을 내렸다.

왜냐하면 요즘은 고물상도 처리 비용을 받고서야 집기들을 수거해 가기에 오래된 집기들은 사실상 폐기 처분에 가까운 폐품에 불과했다.

그러나 이들로서는 함부로 버릴 수 있는 입장이 아니라서 어딘가에 잘 보관해 둬야 할 것 같았다. 내일은 먼저 지구대에 들러 순경을 대동하고, 자물쇠 기술자를 불러 굳게 잠긴 사무실 잠금 장치를 해체시켜야겠다는 생각을 했다.

그리고 현장을 보존하기 위해 동영상을 촬영해서 수거한 집기와 함께 보관해 두면 후회할 일을 남기지 않을 것 같았다. 속 알머리 봉상관은 머릿속의 정리가 끝나자 이제는 사무실로 돌아가야겠다는 생각이 들었다.

"갑시다. 노 총무님! 제가 역까지 바래다 드리고, 사무실로 가면 되니 어서 차에 가서 타세요."

그는 현장을 대충 둘러보고 나서는 나름 판단이 섰는지 그만 가자며, 서둘러 차에 올라 시동을 걸었다.

"하하하! 이제야 속이 후련하신가 봅니다. 봉 회장님!"

상구 머리 노식신은 운전석에 앉은 그를 보며, 빙그레 웃는 얼굴로 중얼거렸다. 그의 웃음소리에 길을 지나가던 행인들이 힐끔 쳐다보며 자기들끼리 뭐라 뭐라고 하며 지나갔다.

"예…. 이제야 제가 할 일을 다 마친 듯싶어서 10년 묵은 체증이 뻥 뚫린 것처럼 후련합니다. 허허허!"

속 알머리 봉상관은 스리 볼 끝에 스트라이크를 던진 투수처럼 상쾌하게 웃고 있었다.

"내일은 누구누구 오신다고 했습니까? 봉 회장님!"

상구 머리 노식신은 조수석 쪽으로 올라앉으며 물었다.

"시간이 나면 전부 모일 테고, 그렇지 않으면 약속된 사람들만 오시겠죠?"

그는 가속기를 천천히 밟으며 중얼거렸다.

그때 어디선가 빵빵대는 요란한 클랙슨 소리가 들려왔다.

"하긴 뭐… 내일 보면 알겠지요?"

상구 머리 노식신은 서서히 출발하는 정면을 바라보며, 웅얼거렸다.

잠시 후 승용차는 비상등을 깜박이며 도로를 들어가려다가 뒤차의 경적 소리에 잠시 주춤거렸다. 그리고 눈치를 살피다가 슬쩍 비집고 들어갔다. 승용차는 얼마 달리지 않아 로터리로 들어섰다.

그는 천천히 속도를 줄여 가며 전철역 입구 근처에 차를 세웠다.

"조심해서 들어가시고, 내일 다시 뵙겠습니다."

그는 차 문을 열고 내려가며, 가볍게 인사를 했다.

"예… 오늘 수고 많이 하셨습니다. 내일 또 뵙시다."

속 알머리 봉상관은 내리는 그의 뒷머리에 대고 중얼거렸다.

그의 승용차는 차 문이 닫히자 앞으로 곧장 앞으로 나아가며, 서서히 속력이 붙기 시작했다.

그의 속셈

상구 머리 노식신은 멀어지는 그의 승용차를 뒤로하고, 곧바로 지하철 계단으로 천천히 내려가고 있었다. 그때였다. 손에 쥐고 있던 핸드폰이 '부르르 부르르' 떨리기 시작했다. 그는 요란한 진동 소리에 얼른 통화를 밀었다.

"여보세요?"

"노 총무님! 저예요… 선 감사!"

"하하! 선 감사님이 웬일이십니까? 저한테 전화를 다 주시고…"

그는 지하철 출구를 향해 발걸음을 재촉하며 받았다.

"하하! 바쁘신데 제가 전화를 잘못 했나 봅니다."

"아, 아니… 그런 것은 아닙니다. 무슨 일인가 싶어서요? 히히!"

"아… 난 또… 하하! 별일은 아닙니다. 오늘 법원에 갔던 일은 잘 처리됐나 싶어 궁금해서 걸었습니다."

"그럼요, 봉 회장님이 워낙 꼼꼼해서 별문제 없이 잘 마무리를
했습니다."

"그게 뭐… 봉 회장님 혼자서 처리한 일입니까?"

젤 바른 선정재는 혓바닥에 달콤한 기름칠을 하며, 계속 주절
거렸다.

"다 노 총무님이 음으로 양으로 도와주시니 가능한 일 아니겠
습니까? 하하하!"

그의 웃음소리가 핸드폰 밖으로 튀어나왔다.

"아이고! 이거 어지러워 죽겠습니다."

그는 가던 발걸음을 멈추고 발을 동동 구르다가 다시 걸어갔다.

"하하하!"

젤 바른 선정재는 덩달아 한바탕 웃었다.

"비행기는 그만 태우시고, 본론이나 꺼내 보시죠?"

그는 선 감사의 속을 들여다보고 있듯이 말했다.

"크크! 그만한 비행기에 어지러워하시면 어쩝니까?"

그는 킥킥대며 다시 주절거렸다.

"다름이 아니라 윤 부회장님이 계획하신 프로젝트 말입니다."

"그게 왜요?"

상구 머리 노식신은 계속 지하철 계단을 내려가며 통화를 하고
있었다.

"가능성이 있다고 보십니까?"

젤 바른 선정재는 헛바닥을 날름거렸다.

"그 얘기라면 제 의견을 대화방에 올리지 않았습니까?"

그는 새삼스럽다며 씨익 웃었다.

"그럼 단지, 재정적 문제와 시일이 오래 걸린다는 이유가 전부입니까?"

"뭐… 그렇다고 해도 과언은 아닙니다."

순간 상구 머리 노식신은 무슨 생각을 하다가 우물쭈물 넘겼다.

"아니면 대화방에다 털어놓기가 곤란한 사정이라도 있는 겁니까?"

그는 뭔가 캐내려는 뉘앙스를 풍기며 파고들었다.

"아이고… 선 감사님! 남의 사생활을 너무 깊게 파고들면 잘생긴 큰 코 다칩니다. 하하하!"

상구 머리 노식신은 가운뎃손가락을 핸드폰에 갖다 대고 있었다.

"그래서가 아니라, 저도, 지주 작업이나 토지를 확장하는 사업이 은근히 걱정이 돼서 그럽니다."

"저는 물론 자금도 부족하지만, 지주 작업이 하루 이틀에 성과를 내는 일도 아니잖습니까?"

"물론 그렇기는 합니다."

젤 바른 선정재는 따른 속셈이 있어 그의 비위를 맞추고 있었다.

"까딱 잘못하면 괜히 굴러들어 온 돌에 박힌 돌이 뽑히지 않는다고, 누가 장담하겠습니까?"

그는 넌지시 본심을 드러내고, 한 걱정을 했다.

"하긴, 사람 사는 일은 한 치 앞이 구만리죠."

젤 바른 선정재는 그의 입맛에 맞추듯 능청을 떨었다.

"자칫하면 투자한 돈마저 공중분해 될까 봐 은근히 두렵기도 하고, 왠지 겁이 나는 것도 있습니다. 히히!"

그 소리를 듣자 젤 바른 선정재는 곧바로 주절거렸다.

"단지 이유가 그뿐이라면 뭐… 노 총무님은 투자한 원금만 보장되면 수익이야 얼마든 꺼릴 이유가 없다는 말로 들립니다. 흐흐…."

그의 얼굴에는 비정한 웃음이 흐르고 있었다.

그는 이 자식이 말하는 투로 보아 원금만 보장되면 영혼이라도 팔 것 같다는 생각이 들었다. 그래 '오냐… 너 아주 잘 걸렸다.' 싶어 속으로 쾌재를 불렀다.

"솔직히 여유 자금만 넉넉하다면 못 할 것도 없죠. 흐흐…."

상구 머리 노식신은 헛바닥을 날름 내밀었다.

"하하! 이리 메치나 저리 메치나 매일반이다, 이겁니까?"

젤 바른 선정재는 실 웃으며 그를 떠보는 식으로 물었다.

"뭐 어차피 한 번 사는 인생인데 왜 저라고 해 보고 싶은 마음이야 없겠습니까?"

그는 무심코 본심을 털어놓고 있었다.

"하하하! 그럼 완전 반대 입장은 아니시군요?"

"우라질! 다 그놈의 돈 때문이죠 뭐."

상구 머리 노식신은 지하철 자동문 앞까지 걸어가며, 투덜거렸다.

그러고는 라인이 그려진 선 위에 서성대며, 지하철이 들어오는 방향을 향해 쳐다보고 있었다.

"노 총무님 마음을 알 것 같습니다."

젤 바른 선정재는 음흉스러운 미소를 지어 가며 말했다. 그때 그의 수화기 속으로 지하철 브레이크 마찰 소리가 자지러지게 들려왔다.

"전철이 들어와서 이만 끊어야 되겠습니다."

그의 말과 동시에 쇠바퀴 정지하는 소리가 안내 방송과 함께 요란스럽게 들려왔다.

"하하하! 알겠습니다. 다음에 또 통화합시다."

젤 바른 선정재는 왠지 아쉬운 듯 작별을 고했다.

"그럼…"

전철이 도착하자, 상구 머리 노식신은 서둘러 통화를 끝냈다. 젤 바른 선정재는 정작 자신이 하고 싶었던 말은 꺼내 보지도 못한 채 실컷 바람만 잡아 놓고, 눈치만 보다가 막 수작을 걸려는 순간에 지하철이 들어와 산통을 깨버렸다.

그래도 노 총무의 생각을 조금이나마 짐작할 수 있어서 전혀 수확이 없는 통화는 아니었다.

그는 혹시라도 부족한 돈 문제라면 자신이 그의 지분을 대신 투자하는 조건으로 수익의 절반을 나누어 주겠다는 제안을 꺼내 볼 요량이었다.

그즈음 상구 머리 노식신과 헤어진 속 알머리 봉상관은 곧바로 사무실로 돌아와 그동안 자신이 활동한 업무에 대해 그 과정들을 상세하게 기록해 작성을 해 놓았다. 그는 만약을 위해 비용에 관한 영수증과 자료들을 한데 모아 처리해 두었다.

작업이 끝나자, 그는 한동안 미루어 놓았던 자신의 밀린 업무를 하나씩 체크해 부지런히 처리해 나갔다. 속 알머리 봉상관은 일처리가 마무리되자, 직원들을 일찍 퇴근시켰다.

그러고는 자신도 혹시 모를 내일의 작업들을 대비해 물건 인수에 대한 이것저것 법률문제를 하나씩 재검토해 보았다. 그렇게 사전 준비를 철저하게 끝내고 나서야 그는 다음 날의 중요한 일전을 위해 귀갓길에 오를 수 있었다.

제30장

물건 인도

다음 날.

속 알머리 봉상관은 이른 아침부터 서둘러 출근을 했다. 그런데 남 사무장이 그보다 앞서 출근해 일찌감치 사무실 청소를 끝내 놓고, 신문을 펼쳐 놓은 채 커피를 마시고 있었다.

"어… 사무장님! 오늘도 일찍 나오셨습니다."

속 알머리 봉상관은 사무실로 들어서며, 밝은 얼굴로 인사를 건넸다.

"어서 오세요, 중개사님! 오늘은 출근이 이르시네요?"

남 사무장은 커피 잔을 들다 말고, 가볍게 고개를 숙였다.

부탁

"예…. 오늘은 하는 일도 없이 바쁜 하루가 될 것 같습니다."

속 알머리 봉상관은 그를 힐끔 쳐다보며, 자기 자리에 가서 앉았다.

"커피 한잔 타 드릴까요?"

남 사무장은 일어나 종이컵을 하나 집어 들었다.

"아니요… 집에서 모닝커피 한잔 마시고 나왔습니다."

그는 핸드폰을 만지작거리며, 응대를 했다. 그때 핸드폰 소리가 요란스럽게 울렸다.

그는 핸드폰을 가만히 들여다보고, 얼굴 가득 환한 미소를 보이며 통화를 문질렀다.

"여보세요?"

"저예요…. 봉 회장님!"

"허허허! 아니… 이게 누구야? 우리 명 서기님이 아침 댓바람부터 전화를 다 주시고, 하여튼 반갑습니다."

"안녕하시죠?"

그녀는 다정스러운 목소리로 인사를 드렸다.

"그럼요… 저야 늘 안녕하다 못해 힘과 정력이 넘쳐나는 만년 청년입니다. 허허허!"

그는 말을 해 놓고 보니 좀 계면쩍다 싶어 혀를 살짝 내밀고 있었다.

"어머머… 회장님도 참! 짓궂은 농담은 여전하시네요? 호호! 그나저나 어제 법원에 가셔서 수고를 많이 하셨다면서요?"

미모의 명정관은 '하여간 능글맞은 영감태기가 주둥이로만 양기가 올라서는…' 하며 속살거렸다.

"당연히 할 일을 한 것뿐인데요, 뭘… 허허!"

속 알머리 봉상관은 점잖게 받아넘기며 웃었다.

"호호! 그럼 다행이고요, 근데 저… 있잖아요?"

"예…에, 어려워 마시고, 말씀해 보세요."

그는 구두 밑창으로 바닥을 쓱쓱 문질러 가며 받았다.

"호호! 죄송스러운 부탁을 하나 드리려고요, 다름이 아니라 제가 갑자기 일이 좀 생겨서요."

"으흠… 그러세요?"

속 알머리 봉상관은 금세 안색이 변하며, 풀이 죽은 듯 말했다.

"제가 집안일이 급해서 그 시간에 현장에 갈 수가 없을 것 같은 데, 회장님께서 참석하신 분들께 저 대신 말씀 좀 잘 해달라고 전화를 드렸습니다."

그녀는 아양을 떨듯 음성을 잔뜩 깔고서 말했다.

"아, 예…. 바쁜 일이 있나 본데, 그렇게 하세요. 허허!"

그녀를 못 본다는 생각에 잠시 그늘졌던 그의 얼굴이 어느새 그녀의 앙살에 넉살스럽게 웃고 있었다.

"미안해요, 회장님! 이런 부탁을 드려서…."

그녀는 손가락을 깨물 것처럼 입에 넣고서 가볍게 자근자근 씹고 있었다.

"아이, 별말씀을… 그거야 사정이 생기면 그럴 수도 있는 거 아니겠습니까?"

"호호! 고맙습니다."

순간 그녀의 핸드폰 너머로 누군가 부르는 소리가 아득하게 들려왔다.

"허허! 걱정하지 마세요, 제가 잘 말씀드리도록 하겠습니다."

속 알머리 봉상관은 바지를 추스르며, 히프를 앞뒤로 흔들었다. 그는 '사람 참! 대화방에 문자를 남기면 될 일을 생김새대로 예의도 밝네.' 하고 생각하고 있었다.

"부탁드립니다. 회장님! 그럼 또 전화 드리겠습니다."

그녀는 꿀밤을 한 대 주듯이 제스처를 취했다.

그러고는 이내 '능글맞은 영감태기 주는 것도 없이 밥맛없어….'

하고 웅얼웅얼거리며 핸드폰을 끊었다.

"예…에, 들어가세요."

그는 마지막 순간까지 쩝쩝 입맛을 다시며, 그녀에 대한 미련이 남아 아쉬워하는 눈치였다. 그리고 막 핸드폰을 접는데 출입문이 열리며, 짱구 머리 나겁재가 사무실로 들어섰다.

"안녕하십니까?"

그는 큰 소리로 인사를 하며, 안으로 성큼성큼 걸어 들어왔다.

"아이고… 이게 누구십니까? 나 이사님 아니세요? 허허허!"

속 알머리 봉상관은 고개를 숙여 인사를 하는 그를 반갑게 맞이했다.

"어제는 남은 잔무를 처리하시느라 수고가 많으셨습니다. 봉 회장님!"

그는 능청스러운 얼굴로 미소를 지어 가며, 그의 노고에 감사를 표했다.

"허허! 그까짓 거야 우리에게는 한 끼 식사 같은 건데 수고라고 할 것까지야 뭐 있습니까? 그런데 이른 댓바람부터 무슨 일이십니까?"

속 알머리 봉상관은 싱긋 웃는 궁금한 얼굴로 물었다. 그는 큰일 한 것도 아니라는 담담한 표정이었다.

"하긴 뭐… 봉 회장님한테는 일도 아닐 테지만, 어쨌든 감사합니다. 이거나 받으세요."

짱구 머리 나겁재는 사 가지고 온 음료수 상자를 그에게 불쑥 내밀었다.

"아니… 우리 사이에 뭘… 또 이런 걸 다 사 가지고 오셨습니까?"

그는 양손을 뻗어 얼른 받아 챙기며 밝게 웃었다.

"회장님께서 연일 수고하시는데 이 정도쯤이야 약소하지요. 흐흐…"

그는 한쪽 눈을 찡긋거렸다.

"괜히 사람 미안하게. 어쨌든 잘 먹겠습니다."

속 알머리 봉상관은 '이 사람이 무슨 속셈이야?' 하며, 립 서비스와 달리 상자를 덥석 받아 챙겼다.

"하하! 작은 성의 정도로 생각하시고, 피곤하실 때 한 병씩 꺼내 드십시오."

짱구 머리 나겁재는 혀를 날름거리며, '흐흐… 이게 다 뇌물이지롱…' 하고 히죽거렸다.

"그런데 어째 현장으로 안 가시고, 사무실로 오셨습니까?"

속 알머리 봉상관은 그의 표정을 살피며 사무장에게 이리 좀 와달라고 손짓을 했다.

그가 다가오자 받은 박스를 건넸다. 남 사무장은 얼른 상자를 받아다가 냉장고 속에 밀어 넣고는 제자리로 돌아갔다.

"흐흐… 다른 게 아니고, 지주 작업 얘기가 나오던데, 회장님! 생각은 어떠신지 궁금해서요?"

짱구 머리 나겁재는 속셈을 감춘 채 음흉한 눈동자로 그를 보고 있었다.

"저야 어제 말한 그대로 과정이 복잡하고, 노력에 비해 성과를 보장할 수 없는 작업으로 봅니다."

그는 힘든 일이라며, 속 알머리를 가로저었다.

"그거야 일하는 사람이 누구냐에 따라 승패가 갈라지지 않을까요?"

짱구 머리 나겁재는 뭔가 말하고 싶은 얼굴로 유들거렸다.

"나 이사님이 그쪽에 관심이 많으신 것 보니 달리 생각하는 계획이라도 있나 봅니다."

속 알머리 봉상관은 뜬금없는 그의 말에 달가워하지 않는 표정으로 그를 유심히 쳐다보았다.

"아니 뭐… 그렇다기보다는 제 말은 지주 작업을 하려면 적당한 적임자가 필요하지 않을까 싶어서요. 흐흐…"

짱구 머리 나겁재는 그의 눈치를 흘끔흘끔 살피며, 능청스럽게 해쭉 웃었다.

"글쎄… 무슨 일이든 전문가들이 맡아서 해야 성과가 나지 않겠습니까?"

속 알머리 봉상관은 그를 올려다보며, 반문했다. 남 사무장은 입을 삐죽거리며, 혼잣말로 뭐라 뭐라 하며 구시렁거리고 있었다.

"그렇죠, 저도 그 말에 전적으로 찬성합니다. 히!"

짱구 머리 나겁재는 히죽 웃었다.

"근데 작업을 할지 안 할지 아직 결정도 나지 않은 일을 벌써부터 적임자를 운운하는 것은 좀 시기상조 아닙니까?"

그는 이치가 그렇지 않느냐는 눈빛으로 그를 빤히 쳐다보았다.

"하하! 회장님! 얘기를 듣고 보니 딴은 그렇기도 하겠습니다. 제가 너무 서두른 감이 있던 것 같습니다. 헤헤!"

그는 계면쩍게 실 웃고는 주변머리를 긁적거리고 있었다.

"사람 참! 싱겁기는…. 쯧쯧!"

속 알머리 봉 회장은 혀를 끌끌 차며 피식 웃었다.

"저는 무조건 찬성하는 쪽이거든요?"

짱구 머리 나겁재는 그의 눈치를 살펴 가며, 노골적으로 말했다.

"허허! 그래요? 만약, 추진하는 쪽으로 그림이 그려진다면 아마 여러 사람(주택 및 토지 소유주와 지분권자 등)을 상대할 전문가나 적임자가 필요할 겁니다."

그는 안타까운 눈빛으로 '이 친구 철딱서니 하고는…' 하며 그를 쏘아보고 있었다.

"이건 제 생각인데요, 맹 이사하고 제가 그 일을 맡아서 하면 안 될까요?"

그는 입술에 침을 발라 가며, 구린내 나는 눈빛으로 그를 주시했다. 짱구 머리 나겁재는 재개발을 하는 과정에서 발생하는 망할 놈의 리베이트를 마음에 두고 있는 눈치였다.

"허허허! 찾아온 이유가 거기에 있었습니까? 난 또 뭐라고…"

백안시를 회번덕거린 봉 회장은 고개를 끄덕거리며 그를 얄궂게 쏘아보았다.

"솔직히 탁 까놓고 말씀드린다면, 뭐… 틀린 말은 아닙니다.

호호…."

그는 실실 웃어 가며 두 손을 비볐다.

"허허! 솔직한 마음이야 알겠지만, 아직 뭐 확실하게 결정된 일도 없는데, 너무 앞서가시는 거 아닙니까?"

그는 나 이사의 의도는 대충 짐작하지만, 그의 음흉한 속셈을 모르는 속 알머리 봉 회장은 그래서 별 싱거운 소리 말라는 표정을 보였다.

"하하하! 지금으로서는 그렇기는 한데 만약에 일이 성사되면 저희가 도맡아서 할 수 있도록 도움을 주십사 해서 미리 봉 회장님께 상의를 드려보는 겁니다."

짱구 머리 나겁재는 눈알을 희번덕거렸다.

"허허허! 이 양반 속셈은 다른 데 있나 봅니다."

속 알머리 봉 회장은 그를 슬쩍 째려보며 눈총을 쏘았다.

"헤헤! 뭐 그런 거는 아닙니다. 하지만 그게 봉 회장님께 대한 예의가 아닌가? 싶습니다."

순간 그는 도둑질하다 들킨 놈처럼 히죽 웃고는 몸을 비틀어 고개를 돌렸다.

"허허허! 나 이사님! 마음은 알겠지만, 제가 회장이긴 해도 그 프로젝트를 계획하는 사람은 윤 부회장님과 문 감사님이 아닙니까?"

그는 어이가 없는 표정을 보이면서도 속으로는 기분이 그리 나쁘지 않은 표정이었다.

"물론… 그렇긴 하죠."

짱구 머리 나겁재는 고개를 끄덕였다.

"게다가 선 감사와 조 이사가 땅값을 대부분 납부했는데, 제가 회장이라 해도 무슨 힘이 있겠습니까?"

그의 말 속에는 은근히 그들의 지분율에 대한 부담을 가지고 있었다.

"에잇! 일의 순서가 어디 그렇습니까?"

그는 유난스럽게 손을 흔들어 가며, 액션을 취했다.

"순서요?"

속 알머리 봉상관은 뭔 뚱딴지같은 소린가 싶어 그를 뚫어지게 쳐다보았다.

"네…에! 이치가 그렇잖습니까? 그래도 회원을 대표하는 분은 봉 회장님이신데, 그건 아니라고 봅니다."

짱구 머리 나겁재는 인심을 얻고 싶어 환장한 놈처럼 작정하고, 아부를 떨었다.

"허허! 그렇게 무게감을 실어 주는 건 고마운 일이지만, 세상사가 어디 그렇습니까?"

속 알머리 봉 회장은 그 한마디에 감동한 얼굴로 양손을 벌리며, 히죽 웃었다.

그러고는 이어 주절거렸다.

"아… 실질적인 힘을 누가 가지고 있느냐에 따라 세상인심이 달라진다는 사실을 잘 아시면서 나한테 이러셔야 별 소득이 없습니다.”

속 알머리 봉상관은 말을 그렇게 하면서도 그의 아부가 싫지는 않은 눈치였다. 그러나 그들로부터 부담감을 느끼는 것은 어쩔 수 없는 사실이었다.

“흐흐… 뭐 소득을 얻고자 하는 소리는 절대 아닙니다.”

그는 짱구 머리를 흔들어 가며, 입술에 침을 발랐다.

“그게 아니라면 또 뭐가 있습니까?”

봉 회장은 ‘이실직고해라, 이놈아!’ 하는 눈빛이었다.

“다만, 가만히 듣고 보니 어딘가 애매한 구석이 있긴 합니다.”

짱구 머리 나겁재는 난망한 표정을 지어 가며 히죽거렸다.

“허허! 나 이사님 의도는 충분히 알아들었습니다.”

그는 속 알머리를 끄덕이며 말했다.

“정말… 감사합니다. 헤헤!”

짱구 머리 나겁재는 비굴하게 고개를 넙죽 수그렸다.

“만일에 내가 힘을 발휘할 수 있다면, 그 정도 추천이야 못 해 주겠습니까?”

속 알머리 봉상관은 ‘말로 하는 선심이야 무엇을 못 하랴.’ 싶은 표정으로 그를 안심시켰다.

“하하하! 저는 그거면 땡—큐 베리 마치입니다.”

그는 양손가락을 동시에 ‘딱!’ 튕기며 걸지게 웃었다.

“허허! 사람 참! 넉살하고는….”

속 알머리 봉상관은 나름 그의 수작이 재미있어 히죽 웃었다.

"만약, 이번에 도와만 주시다면, 회장님을 위해서 무슨 일이든 제가 발 벗고 나서겠습니다."

그는 사지라도 마다하지 않겠다는 뻔뻔스러운 대담한 낯짝이었다. 그는 노골적으로 알랑거렸다. 목적을 위해서라면 수단과 방법을 가리지 않겠다는 엉큼한 눈빛이었다.

"그런데 말입니다. 제가 보기에는 이번 지주 작업은 좀…"

속 알머리 봉 회장은 잠시 말을 중단한 채 고개를 흔들었다.

"지주 작업이 왜요?"

그의 반응에 짱구 머리 나접재는 눈을 크게 뜨고서 의아하게 그를 쏘아보았다.

"뭐라고 해야 할까? 아, 그래… 먹을 것도 없는 계륵인데 굳이 나서는 이유가 뭔지, 난 그게 더 궁금합니다."

속 알머리 봉상관은 도대체 네놈 속을 모르겠다는 표정이었다. 그는 고개를 절레절레 흔들며 그의 눈치를 살폈다.

"꼭 이득을 바라서 하는 일은 아닙니다."

그는 실실 웃어 가며 부정했다.

"그럼 왜?"

속 알머리 봉상관은 기어이 알아야 하겠다는 궁금한 눈길로 다그쳤다.

"에… 뭐라 해야 할까? 나름 소중한 경험… 아, 아니… 것보다 건축에 관해서 뭔가 하나를 배울 수 있는 계기가 되지 않을까? 싶어 도전하는 겁니다."

그는 시답지 않은 핑계거리를 갖다 붙이려니 괜히 죄스러워 눈동자를 밑으로 깔고서 주절주절 늘어놓았다.

속 알머리 봉상관은 속으로 헛바닥을 '끌끌!' 차면서 이렇게 주절거렸다.

"그런 마인드를 가지고 있다면 몰라도 뭔가, 이득을 챙기시려 달려든다면, 애초부터 마음을 달리 먹는 게 현명한 처사일 겁니다."

속 알머리 봉상관은 이들이 어떤 마음을 가지고 있든 별로 관심이 없었다. 다만 지주 작업 소리와 함께 사람들의 움직임이 빨라졌다는 것을 직감적으로 인지할 뿐이었다.

짱구 머리 나겁재는 '예… 새겨듣도록 하겠습니다.' 하고 찰떡같이 대답을 하면서도 그의 머릿속은 잠시 다른 생각에 잠겨 있었다.

그는 속 알머리 봉 회장의 말에서 번뜩 스치는 어느 희극인의 목욕탕 개그 대목이 떠오르자, 슬그머니 짱구 머리를 숙이고 피식피식 웃었다.

그의 레퍼토리는 이랬다. 대통령을 지냈던 어른이 사우나에 갔다가 샤워하는 다섯 살 먹은 어린아이를 만나자, 잠시 장난기가 동해 아이 잠지를 가리키며, 그게 뭐냐고 물었다.

꼬마가 그것도 모르냐며 이렇게 말했다고 한다.

"좆도 모르는 게 어떻게 대통령을 했는지 모르겠다. 그래서 나라가 이 모양 이 꼴이 된 것이 아니냐? 아니, 아니다. 그 누구도 탓할 수 없는 노릇이다. 왜냐하면 그를 뽑아 준 국민들만 불쌍해질 뿐이기 때문이다." 그러면서 그 꼬마가 한숨을 크게 내쉬었다고 한다.

짱구 머리 나겁재는 그 꼬마의 한숨 어린 대답을 희극인의 농지거리로 여기기는커녕 속 알머리 봉상관이 한 말을 연상시켜 가만히 떠올려 본 것이었다.

그리고 혼자서 키득키득 말없이 웃고 있었다. 그의 속을 모르는 봉 회장은 "사람 참! 싱겁긴…" 하며 이어 주절거렸다.

"우리도 여기서 이럴 게 아니라 현장으로 나가 봅시다."

그는 시간을 힐끔 쳐다보며, 일어섰다.

"몇 명이나 온다고 했습니까?"

짱구 머리 나겁재는 사무실을 빠져나가며 물어 왔다.

"글쎄요? 가 보면 알겠죠?"

속 알머리 봉상관은 뒤따라 나오며 대답했다.

"사무장님! 다녀오겠습니다."

그는 남 사무장이 보든 말든 인사를 남기고 밖으로 나왔다.

그는 자신의 차를 두고 온 터라 봉 회장의 승용차 앞에서 서성거리고 있었다. 곧바로 속 알머리 봉상관이 자신의 차 문을 열자, 그는 기다렸다는 듯이 조수석으로 올라탔다. 그의 승용차는 이내 시동이 걸려 부르릉거렸다.

그는 비상등을 깜박이며, 갓길을 빠져나와 눈치껏 대로 가에 들어섰다. 승용차는 서서히 속력을 내어 달리기 시작했다. 그의 차 앞에는 신호등이 파란불로 계속 연결되고 있었다. 행운이 따라 주었다. 그렇게 승용차는 지체할 겨를도 없이 몇 마디 나누는 사이에 어느새 현장 부근에 도착해 있었다.

잠금장치 해체와 정리 정돈

주유소로 승용차가 미끄러져 들어오는데도 누구 하나 쳐다보는 사람이 없었다. 모두들 무언가에 쫓기듯 분주하게 움직이고 있었다. 속 알머리 봉상관은 빈 공간을 찾아서 한적한 장소에 자동차를 주차시켰다.

두 사람은 차에서 내려 먼저 도착한 회원들이 모여 있는 곳으로 다가갔다. 그때 지나가던 자동차 경적 소리가 요란스럽게 들려왔다. 도롯가에는 행인들이 띄엄띄엄 걸어가고 있었다.

어디선가 사람들 소리가 두런두런 들려왔다. 이들은 문 앞으로 다가가 정신없이 일에 매달린 회원들에게 자신들도 왔다는 신고식을 하듯 목소리를 높였다.

"안녕하세요?"

짱구 머리 나껍재가 먼저 인사를 했다.

"수고들 하십니다!"

이어서 속 알머리 봉 회장이 정중하게 인사를 건넸다. 그제야 눈길을 돌린 회원들이 두 사람에게 하나둘씩 엉거주춤 인사를 해 왔다.

이들은 땀을 흘리며 무거운 물건을 옮기고 있었다. 그래서 서로에게 대충 눈을 마주치며, 고개만 끄덕하고는 건성건성 인사말을 건넸다. 그 가운데 상구 머리 노 총무가 이들을 발견하고 가까이 다가와 이렇게 주절거렸다.

"어서 오세요, 봉 회장님! 나 이사님도 함께 오셨네요?"

그는 땀방울이 송골송골 맺힌 얼굴로 이들을 반겼다. 그의 인사 소리에 나머지 회원들은 힐끔 쳐다보며, 대충 인사를 꾸벅하고는 자기가 하던 일에 매달렸다.

"허허! 죄송하게도 제가 해야 할 일을 누가 벌써 다 해치워 버렸습니다…"

속 알머리 봉상관은 이미 사무실 문이 활짝 열려 있자, 누군가 들어 보라는 듯이 너스레를 떨었다.

그는 자신을 대신해서 누군가 경찰관을 비롯해 자물쇠 기능공까지 불렀다는 고마움에 불쑥 튀어나온 인사말이었다.

그의 너스레에 상구 머리 노식신은 씨익 웃어 가며, 엄지손을 들어 자신이 했다고 가리켰다. 그러고는 어디론가 바쁘게 달음질을 쳤다.

어제 봉 회장과 함께 사전 답사를 마친 상구 머리 노식신이 일 찌감치 지구대를 찾아가 사정 이야기를 하고, 먼저 절차를 밟은 것이었다.

그는 지구대에 근무하는 김 순경을 대동하고, 현장으로 오는 길에 미리 예약해 두었던 자물쇠 기술자에게 전화를 걸었다.

그리고 지금 약속된 장소로 와달라고 도움을 청했었다.

하지만 전화를 받은 대머리 자물쇠 아저씨는 이미 현장에 도착 해서 기다리고 있다며, 빨리 오시기나 하라고 투덜거렸다.

그는 이미 굳게 닫힌 사무실 앞에서 잠금장치를 요모조모 뜯 어보고 있었다. 상구 머리 노식신과 김 순경이 도착하자, 대머리 자물쇠 아저씨는 이들을 기다렸다는 듯이 서둘러 문 앞으로 다 가섰다.

그러고는 회원 몇 명과 김 순경이 지켜보는 가운데서 손에 든 작은 연장을 사용해 눈 깜박할 사이에 잠금장치를 해체시켜 버 렸다.

열쇠공의 숙련된 솜씨는 보잘것없는 간단한 도구를 이용했을 뿐이었다.

굳게 잠겼던 잠금장치가 순식간에 해체되었다. 지켜보던 구경꾼 들은 그의 솜씨에 입을 다물지 못했다. 그때 그가 자기만의 숙련된 재능을 뽐내듯 출입문을 밖으로 당겼다. 텅 빈 사무실은 사용한 날이 오래된 채 밀폐되어 퀴퀴한 냄새가 먼저 이들을 맞이했다.

대머리 아저씨는 이내 새로운 잠금장치를 설치하고는, 자신이

해야 할 일은 다 끝났으니 돈이나 달라는 눈빛을 한 채 노 총무를 넌지시 올려다보았다.

그는 이미 준비해 두었던 설치비를 건네며, 영수증을 챙겼다. 그러고는 그가 수고했다며 인사를 건네자, 돈을 받아 든 대머리 아저씨는 다음에 또 연락을 달라고, 스티커 한 장 그의 손에 쥐여 주었다.

그렇게 일을 마친 그는 이내 종종걸음으로 골목길 안으로 사라졌다.

잠금장치가 풀린 사무실 안으로 먼저 들어선 김 순경은 고리타분한 냄새에도 잠시 코를 쿵쿵거릴 뿐 아랑곳하지 않았다. 그는 휑한 공간을 이곳저곳 살펴보다가, 그럼 수고들 하라는 말을 남기고, 이내 돌아갔다.

상구 머리 노 총무는 '노임을 주고라도 일꾼을 몇 명 불러올까?' 고민을 했었다. 하지만 자신과 회원들이 조금씩만 거들면, 금세 해치우겠다는 생각에 팔을 걷어붙이고 나섰다.

그 바람에 미리 온 회원들은 부지런한 덕택을 톡톡히 보상받았다. 뭐 약간의 땀을 흘릴 수밖에 어쩔 도리가 없는 노릇이었다. 그러나 이들은 사무실 안에 흩어진 집기들을 옮겨놓기 전에 먼저 동영상부터 촬영을 시작했었다. 만일을 대비해 증거물을 남겨놓기 위한 작업이었다.

그 일은 사진에 취미가 있는 큰 머리 문정인이 전담해 수고를 덜어 주었다. 나머지 회원들은 근처에 고물상을 찾아가 종이 박스 몇 개를 사 가지고 돌아와 사무실 정리를 도왔다.

이들은 사무 집기 등 물품마다 순번을 정하고, 장부에 기록해 하나씩 포장을 꾸렸다. 잘 묶여진 기물 박스는 한쪽 구석에 차곡차곡 쌓아 놓은 채 그 보존 상태를 빼놓지 않고, 영상물로 촬영을 해 두었다.

금방이라도 귀신이 나올 것 같았던 사무실은 점차 흐트러진 모습을 찾을 수 없을 정도로 깔끔하게 정리 정돈이 되어 갔다.

퀴퀴한 냄새도 활짝 열어 놓은 창문을 통해 순식간에 달아났다. 사무실은 점차 공기가 순환되어 쾌적하게 변해 가고 있었다.

여기저기 거미줄처럼 얽히고설켜 있던 전깃줄이 대충 정리가 되어 갈 즈음에 누군가 도착해 창밖에 자동차 소리가 요란하게 들려왔다.

속 알머리 봉상관과 짱구 머리 나겹재가 도착하고, 시간이 얼마 지나지 않아서 또 누군가 도착한 것이었다. 모두가 물품을 정리하느라 땀을 흘리고 있었다.

그 순간 이들 앞에 흰머리 윤편인이 약간의 다과와 음료수 상자를 들고 모습을 드러낸 것이었다.

"아이고… 제가 좀 늦었군요? 죄송합니다. 이리 와서 목이나 축이고 합시다."

그는 이들의 몰골을 보자, 순간 미안한 마음이 들었다. 그래서 너스레를 먼저 떨었다. 그랬다. 흰머리 윤편인은 회원 모두가 일을 하며 땀을 흘리고 있어, 그만 황송한 마음에 출입구에 들어서기 무섭게 설레발을 놓은 것이었다.

"어머… 이제 오셨네요? 윤 부회장님! 호호!"

우아한 전원숙은 달달한 눈빛으로 그를 반갑게 맞았다. 목이나 축이라는 소리에 하나둘 다가온 회원들은 마침 타들어 가던 갈증을 해소하듯 뚜껑을 돌려 목을 축이기 시작했다.

"언제들 오셨어요? 제가 좀 늦었습니다. 흐흐…."

흰머리 윤편인은 죄송한 낯빛으로 고개를 까닥거렸다. 이들은 먼저 오는 순서대로 음료수에 손이 먼저 갔다. 그리고 나서야 그의 물음에 대답을 해 주었다.

"늦긴요, 아직 안 오신 분들도 있는데…."

그녀는 그럴 필요까지 없다는 표정을 보이며, 슬며시 그에게 눈짓을 건넸다. 그는 고개를 가볍게 끄덕이고, 그녀에게 알겠다며 달달한 눈빛을 쏘아 주었다.

"윤 부회장님은 프로젝트를 짜느라 밤늦도록 고생을 하신다고 하던데, 정말 수고가 많으시네요?"

도회적인 안혜숙은 음료수 뚜껑을 돌리며 그를 걱정하는 표정을 보였다.

"정말이지, 윤 부회장님은 돈 사랑에 없어서는 안 될 분이시죠."

모던한 한옥경이 슬쩍 끼어들며, 그를 덩달아 추켜세웠다. 몇몇 회원들은 음료수를 들다 말고, 고개를 끄덕끄덕거렸다.

"하하하! 제가 음료수라도 사 오길 잘했지, 갑자기 왜들 이러십니까? 사람 무안하게….."

흰머리 윤편인은 여성 회원들에게 둘러싸여 듣는 칭찬이 왠지 어색해서 몸 둘 바를 몰라 하고 있었다.

"어머머…! 우리 윤 부회장님! 얼굴 빨개진 것 좀 봐. 호호!"

도회적인 안혜숙은 그를 가리키며, 짓궂은 익살을 떨었다.

여성 회원들은 입을 가린 채 쿡쿡 웃었다.

"허허허! 적당히들 하세요, 자… 자! 음료수 다 마셨으면 하던 일이나 마저 끝냅시다."

속 알머리 봉상관은 여성들의 시선을 한 몸에 받고 있는 윤 부회장이 은근히 시샘이 났다. 그래서 그는 치사스러워도 눈꼬리를 치켜뜨며, 중단했던 일을 재촉을 하고 나섰다.

둥근 머리 맹비견은 굵은 땀방울을 흘리며 그의 행태를 비웃듯 빙그레 웃다가 다시 사무실 정리를 도왔다.

상구 머리 노식신과 뒤늦게 합세한 짱구 머리 나겹재의 날렵한 행동 탓에 사무실은 얼추 마무리가 되어 가고 있었다.

한참 정리 정돈이 끝나갈 무렵쯤에 젤 바른 선정재와 삼각 머리 조편재가 뒤늦게 도착을 했다. 두 사람을 합쳐 일명 닉네임이 돈생돈사인 이들은 뒤통수를 긁적이며, 죄송하다는 낯짝으로 호들갑을 떨면서 들어왔다.

"아이고… 차가 얼마나 밀리는지 젠장! 이거 원 핑계 같아서 말을 안 하려고 했는데, 도저히 염치가 없어서 어쩔 수가 없네…요."

젤 바른 선정재는 입술에 침을 바르며, 이들의 눈치를 흘끔거렸다.

"그래도 이제라도 오셨으니 됐습니다. 거기 대충 자리를 잡고 앉으세요."

속 알머리 봉 회장은 그들을 반기며, 손짓을 했다. 일부 회원들은 '우라질 자식들! 지랄하고 핑계는 그냥 들어오면 누가 뭐라고 하나?' 하는 눈총을 쏘아대고 있었다.

"하하하! 대신 저희가 늦은 벌로 오늘 점심을 사겠습니다."

삼각 머리 조편재는 번들번들한 얼굴로 능청스럽게 유들거렸다.

몇몇 회원들은 눈살을 찌푸리며, 그들로부터 고개를 돌리고 있었다.

"그러실 필요까지 있습니까? 사 주시면 잘 먹겠지만 말입니다. 하하하!"

상구 머리 노 총무가 몸짓 개그를 하며 익살을 떨었다. 우스꽝스러운 그의 행동에 회원들은 쿡쿡 웃다가 서로의 모습에 갑자기 폭소가 터졌다.

"까르르…!"

사무실 안은 순식간에 웃음바다로 변해 모두가 깔깔거렸다.

"으하하하…!"

떠들썩한 웃음소리에 지나가던 행인들이 발걸음을 멈추고, '무슨 일인가?' 싶어 안쪽을 힐끔힐끔 들여다보며 지나갔다.

"허허허! 저는 얼마 전까지 낙찰을 받을 수 있을까? 조바심을 내던 물건을 이렇게 사무실까지 차지하고 보니 만감이 교차합니다."

속 알머리 봉상관은 밝은 표정을 지어 가며, 기쁨에 찬 눈빛으로 말했다.

"이 곳에서 이렇게 웃어 가며 대화를 나눌 수 있는 것도, 다 여러분의 덕이 아닌가 싶습니다. 흐흐…."

그는 회원들을 둘러보며 실실 웃었다.

"헐…!"

젤 바른 선정재는 '영감탱이! 지금 뭐라 떠드는 거야? 다 내덕이지…' 하는 거만한 낯짝을 보이며 눈살을 샐룩샐룩거렸다.

"좌우지간 너무나 감사합니다."

울컥한 심정에 속 알머리 봉 회장은 중얼거렸다. 그는 감회가 남달라 환희에 찬 표정이었다.

서로의 마음

"거기에 덧붙인다면 봉 회장님을 비롯해서 모든 분들이 열심히 뛰어 준 덕택이 아닌가… 싶습니다."

흰머리 윤편인은 모두가 자랑스럽다는 듯이 고마움을 표했다.

"당연하지."

삼각 머리 조편재가 그를 째리며, 혼잣말을 했다.

"정말로 재차 감사드립니다."

흰머리 윤편인은 진심으로 릴레이 칭찬을 쏟아 내고 있었다.

"감사는 우리가 해야죠. 호호!"

우아한 전원숙은 지금 무슨 소리를 그렇게 하시냐는 얼굴로 손사래를 휘저었다.

"맞아요, 맞아… 호호!"

모던한 한옥경은 호들갑스럽게 소리를 지르며, 장단을 맞췄다.

"안 그렇습니까? 여러분!"

도회적인 안혜숙이 밝은 미소로 거들며, 가볍게 손뼉을 쳤다.

"아이고… 아직 갈 길이 구만리인데… 정말! 왜들 이러십니까?"

짱구 머리 나접재는 무슨 일인지 별안간 설레발을 치고 나왔다. 방금까지 웃던 사람들이 불쾌한 얼굴로 그를 째려보고 있었다.

"뭐… 그렇기는 하지만, 좋은 분위기를 망쳐 버릴 것까지 있습니까?"

속 알머리 봉 회장은 사무실에서 들은 말이 떠올라 그를 나무라며, 눈치를 주었다.

"아, 입은 삐뚤어졌어도 말은 바로 하랬다고, 사실 지금 부터가 전쟁터 아닌가요?"

둥근 머리 맹비견은 가재는 게 편이라고, 둘이 한 통속이 되어 그의 말에 힘을 실었다.

"뭘… 또 거창하게 전쟁터씩이나 들먹이며, 좋았던 분위기를 서 먹하게 만듭니까?"

상구머리 노식신은 짜증이 난 듯 한마디를 해 주며, 그를 쏘아 보았다.

"왜들 그래요? 좋은 날에 다들 그만들 하세요!"

큰 머리 문정인은 얼른 분쟁의 화근을 자르고 나섰다. 그의 말에는 은근한 힘이 서려 있었다.

"아니… 제가 틀린 말을 한 것은 아니잖아요?"

짱구 머리 나겹재는 입을 댓 발 내놓으며, 짜증부터 냈다. 여성 회원들은 마땅찮은 눈을 흘기며, 그를 난도질을 하고 있었다.

"영양가 없는 말들로 힘을 빼실 겁니까? 정말!"

흰머리 윤편인은 두 사람을 쳐다보며, 슬쩍 눈짓을 보냈다. 몇몇 회원들은 그가 버럭 소리를 지르자, 눈이 휘둥그레져서는 '웬일인가?' 싶어 그를 쏘아보았다.

"아… 알았어요, 아까 하시던 얘기나 계속하시죠?"

짱구 머리 나겹재는 그의 눈짓이 무엇을 말하는지 알았다는 신호로 눈을 끔쩍 끔쩍거렸다. 그는 이번 프로젝트 계획이 그의 머리에서 나왔다는 것을 알고 있기에 그에게 괜히 밉보여서 좋을 것이 없겠다는 속셈이었다.

그러나 여성 회원들은 '망할 자식들! 분위기 더럽게 만들고 있네.' 하면서도 눈총은 하나같이 나 이사에게 주고 있었다.

"봉 회장님! 아까 하시던 얘기나 마저 하시죠?"

젤 바른 선정재는 뒤로 빠져 있다가 한마디 거들고 나섰다.

"사실 나 이사 말도 틀린 얘기는 없습니다."

속 알머리 봉상관은 모두가 그를 응징하는 눈치라 은근히 그에게 힘을 실었다.

"헤헤! 것 봐요?"

짱구 머리 나겹재는 그의 한마디에 고무되어 실실 웃고 있었다.

"그러나 일이라는 게 다 순서가 있는 법인데, 우리 나 이사님은 너무 서두른다는 것이 흠이라면 흠입니다. 허허허!"

속 알머리 봉상관은 흐트러진 분위기를 환기시켜야겠다는 생각에 그를 나무라는 식으로 타박을 하고는 입술에 침을 바르고 있었다.

"죄송합니다. 제가 급한 마음에 너무 앞서갔나 봅니다."

짱구 머리 나접재는 어쩐 일로 가볍게 고개를 수그리며 사과를 하고 나섰다.

봉 회장은 그의 말에도 관여치 않고는 계속 주절거렸다.

"오늘 우리가 모인 것은 물건 인도가 목적이었지만, 요사이 회원들 관심이 다른 곳에 있다는 사실을 최근에야 알았습니다."

그는 모두를 둘러보다가 흰머리 윤편인 앞에서 눈길을 멈추고, 잠시 그를 주시했다.

그 순간 회원들의 눈길이 결혼식장 주례를 바라보듯 대부분 그에게 쏠리고 있었다. 쏘아보는 눈길이 부담스러운 흰머리 윤편인은 안 되겠다 싶어 이렇게 주절거렸다.

"죄송합니다. 제가 무리한 제안을 추진해서 여러분께 누를 끼친 것 같은데, 회원 과반수가 싫다고 하시면 이쯤에서 그만 없던 일로 하겠습니다."

그는 모두의 눈총들이 자신에게 돌아오자 욕심만 앞서 회원들 간에 분쟁을 유발한 책임을 지겠다며, 미리 선수를 치고 나왔다.

영악스럽게도 그는 몹시 억울하다는 섭섭한 표정을 짓고서 모두에게 한 번씩 눈을 맞추고 있었다.

"아, 아니…. 그런 건 아닙니다."

속 알머리 봉상관은 화들짝 놀라 급하게 손을 내저었다.

"그럼요, 천만의 말씀 만만에 콩떡입니다. 헤헤!"

짱구 머리 나접재가 이건 아니다 싶어 잽싸게 맞장구를 쳤다. 그는 순간적으로 그를 대변하듯 불쑥 들이대고 나선 것이다. 그때 속 알머리 봉상관은 실 웃어 가며 빠르게 주절거렸다.

"그럼요, 우리를 위해 큰 그림을 그려 보겠다고 나선 윤 부회장님과 문 감사님의 제안이 싫어서 하는 얘기는 절대 아닙니다."

그는 처음 거절할 때와는 사뭇 양상이 달랐다. 그 이유야 뻔했다. 혹시나 자기에게 무슨 원망이라도 돌아올까 싶어 얼른 선수를 치고 나온 것이었다.

"그럼요, 헤헤!"

옆자리에 서 있던 둥근 머리 맹비견이 덩달아 장단을 맞췄다. 일부 여성들은 입가에 냉소를 흘리며, 이들을 비정하게 쏘아보고 있었다.

"다만, 추진하는 데 복잡 다변한 절차들이 첩첩산중으로 겹쳐 있어, 해결해야 할 문제들이 한두 가지가 아니라는 사실입니다."

속 알머리 봉상관은 갑자기 갈증을 느끼고, 음료수를 한 모금 들이켰다. 그러고는 입술을 쓱 문지르며 계속 말을 이어 갔다.

"심의 및 인허가 그리고 민원 등과 함께 관공서 업무에다 지주 작업까지 게다가 오랜 공기와 금융 문제 등등 손가락으로 꼽을 수 없을 정도로 첩첩산중입니다."

그는 침을 튀겨 가며, 연속해서 떠벌렸다.

몇몇 회원들은 듣고 있는 내내 긴장한 듯 표정이 점점 굳어져 갔다.

이러한 과정들을 거쳐야 한다는 사실을 이미 알고 있는 일부의 회원들은 듣는 둥 마는 둥 한쪽 귀로 흘려 버리고 있었다. 반면 난생처음 접하는 새로운 내용에 놀란 일부 회원들은 생소한 듯 자기방어로 웅얼웅얼 소리쳤다.

"헐…! 가만히 듣고 보니 장난이 아니네."

몇몇 회원들은 서로를 마주 보며, 속닥거렸다.

"그래서 저는 이걸 짚어 보고 넘어가자는 얘기지, 반대하고자 목소리를 높이는 것은 절대 아니라는 겁니다."

속 알머리 봉상관은 평소에 재개발에 관심을 가지고 관련된 지식들을 습득하는 데 게을리 하지 않았다는 것을 자랑이나 하는 것처럼 이것저것 너절하게 늘어놓았다.

그러자 회원들은 자기 말들을 지껄이며, 웅성웅성 소음이 일었다.

"저기요? 회장님! 제 생각은, 어차피 우리도 애초부터 건물을 올리기로 계획하지 않았습니까?"

진행 상황이 지루하고 답답했던 삼각 머리 조편재는 속에 있는 말을 꺼내며 끼어들었다.

"그래서요?"

속 알머리 봉상관은 '뭐… 그게 어쨌다는 건데?' 하는 얼굴로 그를 쳐다보았다.

"여기서 우왕좌왕하기보다 일단은 건축 설계 사무소에 방문해 다각적으로 문의를 해 보고, 우리에게 유리한 방향으로 추진하면 어떨까? 싶습니다."

삼각 머리 조편재는 과거 건축물을 올려본 자신의 경험을 빗대어 하나의 제안을 꺼내서 모두의 눈치를 살폈다.

그는 모르면 물어보든가 학습을 하는 편이 훨씬 미래 지향적이고, 슬기로운 방법이라고 생각했다. 즉 배우지 아니하면 어둡고 어두운 밤길을 걷는 인생과 다름이 없다는 큰 머리 문정인의 인생관을 빗댄 이야기 같았다.

"햐… 고거 묘안이네, 묘안이야…."

둥근 머리 맹비견은 절묘한 신의 한수라며 손뼉을 치고 좋아했다.

"뭐 나름 괜찮은 생각 같은데, 어째? 윤 부회장님이나 문 감사님은 그의 제안에 찬성을 하십니까?"

속 알머리 봉 회장은 두 사람을 번갈아 쳐다보며 의향을 타진했다.

"저야 권한이 있습니까? 여러분들의 의견을 따라가야지…." 흰 머리 윤편인은 불편한 심기를 감추려고, 애를 쓰며 말했다. 하지만, 그의 얼굴에 나타난 굳은 표정은 숨길 수가 없었다. 순간 봉회장의 낯빛이 약간 일그러졌다. 그때였다.

"윤 부회장님은 여러분의 의견을 존중한다고 하시니 찬성은 오른쪽, 반대는 왼쪽을 들어 주세요."

상구 머리 노식신이 봉 회장의 입장을 고려해서 먼저 나섰다. 그러나 회원들은 대다수가 찬성하는 쪽으로 기울어졌다.

그때까지 자신의 의견을 유보하고 있던 우아한 전원숙은 슬며시 불만을 드러내며, 이렇게 주절거렸다.

"회장님! 꼭 그렇게까지 해야 되는지를 묻고 싶네요?"

그녀는 윤 부회장을 생각한 듯 노골적으로 쌍심지를 켜고 나섰다.

여성 회원들은 조금 당황한 얼굴로 그녀가 별안간 왜 저러는가 싶어 슬며시 곁눈질만 하고 있었다.

"허허허! 전 서기님! 말씀은 무슨 뜻인가 대충 알겠는데요."

속 알머리 봉 회장은 해쭉 웃었다.

그녀는 '체! 아는 양반이 왜 그 모양으로 일을 처리하고 그래?' 하고 미간을 찌푸리며, 입속말로 고시랑거렸다.

"어차피, 우리 일이라는 것이 건축 설계 사무실을 방문해서 건축사님께 컨설팅을 받아야 하거든요?"

속 알머리 봉상관은 그렇게 말을 건네며 빙그레 웃음을 보였다.

그러나 속으로는 '젠장! 모르면 입이나 처다물고 계실 것이지, 뭘 주제넘게 안다고 나서길 나서나. 에이… 쯧쯧!' 하고 있었다.

"그럼요, 상담도 해야 되지만, 여러 가지 복잡한 문제들을 조율도 해야 합니다. 그리고 부족한 것들은 질의응답을 통해서 진행 사항 등을 결정해야 합니다."

상구 머리 노식신이 씨익 웃어 가며, 한마디 거들고 나섰다.

"그렇다면야 몰라도… 호호! 내가 너무 과민 반응을 보였나? 아유… 쪽팔려!"

그녀는 순간 붉게 물들은 얼굴을 두 손으로 가리며 민망한 표정을 지었다. 우아한 전원숙은 쓸데없이 나섰다가 속마음만 들킨 것 같아서 잠시 낯빛을 붉힌 채 고개를 숙이고 있었다.

회원들은 말들은 없었지만, 그녀의 표정에서 뭔가를 알아낸 상반된 눈빛들을 반짝이며, 묘한 웃음을 자아냈다.

그 순간 흰머리 윤편인은 거침없이 주절거렸다.

"아, 괜찮아유— 못 할 소리 한 것도 아니데, 너무 민망해하실 필요 없습니다. 하하하!"

그는 그녀의 마음 씀씀이가 고마워 눈치코치 다 팽개치고, '너희들이 우리 사이를 알아?' 하듯 넉살 좋게 한마디를 쏟아 냈다.

우아한 전원숙은 그제야 해맑은 표정으로 실 웃었다.

흰머리 윤편인의 넉살스러운 개그가 통했다. 싸했던 분위기는 한순간에 봄눈 녹듯 부드러워지며, 명랑한 웃음소리가 사무실 전체로 번졌다.

"까르르…!"

순간 사무실은 해바라기부터 나팔꽃 그리고 가시 돋친 장미와 개나리까지 웃음꽃이 활짝 피웠다. 한바탕 웃고 난 상구 머리 노식신이 슬쩍 나서 주절거렸다.

"그래도 일단은 추진 위원장과 부위원장 그리고 감사, 총무, 재무 등 추진 위원회 체계를 갖춰서 움직이면 어떨까요?"

그는 모두의 의향을 묻고서 이들의 눈치를 보며, 두 눈을 껌벅거리고 있었다.

"그것도 좋은 생각이지만, 굳이 힘들이지 마시고, 지금 맡고 있는 직무를 명칭만 바꿔서 겸임하면 좋을 것 같은데, 어떻게 생각들을 하십니까?"

침묵으로 일관하던 도회적인 안혜숙이 모처럼 안건을 제의하며, 닫혔던 입을 열었다.

"그렇게 하면 간단한 걸 왜 우리는 그걸 몰랐을까?"

삼각 머리 조편재는 그녀를 힐끔 쳐다보며, 능청을 떨었다. 그러고는 고개를 돌려 해쭉거렸다.

"그러지 말고 이참에 부동산 투자 회사를 설립하면 어떨까요?"

짱구 머리 나겁재는 뜬금없이 말도 안 되는 안건을 들이대며, 도대체 말인지 막걸리인지, 분간이 안 되는 호들갑을 떨고 나왔다.

그의 엉뚱한 소리에 심사가 마땅찮은 회원들은 '저 사람 또 뭐라는 거야?' 하는 어안이 벙벙한 표정을 짓고는 차가운 눈총으로 그를 쏘아보고 있었다.

"하하하! 나 이사님 부동산 투자회사 최저 설립 자본금이 얼마인지를 알고나 하는 말입니까?"

흰머리 윤편인은 어이가 없다는 표정으로 '아주 지랄을 해요.' 하는 눈빛으로 그를 쏘아보며 물었다.

"글쎄? 잘은 모르지만, 법인 설립 자본금 하고 큰 차이가 있겠습니까?"

짱구 머리 나겁재는 생각 없이 중얼거리며, 능청스럽게 그를 쳐다보았다.

"뭔가 착각하고 계신 것 같은데, 다시 한번 차분하게 생각해 보세요."

흰머리 윤편인은 잠시 손사래를 쳤다.

"그럼, 얼마를 가져야 설립할 수 있습니까?"

둥근 머리 맹비견이 빈정거리며 피식 웃었다.

"최저 자본금이 500억 원 이상을 가져야 합니다. 흐흐…."

상구 머리 노식신은 아는 척하고 나섰다. 그러고는 두 사람을 번갈아 훑어보면서 느물스럽게 웃었다.

"예…에! 그게 정말입니까?"

두 사람은 동시에 깜짝 놀라 까무러친 눈을 크게 뜨며 물었다.

"아니… 정말! 그렇게나 많이 필요합니까?"

짱구 머리 나겁재는 눈동자를 희번덕거리며, 정말 몰랐다는 표정을 지었다. 대부분의 회원들은 그의 놀라는 표정이 우스꽝스러워 낄낄거렸다.

"아, 아… 그건 아닙니다. 우리가 하고자 하는 사업은 필요에 따라서 여러 조치를 취하면 됩니다."

흰머리 윤편인은 달관한 전문가처럼 얘기하며, 그들의 소란을 진정시켰다. 그리고 곧바로 다시 주절거렸다.

"노 총무님께서 말씀하신 자본금 500억은 2001년도 부동산 투자법입니다."

"…"

"헐…!"

그 말을 듣자 순간 회원들은 인상을 찡그린 채 노 총무를 비웃적거렸다.

"최근(2016년)의 개정된 법에서는 자본금 5억 원 이상으로 바뀌었습니다. 하하하!"

말과 동시에 한바탕 웃고 난 흰머리 윤편인은 놀란 토끼 눈을 뜨고 바라보는 짱구 머리 나겁재를 슬쩍 쳐다보며 빙그레 웃었다.

"대박!"

하고 소리친 짱구 머리 나겁재는 갑자기 손뼉을 쳤다.

그러고는 상구 머리 노식신을 째려 가며, '제대로 알지도 못하는 놈이 나대기는.' 하는 눈총으로 그를 꼬나보았다.

상구 머리 노 총무는 금방이라도 잡아먹을 듯이 쏘아대는 그의 눈빛에 주눅이 들었다. 그는 괜히 머쓱해져 머리를 긁적이며, 다시 주절거렸다.

"또 바뀌었습니까?"

그는 황당한 표정을 지어 보였다.

"예…"

흰머리 윤편인은 단조롭게 대답을 해 주고, 이어 주절거렸다.

"그리고 말씀 하신 부동산 투자는 우리가 추진하려는 사업하고는 성격 자체가 전혀 다른 목적을 가지고 있습니다.

즉 우리가 리츠라 부르는 부동산 투자 신탁은 부동산 상품을 전문으로 하는 뮤추얼 펀드로 우리가 적은 목돈을 가지고도 부동산에 직접 투자할 수 있는 일종에 지분형 에쿼티 리츠 펀드와 부동산 담보대출에 투자하는 부채형 모기지 리츠 펀드가 있습니다.

그리고 지분형과 부채형을 혼합한 하이브리드 리츠 펀드 세 가지 종류가 있습니다. 또한 이 펀드의 운영은 리츠 자산관리회사가 맡아 부동산 관련 상품에 투자해 얻은 수익을 투자자에게 비용과 세금을 공제한 나머지 차액을 배분하는 형식이라는 점을 알아야 합니다.

한마디로 부동산 증권화 상품의 일종이라 할 수 있습니다.”

“…”

“하여간 부동산 법은 잠시 한눈을 팔면 바뀌는군요? 젠장!”

상구 머리 노식신은 무안해서 얼굴을 가만히 숙인 채 공연히 죄 없는 구두 밑창을 벅벅 비비고 있었다.

추진 위원회 구성

"호호! 그러지들 마시고, 안 이사님 말씀대로 추진 위원회를 먼저 결성해서, 사전 작업을 시작해 보는 것도 나쁘지 않을 것 같습니다."

모던한 한옥경이 분위기가 냉랭해지자 한마디 거들고 나섰다. 이렇게 여성들은 이구동성으로 한마디씩 거들고 있었다.

"뭐 그럽시다. 일을 벌이다 보면 우리가 몰랐던 우라질 문제들이 하나둘씩 본색을 드러낼 테니, 한동안 고생스러워도 어쩝니까? 초짜의 서러움을 그렇게라도 이겨내야지…."

젤 바른 선정재는 어려움을 감내해야 그나마 극복할 수 있다며, 회원들의 눈치를 살폈다.

"아니… 잘못되면 그때마다 수정해 가면서 일을 하자 이 말입니까?"

상구 머리 노식신은 유독 퉁명스럽게 받아쳤다. 좀 전에 속상했던 분풀이를 하듯 그는 유난히 목청을 높였다.

"그게 뭐… 어때서 그럽니까? 그럼 노 총무님께서는 보다 나은 해법이라도 가지고 계시나 봅니다."

젤 바른 선정재는 대뜸 받아치며, 그를 싸늘하게 꼬나보았다.

"해법이 있어서 그렇다기보다 비용 손실은 어떻게 감당하시려고 그러십니까?"

상구 머리 노 총무는 꿀리지 않겠다는 심정으로 눈알을 위아래로 부라리며, 그를 쏘아보았다.

"물론 수학 문제처럼 정답을 가지고 하면 얼마나 좋겠습니까?"

그는 아차! 싶어 목소리를 부드럽게 낮췄다.

"그게 또 무시할 수 없는 현실이긴 합니다."

속 알머리 봉상관은 얼른 끼어들어 한마디를 거들었다.

"그래서 모든 게 쉽지 않으니 여러분의 팔딱 뛰는 지혜를 모아 보자는 겁니다. 그러다 보면 각자의 의견이 나올 것이고, 토론 과정을 거치다 보면 최고 최선의 해결책이 나오지 않겠습니까?"

젤 바른 선정재는 시끄러워지는 것을 피하려고, 지혜롭게도 회원들의 심정을 헤아려 가며 눈치껏 이들을 설득하고 나섰다.

"그럼요, 선 감사님! 의견은 우리가 제법 인원이 되니까, 각자 아이디어도 내놓고, 서로의 책무를 맡아서 처리하다 보면, 생각조차 못 했던 또 다른 수확을 얻을 수 있다. 뭐… 그런 말이 아니겠습니까?"

삼각 머리 조편재는 꿔다 놓은 떡시루처럼 우두커니 서 있다가 그의 주장에 살짝 기름칠을 하고 나섰다.

그는 어차피 모두가 경험을 해 보지 못했던 플랜이기에 각자의 지혜를 모아 추진해 보자는 것이었다.

"자… 자! 우왕좌왕하지 마시고, 한마디로 결정을 냅시다. 이 제안을 거부하시는 분 계십니까?"

속 알머리 봉상관은 백날 입씨름을 해 봐야 서로에게 상처만 줄 것 같다는 생각에 빠른 결단을 내려야했다.

그러나 회원들은 서로의 눈치를 보고 있었다. 누구 하나 손들고 나서는 사람이 없었다.

고요 속에 잠긴 사무실은 잠시 긴장감이 돌며 정적이 감돌았다.

"…"

그때 정적을 깨뜨리며 속 알머리 봉 회장이 주절거렸다.

"그럼 추진 위원회를 결성하는 걸로 매듭짓겠습니다. 어째… 모두들 이의 없으시죠?"

그는 전체를 둘러 가며 눈치를 살폈다. 이들은 꿀 먹은 벙어리처럼 잠시 서로의 눈치를 살피며, 눈만 껌벅거리고 있었다.

그리고 잠시 후….

"예!"

하며 누군가의 나지막한 대답이 나왔다.

나머지는 모두 고개만 끄덕이고 있었다.

"그럼 임무는 문 감사님이 정해 놓은 그대로 할까요, 회장님?"

상구 머리 노 총무가 슬그머니 묻고 나섰다.

"글쎄요?"

"…"

속 알머리 봉상관은 잠시 딴 생각을 하느라 눈을 껌벅거렸다.

"아니면 현재 맡고 있는 직무대로 진행을 할까요?"

상구 머리 노 총무는 그를 올려다보며 물었다.

"허허! 새 술은 새 포대에 담아야 제맛이 우러나지 않겠습니까?"

속 알머리 봉 회장은 생각하는 딴 계획이 있어 '그건 아닌 것 같다.' 하는 눈빛을 보였다.

"헐…! 그거야 성경 말씀이고…"

흰머리 윤편인은 괜히 비위가 뒤틀려 혼잣말을 고시랑거렸다.

"그래서 얘긴데 개개인 적성에 따라 직무를 부여하는 것이 능률면에서 뛰어나지 않겠습니까?"

속 알머리 봉상관은 나 이사의 부탁도 있고 해서 문 감사의 낌새를 살피며, 슬쩍 떠보고 있었다. 회원들은 큰 머리 문정인의 얼굴을 주시하며, 그가 뭐라 반문할지 슬며시 그의 눈치를 살피고 있었다.

"그럼, 모두에게 물어보고 과반수가 넘으면 그렇게 하도록 합시다."

큰 머리 문정인은 봉 회장의 체면을 생각해서 한 발짝 뒤로 물러나는 양보를 했다. 흰머리 윤편인은 굿이나 보고 떡이나 먹겠다는 심산으로, 팔짱을 끼고 물끄러미 구경만 하고 있었다.

이들은 짱구 머리 나겁재와 둥근 머리 맹비견의 적극적인 찬성 덕분에 봉 회장의 발언은 전체 회원의 과반수가 넘는 지지를 얻었다.

비로소 그는 자신이 알고 있는 도시 및 주거 환경 정비 법 범위 내에서 추진 위원회 멤버를 새롭게 구성하는 작업을 시작할 수 있게 되었다.

봉 회장은 돈 사랑 회원들이 토지 등 소유자가 50명 이상이면 추진 위원 위원장과 감사를 포함해 다섯 명 이상의 추진 위원을 선출해야 한다는 규약을 이미 알고 있었다.

그러나 이들은 50명 이하에 해당해 다섯 명을 추진 위원으로 선출할 수 있다는 도시 및 주거 환경 정비법을 전혀 무시해 버린 채 이렇게 정했다.

추진 위원장에 속 알머리 봉상관을 위시해 부위원장에 흰머리 윤편인, 감사에는 큰 머리 문정인을 선출했다.

그리고 이들은 젤 바른 선정재를 비롯해 삼각 머리 조편재, 짱구 머리 나겁재, 둥근 머리 맹비견, 상구 머리 노식신, 미모의 명정관, 우아한 전원숙, 도회적인 안혜숙, 모던한 한옥경까지 총 아홉 명을 추진 위원으로 선출했다.

그러나 조합은 2인 이상이 상호 출자해 공동 사업을 경영할 것을 약정함으로써 그 효력이 생긴다.

출자는 금전 기타 재산 또는 노무로 할 수 있다. 조합원의 출자기타 조합 재산은 조합원의 합유(각 공동 소유자는 소유물에 대한 권리를 가지나, 공동 목적을 위한 통제에 복종하며 단독으로 또는 자유로이 처분할 수 없음)로 한다.

추진 위원회는 조합을 구성하기 위한 준비 과정으로 시장 군수 등에게 승인을 받아야 한다.

그러나 흰머리 윤편인은 지금까지 계획한 구상대로라면 굳이 조합을 구성하기 위한 추진 위원회를 구성할 이유가 없다고 벌써부터 생각을 했었다.

왜냐하면 그는 도시 및 주거환경정비 법 제25조 2항을 줄 곳 머릿속에 넣고 있었기 때문이었다.

"아니⋯ 추진 위원회를 구성하는 것도 좋고, 조합도 좋지만, 그래도 이거 한 가지는 짚고 넘어가는 것이 좋겠다 싶은데⋯ 말씀을 드려도 되겠습니까? 사실은 봉 회장님 체면을 생각해서 그냥 넘어갈까 생각을 했었습니다. 흐흐⋯."

흰머리 윤편인은 아까부터 꾹 참고 있던 빌어먹을 말문을 열었다. 삼각 머리 조편재는 '아이고, 저 망할 자식이! 이번엔 또 뭔 개수작을 피우려고 저러나⋯?' 싶어 싸늘한 눈총을 레이저 빔처럼 쏘아대고 있었다.

"무슨 말씀을 하시려고 그러는지, 어디 얘기나 한번 들어 봅시다."

속 알머리 봉상관은 갑자기 들이대는 그의 언짢은 태도에 안색이 굳어져 시큰둥하게 대답했다.

"토지 등 소유자가 20인 미만인 경우 여러분도 아시다시피 토지 등 소유자가 직접 시행을 할 수 있다고 알고 있습니다."

그는 모두의 눈치를 살피며 조심스럽게 자신의 의견을 꺼냈다.

"그래서요?"

그는 고개를 치켜들어 그를 올려다보았다.

"그런데 굳이 조합을 구성할 필요가 있는지를 묻고 싶습니다."

흰머리 윤편인은 자다가 봉창 두드리는 소리를 하고는 도리어 자기가 더 의아하다는 얼굴로 그의 대답을 기다렸다.

"아니, 윤 부회장님이 조사한 지주는 총 스물다섯 명이라 하지 않았습니까?"

속 알머리 봉상관은 목청을 높여 신경질적으로 반문하고서 '뭐 이런 놈이 다 있나?' 싶은 눈빛으로 그를 쏘아보았다.

"물론, 제가 그렇게 말한 건 사실입니다."

흰머리 윤편인은 일단 수긍을 하며 끄덕였다.

"그런데 왜 이제 와서 사람 헷갈리게 엉뚱한 소리를 하시는 겁니까?"

순간 속 알머리 봉상관은 짜증이 잔뜩 난 두 눈에 쌍심지를 켜고 신경질적인 반응을 보였다.

"그렇다면 죄송합니다. 미리 말씀을 못 드린 점은 제 실수고, 잘못이 분명하니까요?"

흰머리 윤편인은 그의 역정에 잠시 고개를 숙였다. 그때 젤 바른 선정재가 불쑥 끼어들며, 이렇게 주절거렸다.

"그거야 우리하기에 따라 지주가 줄어들기도 하고, 늘어날 수도 있기 때문이 아니겠습니까?"

그는 변명을 해 주듯 중얼대고는 그를 향해 히죽 웃었다.

"아무리 그래도 그렇지요, 사람 헷갈리게 말이야…"

속 알머리 봉상관은 낯빛을 붉히며 몹시 기분이 더럽다는 표정으로 눈알을 사방으로 주억거렸다.

"하하하! 역시 돈 감각이 뛰어난 분은 뭐가 달라도 다르십니다."

흰머리 윤편인은 그를 은근히 추어주었다.

그리고 자신을 대신해 정곡을 찌른 통쾌한 답변에 탄복하듯이 한바탕 웃었다.

"윤 부회장님! 지금 나 들어 보라고 비아냥거리는 겁니까?"

속 알머리 봉상관은 슬그머니 약이 올라 언성을 높였다.

조용히 지켜보던 여성들은 '하여간 남자들이란…. 쯧쯧!' 하는 눈길로 이들을 쏘아보고 있었다.

"천만에요, 제가 존경하는 회장님을 어찌…"

흰머리 윤편인은 황급히 손사래를 치면서 자신을 부정했다.

"에이… 제가 보기에도 그런 건 아닌 것 같습니다."

큰 머리 문정인은 두 사람의 분위기가 험악해지는 사태를 더 이상 두고 볼 수 없어 감초처럼 끼어들었다.

"또 뭐가… 아니라는 겁니까?"

속 알머리 봉상관은 시큰둥한 목소리로 그를 째려보았다.

"윤 부회장님! 말씀은 지주 작업을 어떻게 하느냐에 따라 소유주를 줄일 수도 있다는 얘기 같은데 아닙니까?"

큰 머리 문정인은 고개를 돌려 그에게 눈짓을 하고는 대답을 기다렸다.

"예… 맞습니다. 우리가 일곱 명의 지분권자를 하나로 묶어 버리거나 토지를 모두 사들이면, 가능하기에 말씀을 드리는 겁니다."

흰머리 윤편인은 회원들이 예상하지 못했던 혼자만의 생각을 털어놓으며, 뒷머리를 긁적거렸다.

"예…에, 일곱 명을 한 명의 소유자로 만든다고요?"

큰 머리 문정인은 자신이 생각지도 못했던 답변을 듣자 돌연 놀란 토끼 눈을 동그랗게 뜨고서 서운한 얼굴을 보였다. 그는 지금까지 말 한마디 없다가 갑자기 끄집어낸 이야기에 자신도 금시초문이라는 섭섭한 얼굴을 하고 있었다.

"예… 그렇습니다."

흰머리 윤편인은 히죽 웃으며, 고개를 끄덕거렸다

"아니, 그게 말입니까, 막걸리입니까?"

속 알머리 봉상관은 어이가 없다며, 큰소리로 윽박을 질렀다.

"하하하! 봉 회장님도 아… 제가 막걸리야 만드는 재주가 없어도 그 일은 가능하다고 생각합니다."

흰머리 윤편인은 한바탕 웃고는, 자신 있다며 그를 바라보았다.

"그 일이 말처럼 쉽지는 않을 텐데. 정말, 가능은 하겠습니까?"

그는 어림없다는 눈빛으로 그를 쏘아보고는 의아한 표정을 지었다.

"예…. 제 말은 우리가 땅을 매입을 하든, 지분권자를 구워삶든지,

삶아 먹든지, 여하튼 일단 최선을 다해 작업을 해 보자는 겁니다."

그의 말은 청산유수로 떠들고 있지만, 태도는 겸허하게 예의를 갖춰 설득하고 있었다.

"그러다 일이 틀어지면 어쩌려고 그러십니까?"

속 알머리 봉상관은 구겼던 인상을 피고는 구순하게 물어 왔다.

"정 안 되면 그때 가서 조합을 구성하든 다른 방법을 강구하면 되지 않을까 싶습니다."

흰머리 윤편인은 진정 어린 눈빛으로 그를 마주 보았다. 그는 정 안 되면 우리 회원 열두 명을 하나로 묶어 법인으로 설립하면 된다는 속셈을 누구에게도 발설하지 않은 채 혼자만 입을 다물고 있었다.

그러나 사업의 규모 및 사안에 따라서 조합을 구성해 추진하는 것이 개인 사업주가 지방자치단체 및 유사 기관 등을 상대하는 것보다 유리하다는 현실적 실태를 무시한 채 그는 자신의 생각만 앞서 있었다.

"그렇다고 치고, 땅을 매입하려면 당장 우라질 돈이 필요한데 매입 자금이 한두 푼도 아니고, 그 엄청난 큰돈을 어떻게 마련을 하려고 그러십니까? 아니… 도대체 해결책은 있는 겁니까? 정말! 저로서는 궁금해지는 대목이 아닐 수 없습니다."

상구 머리 노식신은 고개를 절레절레 흔들며, 고혈을 짜내듯 인상을 찌푸렸다.

그 소리에 회원들 모두가 의심을 품은 눈빛으로 고개를 흔들며, 혼잣말을 하듯 웅얼웅얼거리면서 속닥거리고 있었다.

"돈 문제라면 걱정하지 않으셔도 됩니다. 여기 든든한 후원자가 버티고 있으니까요. 하하하!"

흰머리 윤편인은 엉뚱하게도 젤 바른 선정재와 삼각 머리 조편재를 번갈아 지목하며 웃었다.

"아니… 윤 부회장님! 지금 무슨 엄청난 망언을 하시는 겁니까?"

젤 바른 선정재가 정색을 하며 급하게 손사래를 쳤다.

순간 삼각 머리 조편재는 뜨끔해서 '저…저, 우라질 자식이! 우리가 하는 이야기를 도청이라도 했단 말인가?' 싶은 당황한 눈총으로 그를 한껏 째려보고 있었다.

"왜, 내가 잘못 짚었습니까?"

흰머리 윤편인은 너희들의 속을 훤히 다 들여다보고, 있다는 내시경 눈빛으로 그들을 뻔뻔하게 쏘아보았다.

"젠장! 우리가 무슨 돈이 있다고, 떡 줄 사람은 생각도 않는데, 그런 말도 안 되는 막말을 쏟아 냅니까?"

삼각 머리 조편재는 자다가 봉창 두들기는 얼토당토않은 소리 말라면서 버럭 질을 하듯 성질을 벌컥 냈다.

그러나 그는 자다가 돈벼락 맞는 소름 끼치는 소리에 속이 벌렁대고, 입이 찢어지는 기쁨을 감추기 위해 한편으로는 시치미를 떼며, 엉뚱한 소리로 일관하고 있었다.

"아… 죽는소리 그만하세요, 제가 그 정도 견식과 정보도 없이 헛소리를 하겠습니까?"

흰머리 윤편인은 두 사람이 나눈 속 깊은 이야기를 듣기나 한 것처럼 속을 떠보고 있었다.

그는 총명한 토끼들이 여러 개의 굴을 뚫어서 탈출구를 마련해 놓듯이 이미 다양한 구상을 염두에 두고서 군불을 지폈다.

흰머리 윤편인은 세컨드 안으로 지역·직장 주택조합 등을 염두에 두고 있었다.

그것들을 통해 자금을 확보하고, 현금 흐름을 확장해 이자와 비용 등의 손실을 최대한 줄일 수 있다는 생각이었다. 하지만 한편 돌이켜 생각을 해 보면, 각자에게 돌아갈 수익금이 공동분배된다는 아픔이 그에게는 새로운 고민의 잉태였다. 그래서 고민을 거듭하고 있는 줄 모른다.

그러나 그는 어차피 누군가에게 돌아갈 이득금을 왜 혼자서 애를 태우며 고민을 하는지를 자문자답도 해 보았다. 그리고는 거울 속 자신을 싱겁게 바라보며 히죽 웃기도 했었다.

"하하하! 윤 부회장님! 족집게 접신이라도 했습니까?"

삼각 머리 조편재는 어이가 없다는 표정으로 능청을 떨며 물어 왔다. 여성들은 '정말인가?' 싶어 호기심 반 부러움 반 그들에게 눈길을 주며 바라보고 있었다.

"아… 지금 돈 되는 땅이 나오길 학수고대한다고 얼굴에 쓰여 있지 않습니까? 헤헤!"

흰머리 윤편인은 농지거리를 떠벌리며, 예리한 입담을 쏟아 냈다. 삼각 머리 조편재는 의표를 찔린 순간 신음 소리를 삼켜야 했다.

그 이유야 뻔했다. 흰머리 윤편인이 자신의 뱃속을 훤히 들여다보며 말하고 있었기 때문이었다. 그는 계속 발뺌을 했다가 정작 필요한 시기에 차질이 생길지 모른다는 생각이 번뜩 들었다.

나중이라도 그의 협조를 받기 위해서는 현명한 판단이 필요했다. 순간의 선택이 운명을 가른다는 생각이 빠르게 스치고 지나갔다. 그때였다.

"넘겨짚는 겁니까? 아니면 정말! 뭘… 알고 하는 소리입니까?"

젤 바른 선정재도 뜨끔해서 선제적 기선을 제압하듯 언성을 높여 가며 나섰다.

"하하하! 제가 귀신도 아니고, 어찌 남의 주머니 속사정을 속속들이 알고 있겠습니까?"

그는 흰머리를 설레설레 흔들었다.

"그게 아니면 지금 한 소리는 뭡니까?"

젤 바른 선정재는 어이가 없다는 표정을 보이며 양손을 좌우로 벌렸다.

"그냥 웃자고 해 본 소리입니다. 흐흐…."

흰머리 윤편인은 실실 웃으며 그들을 바라보았다. 그는 두 사람의 성향을 파악하고 있기에 삶은 감자를 찔러 본다는 심정으로 정곡을 슬쩍 건드려 보았다.

역시 그가 생각한 예상은 빗나가지 않았다. 그들은 올가미에 걸리든 스컹크처럼 은근히 돈 냄새를 풍기면서 미끼를 덥석 물어오고 있었다.

"야… 고거 신통하다 싶었는데. 그럼 농담이다, 이겁니까? 하하하!"

삼각 머리 조편재는 기회는 이때다 싶어 타고난 기지를 발휘했다. 그는 고약한 돈 냄새를 구린내 나는 방귀를 뀌어대듯 솔솔 풍겨 주고 있었다.

"예…. 밑져야 본전이라 그냥 찔러 본 소리입니다. 하하하!"

흰머리 윤편인은 그들을 보며 낄낄거렸다.

주위 회원들도 함께 따라 웃었다. 그는 자금 동원력은 두 사람만큼 뛰어난 회원이 없다고 자신이 터득한 객관적인 직관력과 역학 조사를 통해서 이미 짐작하고 있었다.

"말이 나왔으니 이제야 말이지만, 사실은 투자할 마음의 준비는 항상 하고 있었습니다."

삼각 머리 조편재는 그가 방석을 깔아 주자 잘됐다 싶어 사실을 이실직고하듯 자신들의 계획을 자연스럽게 털어놓고 있었다.

"헐…!"

"…"

"대박!"

이들이 지껄이는 허무맹랑한 소리에 회원들은 기가 차고 어이가 없다며, 한마디씩 목청을 높였다. 그러자 사무실은 갑자기 왁자지껄한 소음으로 소란스러워졌다. 그러거나 말거나 그는 준비했던 대사처럼 계속 주절거렸다.

"이게 어떻게 만들어진 기회입니까? 최선을 다해도 부족하지 않겠습니까? 하하하!"

삼각 머리 조편재는 '옳다고나, 너 잘 걸렸다.' 하고는 음흉한 속 마음을 노골적으로 까발렸다. 그는 호랑이 등에 올라타는 기호 지세는 이때다 싶었다.

그는 흰머리 윤편인의 이야기를 기정사실처럼 분위기를 몰아갔다. 일부 여성들은 입으로 저주를 퍼붓듯 욕을 할망정 진정 그녀들의 속은 부러운 눈빛으로 그들을 바라보고 있었다. 황금만능 시대는 돈이면 최고라는 요즘 사람들처럼 이들도 그런 마음이었다.

"봉 회장님! 두 분의 말을 들으셨죠?"

흰머리 윤편인은 그를 바라보며 저들의 속마음을 이제야 아시 겠느냐는 듯이 눈치를 주었다. 몇몇 여성들은 가자미눈을 뜨고서 이들을 증오하듯 흘겨보았다.

그 순간 자신들은 돈 사랑이 아닌 청결하고 순수한 여인처럼 가면을 쓴 채 이들을 바라보고 있었다.

"예…. 저도 두 사람이 무슨 생각을 하고, 이 일에 뛰어들었는지 를 이제야 어림짐작… 아니, 대충 알 것도 같습니다."

속 알머리 봉상관은 그들의 말을 듣고 나서야 어느 정도 감을 잡은 듯 연신 고개를 끄덕였다. 그는 자신이나 저들이나 모두가 서로의 올가미 덫에 걸려들었을 뿐이라고 생각했다.

"봉 회장님! 그렇다고 우리를 색안경 끼고 보시는 것은 아니시 겠죠? 흐흐…."

삼각 머리 조편재는 뭔가 구려 대뜸 환기를 시키듯 방어 자세를 취하고 나왔다.

속 알머리 봉 회장은 달다 쓰다 말도 없이 빙그레 웃고만 있었다. 그때 큰 머리 문정인이 나무라는 식으로 한마디 거들고 나섰다.

"아니… 여기가 청문회가 열리는 국회도 아닌데, 누가 벌써부터 송곳을 쑤셔 댔다고, 미리부터 방패를 들이대며 엄살을 떨고 이러십니까?"

하고는 그가 히죽 웃고 있었다.

"저는 혹시나 싶어서 그럽니다. 크크!"

그는 킥킥대며, 큰 머리 문정인을 바라보았다. 방귀 뀐 놈이 먼저 성을 낸다고, 삼각 머리 조편재는 미리 선수를 치고 나왔다.

"지금은 우리가 계획한 사업을 성공시키는 것이 우선인데, 일단은 두 분의 힘을 빌려서라도 최대한 땅을 매집해야 목적을 이루지 않겠습니까? 만약 추진하다가 일이 틀어지면, 그때 가서 적당한 방법을 강구하고, 방향을 수정하더라도 말입니다."

흰머리 윤편인은 고른 이를 드러낸 채 실실 웃고는 노골적으로 이들의 협조를 구했다.

그는 두 사람의 자본금이 커질수록 회원들의 입지는 좁아지고, 반면 두 사람의 파워는 더욱 강력해진다는 사실을 잘 알고 있었다.

그러나 자신이 마음먹은 그곳에 랜드마크 건축물을 기필코 건축하고 말겠다는 우라질 욕망에 사로잡혀 고집스럽게 끌려가고 있었다.

역시 돈 앞에는 당할 장사가 없는 것일까. 하지만 그 소리가 같잖다며 콧방귀를 뀌는 권세가는 어떨까. 그렇다면 둘 다 가진 이는 천하무적인가. 세월 앞에서 장사가 없다는데 이들은 세월 앞에서 돈과 권력이면 다 해결된다며 과연 큰소리를 칠 수 있을까? 아닐 것이다. 그래서 인간은 세월 앞에서 공수래공수거일 뿐이다.

흰머리 윤편인은 다 잡아 놓은 먹잇감을 한순간에 남이 채 갈 수 있다는 걱정보다는 자신이 계획한 프로젝트의 추진과 마무리를 끝까지 지켜보고 싶었다. 그는 스카이 브리지 라운지 트윈빌딩을 건축하는 목표가 삶의 희망이고 목적이었는지 모른다. 아니, 무서운 집착이었다.

다만 그가 표면적으로 내세우는 수익은 그다음이었다는 사실을 어느 누구에게도 내색하지 않았다. 즉 흰머리 윤편인은 선 건축 후 수익이라는 야망을 품고, 차근차근 자신의 목표를 향해 나아가고 있었다.

중국집

"알았습니다. 회원분들 의견이 정 그렇다면야 큰 탈이 없는 한 지켜보는 게 순리겠죠."

속 알머리 봉상관은 한편 걱정을 하면서도 젊은 패기를 믿는 터라 어쩔 수 없다는 생각으로 동조하고 있었다.

"그럼, 직책은 정해진 대로 움직이는 걸로 하시고, 임시 사무실은 당분간 여기를 쓰기로 합시다."

봉 회장은 모두를 둘러보며 동의를 구하고는 고개를 주억거렸다.

"예, 그게 좋겠습니다."

회원들은 서로를 쳐다보며, 긍정을 하듯 고개를 끄덕거렸다.

"이제 대충 정리가 끝난 것 같은데, 다 같이 점심 식사나 하러 나갑시다!"

짱구 머리 나겁재는 시장기가 도는 모양이었다. 그의 말이 끝나기를 기다렸다가 아랫배를 부여잡고 말했다. 그는 집기를 치우느라 상구 머리 노식신과 함께 누구보다 많은 힘을 소진했었다. 마치 밭을 가는 황소처럼 쉬지 않고 일을 했었다.

"그렇지 않아도 어느 고마우신 분이 점심을 쏘겠다고 했습니다. 자, 어디로 갈까요?"

상구 머리 노식신은 두 사람을 쳐다보며 약속을 지키라는 눈치를 주면서 선수를 치고 나왔다.

"하하하! 그럽시다. 오늘은 늦게 온 벌로 우리가 점심을 쏠 테니 어디든 가까운 식당으로 갑시다."

삼각 머리 조편재는 큰 선심이나 쓸 것처럼 생색을 냈다.

"정말입니까?"

짱구 머리 나겁재는 '이게 웬 떡인가.' 싶어 희번덕거리며 되물었다.

"메뉴는 짜장면입니다. 크크!"

그는 기다렸다는 듯이 바로 반응을 보였다.

"으하하하!"

젤 바른 선정재는 그의 마지막 말에 웃음이 터졌다.

회원들도 쿡쿡… 키득키득… 미소를 짓고 웃었다.

"맞아요, 맞습니다. 이삿날은 중화요리가 최고죠. 헤헤!"

짱구 머리 나겁재는 한술 더 뜨며 그를 찜 쪄 먹을 눈빛으로 쏘아대고 히죽히죽 웃었다.

"뭐… 공짜는 양잿물도 먹는다고 합디다."

둥근 머리 맹비견은 언죽번죽해서 노여움이나 부끄러움을 타지 아니하는 반죽 좋은 사람처럼 이러면 어떻고 저러면 어떠냐는 식으로, 얻어먹는 주제에 맛과 질을 따질 이유가 전혀 없다는 표정을 짓고 있었다.

"쳇! 아무리 공짜라도 짜장면은 심했다. 그죠?"

우아한 전원숙은 밀가루 음식이 입에 맞지 않아 불만스러운 반응을 보였다. 이들의 생각과는 달리 여성들은 은근히 근사한 점심이라도 기대하는 눈치였다.

"호호! 그렇다는 말이겠지, 설마 짜장면으로 때우시려고요?"

모던한 한옥경은 '그래도 명색이 돈 부자 아닌가?' 싶어 삼각 머리 조편재를 달달한 눈빛으로 쏘아보며, '제 말이 맞죠?' 하는 미소로 물었다. 그 순간 젤 바른 선 감사가 주절거렸다.

"뭘 드시든 일단 나가 봅시다."

그는 괜히 목청을 높였다. 젤 바른 선정재는 사이가 벌어져 요즘은 멀리하고 지냈지만, 그래도 보여야 할 미모의 명정관이 보이지 않자, 어쩐지 마음이 허전한 게 설왕설래한 기분이었다.

그와는 달리 거리로 나선 이들에게 첫눈에 들어오는 음식점이 하필 중국집이었다. 짱구 머리 나겁재가 그곳을 향해 손짓을 하자, 삼각 머리 조편재가 회심의 미소를 지었다.

그러든 말든 회원들은 우르르 그곳으로 몰려갔다.

이들은 종업원의 안내를 받아 조용한 내실을 찾아 들어갔다.

중국집 규모는 밖에서 보기와는 다르게 3층 모두를 요리 집으로 사용하고 있는 정통 중화요리 전문점이었다.

삼각머리 조편재는 종업원이 다가오자, 회원들의 의사를 모아 각자의 취향대로 주문을 했다. 이들은 잡채밥을 선택한 우아한 전원숙을 제외하고, 대체적으로 면 종류의 음식을 시켰다.

그 순간 젤 바른 선정재가 불쑥 나서며 탕수육과 팔보채 요리를 추가로 주문했다.

그러자 삼각 머리 조편재가 질 수 없다는 표정으로 고량주도 한 병 달라며 선심을 썼다.

돈 사랑 회원들은 사무실에서 못다 한 이야기를 이어 가며, 허기진 배를 채웠다. 이들은 식사를 즐기면서도 남겨진 과제를 위해서 부족한 내용들을 채워갔다.

그렇게 이들은 서로의 마음과 뜻을 의기투합하는 시간을 가졌다.

그러나 젤 바른 선정재는 아직도 미련이 남아 있는 그녀에 대한 생각에 기운이 없어 보였다.

오늘도 기대하고 왔건만 미모의 명정관의 모습은 볼 수 없었다.

이전에 그의 명랑한 모습은 간데없이 풀이 죽은 모습이었다. 그래서 낮술에 오른 그의 낯빛은 벌겋게 달구어진 기색에도 어두운 그늘이 드리워져 있었다. 아니 오늘따라 더욱 쓸쓸하게 보였다.

한편 흰머리 윤편인은 눈치 없이 깨를 볶아 대는 우아한 전원숙의 다정한 눈빛과 말투 때문에 곤욕을 치렀다.

'혹시나 회원들에게 들키지나 않을까?' 노심초사하면서 그의 마음은 콩알이 되어 가시방석이 따로 없었다. 여하튼 그렇게 늦은 점심을 마친 돈 사랑 회원들은 각자의 스케줄을 이유로 뿔뿔이 흩어져 자신들의 목적지로 발길을 돌렸다.

제31장

토지의 확장

일주일 후.

서둘러 집에서 나온 흰머리 윤편인은 어렵게 잡아 놓은 건축 설계 사무소 소장과의 미팅 약속을 지키기 위해 부지런히 발걸음을 옮기고 있었다.

속 알머리 봉 회장은 흰머리 윤 부회장과 만나기로 한 장소에 벌써부터 나와서 그가 오기를 기다리고 있었다. 그러다 봉 회장이 잠깐 손목시계를 들여다보는 사이에 흰머리 윤편인이 차 문을 벌컥 열었다. 그가 놀라 멈칫하는 사이 그는 조수석에 걸터앉으며, 큰 소리로 인사를 건넸다.

"안녕하십니까?"

속 알머리 봉상관은 고개를 돌려 어서 오시라며 반갑게 인사를 받았다. 흰머리 윤편인이 안전벨트를 어깨에 걸치고, 옆으로 고개를 돌렸다. 그 순간 봉 회장이 먼저 손을 내밀며 악수를 청해 왔다.

두 사람은 가볍게 손을 맞잡았다 놓았다. 그러고는 이내 제자리로 돌아가면서 그가 주절거렸다.

"지금 출발하면 늦지는 않겠죠?"

"글쎄? 시내가 막히지만 않는다면, 아마 제시간에 도착할 겁니다."

속 알머리 봉상관은 대꾸를 하면서 천천히 골목길을 벗어났다.

승용차는 곧장 복잡한 대로 속으로 비집고 들어갔다. 그리고 그는 차량 행렬 틈 사이에 끼어 시내 한복판을 달려갔다. 조금 이른 시간에 만난 두 사람은 곧바로 문 감사로부터 소개받은 건축설계 사무실로 향했다. 그가 힘차게 액셀러레이터를 밟았다. 하지만 승용차는 복잡한 대로에 막혀 정차와 서행을 반복하고 있었다. 목적지를 향한 그의 승용차는 도심 한가운데로 파고들었다가 고생을 자처하고 달렸다.

건축 설계 사무실 미팅

그리고 얼마나 달려갔는지, 기어갔는지를 모를 정도로 도로 위에서 가다 서다를 반복하면서 시간을 보냈다. 지루함에 짜증이 날 때쯤 승용차는 우회전 깜빡이등을 켰다. 눈앞에는 하늘 높은 줄 모르고 솟아오른 고층 빌딩들이 즐비하게 들어서 있었다.

잠시 후 그의 승용차는 도로를 벗어나며, 거대한 빌딩 지하 속으로 들어갔다. 속도를 죽인 차바퀴는 아—악! 비명을 지르면서 달팽이집을 내려가듯 꼬불꼬불 지하 주차장 속으로 내려갔다.

거대한 동굴 속 같은 지하 주차장에 그가 주차를 시키는 동안 흰머리 윤편인은 약속 시간을 확인했다. 승용차는 거북이 속도로 기어 왔는데도 그들과 약속한 미팅 시간보다 조금 이른 시간에 도착했다. 두 사람은 약속 시간을 맞추기 위해 잠시 기다려야 할 것 같았다.

이들은 건축에 관한 이런저런 대화를 나누며 기다렸다. 그리고 얘기 도중에도 얼마의 시간이 흘렀을까? 수시로 핸드폰을 체크하고 있었다. 한동안 차 안에서 머물던 이들은 얼추 시간이 되었다는 생각에 차에서 내려 곧장 지하 승강기에 올라탔다.

흰머리 윤편인이 7층을 누르고 잠깐 서 있는 동안에 승강기는 이내 목적지에 도착해 스르르 문이 열렸다. 밀폐된 공간을 벗어나 복도로 나온 두 사람은 반들반들하게 윤택이 나는 차가운 대리석 위를 걸어서 곧장 건축 설계 사무실로 향했다.

그곳에는 먼저 도착한 젤 바른 선정재와 삼각 머리 조편재가 이들을 기다리고 있었다. 두 사람은 언제 왔는지 문 앞에서 서성대고 있다가 이들을 보자 반갑게 맞이했다.

"이제들 오시는군요? 봉 회장님!"

"그동안 안녕하셨습니까?"

삼각 머리 조편재는 히죽 웃으며, 가볍게 머리를 까닥거렸다.

"어서들 오세요, 윤 부회장님도 그동안 별일 없으셨죠?"

젤 바른 선정재가 가볍게 고개를 숙였다.

"일찍들 오셨습니다."

속 알머리 봉상관은 그들을 보자 반갑게 인사부터 챙겼다.

"하하하! 안녕들 하셨습니까? 역시 두 분은 부지런하십니다."

흰머리 윤편인은 가볍게 고개를 까닥이며 중얼거렸다.

"예…에, 시간을 지키느라 부지런 좀 떨었습니다. 하하하!"

삼각 머리 조편재가 넉살을 떨며, 걸신스레 웃었다. 웅성대는 소리에 복도 안은 갑자기 메아리를 치듯 왕왕 울렸다. 그때 승강기 문이 열리며 큰 머리 문정인이 내렸다.

"저기 문 감사님도 오시는데요."

젤 바른 선정재는 손짓을 해서 그를 가리켰다.

"어서 오세요. 허허!"

속 알머리 봉 회장은 해맑은 표정으로 그를 환하게 맞이했다.

"아니… 왜 들어가시지 않으시고. 여기 서서 뭣들 하고 계시는 겁니까?"

큰 머리 문정인은 밝은 미소로 손짓을 하며 걸어왔다. 이들은 건축 설계 사무실 문 앞에서 손을 마주 잡고 반갑게 흔들었다.

"문 감사님이 안 오셨는데 어찌 감히 들어갑니까? 흐흐…."

흰머리 윤편인은 은근히 너스레를 떨었다.

"하하하! 그럼 이제라도 제가 왔으니 들어가시죠?"

큰 머리 문정인은 자신의 대학 선배가 건축 설계 사무소를 차려 놓고, 잘나간다는 소식을 듣자, 흰머리 윤편인에게 자랑삼아 이야기를 했었다.

그 말을 기억해 두었던 흰머리 윤편인은 언제 시간이 되면 미팅을 주선해 달라고, 부탁을 했었다. 큰 머리 문정인은 힘은 들겠지만, 한번 부딪쳐 보겠다며 두 팔을 걷어붙이고 나섰다.

하지만 그가 공을 들인 결과는 예상과 다르게 시간이 맞지 않아 한참의 기다림이 필요했었다. 그러다 마침내 선배와의 약속이 잡혀 오늘을 기대하고 있었다. 이들은 문을 살짝 노크하며, 사무실 문을 밀치고 들어갔다.

귀여운 미소를 머금은 앳된 여직원이 기다리고 있었다는 얼굴로 이들을 반갑게 맞이했다. 그녀는 곧바로 상담실로 이들을 안내했다. 예쁜 미소가 잘 어울리는 앳된 그녀는 커피와 녹차 중 무슨 차를 드시겠느냐 일일이 물은 뒤에 상담실을 나갔다.

잠시 후 대학 선배라는 건축사 겸 설계사가 흐트러진 머리카락을 쓸어 올리며 들어왔다.

그는 밤샘 작업에 피곤에 지친 표정이었다. 두툼한 돋보기안경 너머로 핏발선 눈동자가 그 사실을 여실히 증명하고 있었다.

그럼에도 불구하고 핸섬한 밝은 미소로 그가 인사를 건넸다.

"안녕하세요? 소장 명설도입니다."

그는 보통 체격에 신장이 커서 가볍게 고개를 까닥거렸다. 그리고 곧바로 가져온 명함을 각자에게 한 장씩 돌렸다. 명함을 받아 든 이들은 자신들의 명함을 지갑에서 꺼내어 차례대로 그에게 건넸다.

"선배님! 안녕하셨습니까?"

큰 머리 문정인은 자리에서 일어나 깍듯하게 인사를 챙겼다.

"야! 이거 얼마 만에 보는 얼굴인가? 정말 반갑네, 그동안 어찌 지냈는가?"

명 선배는 받아 든 명함을 손에 쥔 채로 반가운 미소로 그를 대했다.

"선배님! 염려 덕분에 잘 지내고 있습니다."

큰 머리 문정인은 머리를 매만지며 히죽거렸다.

"허… 그래! 이 사람, 내가 뭐 도운 게 있다고…. 아무튼 잘 왔네, 잘 왔어."

명 선배는 오른손을 내밀었다. 그가 얼른 손을 잡았다.

두 사람은 잠깐 동안 손을 맞잡고 그동안 만나지 못했던 사담을 잠시 나누면서 서로의 안부를 챙겼다. 그사이 함께 간 회원들은 받은 명함을 살펴보며, 잠시 그들의 대화가 끝나기를 기다리고 있었다.

"아이고… 이거 실례가 많았습니다. 손님을 모셔 놓고 사담이 길어졌네요."

그는 이들을 둘러보며, 예의를 차리듯 흐트러진 머리를 끄덕였다. 그러고는 큰 머리 문정인에게 소개하라는 눈짓을 보였다.

"아 참! 선배님! 여기 같이 오신 분들은 저희 돈 사랑 경매 회원분들이십니다."

큰 머리 문정인은 그제야 깜박했다는 표정을 보이며, 손짓으로 이들을 가리켰다. 흰머리 윤편인과 회원들은 가볍게 고개를 까딱거리며, 그를 올려다보았다.

"우리 건축 설계 사무실을 찾아 주셔서 영광입니다."

더벅머리 명 선배는 고개를 가볍게 숙였다.

"선배님! 잠깐 소개를 드리자면 이분은 우리 모임을 이끌어 주시는 봉 회장님이 되십니다."

"…"

"바로 옆의 분은 우리의 멘토 윤 부회장님! 그리고 여기 이분들은 재력가 선 감사님! 그리고 조 이사님!"

큰 머리 문정인이 소개를 하자, 이들은 가볍게 목례를 했다.

답례를 마친 더벅머리 명 선배는 그대로 앉은 상태에서 테이블 위에 놓인 노트북을 가만히 열었다. 큰 머리 문정인은 그제야 자리를 잡고 앉았다.

그때 노크 소리와 동시에 앳된 여직원이 미소를 머금고 들어와 커피와 녹차를 이들의 탁자 위에 살며시 내려놓고, 이내 문밖으로 사라졌다.

그사이 흰머리 윤편인은 준비해 온 자료들을 명 소장에게 건넸다. 그가 서류를 받아 들고, 한동안 검토를 하며, 여러 가지 의문난 사항들을 날카롭게 물어 왔다.

거기에 대한 대답은 주로 흰머리 윤편인과 큰 머리 문정인이 번갈아 가며, 설명을 해 주었다. 이들의 미팅은 쉽게 끝날 것 같지 않았다.

한편 흰머리 윤편인과 그 일행들이 명 소장과 미팅을 갖는 시간에 현장 사무실로 출근한 나머지 회원들은 자신들이 맡은 일을 준비하고 있었다. 이들은 각자 책상에 놓인 노트북을 부지런히 두드렸다.

필요한 각종 정보를 캐치하느라 정신들이 없어 보였다. 상구 머리 노 총무는 약속된 매뉴얼대로 작업을 진행하고 있었다. 짱구 머리 나겹재와 둥근 머리 맹비견은 지적도를 펼쳐 놓고, 주변의 토지와 현장 실태 등을 확인했다. 그와 동시에 지형을 숙지하는 작업도 병행하고 있었다.

반면 여성 회원들은 도회적인 안혜숙을 주축으로 흰머리 윤 부회장이 체크해 놓은 토지 소유주 현황을 일일이 추적하고 있었다. 그녀들은 등본 등 근거가 될 만한 서류는 빼놓지 않고, 낱낱이 확인하는 작업을 거쳤다.

이들은 일주일을 꼬박 찾아 헤맨 끝에 겨우 토지 소유주가 거주하는 현주소를 찾아낼 수 있었다.

그즈음에 현장 사무실에서 정신없이 바쁘게 돌아가는 업무와 다르게 아직 건축 설계 사무실에서 미팅 중인 흰머리 윤편인은 네 가지 방법을 제시하며, 핵심 사항에 관한 상담을 하고 있었다.

"네 가지 안건은 우리가 건축할 평수를 염두에 두고 의뢰하는 겁니다."

흰머리 윤 부회장은 진중한 표정을 보였다. 속 알머리 봉상관은 중간에 뭔가 한마디를 하려다가 꾹 참는 눈치였다.

"하하하! 물론이죠, 대충은 이미 들어 알고 있습니다. 그러니 여러분이 원하는 요구 사항이나 말씀해 보세요."

그는 이들의 상황을 대강은 알고 있는 눈치였다. 그래서 편안하게 얘기하도록 배려하며, 친절을 베풀고 있었다.

큰 머리 문정인은 누가 나서 설명을 할 것인지, 봉 회장과 윤 부회장의 눈치를 번갈아 살폈다. 그때 서슴없이 나선 흰머리 윤편인이 먼저 주절거렸다.

"예… 1안은 대지 700평으로 건축을 하는 가설계도입니다."

그는 허공에 그림을 그려 가며, 손짓으로 표시했다.

속 알머리 봉 회장은 선수를 놓치자 약간 불만스러운 얼굴로 끄덕이고 있었다.

"아하! 다음은요?"

더벅머리 명 소장은 고개를 끄덕끄덕하면서 되물어 왔다.

"2안은 2,700평으로 건축을 하는 가설계도입니다."

그는 이번에도 포물선을 그려 가며, 손짓을 했다. 명 소장과 일행들의 눈동자가 그의 손짓에 따라 움직이고 있었다.

"그럼… 3안은요?"

더벅머리 명 소장은 하품을 애써 참아 가며, 흘러내린 안경을 자주 끌어올렸다.

"3안은 회원(700평) 토지와 지분 소유주(750평) 토지(1,450평)만 건축하는 경우입니다."

"…"

"그리고 마지막 4안은 회원(700평) 토지와 개인소유주(1,250평) 토지(1,950평)만 건축을 하는 가설계도입니다."

흰머리 윤 부회장은 두 가지 방향을 그려 가며, 명 소장의 눈치를 슬그머니 살폈다. 일행들은 커피를 홀짝거리면서 그에게 눈길을 집중하고 있었다.

이들은 개발이 어느 상황으로 전개될지 모른다는 전제하에 네 가지 가설계도를 그려 놓고, 그의 설명을 듣고 싶어 했다.

"음… 그렇군요. 비용이 꽤 들겠는데요?"

더벅머리 명 소장은 무슨 얘기인지 대충 알겠다며 고개를 주억거렸다.

이들은 비용이 많이 들겠다는 소리에 귀를 쫑긋 세우고, 동공을 키운 채 그를 아연하게 쳐다보았다.

"아직 예측 불허라 정확하게 이거다 말씀드릴 형편이 아니라서…요."

큰 머리 문정인은 히죽거리며, 애매한 눈빛으로 그를 올려다보았다.

"그러니까 말인즉 덩어리가 큰 2안과 3안의 경우는 아직 손을 쓰지 못했지만, 오늘이라도 어떤 결정이 나면 지주 작업을 시작하겠다 이 말씀입니까?"

그는 연속해서 물어 왔다.

"말씀 그대로입니다. 그래서 자문도 얻을 겸 해서 미리 방문을 하게 된 겁니다. 혹시나 굿 아이디어라도 얻지 않을까 싶어서요."

흰머리 윤편인은 지그시 미소를 짓고는 그의 눈을 바라보았다.

"아… 예, 잘 판단하셨습니다."

그는 은근히 추어주면서 가볍게 받아넘겼다.

"그리고 소장님! 우리가 알고 싶은 것은 건축할 경우 예상되는 문제점(경제성, 시장성, 심의 및 인증, 관공서 인허가사항, 세금) 등과 돌발 사항들입니다."

흰머리 윤편인은 그렇게 말하고, 해쭉 웃었다.

"으흠…!"

더벅머리 명 소장은 그 소리에 턱을 받치며, 의미심장한 표정을 지었다.

"어느 도안이 시장성과 경제적 이익이 뛰어난 설계도인지, 궁금하기도 하고요."

흰머리 윤편인은 설명을 마치며, 남은 커피를 홀짝 마셨다.

그러나 더벅머리 명 소장은 구체적인 설명은 충분한 검토가 이루어진 이후에나 다시 미팅 날짜를 잡자며, 한발 뒤로 물러섰다.

이들은 순간 애매모호한 눈길로 서로를 쳐다보며, '이건 또 뭐지?' 하고, 궁금한 눈초리를 모아 그를 싸늘하게 쏘아보았다.

그는 너희들이 그렇게 나올 줄 알았다는 표정을 짓고는 다시 주절거렸다.

"의뢰인께서 무슨 말씀을 하시는지를 제가 충분히 이해를 했습니다."

그는 계속 말을 이어 가며, 의미심장한 엷은 미소를 보였다.

흰머리 윤편인은 고개를 갸웃갸웃거리면서, '참! 세상 쉬운 일이 없다더니 그 말이 틀린 말은 아니네.' 생각을 하며, 그를 빤히 쳐다보았다.

젤 바른 선정재와 삼각 머리 조편재는 당연하다는 듯이 의연한 태도로 줄곧 받아들이고 있었다.

"감사합니다. 들어 주셔서…"

속 알머리 봉 회장은 그의 말에 가끔씩 대답을 해 주며, 가볍게 끄덕거렸다.

"하지만 사업 계획을 위한 계획서와 계획 도면을 작성하기 위해서는 대지와 건물에 대한 정보를 충분히 수집하고, 완벽한 사전 검토가 이루어진 후에나 가능할 것 같습니다"

그는 자신들의 기술적 고충과 애로사항을 토설하고, 약간 미간을 찌푸렸다. 그러고는 계속 설명을 이어 갔다.

"그래야 가설계도를 확인하면서 설계 업무에 필요한 인원과 기간을 산정할 수 있습니다."

그는 잠시 호흡을 고르며, 슬쩍 노트북을 들여다보았다.

"아… 예, 그렇군요?"

흰머리 윤편인은 맞장구를 치며 끄덕였다. 그는 모두를 보며, 계속 주절거렸다.

"또한 건축주의 건축 목표와 프로젝트에 대한 요구 조건을 평가 분석해 우선순위를 협의하는 절차도 그때 가서 구체적으로 할 수 있습니다."

더벅머리 명 소장은 졸음이 몰려오는 모양이었다. 그는 눈을 자주 비비며, 나오는 하품을 애써 참으려 노력을 하고 있었다.

"허허허! 죄송합니다. 그렇게 디테일하게 들어가는 줄 모르고, 궁금하다는 이유로 귀찮게 해 드려서…"

속 알머리 봉상관은 괜히 미안해서 고개를 가볍게 숙였다. 그는 어차피 수임료에 포함될 비용인데, 당장 돈을 주지 않는다는 생각에 그렇게 말했다.

"예…에, 이쪽 일을 모르시니 그럴 수도 있죠, 이해는 충분히 합니다."

그는 당연한 것처럼 무덤덤하게 받아들였다. 지난밤 과로가 겹쳐 피곤함 때문이라지만, 크든 작든 의뢰인을 모셔 놓고 취할 태도는 아니었다. 그러나 그는 설명을 꾸준히 해 주고 있었다.

"설계도를 구체화시키고 나면 수행할 프로젝트에 관련된 다양한 법규와 기준, 지방자치단체의 조례 등 기타 법규를 검토해야 합니다."

그는 친절하지도 그렇다고 건성건성 대하지도 않았다. 그때 누군가의 핸드폰 떨림이 몇 번 울려대다가 그쳤다.

"그렇군요."

흰머리 윤편인은 대화 중간 중간에도 중요한 도움을 받는 정중한 태도를 취하고, 그를 대했다.

"또한 건축에 관한 개략공사비, 자재, 공사비 내역, 시공 성 등도 하나같이 검토해야 합니다."

더벅머리 명 소장은 이따금씩 모두를 둘러보며, 이해를 하시겠느냐는 얼굴로 눈짓을 보이면서 주억거렸다.

"건축 설계 및 건축사 직무도 다방면으로 해박하지 않으면 정말 못 해먹을 직업이로군요?"

맡은 책임을 수행하는 데 어려움이 상당해 보였던지, 속 알머리 봉상관은 새삼 놀랐다는 얼굴로 그에게 물었다. 그는 다소 거친 표현이 거슬려 미간을 살짝 찡그리며, 고개를 한번 끄덕이고는 쓰다 달다는 답변도 없이 무뚝뚝하게 계속 설명을 이어 갔다.

"그리고 동선, 공간, 조형, 배치 및 평면도·입면도·단면도(도면 상세도), 계획이 끝나면 설계 도면과 설계 설명서, 기본 보고서 등을 작성해야 합니다."

그는 마지막 남은 커피를 홀짝 마시고는 흰머리 윤 부회장을 슬쩍 쳐다보았다.

"정말! 과정이 복잡하군요?"

그는 흰머리를 주억대며 슬며시 웃었다.

"그 밖에도 여러 가지 내용을 검토도 하고, 결정해야 합니다."

그의 설명은 끝이 없을 것 같이 이어졌다.

이들은 생소한 내용이라 지루했다. 하지만, 자신들과 관련된 이야기라 하나라도 놓치지 않겠다는 눈빛으로 신경을 바짝 곤두세운 채 듣고 있었다.

"가령 시공자가 작성한 제작에서부터 설치까지, 적합한지 검토한 후 승인도 해야 하는 것이죠."

더벅머리 명 소장은 시간이 갈수록 정신이 또렷해지며, 처음과 다르게 활기차 보였다. 흰머리 윤편인은 대충 이야기를 해 주고 끝낼 줄 알았다가 속으로 '역시!' 하며, 감탄하고 있었다.

"아… 정말! 듣던 대로 공이 많이 드는 작업이군요?"

삼각 머리 조편재는 그제야 탄식하듯 한마디 토해 냈다.

"시공에 있어서도 품질이나 안전 그리고 공사 진척 사항 등을 관리 감독도 해야 하는 복잡다단한 전문 작업입니다."

그는 마무리를 짓는 표정으로 밝게 미소를 보였다.

"알겠습니다. 그럼 가설계도가 나오는 대로 연락을 주시겠습니까?"

흰머리 윤편인은 궁금했던 내용들이 다소나마 해소되자, 밝은 표정으로 그를 쳐다보았다.

"예… 작업이 끝나는 대로 연락을 드리도록 하겠습니다."

더벅머리 명 소장은 차분하게 대꾸를 했다. 회원들은 남아 있는 커피를 홀짝 마시고, 일어설 채비를 차렸다.

"참! 설계비는 대략 얼마나 들겠습니까?"

회원들은 뭔가 빠진 게 있어 허전하다 싶었는데, 삼각 머리 조편재가 일어서려다가 그에게 묻고 나섰다.

"하하하! 어째… 비용에 대해 묻지 않나 싶었는데, 역시 예상을 빗나가지 않습니다."

명 소장은 '그럼 그렇지,' 하는 표정으로 말했다.

"죄송합니다. 진작 묻는다는 것이 그만 이제야 생각이 났습니다."

그는 묵직한 음성으로 중얼거리며, 삼각 머리를 까닥거렸다. 함께 온 일행들은 '왜 나는 그걸 생각하지 못했을까?' 하는 얼굴로 서로를 쳐다보고 있었다.

"아직… 결정된 것은 아무것도 없지만, 설계비는 대략 건축비 대비 3~5퍼센트 정도 감안하셔야 될 겁니다."

그는 당연하다는 듯이 주절거렸다.

"예…에."

순간 윤 부회장은 신음을 삼켰다.

"헐…!"

일행 몇몇은 약간 놀라는 표정을 지었다.

"그리고 감리비가 건축비 대비 2~3퍼센트 정도 들어갑니다."

더벅머리 명 소장은 개략적인 비용을 알려 주며, 히죽거렸다. 그는 스무 고개를 넘어야 하는 인증에 있어 대행업체 수수료 비용이 대략 1억에서 1억 6000~7000만 원 정도 들어간다는 소리를 왠지 그는 하지 않았다.

'미리부터 돈 얘기를 끄집어내 부담을 줄 필요가 있을까?' 싶어 조용히 입을 다물었던 것이다.

"허허허! 그 설계비와 감리비도 만만치 않습니다그려…"

속 알머리 봉상관은 혀를 내두르며, 너스레를 떨고는 그를 가만히 쳐다보았다.

더벅머리 명 소장은 당연하다는 표정을 짓고서 개의치 않는 눈치였다.

"네…. 건축물에 따라 약간의 차이는 있지만, 보통 그렇다고 볼 수 있습니다."

명 소장은 더벅머리를 끄덕이며 살짝 웃었다.

"예상했던 대로 큰 차이는 없네요?"

흰머리 윤편인은 잘 알겠다며 그를 쳐다보았다. 그는 상담을 하러 오기 전부터 건축 설계에 대한 많은 정보를 미리 찾아보았기에 대충은 짐작을 하고 있었다.

"뭐… 금액은 공사 규모에 따라 달라진다고 보시면 됩니다."

명 소장은 당연하게 여기는 자신과 달리 사람들이 깜짝 놀라는 표정에서 어처구니가 없어 입가에 실소를 자아냈다.

"하하하! 선배님! 우리 설계도는 가격 대비 부유층으로, 설계비용은 서민층으로 어떻게 안 될까요? 부탁드립니다. 선배님!"

큰 머리 문정인은 넉살을 떨며 저렴하게 해달라는 조크를 넌지시 던졌다.

"사람하고는. 건축물을 분양해서 대박을 내고 싶거든 알아서 하시게. 나는 원하는 대로 설계해 주고, 주는 대로 받아 챙기는 돈 먹는 사이비 스타일은 아니라네. 하하하!"

더벅머리 명 소장은 능청스럽게도 답변 대신 자신의 가치를 올리며 그를 한 방 먹였다.

흰머리 윤편인은 그의 깊은 뜻은 몰라도 대충은 감을 잡은 듯 소리 없이 피식 웃었다. 큰 머리 문정인은 선배의 뼈 있는 조언을 귓속에 아로새기며, 자리에서 일어났다.

이들은 흰머리 윤편인을 비롯해 모두가 그가 한 말을 되새기며 상담실을 나왔다.

복도를 따라 사무실을 빠져나온 이들은 더벅머리 명 소장과 앳된 여직원의 배웅을 받았다. 속 알머리 봉 회장을 비롯해 큰 머리 문정인은 다시 방문하겠다며 작별을 고했다. 그리고 승강기 앞으로 걸어갔다.

이들은 잠시 기다리다가 승강기가 도착하자, 곧바로 올라탔다.

그리고 지하 주차장으로 내려왔다. 이들은 각자 타고 온 자동차에 나누어 타고서 각각 건물을 빠져나왔다. 흰머리 윤편인과 일행들은 곧장 현장 사무실로 차를 몰았다.

이들은 더벅머리 명 소장을 주제로 대화를 나누고 있었다. 그때 누군가의 핸드폰이 울렸다. 운전 중인 속 알머리 봉 회장의 핸드폰 소리였다. 그는 통화를 눌러 사무장으로부터 급히 와 달라는 연락을 받았다.

그는 운전을 하고 가는 도중에 '두 사람을 어떻게 해야 될까?' 고민하다가 급한 대로 다른 차로 이동 중인 젤 바른 선정재에게 연락을 취했다.

그는 사정 이야기를 대충 들려주면서 윤 부회장과 문 감사를 태우러 와 달라고 도움을 청했다.

젤 바른 선정재는 두말없이 그렇게 하겠다며 두 사람을 내려놓을 장소를 알려 주고는 통화를 끊었다. 속 알머리 봉상관은 두 사람이 통화 내용을 다 듣고 있었기에 따로 양해를 구하지 않았다. 그리고 약속된 장소에 이들을 내려놓았다.

봉 회장은 차 문이 닫히자, 깜빡이등을 반짝이며, 부리나케 도로 한가운데로 파고들어 속력을 내고 달려갔다. 그가 멀어져 가는 모습을 바라보며, 두 사람은 자신들을 태우러 와 줄 그의 세단 차를 기다렸다.

그가 중개 사무실을 향해 가속 페달을 밟는 시간에 젤 바른 선정재는 차를 유턴해서 이들이 기다리는 장소에 도착했다. 두 사람은 그의 세단 차가 다가와 발 앞에 멈추자, 얼른 차에 올라탔다.

"아니… 윤 부회장님도 그렇고, 문 감사님도 멀쩡한 차를 두고서 왜 다른 차를 얻어 타고 다니십니까?"

젤 바른 선정재는 잘 가고 있던 차를 돌아오라고 부탁을 해서 그런지 약간 짜증을 내며 신경질적으로 물었다.

삼각 머리 조편재는 같은 처지라는 생각을 잠시 잊고서 고개를 돌려 그들을 한껏 째려보고 있었다.

"하하하! 요즘 기름값이 비싸서 그럽니다. 애국자지요?"

흰머리 윤편인은 능청스럽게 넉살을 떨었다.

"그럼 나도 택시비를 좀 받아야 되겠습니다. 히히!"

젤 바른 선정재는 '너 말 한번 잘했다.' 하는 식으로 눙치며 받아쳤다.

"그거야 오야 마음이니 내키는 대로 하시죠? 기사님! 크크!"

흰머리 윤편인은 그를 찜 쪄 먹을 표정으로 능청스럽게 한 방 먹이고는 낄낄거렸다. 그의 넉살에 차 안은 순식간에 웃음소리로 가득 찼다.

"하하하! 그러나저러나 봉 회장님은 무슨 급한 일이 생겼나 봅니다."

삼각 머리 조편재는 웃는 낯으로 고개를 돌려 큰 머리 문정인에게 말했다. 그 순간 은근히 약이 오른 젤 바른 선정재는 구시렁구시렁 신경질을 내고 있었다.

"글쎄요? 아무튼 사무장한테 연락을 받더니 급히 서두르는 폼이 계약서라도 쓸 일이 생겼나 봅니다."

큰 머리 문정인은 잘 모르겠다는 애매한 얼굴로 추측성 대꾸를 해 주었다.

"그럼… 다행입니다. 어쨌거나 좋은 일이라니…. 혹시나 싶어 걱정했는데…. 흐흐…."

삼각 머리 조편재는 입술에 침을 바르며, 슬며시 웃었다.

총사업비 내역

젤 바른 선정재는 그사이 화가 누그러져 주절거렸다.

"윤 부회장님! 우리 총사업비는 얼마나 들어가겠습니까?"

그는 한 손으로 운전대를 잡고, 다른 한 손으로는 백미러를 수정하며, 물었다.

"글쎄요? 내역을 따져보면 대충 감이 잡히지 않을까요?"

그는 건성건성 받아 주었다. 그러고는 손가락을 꼽아 가며, 뭔가를 잠시 고심하는 눈치였다.

"그럼… 사업비 내역은 뭐가 있습니까?"

삼각 머리 조편재는 알맹이 없는 답변에 내용이 궁금해져 고개를 돌려 물었다.

큰 머리 문정인은 한참을 생각 끝에 머릿속 정리를 마치고, 그를 보며 주절거리기 시작했다.

"거시적으로 크게 나눠보면, 토지관계비용, 건물관계비용, 기타 부대비용으로 나누어 볼 수 있습니다."

그는 조수석에 기대고 있는 삼각 머리 조편재의 귀에 대고 큰 소리로 지껄였다.

"아이… 삼척동자도 다 아는 기본적인 거 말고요."

삼각 머리 조편재는 고막이 째지는 큰소리에 갑자기 역정을 내며, 버럭 신경질적인 반응을 보였다.

"아니… 알고 싶다며 물어볼 때는 언제고, 짜증을 왜 냅니까?"

큰 머리 문정인은 그를 째리며, '미친놈! 말을 해 달라며 부탁할 때는 언제고, 성질은 왜 내고 지랄이야…. 쳇!' 하며, 혼잣말로 툴툴거렸다.

"도대체… 뭐가 알고 싶습니까?"

흰머리 윤편인은 대뜸 끼어들어 두 사람의 말문을 막았다.

"아… 우리 총사업비 내역 말입니다."

삼각 머리 조편재는 눈을 치켜뜨고, 백미러를 향해 지껄였다.

"하하! 그거야, 토지관계비용의 경우는 우선 취득비를 들 수 있습니다. 그 종류를 살펴볼 것 같으면… 토지 대금, 측량 비, 부동산 중개 수수료, 등록 면허세, 부동산 취득세 등이 있습니다."

그의 뒤통수에 대고 그가 웃으며 말했다.

"헐…! 존…나 많기도 하네. 젠장!"

삼각 머리 조편재는 나지막한 소리로 웅얼거렸다.

"두 번째는 젠장맞게도 남의 땅을 빌려 쓰는 비용으로 지주 승낙료가 있습니다. 그리고 세 번째는 철거와 바닥 고르기 작업으로 해체정지비와 프로젝트 기간 중 망할 놈의 금리 등이 있습니다."

흰머리 윤편인은 종류별로 일일이 항목을 열거하며, 떠벌렸다. 젤 바른 선정재는 운전을 하면서도 힐끔힐끔 백미러를 훔쳐보며, 귀담아듣고 있는 눈치였다.

"하하하! 그래요? 그럼, 건축 비용은요?"

까칠한 삼각 머리 조편재는 기대했던 궁금증이 풀리자 방금 전과 달리 '우라질 놈! 하여튼 아는 것은 존…나 많네.' 하는 눈길이었다. 어쨌거나 그의 얼굴은 신명이 살아나고 있었다.

"건축 비용을 보자면 우선 건축비(공사단가 × 건축면적)가 있습니다."

흰머리 윤편인은 그의 뒤통수에 대고 큰소리로 말을 해 주며, 얄궂은 눈길로 슬쩍 백미러를 올려다보았다.

"두 번째로는 기획 비용과 명 소장이 설명했던 우라질 설계비 그리고 감리비가 있습니다."

그는 손가락을 하나씩 꼽아 가며, 계속 주절거렸다.

"그리고 세 번째는 공공부담금(인프라정비금). 네 번째는 근린보상비(일조, 소음, 영업, 전파장해 등)가 있습니다."

흰머리 윤편인은 그가 듣든 말든 이어 가며, 주절거렸다.

"다섯 번째로는 지랄 맞은 공사 중 금리(차입금리). 여섯 번째는 빌어먹을 보증료(대출금)가 있습니다."

그는 공사와 별개의 지출에 대해서는 은근히 거칠게 말을 하고 있었다. 아무래도 삼각 머리 조편재를 의식하고, '너 이놈! 엿 좀 먹어 봐라!' 하는 평소의 그의 째진 눈초리에 대한 앙갚음이 아닌가 싶었다.

"일곱 번째는 젠장할 등록면허세(등기료). 여덟 번째는 우라지게도 부동산 취득세가 있습니다. 그리고 마지막 아홉 번째는 염병하게도 사업소세 등이 필요합니다."

그는 머리를 쥐어짜대듯 생각나는 내용은 다 가져다 부치고 있었다. 마치 너 이놈 골치 좀 썩어 보라는 식이었다.

그는 평소에 삼각 머리 조편재의 까칠한 성격과 빈정거리는 태도를 점잖게 무시해 버리기는 했어도 늘 마음 한구석에는 가시바늘이 숨겨져 있었다. 그런데 오늘은 '너 잘 걸렸다.' 싶은 건지, 아니면 괜히 응징하고 싶어서 그랬는지? 여하튼 그에게 앙증맞은 복수를 하고 있는 눈치였다.

"마지막 기타 부대비용은 무엇이 있습니까?"

삼각 머리 조편재는 본인도 대충은 알고 있으면서 그의 속심에 대한 복수나 심통을 부리는 것 같았다.

그것도 아니면 지루한 시간을 보내려고 하는 수작으로 여하튼 퀴즈를 묻듯 네놈이 어디까지 알고 있나, 한번 두고 보자는 심산으로 물어 오고 있었다.

"내친김에 다 까발려 보라 이거 같은데. 뭐 그러죠, 어려울 것도 없는데…."

흰머리 윤편인은 '허… 이놈 봐라. 제법 잘 버티면서 지랄을 떨고 있네.' 하는 눈빛으로 그의 뒤통수를 쏘아보며, 중얼거렸다.

"기타 부대비용은 먼저 저당권 설정비(차입금 등록 면허세)와 두 번째로 개업비(중개 수수료, 광고비)가 있습니다."

그는 해죽거리며 조 이사의 귀청 가까이에 대고 큰 소리로 말했다.

"셋째로는 소비세(해체 정지비, 건축비, 기획설계 감리비, 개업비)가 있으며, 네 번째는 입퇴료(임차권가치, 손실보상, 이전비용 등)가 있습니다."

흰머리 윤편인이 작정하고 질러 대는 큰 소리에 삼각 머리 조편재는 슬쩍 고개를 돌려 잠시 인상을 구겼다.

그러나 자신이 먼저 물어 왔으니 뭐라고, 할 수가 없는 처지라 꾹 참고 있는 표정이었다. 흰머리 윤편인은 이따금 백미러를 올려다보고는 히죽거렸다.

그러고는 계속 주절거렸다.

"다섯째가 기타부채(조기상환 차입금). 여섯째는 예비비(땅속장애물철거, 변경, 추가공사비) 등이 있습니다."

그는 문제지 정답을 풀어 주는 것처럼 연신 중얼거렸다.

"그런데 도대체 입퇴료는 뭡니까?"

운전대를 붙잡은 채 귀담아듣고 있던 젤 바른 선정재가 고개를 살짝 돌려 물었다.

"아… 예, 입퇴료는 자고로 임차인에게 지급하는 재산적 급부입니다."

그는 간결하게 대답했다.

"그건… 또 뭔 소리입니까? 뭐가… 그리도 복잡한 거야? 젠장!"

잘 달리던 차가 신호등에 걸려 잠시 정차하자, 젤 바른 선정재는 갑자기 짜증이 뻗쳐 툴툴거렸다.

"가령 재개발의 경우처럼 상가는 임차권의 가치 즉 권리금을 말합니다, 그리고 주택은 이사 비용 등을 말합니다."

신경질을 내는 소리에 괜히 민감해진 흰머리 윤편인은 이 정도쯤에서 설명을 그쳐야 되겠구나 싶었다.

"아… 별안간 숨이 탁탁 막혀오는 이 불안감은 도대체 뭘까요?"

총사업비 내역을 듣고 난 젤 바른 선정재는 막상 사업을 할 생각을 하니 차마 엄두가 나지 않는 표정이었다. 아니 두려움이 엄습해 일부러 한번 수작을 부려 보는 건지, 그는 갑자기 긴장된 목소리로 엄살을 피웠다.

"너무 신경을 쓰다 보니 그런 것은 아닙니까?"

큰 머리 문정인은 걱정스러운 마음에 그를 위로하고 나섰다.

"젠장! 제가 예전에도 조 이사님께 얘기했지만, 이번 프로젝트는 혼자나 둘이 감당하기에는 너무 벅찬 사업 같습니다."

젤 바른 선정재는 누구 한 사람을 딱 짚어서 얘기하기보다는 영악스럽게도 슬쩍 둘러치며 중얼거렸다. 그러고는 의미심장한 미소를 지어 가며 옆자리 조 이사를 슬쩍 쳐다보았다.

그러나 그는 아주 뻔뻔스러운 낯빛으로 창밖을 내다보고 있었다. 거만하기가 그지없는 여유로운 자세로 휘파람을 휘휘 불어 가며, 비열한 냉소를 머금은 얼굴이었다.

그는 그가 뭐라 하든 자신은 아랑곳하지 않겠다는 유연한 태도를 보이고 있었다.

하지만 그러면서도 이지러진 주름 사이에는 자신만의 비책이라도 숨기고 있는 비장함이 서려 있었다.

"세상만사가 다 내 뜻대로 척척 이루어지면, 못 할 일이 무엇이며, 세상 두려운 것이 없겠지요!"

젤 바른 선정재의 뻔한 수작질이 뭘 말하고 싶어 하는지를 그리고 그의 숨은 의도가 무얼 가리키고 있는 것까지도 삼각 머리 조편재는 이미 알고 있기에 순식간에 그의 얼굴은 잿빛처럼 굳어져 언짢은 듯 투덜거렸다.

무겁게 내려앉은 차 안 공기에 숨이 막힌 큰 머리 문정인은 잽싸게 대화 방향을 틀었다.

"다른 분들은 잘 진행하고 계신지 모르겠습니다."

그는 사무실로 출근한 나머지 회원들을 걱정을 하며 의도적으로 물었다.

"그러게 말입니다. 아무튼 사무실에 가 보면 돌아가는 내막을 알 수 있을 겁니다."

흰머리 윤편인은 운전대를 잡고 있는 젤 바른 선정재의 어깨를 툭 치듯 건드렸다. 그러자 젤 바른 선정재는 인상을 푹 쓰며 '아니, 내가 준마라고 생각하는 거야? 왜 어깨는 툭툭 치고 지랄이야.' 하며, 혼잣말을 고시랑거렸다.

"선 감사님! 말마 단아 건물 짓는 일도 아무나 덤벼들 수 있는 사업은 아니죠."

선 감사의 맥 빠지는 소리를 듣고는 앙금이 남은 조 이사가 그를 꼬아 대듯 빈정거렸다.

"아…이, 조 형! 그렇게 빈정대면 속이 좀 시원합니까?"

젤 바른 선정재는 은근히 비위가 상해 까칠하게 받아쳤다. 순간 두 사람의 눈에서 강력한 레이저 빔이 번개 치듯 번쩍거렸다. 자칫하면 충돌하기 일보 직전이었다. 그때 큰 머리 문정인이 불쑥 나서 주절거렸다.

"그러기에 애초에 낙찰을 받고 넘겼으면 이런 골치 아픈 일은 없었을 텐데 말이야…? 쯧쯧!"

그는 무심결에 남의 얘기하듯 구시렁거렸다.

"아니… 지금 무슨 오뉴월에 서리 내리듯 기운 빠지는 소리들을 하시는 겁니까?"

흰머리 윤편인은 황당한 소리를 듣자, 어이가 없어 언성을 높여 핀잔을 주고 나섰다.

"글쎄 말입니다. 난 기회가 주어지면 혼자라도 해낼 겁니다. 아니… 하려고 할 겁니다. 흐흐…"

삼각머리 조편재는 엉겁결에 자신도 모르게 음흉한 속셈을 드러내고는 아차! 싶어 얼른 말을 바꾸며 히죽 웃었다.

젤 바른 선정재는 '이놈이야말로 코미디가 따로 없네그러… 아예 제 입으로 실토하고 자빠졌네… 미친놈!' 하며 배꼽을 잡고 '으하하하!' 웃었다.

"하하하! 사내라면 그 정도 뱃장은 있어야 되겠죠."

흰머리 윤편인은 그의 꿍꿍이속도 모른 채 호기로운 사내다움
이라며 얼빠진 칭찬을 하고 나섰다.

그 말을 듣고 가만히 있을 그가 아니었다. 은근히 부아가 오른
젤 바른 선정재는 곧바로 주절거렸다.

"대단한 치기인 것 같습니다. 흐흐…."

그는 조 이사 놈의 검은 뱃속을 알고 있기에 어이가 없다는 투
로 빈정거렸다.

삼각 머리 조편재는 그의 빈정이 자신을 겨냥하고 있다는 사
실에 배알이 꼴려 곁눈질로 그를 째려보고 있었다. 그의 반에 젤
바른 선정재는 언젠가부터 그가 항상 우군이 되어 줄 것이라는
착각 속에 있었다.

하지만 사람 마음은 이익이 있는 곳으로 흘러간다는 사실을 잠
시 잊은 것 같았다.

그러는 사이에 그의 세단은 현장 사무실 빈터가 있는 주차장
안으로 들어서며, 천천히 멈춰 섰다. 차에서 먼저 내린 일행들은
사무실로 곧장 걸어갔다. 흰머리 윤편인은 문 앞에 도착하자 곧
바로 손잡이를 돌렸다.

그러나 사무실 문은 굳게 닫혀 있었다. 사방을 둘러보면서 '혹
시 이 근처 어디에 갔나?' 싶어 둘레둘레 찾아보았다.

하지만 거리에는 오고 가는 행인들만 눈에 뜨였다.

사무실 주변에는 사람은커녕 개미 새끼 한 마리조차 인기척이 없었다.

흰머리 윤편인은 그제야 손목시계를 들여다보았다.

시간은 정오를 지나가고 있었다. 직장인들이 한참 점심을 먹을 시간이었다. 주변은 오고 가는 자동차 소리만 요란스럽게 들려오고 있었다.

그때 큰 머리 문정인이 주절거렸다.

"아무래도 문이 닫혀 있는 걸 보아 모두가 점심들을 먹으러 갔나 봅니다."

그는 괜히 열리지도 않는 애꿎은 손잡이를 힘껏 돌려 보면서 중얼거렸다.

"그럴지도 모르겠습니다."

시간을 확인한 윤 부회장은 흰머리를 끄덕였다.

"우리도 어디 가서 점심이나 한 끼 때우고 옵시다."

삼각 머리 조편재는 시계를 들여다보며 말했다.

"왜요? 사무실에 아무도 없습니까?"

주차를 하느라 뒤늦게 나타난 젤 바른 선정재는 슬슬 걸어오며, 물었다.

"그럽시다. 점심 먹고 오면 그들도 와 있을 겁니다."

흰머리 윤편인은 물고기를 몰듯 양손을 휘휘 휘저었다.

그의 손바람에 떠밀리듯 큰 머리 문정인이 앞장을 서자 이들은 천천히 그의 뒤를 따라갔다.

걷다가 문득 생각이 떠오른 젤 바른 선정재가 주절거렸다.

"그들이 지금 어디에 있는지를 제가 연락을 해 보겠습니다."

그는 말과 동시에 저장된 핸드폰 번호를 빠르게 눌렀다. 함께 걷고 있던 일행들은 그의 얼굴을 유심히 쳐다보고 있었다. 잠시 후 멜로디가 끊어지며, 신호가 떨어졌다.

"여보세요?"

상구 머리 노식신은 핸드폰이 울리자, 번호를 확인하고, 곧바로 응답했다.

"노 총무님 접니다."

젤 바른 선정재는 차분하게 말했다.

"아…예, 선 감사님!"

그의 핸드폰 너머로 웅성거리는 소음이 흘러나왔다.

"지금 어디들 계십니까? 사무실에 도착하니 아무도 없으시던데…"

"흐흐… 우리도 방금까지 사무실에 있다가 이제 막 식당에 도착해서 점심 식사를 하고 있습니다."

"아… 그러셨습니까?"

그랬다. 사무실 팀들은 오전 업무가 끝나자 현장을 돌아보기 전에 점심부터 해결하려고 모두가 식당으로 몰려가 있었다.

이들의 오전은 서류 작업과 일반 업무를 주로 하다가 점심시간이 끝나는 이후부터는 토지 소유주를 찾아다니는 일을 병행하며, 지역 여론을 살피는 책무까지 겸하고 있었다.

"식사들은 하셨습니까?"

상구 머리 노식신은 점심을 먹고 있어 이들의 끼니부터 챙겼다.

평소 같으면 건축설계 사무실에 갔던 일이 궁금해서 먼저 물어왔을 텐데, 그는 무슨 일인지 묻지 않았다. 깜빡 잊은 모양이다. 아니, 벌써 결과를 알고 있는 눈치였다. 여하튼 그는 유독 끼니에 관심을 보이고 있었다.

"아직입니다. 지금 우리도 점심을 먹으러 막 나서던 참입니다. 어디들 계십니까?"

그는 사방을 둘러보며 물었다.

"여기요? 그럼 이리들 오시겠습니까?"

그는 이들이 자신의 눈앞에 있는 것처럼 허공을 향해 손짓을 해 보였다.

"식당이 이 근처에 있습니까?"

젤 바른 선정재는 떠드는 소리에 목청을 높였다.

"먼저 점심 식사를 했던 중국집 길 건너편 감자탕 집에 모여들 있습니다."

"알겠습니다. 곧 그리로 가겠습니다."

그는 핸드폰을 끊고서 일행들에게 따라오라며, 부지런히 앞장을 섰다.

"노 총무님! 다른 분들도 이리로 오신대요?"

우아한 전원숙은 궁금한 표정으로 그를 쳐다보았다.

"예…. 이리들 오시겠답니다."

상구 머리 노식신은 고개를 끄덕였다.

"가셨던 일은 어떻게 잘됐는지를 물어보셨어요?"

도회적인 안혜숙이 끼어들었다.

"아니요, 후후! 도착하시면 물어보세요. 흐흐…"

상구 머리 노식신은 고개를 흔들며 히죽거렸다.

"예…에, 그래야겠네요."

그녀는 엷은 미소로 대답했다.

사전 작업

"그럼… 먼저 실례하겠습니다. 아… 그리고 계산은 지금 오시는 분들 것까지 미리 지불해 놓을 테니 그리들 알고 계세요."

노 총무는 나가다 말고 잠시 이들을 돌아보며, 중얼대고서 다시 계산대로 향했다.

"예… 알겠어요!"

여자 회원들은 알겠다는 눈짓을 보이면서 계속 음식을 먹었다. 계산대로 걸어간 노 총무는 계산서와 카드를 내밀며, 탁자에 놓인 이쑤시개를 몇 개 뽑아들었다.

앞서 식사를 마친 일행들은 벌써부터 식당을 빠져나와 노 총무가 나오기만을 기다리고 있었다.

이들은 일회용 믹서 커피를 홀짝거리며, 작성된 소유자 현황을 들여다보고 있었다.

그때 상구 머리 노 총무가 영수증 금액을 확인하면서 식당을 빠져 나왔다. 짱구 머리 나겁재와 둥근 머리 맹비견은 기다렸다는 듯이 그에게 손짓을 하며 합세를 했다. 노 총무는 다 마신 종이컵을 구기면서 주절거렸다.

"어서 각자 맡은 현장이나 돌아봅시다."

그는 말과 동시에 앞장을 서서 걸어갔다. 이들은 흰머리 윤편인과 다른 일행들을 기다리지 않았다.

각자 맡은 책무가 다르다는 생각을 가지고 있기에 가능한 일이었다. 이들은 건축설계 사무실에 다녀온 결과를 대충 아는 것 같았다. 아니 별로 궁금해하지 않는 눈치였다. 그래서 그들이 도착하기 전에 이미 식당을 벗어났는지도 모른다.

식당에 남아 있는 여성 회원들도 이들이 어디로 무슨 일을 하러 가는지를 이미 알고 있어 캐묻지도 않았다.

남성들과 달리 아직 식사를 마치지 못한 여성 회원들은 흰머리 윤편인과 그 일행들이 언제나 올까, 이따금씩 밖을 내다보며 남은 음식을 먹고 있었다.

한편 식당을 벗어나 목적지를 찾아 나선 상구 머리 노식신과 두 사람은 현장 주변을 구석구석 찾아다니며, 동네 사정을 고주알미주알 캐묻고 다녔다.

이들이 지역을 돌며, 상황 파악을 나선 작업도 다 지역의 현 실태와 토지 소유주들의 정보를 보다 세밀하게 입수하기 위한 사전

포석 중에 하나였다.

왜냐하면 지랄 같은 부동산 사업은 기획부터 개발 단계 그리고 건축 공사와 분양 및 임대관리까지 총총하게 연결되어 추진 단계부터 상호 작용이 활발하게 일어나는 복잡다단한 사업이었다.

인간 시장 먹이 사슬처럼 진흙탕 싸움이 수시로 벌어지는 한마디로 총성 없는 전쟁터였다.

그래서 부동산 시장은 때로는 똥물도 오물도 함께 마셔 정화를 시켜 내야 하는 곳으로 하나의 변수가 여러 변수를 묶어 버리기도 하고, 새로운 변수가 작용해서 해묵은 문제를 해결하기도 한다.

부동산 개발사업 위험은 여러 단계를 거치며, 다각도에서 불시에 작용하기에 해법도 게릴라 전략처럼 대처하지 못하면, 살아남을 수 없는 우라질 사업이었다.

그래서 부동산 개발 사업은 국내외 경제, 산업, 금융, 특히 정책적 변수가 최고의 악재로 작용하기도 한다.

하루에도 수없이 꼬리에 꼬리를 물고 물리는 격동하는 시장이며, 변화무쌍하기가 상전벽해와 같다고 볼 수 있다.

그즈음 식당 앞에 도착한 흰머리 윤편인과 일행들은 두리번거리다가 이내 그녀들을 발견하고는 손짓을 하며 식당 안으로 들어갔다.

"여기들 계셨군요?"

흰머리 윤편인은 히죽 웃어 가며 우아한 전원숙에게 눈인사를 보냈다.

"하하! 벌써 식사들은 다 하셨군요?"

큰 머리 문정인은 반가운 얼굴로 중얼거리며, 빈자리에 가서 앉았다.

"어머… 이제들 오시는군요?"

우아한 전원숙은 해맑은 미소로 반갑게 이들을 맞이했다. 그녀는 전쟁터에서 살아 돌아온 오라버니를 맞이하는 표정이었다.

"가셨던 일들은 어떻게 잘되셨습니까?"

도회적인 안혜숙은 이들을 보자마자 대뜸 일 이야기부터 꺼냈다.

"예… 나중에 다시 미팅을 잡기로 했습니다."

큰 머리 문정인은 가볍게 대답했다.

"뭐 하나 쉽게 되는 일이 없네요?"

모던한 한옥경은 금세 안색이 어두워져 긴장하는 눈치였다.

"건축 일이라는 게 초기 단계부터 어려움이 많습니다. 흐흐…"

흰머리 윤편인은 중얼거리며, 슬그머니 우아한 전원숙 옆자리로 가서 앉았다. 회원들의 시선이 자연스럽게 이들을 향해 모아졌다.

그때 우연처럼 여종업원이 미리 주문한 감자탕을 가져 와 여러 사람의 시선을 가렸다. 그녀는 이들이 들어오는 모습을 먼발치에서 지켜보다가 얼른 음식을 챙겨 온 것이었다. 순식간에 분위기가 어수선해지며, 회원들의 시선은 흐트러져 버렸다.

"그런데 봉 회장님이 보이지 않으시네요?"

우아한 전원숙은 회원들의 따가운 시선이 매우 부담스러웠던 모양이었다. 괜히 봉 회장님을 들먹이며, 딴청을 피웠다.

"봉 회장님은 같이 오시다가 사무장으로부터 급한 전갈을 받으시고, 되돌아갔습니다."

큰 머리 문정인은 그녀의 얼굴을 힐끔거리며 말했다.

"어머… 저런! 무슨 일이라도 생기셨나요?"

우아한 전원숙은 괜히 호들갑스럽게 중얼대고는 순간 어두운 표정을 보였다.

"아…예, 나쁜 일 같지는 않았습니다. 어째… 봉 회장님을 만나야 할 볼일이라도 있습니까?"

흰머리 윤편인은 째려보듯 그녀에게 물었다.

"아… 아니요, 그런 것은 아닙니다. 모두들 같이 가셨다고 들었는데… 봉 회장님만 보이지 않아서…요?"

그의 표정에서 불쾌한 기색을 느낀 우아한 전원숙은 얼른 변명을 했다. 그러고는 별일 아니라며, 손을 흔들면서 살며시 웃었다.

"그런데 다른 분들은 어디에 가셨습니까?"

큰 머리 문정인은 이들과 함께 온 남자 회원들이 보이지 않자, 궁금해서 그들을 찾았다. 그의 물음에 같이 온 일행들은 잠시 식당 주위를 두리번두리번거렸다. 혹시 그들이 다른 곳에 앉아 있나 싶어 찾는 눈치였다.

"한시라도 빨리 현장을 파악해야 한다며, 식사를 마치고 곧바로 나갔습니다."

도회적인 안혜숙은 고른 건치를 드러내며 말했다. 그제야 다른 회원들은 먹던 행동을 잠시 멈추고, 그녀에게 눈길을 주었다.

"하하! 사람들 하고는 돈 버는 일이라 그런지 다들 열의가 대단하십니다. 흐흐…"

삼각 머리 조편재는 히죽 웃으며, 빈정거렸다.

이들은 하나같이 실실 웃고 있었다. '두말하면 잔소리야.' 하는 표정들 같았다.

"호호! 말해 뭐 합니까? 정말 돈이 뭔지…?"

도회적인 안혜숙은 장단을 맞추며, 낄낄거렸다.

"사실 말이 나왔으니 하는 말이지만, 부동산 사업은 위험이 도처에 깔려 있어 시작하는 초장부터 칼을 갈아도 많은 고비가 숨어 있는 사업입니다."

흰머리 윤편인은 그런 속 편한 말은 아예 하지도 말라며, 그들을 대변하고 나섰다.

"도처에 위험이라면 주로 뭘 가지고 얘기하시나요?"

우아한 전원숙은 달달한 눈빛으로 물어 가며 그를 보았다.

흰머리 윤편인은 '허… 그래 당신이 거기에 대해서 관심이 많다 이거지…?' 하며, 먹던 수저를 가만히 내려놓고는 설명을 늘어놓기 시작했다.

"우선은 개발 계획에 대한 토지 소유자의 반대 및 합의 지연과 주변 주민의 젠장맞을 개발 반대에 관한 문제입니다."

그는 안면을 이죽거리며, 은근히 열을 올리고 있었다.

"헐…!"

그녀는 미간을 찡그리며, 잘 다듬어진 고운 머릿결을 가볍게 흔들었다.

"지금 노 총무님과 회원들이 수고하시는 일도 지주들과 지역 주민들의 동향을 사전에 파악하기 위한 전초전이라고 보시면 됩니다."

그는 물을 꿀꺽 마셔 가며, 그녀를 주시했다.

"호호! 감자탕을 먼저 드시고 말씀하세요."

우아한 전원숙은 식사를 중단하고, 설명하는 그에게 미안했던 모양이었다.

"그럼, 제가 음식을 들면서 천천히 설명을 해 드리죠. 하하하!"

흰머리 윤편인은 한바탕 웃었다.

"시장하실 텐데 그러시는 게 좋겠어요."

우아한 전원숙은 미소를 보이며, 차분한 목소리로 말했다.

"둘째는 심의 및 인증 그리고 개발 인허가 지연과 용적률이나 공공용지 면적 등 계획의 기초 조건 결정 지연이 목을 조입니다."

그는 감자탕을 한 스푼 가득 떠서 입으로 가져갔다. 그리고는 우적우적 씹어 가며, 계속 이어 주절거렸다.

"그리고 보상금 문제와 환경 및 보전 대책 등의 책임이 도사리고 있습니다."

그는 깍두기를 집어서 한입에 욱여넣고는 우적우적 씹어 가며 이어 갔다.

"여기 물도 좀 드세요."

모던한 한옥경은 목이 메어 보여 그에게 컵을 건넸다.

"감사합니다."

그는 흰머리를 까닥거렸다. 그는 고래처럼 크거나 물개처럼 세지도 않으면서 뭐든지 주면 좋아했다.

"음, 셋째는 임차인의 퇴거교섭 장기화와 입퇴료 그리고 경영 보증과 비용 발생 등이 발목을 잡기도 합니다."

흰머리 윤편인은 말을 하고는 두툼한 갈비에 붙은 고기 살을 볼썽사납게 발라먹으며, 우물거렸다.

여성들은 눈살을 찡그리며 '잘도 처먹네…!' 하는 눈빛으로 그를 바라보고 있었다.

"넷째는 지역 정비 계획과 교통 인프라 계획의 변경에 따른 입지 조건의 변화와 빈번한 세제 변동의 따른 불안 조성이 타격을 주기도 합니다."

그는 들어 주는 여성 회원들이 고마워 계속 설명을 이어 가고 있었다.

"호호! 정말… 윤 부회장님은 부동산에 대해서 모르는 게 없는 분 같아요?"

도회적인 안혜숙은 막힘없는 해박함에 그를 추켜세웠다.

"하하하! 과찬의 말씀입니다."

그는 칭찬이 싫지 않은 표정으로, 손을 내젓는 척하며, 그냥 웃었다.

"안 이사님이야말로 살아 있는 재건축 박사 아닙니까? 하하하!"

흰머리 윤편인은 그녀에게 엄지손을 척 추켜세워 주었다. 그 순간 눈에서 불이 번쩍거리듯 우아한 전원숙이 이들을 쏘아보며 이렇게 읊조렸다. '으이구! 이 잡것들이! 지금 뭐 하는 수작들이야, 흥! 재수 꼴사납게시리…' 하며, 그녀는 아니 꼬아 더는 눈 뜨고 못 보겠다는 듯이 째진 눈꼬리를 귀에 걸고 있었다.

"어머나! 저를 그렇게까지 평가해 주시니 황송해서 몸 둘 바를 모르겠습니다. 호호! 저야말로 윤 부회장님께 감사를 드려야겠네요."

도회적인 안혜숙은 그의 칭찬에 얼굴 가득 웃음꽃을 머금고, 어쩔 줄 몰라 했다.

그에 반해 우아한 전원숙은 속상한 낯빛을 감추며 읊조렸다.

'어머머… 저 입 찢어지는 꼴이란…. 정말! 두 눈 뜨고 못 봐 주겠네, 모르지, 또 저 연놈이 연분이 닿아 벌거벗고 놀… 아니 아니지, 내가 괜한 생각을…'

그녀는 지난날 그와의 밤을 되새기며, 끓어오르는 질시를 참고 있는 눈치였다.

흰머리 윤편인은 슬쩍 그녀의 표정을 곁눈질해 가며, 이어 주절거렸다.

"부끄러워할 것 없습니다. 사실이잖아요? 하하하!"

그는 우아한 전원숙의 성질을 건드리듯 그녀를 흘끔거리며, 살랑살랑 눈웃음을 날리고 있었다. 요즘 애들 말처럼 치사 유치찬란하게 질투라도 하라는 것 같았다.

도회적인 안혜숙은 한술 더 떠 이렇게 주절거렸다.

"윤 부회장님이 전원의 호수라면 저야 깊은 산속 옹달샘에 불과한걸요. 호호!"

그녀는 의미심장한 말로 그를 추앙하고, 입을 가린 채 밝게 웃었다.

"하하하! 그거야말로 과찬이십니다."

그는 옹달샘 소리에 사뭇 아니라는 손짓을 하면서도 그 위에 떠 있는 조롱박이 자기라면 좋겠다는 생각을 잠깐 하면서 히죽 웃었다. 회원들은 무슨 소리인지, 각자 지레짐작을 하면서 입을 삐죽거리고 있었다.

"어쨌든, 음… 다섯째는 토지 이용 규제 이외의 법 제도의 변경과 경제 환경의 변화에 따른 계획과 시장의 불일치…"

들어 봐야 뻔한 소리를 그가 계속 떠들자 회원들은 음식을 먹어 가며, 한 귀로 듣고 한 귀로 흘려듣고 있었다.

삼각 머리 조편재는 눈꼬리를 치켜뜬 채 그를 이따금씩 쏘아보았다.

"헐…! 상당하네요?"

유일하게 그녀만이 해죽 웃어 주며, 듣고 있었다.

"그리고 지가 하락에 따른 권리자의 합의 지연 및 공공사업자의 업적 악화와 도산에 따른 철수 등이 위험 요소들입니다."

흰머리 윤편인은 그녀를 위해서라면 못 할 것이 없다는 무조건 생각으로 칭찬에 춤을 추는 돌고래처럼 주절거리고 있었다. 역시 하룻밤 풋사랑도 그에게는 지울 수 없는 추억이었나 보다.

"어머머…! 개발 위험이 생각했던 상상보다도 엄청 많네요?"

우아한 전원숙은 혀를 내둘러 가며, 호들갑을 떨었다. 주위 사람들은 '놀고들 있네!' 하는 눈총으로 이들을 째려보고 있었다. 흰머리 윤편인은 그러거나 말거나 아랑곳하지 않은 채 중얼거렸다.

"물론입니다. 개발 과정은 목적이나 성격 등에 따라 조금씩은 다르겠지만, 개발 리스크는 여러 단계에서 언제든지 발생한다고, 봐야 합니다."

흰머리 윤편인은 어려운 내용과 달리 잔정 어린 눈빛으로 그녀를 핥고 있었다.

그와는 다르게 한쪽에서는 도회적인 안혜숙이 큰 머리 문 감사를 건너다보며, 이렇게 주절거렸다.

"문 감사님! 아까 미팅을 다시 한다고 들었는데, 뭐가 잘못되었나요?"

그녀는 그의 식사가 다 끝났다고 생각해서 불쑥 그의 수저질을 멈춰 세웠다. 그녀는 궁금한 것이 있으면 속에 담고 있지 못하는 성격이었다. 주위 회원들은 두 사람의 얼굴을 번갈아 쏘아보았다.

"하하! 그런 것은 아닙니다."

큰 머리 문정인은 손을 내저으며 웃었다.

"그럼?"

그녀는 두 눈을 깜박거리며, 그를 쳐다보았다.

"우리가 제안한 안건들을 천천히 검토해 보고, 거기에 알맞은 가설계도가 나오면 그때 가서 어떤 방식으로 접근할 것인지를 다시 협의해 보자는 겁니다."

큰 머리 문정인은 보충 설명을 덧붙여 그녀를 안심시켰다.

"호호! 결론이 그렇게 된 스토리였군요?"

도회적인 안혜숙은 내용을 이해하고, 밝게 웃었다. 주위 회원들은 '난 또 뭐라고…' 하는 표정으로 삐죽거렸다.

"저도 은근히 걱정을 했었는데… 그게 아니었네요? 호호!"

모던한 한옥경은 엷게 미소를 보이며 끼어들었다.

그녀의 말에 이들은 괜히 피식피식 웃고 있었다.

"그나저나 지주들이 거주하는 현주소는 파악이 됐습니까?"

흰머리 윤편인은 걱정스러운 얼굴로 그녀를 쳐다보았다. 그 순간 옆자리에 앉은 누군가의 핸드폰 알람이 악을 써대며, 미친 듯이 울리고 있었다. 그녀는 신경이 쓰여 힐끔 쳐다보고는 미간을 찌푸린 채 주절거렸다.

"그 일이라면 안심하셔도 됩니다. 호호!"

도회적인 안혜숙은 대답과 동시에 찡그렸던 인상을 펴 가며, 밝게 웃고는 동그라미를 만들어 보였다.

"그래요, 생각보다 작업 속도가 빠르십니다."

흰머리 윤편인은 순간 안색이 환해지며, 활짝 웃었다.

"호호! 벌써 파악해서 주소 정리와 문서 작업까지 끝냈는걸요."

모던한 한옥경은 걱정도 하지 말라는 눈빛으로 그를 쳐다보았다. 그러자 삼각 머리 조편재가 수고했다는 눈짓을 보이며, 이렇게 주절거렸다.

"하하하! 하드 디스크는 완전 최신 펜티엄급이고, 속도는 지파이브를 버금가는 초고속 솔리드스테이트 드라이브에 해당하나 봅니다."

그는 혓바닥을 굴리듯 익살을 부렸다.

순간 회원들은 무슨 귀신 씻나락 까먹는 소리를 하고 자빠졌느냐는 표정으로 일단은 한바탕 웃었다.

"까르르…!"

"으하하하…!"

주변 손님들은 무슨 일인가 싶어 눈총을 쏘아 대고 있었다.

"윤 부회장님, 가설계도가 나오더라도 지주 작업에 따라 상황이 바뀌지 않나요?"

도회적인 안혜숙은 이미 사정을 알고 있다는 얼굴로 물었다. 그 소리에 우아한 전원숙은 '맞아! 그럴지도 모르지.' 하며 속살거렸다.

"하하하! 그래서 네 가지 제안으로 의뢰를 해 놓았습니다."

흰머리 윤편인은 그렇게 물어 올 줄 미리 짐작하고 있었다는 표정을 보이며, 주저 없이 대답했다.

"오…호! 역시, 주도면밀하시네요?"

도회적인 안혜숙은 그의 빈틈없는 치밀함에 약간 놀라는 표정을 보이며, 살짝 미소를 지었다.

"어머머… 안 언니는 대충 알고 있는 줄 알았는데, 그게 아니었나 보네요?"

모던한 한옥경은 그녀가 자신의 기대치와 다르다는 실망감에 은근히 비아냥거렸다.

이들과 다르게 흰머리 윤편인은 "그거야 기본이 아닌가요?" 말하며, 한바탕 웃었다. 그러고는 별것도 아닌 걸 가지고 화들짝 놀라고 자빠졌다는 눈치를 주며 여유롭게 물을 마셨다.

이런저런 이야기 끝에 점심 식사를 마친 흰머리 윤편인과 회원들은 이미 계산도 끝냈다는 걸 알고는, 그길로 식당을 빠져나왔다. 이들은 소화도 시킬 겸 해서 동네를 한 바퀴 돌아보며, 기웃거리다가 사무실로 향했다.

"참! 건축 민원 전문 위원회에 질의 민원 심의 신청서는 언제쯤 제출해 볼 생각입니까?"

큰 머리 문정인은 잠시 잊고 있던 생각을 끄집어내서 물었다.

"글쎄요? 돌아가는 상황을 지켜보다가 최대한 빠른 시일 안에 진행하는 게 좋지 않을까요?"

흰머리 윤편인은 이미 계산에 넣고 있었다는 표정이었다.

"윤 부회장님! 그 문제는 가설계도가 나오면 명 소장이 어떤 방법을 제시하지 않겠습니까?"

삼각 머리 조편재는 전체적인 윤곽을 머릿속에 그리고 있는 표정으로 거들고 나섰다. 그는 요즘 들어 윤 부회장에게 툭툭 거리는 행동을 삼가고 있었다.

잘 보이려고 하는 짓은 아니었지만, 되도록 언행을 가려서 행동했다. 이유야 뻔했다.

자신의 목적을 달성하기 위해 되도록 말을 삼가며, 행실에 신중을 기하면서 착실히 밑밥을 깔고 있었다.

가만히 듣고 있던 젤 바른 선정재는 틀린 소리는 아니라는 판단에 이렇게 주절거렸다.

"가만히 생각을 해 보니 그 얘기도 틀린 소리는 아닌 것 같습니다."

그는 불쑥 끼어들어 말했다. 그 소리에 흰머리를 윤편인이 끄덕거리며, 곧바로 주절거렸다.

"굿 아이디어 같습니다. 뭐 그럽시다. 그때 가서 시공사도 연결해 달라고, 부탁도 하면서 말입니다."

그는 아주 잘 됐다며, 엄지손으로 그를 추켜세웠다.

"계획대로 추진하려면 지주 작업 속도야말로 문제가 되겠군요?"

큰 머리 문정인은 한껏 걱정이 된 표정을 보이며, 보폭을 짧게 걸어갔다. 뒤따르는 일행들도 한 템포 늦춰서 천천히 걸어갔다.

"우리도 틈나는 대로 설득 작업에 동참하도록 합시다."

삼각 머리 조편재는 그를 힐끔 쳐다보고 '어때요?' 하듯 히죽 웃었다. 회원들은 '아… 당연 그래야 되겠지요?' 하듯 모두가 고개를 끄덕거렸다.

"그야 두말하면 잔소리죠!"

젤 바른 선정재는 말과 동시에 '짝!' 소리가 나도록 그의 손바닥을 하이파이브를 하듯 마주쳤다.

"그러고 보니 우리들도 부지런히 지주들을 만나서 설득을 하는

데 도와드려야겠네요? 호호!"

도회적인 안혜숙은 콧소리를 내며, 멋쩍게 웃었다.

"그럼요, 수단과 방법을 가리지 말고, 빠른 시일 내에 그들을 참여시키든지, 아니면 토지를 매도하라고 회유를 시키든지, 모두가 총력전을 펼쳐서라도 지주들을 설득시켜야 합니다."

흰머리 윤편인은 회원들을 향해 주먹을 불끈 쥐어 보였다.

"맞아요, 저희도 한몫할 수 있도록 힘을 보태야겠어요."

우아한 전원숙은 나약한 손가락을 불끈 쥐며 살포시 미소를 보였다. 흰머리 윤편인은 그 모습이 귀여웠던지 히죽 웃었다.

"하하하! 당연 그러셔야죠."

삼각 머리 조편재가 그녀를 쳐다보며, 슬쩍 윙크를 날렸다. 그에 반해 우아한 전원숙은 '미친놈! 어디다가 수작질이야! 이래 뵈도 임자 있는 몸이야…' 하는 눈빛으로 못마땅한 표정을 짓고는 샐쭉거렸다.

이들은 이런저런 문제들을 주고받는 사이에 발길은 어느덧 사무실 문 앞에 도착해 있었다. 이들이 잠시 서성거리고 있는 동안 모던한 한옥경이 번호 키를 눌러 사무실 안으로 들어갔다. 그러고는 각자 맡은 직무로 돌아갔다.

그즈음에 상구머리 노식신과 함께한 두 사람은 각자 흩어져서 뻔히 알고 있는 땅 소유주를 누군지 모르는 척 주변 사람들을 만나러 다녔다.

특히 동네 돌아가는 사정에 밝은 주민들을 찾아 나섰다. 그러는 가운데 지역 주민들의 생각을 듣기도 하고, 미리 준비한 질문을 던져 문제점을 파악하는 데 주력해 나가고 있었다.

지역 유지 입담

그러나 동네 사람들은 바쁘다는 핑계로 대충대충 설렁설렁 스님이 시주걸립 나온 것처럼 대하기가 다반사였다. 동네 사람들을 찾아다니던 둥근 머리 맹비견은 억세게 운이 좋은 날이었다. 그 지역에 오래 살았다는 마을 유지 한 분과 우연치 않게 대화를 나눌 기회를 잡았다.

노인은 지역 살림에 유난히 관심이 많은 마을 유지로 동네 곳곳에 그의 영향력이 미치지 않는 곳이 없는 칠순이 넘은 대머리 영감님이었다. 그의 도움으로 둥근 머리 맹비견은 그 동네 돌아가는 사정을 속속들이 알아낼 수 있었다.

그가 대머리 영감님을 처음 만난 곳은 동네 마트에서 그늘 막을 쳐 놓은 파라솔이었다. 의자에 앉아 꾸벅꾸벅 졸고 있는 허리가 약간 굽은 영감님을 향해 그가 정중하게 인사를 드리며, 다가 갔다. 그러고는 곧바로 수작을 걸었다.

"어르신, 궁금해서 그러는데 뭐 하나 물어봐도 되겠습니까?"

"뭘 물어보려고 그러는데? 말해 보게나."

"이쪽과 저쪽에 올라가는 아파트는 언제쯤부터 재개발이 시작되었나 혹 아시는지요?"

그는 공손한 태도로 여쭈었다.

"벌써 한 10년이 넘었지… 아마?"

대머리 영감님은 고개를 갸웃갸웃대고는 잠시 지난날을 곱씹어 가듯 손가락을 짚어 보며, 혼잣말처럼 중얼거렸다.

"와…우! 대박! 강산도 변한다는 엄청난 세월이네요? 흐흐…"

둥근 머리 맹비견은 깜짝 놀라는 표정으로 악센트를 높였다. 그러고는 겸연쩍어 히죽 웃었다.

"암… 틀린 말은 아니야. 시작할 때만 해도 당장이라도 뭐가 될 것 같았거든, 그게 벌써 10년 전의 이야기가 되었네그려…"

영감님은 세월의 빠름을 한탄하며, 중얼거렸다.

"그 아파트가 이제야 올라가는 이유라도 있습니까?"

그는 영문을 모르겠다는 의아한 표정으로 대머리 영감님을 쳐다보았다. 그 순간에도 거리에는 오고 가는 행인들이 뜨문뜨문 보였다.

"에—잉! 볼썽사나운 사건들로 엉켜 있으니 이제야 올라가는 게 아니겠어…?"

대머리 영감님은 뭔가 마땅찮아 하며 미간을 찌푸렸다. 그러고는 팔자주름을 넓혔다 펴면서 구시렁거렸다.

"아하! 그럼… 시끄러운 사건들이 제법 있었던 모양입니다?"

그는 녹음기 파워를 누르듯 대머리 영감님의 말에 추임새를 넣었다.

"뭐… 그렇다고 봐야 할 거야…?"

순간 영감님은 그때 일이 생각나 백발의 머리를 끄덕거리며 세월에 때가 묻은 굵은 주름살을 찡그렸다.

"음… 혹시 그때 사건들은 기억하고 계십니까?"

둥근 머리 맹비견은 그의 눈을 마주 보며 조심스럽게 물었다.

지나가는 행인들은 이들의 다정스러움에 이따금씩 힐끔대면서 지나갔다.

"이 사람아… 내가 이래 보여도 아직 기억력 하나는 쓸 만하다네. 허허허!"

대머리 영감님은 깊게 패인 팔자주름을 넓히며, 해시시 웃었다. 그러고는 손짓을 하며, 자신을 너무 무시하지 말라는 표정을 지었다.

"그러시면… 기억나시는 대로 말씀 좀 해 주세요, 어르신!"

둥근 머리 맹비견은 은근한 눈길로 그의 기억력을 건드렸다.

"허허! 이 사람 좀 보게. 나를 아주 늙은이 취급을 하려 드네."

대머리 영감님은 오기가 생겨 걸걸한 목소리에 힘이 들어갔다. 순간 이마에 패인 굵은 주름이 꿈틀거렸다.

"그런 의도는 아닙니다. 어르신! 기억나는 일이 있나 싶어 그냥 여쭈어보는 겁니다. 하하하!"

그는 손사래를 치며 활짝 웃었다.

"그렇다면 한번 들어 볼 테야…?"

"예!"

그는 두 손을 맞잡고 히죽거렸다.

"그럼… 잘 들어 봐. 그때는 여기도 타 지역처럼 한창 재개발 붐을 타고 있었어…"

대머리 영감님은 주름을 잔뜩 구부리며 띄엄띄엄 말했다.

"네에! 그랬군요?"

그는 어느새 흥을 북돋아 주며 장단을 맞추고 있었다.

"그런데 언제부턴가 부동산에 관심이 많은 동네 사람들이 하나 둘 모여들어 재개발인가, 재건축인가, 하여튼 추진 위원회가 결성되었다네."

대머리 영감님은 입술 주위에 묻은 흰 거품을 자주 닦아 가며, 주절주절 떠벌리기 시작했다.

"아하! 재개발 추진 위원회 말이죠?"

둥근 머리 맹비견은 그의 기억을 도와주면서 가볍게 고개를 끄덕였다.

"맞아! 그런데 아… 이 고얀 놈들이! 추진 과정에서 주민들과 분쟁을 일으켜 설랑 온 동네가 조용할 날이 없었어…"

대머리 영감님은 상기된 표정으로 핏대를 세우고는 '죽일 놈! 살릴 놈!' 하며 목청을 높였다.

목소리에 놀란 행인들은 '무슨 일인가?' 싶어 두 사람을 힐끔힐
끔 쳐다보며 지나갔다.

"아니… 어떤 일들이 있었기에 그렇게 시끄러웠습니까, 어르신?"

둥근 머리 맹비견은 영악한 잔머리를 굴려 가며, 싸움을 부추
기는 모사꾼처럼 그를 치근덕거렸다.

"그게 여러 가지 말썽이 있었지… 아마? 흐흐…."

대머리 영감님은 자신의 말에 호기심을 보이는 그가 말벗으로
싫지 않은 눈치로 말머리를 놓으려 하지 않았다.

"혹시, 구체적으로 기억나는 게 있으십니까?"

그는 말꼬리를 붙잡고 차분하게 부추겼다. 대머리 영감님은 '심
심하던 차에 너 오늘 말동무로 잘 걸렸다.' 싶은 눈빛이었다.

"허허허! 이 사람하고는 참! 내가 기억하기로는 추진위원회가
조합을 허가를 받는 과정에서 재개발을 찬성하니, 못 하니, 분쟁
이 벌어졌었거든…."

대머리 영감님은 굳게 패인 이맛살을 구긴 채 말꼬리를 놓지 않았
다. 그럴 때면 둥근 머리 맹비견은 눈치껏 받아 주면서 해쭉거렸다.

"그리고요?"

그는 대머리 영감님의 눈을 올려다보며, 맞장구를 쳤다.

"그다음에는 철거 업체 선정에서 망할 놈의 추진 위원들이 비리
를 저질러 일어났어… 쯧쯧!"

그는 연신 혀끝소리를 내면서 중얼거렸다.

"저런… 우라질 놈들!"

둥근 머리 맹비견은 남의 일이기에 천하에 못된 망나니를 때려 잡듯 눈을 희번덕거리며, 소리쳤다.

"그러고는 시공사를 선정하는 과정에서도 분쟁이 발생을 했었다…네."

그는 얼굴을 몹시 찡그렸다. 그때 어디선가 굉음을 내고 나타난 할리데이비슨 오토바이 한 대가 쏜살같이 지나갔다.

"네…에? 장마다 꼴뚜기도 아니고 너무들 했네요?"

그 소리에 둥근 머리 맹비견은 한숨을 내쉬었다.

"그때 서면 동의서와 철회서 징구(요구) 문제가 발단이 되었지… 아마?"

대머리 영감님은 뭔가를 기억해 내려는 얼굴로 잠시 허공을 올려다보았다.

"왜요?"

둥근 머리 맹비견은 살포시 웃어 가며, 내막을 파헤치듯 그를 부추겼다.

"아… 시공사 놈들끼리 서로 경쟁이 붙어 설랑 치맛바람이 거세게 몰아쳤었어…"

그는 혀를 끌끌 찼다.

"무엇 때문에요?"

그는 흥미진진한 낯짝을 해 가지고 부추기듯 물었다.

"그거야, 조합원들을 자기 쪽으로 끌어들이려는 수작들이 아니겠어? 자기들끼리 치고받고, 농간을 부리느라 하루가 싸움으로 얼룩지곤 했었지…."

대머리 영감님은 말을 해 놓고, 하회탈 표정을 지으며, 히죽 웃었다.

"개수작을 피우느라 서로가 굉장했겠군요?"

둥근 머리 맹비견은 그의 비위를 맞춰 가며 잽싸게 장단을 맞췄다.

"말해 뭐 해, 이 사람아! 뭐 공작 요원인가 뭔가? 하여튼 달라 면 오 예스 하는 연놈들이 선물 공세다 뭐다 해서 금품을 뿌리고 다니는 바람에 온 동네가 상당히 시끄러웠다네."

대머리 영감님은 그를 마주 보며 목청을 높이고는 한숨을 내쉬었다.

"하하! 저런…! 쳐 죽여도 시원치 않을 인간들…. 동네 사람들 을 꼬드겨 이간질을 시키고 다니느라 헛바닥이 다 닳아 빠졌겠 네요?"

그는 말속에 숨은 뉘앙스가 재미있어 잠시 웃음을 보였다.

그러고는 이내 자기 일처럼 얼굴을 붉혀 가며 목청을 높였다.

"아… 이 사람아! 두말하면 목만 아프지, 말해 뭐 해? 에잇! 아 마… 그때 조합장도 물러나고, 새 조합장을 선출하는 선거를 치 르느라 몇 녀석이 혼쭐이 나기도 했었어…. 흐흐…."

대머리 영감님은 주름진 이마를 찡그리며 깊게 패어 툭 불거져 나온 턱살을 만지작거렸다.

"그런 일도 있었습니까? 하긴 뭐 조합장들의 불미스러운 사건이 종종 기삿거리가 되어 세간의 이목을 끌기도 합니다."

둥근 머리 맹비견은 조합장들이 검은 돈의 마수를 뿌리치지 못하거나, 못된 인간들이 쳐 놓은 덫에 걸려들어 자신도 모르게 돈을 받았다가 가슴에 수인 번호를 달고 재판을 받으러 법정을 드나드는 광경을 수시로 목격해 온 터라 그럴 수 있겠다며, 고개를 끄덕거렸다.

그는 주민들이 투표로 선출한 재개발 및 재건축 조합장이 축출되는 사건의 목격담을 이렇게 말했다.

수천억 원이 걸린 재개발 및 재건축 사업은 최초 사업을 추진하는 자들과 공모한 업자 등이 자신이 내세우는 허수아비 조합장을 세우기 위해 가진 권모술수를 총동원한다는 것이었다.

왜냐하면 조합에서 우월한 지위를 차지해 자신들의 원하는 대로 수익을 쟁취하기 위한 하나의 책략이기 때문이었다. 이것뿐 아니라 이들이 저지르는 수법은 다양했다.

조합장을 세우기 위한 악행은 주로 주민들을 설득하는 데 걸림돌이 되는 자, 그리고 공사를 수주하는 데 자신들의 목적에 방해가 되거나 부합되지 않는 자들을 주로 쳐냈다.

그리고는 자신들의 심복지인을 조합장으로 심는 작업을 공공연히 자행하는 것이었다.

재건축 조합장의 비리

한 가지 사례를 들어 보면 이런 사건도 있었다. 한평생을 대학에서 학문을 가르치던 돈 교수 한분이 교수직을 퇴직하고, 자신이 사는 아파트 재건축 조합장에 출마를 했다가 우연치 않게 덜컥 당선이 되었다.

그는 교수직이라는 사회적 명예와 인품을 내세워 아파트 주민들로부터 신임을 얻고 조합장에 선출된 것이었다.

그러나 어느 날부터 갑자기 재물 욕심에 눈이 멀어 업자들이 제공하는 뇌물을 받아 챙겼다가 아니 그들이 쳐 놓은 더러운 마수에 걸려들어 평생을 지켜온 자신의 고귀한 명예를 한순간에 와르르 무너뜨렸다. 돈 교수의 억울함은 이랬다.

사업을 최초로 추진했던 사람들은 자신들의 의견에 무조건 찬성하고 반영하는 꼭두각시 조합장이 필요했었다.

그러나 그는 자신들이 추구하는 목적과는 상반된 이견을 가지고 있어 수시로 마찰과 충돌이 반복되었다.

그래서 그를 쳐 내기로 업자들과 공모를 하고, 이렇게 공작을 꾸미기 시작했다.

각종 사업의 이권을 그에게 설명하는 한편 뒤로는 그에게 거액의 뇌물을 주겠다는 수작을 걸었다.

갑자기 업자들이 제공하는 뇌물이라 그는 처음은 청렴결백을 내세워 거절을 했었다.

하지만 그는 끈질긴 설득에 걸려들어 이들이 쳐 놓은 마수에 딱 걸려들었다.

주위 사람들은 당시에는 눈을 감아 줄 것처럼 전혀 모르는 척을 하며, 고개를 돌리고 넘어갔다.

그러자 그는 점점 대담해져 검은 수렁 속에, 아니 똥물 속으로 빠져들어 갔다.

그러나 이때를 학수고대하고 기다려온 그들이 아니었든가? 그는 꼼짝없이 이들이 쳐놓은 올가미 덫에 걸려들었다. 그들은 돈 교수가 업자들로부터 뇌물을 받아 챙겼다며, 대내외적인 공세를 펼치기 시작했다.

먼저 주민들 홈페이지에 돈 교수의 최근의 행적을 올리고, 비리를 저질렀다는 쪽지를 살포했다. 그렇게 여론을 호도하면서 그의 입장을 불리하게 몰아갔다.

양쪽으로 갈라진 주민들은 서로가 민형사상 고소와 고발을 이어 갔다. 졸지에 재건축은 새로운 양상으로 전개되어 사업을 하느냐 마느냐 하는 극단의 사태로 몰고 갔다. 결국 그들은 돈 교수를 조합장 자리에서 사퇴시키기 위해 억울한 누명과 함께 여러 죄목을 씌어 소송을 걸었다. 돈 교수도 이에 맞소송으로 그들에게 대항을 했다.

그러나 재판의 결과는 엄중했다. 그에게 조합장 사퇴와 더불어 형벌을 살라는 무거운 판결을 내렸다.

기어코 이들의 검은 음모가 돈 교수를 쫓아내는 데 성공을 거둔 것이었다. 그러고는 자신들이 원하는 조합장을 다시 세웠다.

역시 학문을 추구하던 학자가 갑자기 재물을 탐하면 이러한 사단이 벌어지는 것 같다. 그들의 희생물이 된 돈 교수가 안타까웠다. 그렇다고 그가 어디다가 호소해도 믿어 주는 사람들은 없었다. 이것이 현실이고, 인간시장의 냉혹함이었다.

사람들은 그가 더러운 마수에 걸려들어 억울한 옥살이를 한다고 믿지 않았다. 그냥 금전과 권력에 눈과 귀를 막아 버린 타락한 욕망의 화신으로 보고 있을 뿐이었다.

그러나 저러나 자신은 세상을 얼마나 험악하게 살아왔는지 까마득하게 잊고서 내로남불 전형을 보여 주는 인간사처럼 둥근 머리 맹비견도 그렇게 생각하고 있었다. 하지만 자신의 과거는 작은 손바닥을 펴서 하늘을 가린 채였었다.

"좌우지간 동네가 한동안 소란스러웠다네."

대머리 영감님은 별로 좋지 않은 기억 때문에 가끔씩 굵은 주름 속에 감춰진 핏발을 세웠다.

"그렇게 분쟁은 마무리가 되었습니까?"

가만히 듣고 있던 둥근 머리 맹비견은 대머리 영감님과 달리 눈빛을 반짝이고 있었다.

그는 흥미가 붙어 어느새 그의 이야기에 빠져들었다. 그러고는 한껏 들뜬 기분에 자기를 가두어 놓고서 그를 채근하듯 부추겼다. 달아오른 그를 보고 있는 영감님은 수시로 곁눈질을 하며, 히죽히죽 웃고 있었다.

"그것뿐이 아니야, 얘기하자면 아직 몇 가지가 더 있어…"

대머리 영감님은 급히 손사래를 쳤다.

"그게 뭔지 말씀해 주시겠습니까? 어르신!"

그는 몹시 궁금한 표정으로 애처롭게 묻고는 그를 올려다보았다. 대머리 영감님은 '자식 잘하면 울겠네,' 하며 곁눈질로 지나가는 핫팬츠 아가씨의 각선미를 힐끔거렸다. 그는 나이에 어울리지 않게 마른침을 꿀컥 삼키며, 아쉬운 듯 표정을 짓고는 계속 이야기를 이어 갔다.

"에… 또 보자. 음… 그래. 임차인 이주비 보상 문제가 불거졌었어…. 이게 문제가 뭐냐 하면 말이야…. 세 든 사람과 집주인이 돈이 많다 적다를 떠나서 집을 비워 달라는 시비가 자주 붙었어…. 집주인 못된 놈을 만나거나, 세입자 고약한 놈을 만난 양쪽 사람들이 주로 다툼이 많았어…. 서로 간에 '나가라! 못 나간다!' 먹살잡이를 하고, 툭하면 백차가 달려왔었어…. 여하튼 말썽도 자주 일어났지만…."

대머리 영감님은 지나간 여신餘燼에 아쉬움이 남는 표정으로 잠시 생각에 잠겼다가 혼자 웅얼대고는 다시 머뭇거렸다.

"그래서 해결은 잘되었습니까?"

둥근 머리 맹비견은 흐름이 끊어지자, 조급하게 물었다.

"그보다는 재개발 조합하고 세입자 단체가 힘겨루기 분쟁으로 엄청 시끄러웠었지… 아마?"

어느새 대머리 영감님은 말하는 재미가 붙어 굵게 패인 주름살에 신명이 살아나 떠벌렸다.

"정말이지… 동네가 하루도 조용한 날이 없었겠어요?"

영악한 그는 대머리 영감님의 기분을 생각해서 몹시 걱정스러운 표정을 살짝살짝 지어 가며, 그를 부추겼다.

"아이고… 말도 말게, 이 사람아! 하루가 멀다 하고 경찰차들이 뻔질나게 다녀갔다네…."

대머리 영감님은 미간을 잔뜩 찌푸리며 손사래를 쳤다. 그 순간 지나치는 행인들은 걸걸한 목소리의 주인공이 누군가 싶어 가던 걸음을 잠시 돌려 힐끔거리고 지나쳤다.

"그러고는 다른 분쟁들은 없었습니까?"

둥근 머리 맹비견은 가끔씩 매우 흥미로운 표정을 보이며 그를 부추겼다.

"왜 더 있지, 강산도 변한다는 10년 세월이네, 이 사람아!"

대머리 영감님은 만리장성이라도 쌓을 듯 아직 반도 못했다는 뺑 튀길 표정을 보였다.

"오호! 아직 그렇게나 많습니까?"

둥근 머리 맹비견은 놀라는 척 과장된 표정을 보이며, 싱긋 웃었다.

"에… 보자 그러고 보니 조합원 추가 분담금 분쟁도 있었다네."

그는 주름진 손가락을 꼽았다.

"아… 예, 추가 분담금 말이시죠?"

둥근 머리 맹비견은 그를 쳐다보며 끄덕끄덕거렸다.

"아까도 잠깐 얘기했지만, 조합의 비리(이권 개입, 불법, 탈법, 청탁)로 인한 분쟁이 제일 시끄러웠지… 아마?"

대머리 영감님은 앞서 한 이야기를 재탕하듯 떠벌리고는 백발의 주변머리를 갸웃갸웃거렸다.

"어르신! 그럼 지금까지 말씀하신 분쟁이 사건의 전부입니까?"

그는 쥐어짜도 더 이상 남아 있을 건더기가 없을 것 같다는 생각이 들자 마지막으로 그의 눈을 맞추고 있었다.

"무슨 소리야, 시방…? 시공사 놈들의 술수로 일어난 분쟁 가운데 재개발 동의를 잘못해서 쪽박 찬 조합원과 마찰 등이 아주 많았어…"

대머리 영감님은 '오래간만에 만난 말동무를 놓치면 안 되겠다.' 싶어 끊임없이 줄거리를 끄집어내며, 그의 발목을 잡고 있었다.

"헐…! 그렇습니까?"

이해의 저울추가 뒤통수에 달린 둥근 머리 맹비견은 번뜩 '그렇다면야 그냥 갈 수 없지?' 하는 눈빛으로 다시 장단을 맞추기 시작했다.

"아… 내가 기억을 다 못 해서 그렇지, 이 사람…. 다른 사건들도 들춰내면 부지기수로… 셀 수가 없다네."

대머리 영감님은 모르는 소리 하지도 말라며, 굵게 패인 주름살을 구기며, 손사래를 흔들었다.

"아닌 게 아니라… 분쟁이 그 정도라면 10년 세월이 걸리고도 남을 만하겠네요?"

굴곡진 동네 사연에 재미가 오른 둥근 머리 맹비견은 대머리 영감님이 들려주는 지랄 맞은 재개발 사건만 추려도 한 광주리였다. 그는 대충만 따져도 재개발 사업이 얼마나 힘든 과정이라는 것을 느낄 수 있었다.

중간에 수시로 바뀌는 부동산 정책과 세법 등은 꺼내지도 않았는데도 구구절절 사연만 한 보따리로 재개발 사업의 힘든 난관과 역경 그리고 시련과 고난을 영감님이 한마디로 가르쳐 주고 있었다.

"그래 맞는 말이야…. 내가 육십 중반에 시작한 재개발은 추진 단계부터 합의, 심의, 인증, 인허가, 철거, 분양, 공사, 준공, 입주 과정까지 최대 10년이 넘긴 세월이 걸렸지… 아마?"

대머리 영감님은 손가락을 꼽아 가며, 중얼대면서 고개를 절레

절레 흔들었다.

"정말이지… 지켜보기 쉽지 않은 세월이었겠습니다."

둥근 머리 맹비견은 영감님을 올려다보며 말했다.

"그러게 말이네…. 내 나이 칠십 중반에나 가서 끝을 보고 있으니 말이야…. 쯧쯧!"

대머리 영감님은 안타깝다며, 혀를 끌끌 찼다. 순간 둥근 머리 맹비견은 그를 향해 주절거렸다.

"하하하! 그래도 어르신은 아직 총기가 뛰어나십니다."

둥근 머리 맹비견은 은근히 그를 추어주었다. 가만히 앉아서 동네 이력을 공짜로 듣고 보니 고마운 마음에 가만히 있을 수가 없었다.

한바탕 웃음소리에 어린아이들이 지나치다 깜짝 놀라서 후다닥 어디론가 달음박질을 쳤다.

"허허허! 이 사람 이래봬도 내가 한때는 펜대 굴리며, 한가락 하던 사람이야…."

대머리 영감님은 칭찬 소리가 달갑지 않은 눈치로 굵은 주름 속에 세월을 감추고, '이거 왜 이래?' 하는 눈빛으로 어깨를 우쭐거렸다.

"그래서 그런지는 모르겠으나, 여하튼 어딘가 남다른 포스가 있어 보이십니다. 어르신!"

그는 히죽거리며, 변죽을 울리고는 말을 이어 갔다.

'으흠!'

영감님은 꽤나 만족해서 어깨를 으쓱 올리며 흐뭇한 얼굴로 웃고 있었다.

"아닌 게 아니라, 동네 사정을 훤히 꽤 뚫고 계신데, 정말 놀랐습니다."

그는 달달한 눈빛으로 영감님을 추켜세웠다. 대머리 영감님은 조금은 쑥스러운 눈빛으로 '흐흠!' 헛기침을 하고 있었다.

"젊은 사람이 아주 기특하군그래…. 허허!"

그는 들뜬 기분에 칭찬을 하고 나섰다.

"이제 와 말이지만, 첫눈에 어르신은 보통 분이 아니라는 생각이 들었습니다."

둥근 머리 맹비견은 그에게 확실하게 눈도장을 찍을 이유가 없었다. 그러나 괜히 인심을 얻고 싶은 생각에, 아니 수고에 대한 보답으로 영악스럽게도 재차 엄지손을 추켜세우며, 실실 웃었다.

"그런데 자네는 이 동네 사정은 알아서 뭐에 쓰려고 그러시나?"

대머리 영감님은 그제야 '이놈이 나한테 왜 이러나?' 싶어 무게를 잡으며 위엄 있게 물어 왔다.

"아하! 어르신 말동무 해 드리려고 그럽니다. 하하하!"

둥근 머리 맹비견은 뜻밖에 질문에 엉뚱한 말이 튀어나왔다.

대머리 영감님은 주름진 눈덩이를 실룩실룩거리고는 속없이 웃어 가며, 계속 주절거렸다.

"젊은 사람이 엉뚱하긴… 허허허!"

그는 '이거 왜 이러시나?' 하는 눈길로 그를 쏘아보았다.

"헤헤!"

둥근 머리 맹비견은 뒷머리를 긁적이며 해죽거렸다.

"그게 아닌 것 같은데. 내가 눈치만 세월 백단이야, 이 사람아… 허허허!"

대머리 영감님은 그의 의중을 다 읽고 있다는 눈빛으로 그를 빤히 쳐다보았다.

"하하! 별일은 아닙니다. 어르신, 지역에 대해 알고 싶었을 뿐입니다."

그는 어깨 뽕을 살짝 올리며 양손을 벌렸다.

"허허! 그래?"

대머리 영감님은 더 이상 캐물을 생각이 없어 보였다. 그래서 그랬는가? 더 이상 파고들지 않았다.

"어르신! 혹시 한 가지 더 물어도 되겠습니까?"

그는 밝은 표정으로 정중하게 여쭈었다.

거리에는 오후 햇살이 눈부시게 쏟아져 비치파라솔 그림자는 지면을 가린 채 작은 그늘을 만들어 내고 있었다.

"에―잉, 뭔데 그러나?"

대머리 영감님은 귀찮다는 내색보다 반가운 낯빛을 보이며, 그를 말동무처럼 대했다.

"저쪽에 빈터 땅 소유주를 혹시 아시나 싶어서요."

둥근 머리 맹비견은 손을 들어 길 건너 공터를 가리켰다.

그때 한가했던 거리에 갑자기 자동차들이 연거푸 지나가고 있었다.

"아하! 저 주유소 건너편에 비어 있는 공터를 말하는 게야?"

대머리 영감님은 길 건너를 가리키며 손짓을 했다. 길 가던 행인들이 '무슨 일인가?' 싶어 고개를 돌려 흘끔 쳐다보며 지나갔다.

"네…에, 거기 땅 소유주는 누군데 저렇게 비싼 땅을 공터로 비워 두고 있나 싶어서요?"

둥근 머리 맹비견은 궁금한 표정을 해 보이며, 차분하게 미소를 지었다.

"저 땅은 원래 죽은 김영곤 사장이라고 그 사람 소유였었네."

대머리 영감님은 금세 어두운 표정을 지었다. 그러고는 잠시 생각에 잠겨 그쪽을 쳐다보고 있었다.

"아… 예에… 그랬군요?"

둥근 머리 맹비견은 고개를 끄덕거렸다. 이따금 자동차들이 이들의 눈앞을 드문드문 지나가고 있었다.

"그런데… 죽기 전에 누구에게 물려준다는 유언도 한마디 못한 채 갑작스럽게 세상을 떠났어…"

대머리 영감님은 몹시 안됐다는 표정을 짓고 말했다.

"무슨 사고라도 있었습니까?"

그는 작은 실마리라도 건질까? 싶어 놀란 표정으로 그를 보았다.

"사고는 무슨? 아니야. 지병이 도졌어, 불쌍하게도…. 쯧쯧!"

대머리 영감님은 고개를 갸웃거리며 말했다.

"아이코! 저런…. 아프다 돌아가셨군요?"

둥근 머리 맹비견은 잠시 인상을 구긴 채 안타까운 표정을 보였다.

"그 바람에 자식들 간에 한바탕 소동이 벌어졌다네."

대머리 영감님은 잠시 하늘을 올려다보며 중얼거렸다.

그는 갑자기 울컥해서 눈물을 찔끔 보였다.

"헐…! 소동이오?"

그는 '무슨 소리인가?' 싶어 눈을 크게 뜨고 물었다.

"아… 그게 본마누라 자식들끼리 소송이 붙어 한바탕 재판을 한다고 지랄들을 떠는 바람에 온 동네가 다 시끄러웠다네…."

대머리 영감님은 순간 목청을 높였다. 그러고는 굵게 패인 이맛살을 찡그리며, 고개를 좌우로 흔들었다.

"작은 부인도 있었나 보죠?"

둥근 머리 맹비견은 흥미로운 눈길로 히죽 웃었다.

"두말하면 잔소리지 이 사람아! 천하에 바람난 난봉꾼 저리 가라였다네, 하지만 늦게 만난 젊은 첩에게 빠져 두 집 살림을 하다가 아예 그 집에 들어가 눌러 살다시피 했었다네."

대머리 영감님은 그 대목에서 뭔가 말 못 할 재미지고 흥미로운 사건을 알고 있는 눈빛으로 자꾸 해죽해죽 웃어 가며, 나머지 얘기를 떠벌렸다.

"첩 소생은 없었습니까?"

둥근 머리 맹비견은 혹시나 궁금해서 물었다.

"아마… 딸이 하난가 있었지 싶어…."

대머리 영감님은 갸웃갸웃거리며 어정쩡하게 말했다.

"아하! 그분 정력이 남다르게 좋았나 봅니다. 동서남북에 씨앗을 뿌리고 다니신 걸 보면 말이죠…."

그는 말을 하면서도 혼잣말로 '그 양반 아랫도리 힘이 정말 장난이 아니었나 보네, 젠장!' 하며 실 웃었다.

"그런 거 같지는 않아, 왜냐하면 말이야. 무슨 연유인지 몰라도 배다른 자식들이 본가에는 한 번도 나타난 적이 없었어…."

대머리 영감님은 말끝에 도통 이해할 수 없다는 표정으로 머리를 갸웃거렸다.

"나타날 형편이 아니었거나 배다른 형제들이 벌이는 진흙탕 싸움에 끼고 싶지 않았나 보죠?"

둥근 머리 맹비견은 어쩐지 그렇게 말해야 될 것 같아서 추측하듯 갖다 붙였다.

"아… 그래서 그랬는지는 몰라도 좌우지간 그 여식은 도통 얼굴을 보여 주지 않았어…."

대머리 영감님은 말끝에 그를 넌지시 쳐다보았다.

"…"

"그 심정 조금은 이해가 됩니다. 어르신!"

둥근 머리 맹비견은 개뿔 아는 것도 없이 고개를 끄덕끄덕거렸다.

"그래서 남긴 재산은 본처 소생들만 상속을 받았다고 들었어…. 깊은 내막이야 나도 잘 몰라."

대머리 영감님은 누르면 재생되는 녹음기처럼 동네 사정을 굴비 엮듯이 줄줄이 털어놓았다. 어쩌면 그는 전생의 말을 잘하는 변사가 아니었나 싶을 정도였다.

"아… 네에! 그럼 혹시 자식들이 어디에 사는 줄은 알고 계십니까?"

둥근 머리 맹비견은 넌지시 물어 가며 그를 쳐다보았다. 그는 자식들을 만나야 골치 아픈 땅 문제를 해결할 수 있다는 생각에 그렇게 파고들었다.

대머리 영감님은 처음과 달리 조금은 망설이다가 다시 주절거렸다.

"글쎄? 그 영감 살아 있을 적에는 저 건너편 집에 형제가 모여 살았는데, 요즘은 다들 나가 산다고 들었어…."

대머리 영감님은 그제야 '요놈 봐라!' 하는 의심의 눈초리로 그를 훑어보고 있었다.

그러나 시간을 보낼 말동무를 만났다는 생각에서 그랬을까? 더 이상은 그를 캐묻고 들지 않았다.

"결혼해서 분가했나 보군요?"

그는 능청스럽게 이어 가며, 계속 말을 시켰다.

"아닐세, 틀렸네. 그 집은 유산 상속이 형제 사이를 갈라놓았어…. 쯧쯧!"

대머리 영감님은 이마를 반짝이며, 굵은 주름이 시름을 하듯 혀를 찼다. 그는 처음과 다르게 경계를 하면서도 한번 열린 입은 틀어 놓은 수도꼭지처럼 연신 떠벌렸다.

"예나 지금이나 돈! 그놈의 돈이 뭔지, 형제가 아니라 원수가 되었겠습니다. 어르신!"

둥근 머리 맹비견은 은행잎과 배추 잎이 자신에게 무슨 문전 박대를 한 것도 아닌데, 돈에 한이 맺힌 철 천지 원수처럼 싸잡아 짜증을 부리며, 목청을 높였다.

"아마… 그러고도 남았지 싶네. 그 집 자식들이 돈 욕심이 어지간했어야지. 에이…잉!"

대머리 영감님은 못마땅한 표정을 짓고 중얼거렸다.

"돈이라는 놈이 부모 자식도 몰라보는 요물 덩어리 아니겠습니까? 어르신! 하하하!"

둥근 머리 맹비견은 슬슬 비위를 맞춰 가며, 한바탕 웃었다.

게걸스럽게 웃는 소리에 화들짝 놀란 행인들은 원망스러운 눈초리로 이들을 가만히 쏘아보고 지나갔다.

"그렇지, 돈이 사단이지, 돈이 사단이야, 근간에는 형제들 간에 땅을 팔자 못 판다 문제로 깨나 시끄러운 소문이 들리긴 하더라고…"

대머리 영감님은 그가 묻지도 않은 말을 꺼내 놓으며, 은근슬쩍 둥근 머리 맹비견의 눈치를 살피고 있었다.

그 소리에 귀가 번쩍 뜨인 그가 '아이코! 이게 뭔 자다가 호박이

넝쿨째 굴러 들어오는 소린가?' 싶어 약간 흥분한 채 반사적으로 입을 열었다.

"왜요? 어르신! 무슨 일이 생겼나 보죠?"

그는 어르신 냄새가 고약하게 코를 찌르든 말든 바짝 다가서며, 얼굴을 들이밀었다.

"글쎄? 잘은 모르지만? 아마 그 집 큰아들 사업이 어려워졌을 게야…. 쯧쯧!"

대머리 영감님은 말끝에 혀를 차며, 안됐다는 표정을 보였다. 그는 순간 속으로 '대박!'을 외치며, 쾌재를 불렀다. 그는 부르르 떨리는 속마음을 감추려고, 진한 어르신 냄새가 나도 바짝 달라붙어 호들갑을 떨었다.

"저런! 정말… 어르신께서는 동네 사정을 모르시는 일이 없습니다."

순간 둥근 머리 맹비견은 뜻밖의 정보에 입술에 꿀을 발라가며, 알랑거렸다.

"이 사람아! 마당발인 내가 모르면 이 동네 사정을 누가 알겠어…"

그는 퉁바리를 주듯 한소리를 하고는 어깨에 힘이 잔뜩 들어간 채로 으쓱하며 그를 보았다.

"하하하! 맞습니다. 맞아요, 어르신이 보안관이십니다."

둥근 머리 맹비견은 '엄지 척'으로 대머리 영감님을 추켜세웠다. 그 순간 뚜껑 없는 오픈카 한 대가 신호를 위반한 채 획 지나가면서 '바라—바라바…!' 경적을 신나게 울렸다.

"궁금한 게 있으면 또 물어봐, 내가 얼마든지 가르쳐 줄 테니. 허허허!"

그는 갑자기 신바람이 나서는 으쓱 하면서 환하게 웃었다.

"예… 예! 어르신! 감사합니다. 제가 약속이 있어서… 이제는 돌아가 봐야 할 것 같습니다."

그가 가야 한다는 소리에 대머리 영감님은 금세 시무룩한 기색으로 변했다.

방금 전까지 환하게 웃던 그의 하회탈 표정은 어느새 사라져 버렸다.

그에 반해 둥근 머리 맹비견은 깍듯하게 예의를 갖췄다. 그러고는 꽃의 단맛을 다 빨아 먹은 꿀벌처럼 그길로 돈 사랑 회원들이 모여 있는 사무실로 발길을 재촉했다. 그는 승리를 거머쥔 개선장군처럼 괜히 신이 나 종종걸음을 쳤다.

한편 짱구 머리 나겁재는 개인 소유주에 대한 주소를 들고서 한 집 한 집 인사를 하러 다녔다. 그는 현주소에 땅 주인들이 살고 있는지에 대해 파악하며 얼굴을 익혀 두는 차원에서 조심스럽게 묻고 다녔다.

개인 소유주는 네 명이지만 땅덩어리가 만만치 않은 면적이었다.

그래서 그는 개인 소유주들에게 안내장을 돌려 한 장소에서 모두를 만날까 고민도 했었다.

그러나 한 사람씩 상대를 해도 무시할 수 없는 벅찬 면적의 소유자였다. 그들을 한자리에 모이게 했다가 야합이라도 하면 가득이나 어려운 일을 더 그르칠 수 있겠다는 생각이 번뜩 들었다.

그래서 마음을 고쳐먹은 그는 개인적 미팅을 계획해서 거주지로 직접 찾아 나섰다.

그러나 가는 곳마다 만남은커녕 거지 동냥 온 것도 아닌데 토지 소유주의 옷깃도 구경할 수 없었다.

한마디로 문 앞에서 일언지하에 거절당하고 물러나야 했었다.

그렇게 문전 박대를 수없이 당하면서도 그의 호탕하고 변죽 좋은 성격 탓에 실망은커녕 이 정도 과정은 거쳐야 일할 맛이 나지 않겠느냐며 호기를 부렸다. 짱구 머리 나겁재는 그 주소지에 개인 소유주들이 살고 있다는 사실만으로도 위안을 삼았다.

첫 출발은 작은 성과였지만 그는 감사를 했다.

첫술에 배부른 일은 세상 어디에도 없다고, 스스로를 위로하며, 때가 이르면 언젠가는 만날 수 있을 것이라 믿었기 때문이었다.

언쟁

그즈음 상구머리 노식신은 개인 소유주들의 주변 동네를 미친 놈처럼 마구 돌아다녔다. 그는 땅 주인들에 관한 정보라면, 티끌 하나라도 놓치지 않고 수집하고 있었다.

그의 메모지는 시간이 지나갈수록 두껍게 쌓여 갔다.

짱구 머리 나접재의 빈손과 달리 그의 손에는 많은 정보들이 기록되어 차곡차곡 채워져 갔다.

태양의 그림자가 북동쪽으로 드리워질 무렵 맡은 업무를 대충 마친 두 사람은 사무실로 발길을 돌리고 있었다.

그 시각 추진 위원회 사무실 안은 이미 일을 마치고 돌아온 둥근 머리 맹비견의 목소리가 쩌렁쩌렁하게 창문을 뚫고 나왔다. 그는 전장에서 승리하고 돌아온 병사처럼 자신이 이룬 성과를 자랑하느라 목소리에 힘이 잔뜩 들어가 있었다.

"여러분 기뻐해 주십시오, 하하하! 제가 오늘 제대로 한 건 했다는 것 아닙니까? 헤헤!"

둥근 머리 맹비견은 몹시 흥분한 채 목청을 높였다. 그는 우연히 얻게 된 정보가 당장이라도 자신들의 일을 해결해 줄 것이라 믿었다.

그래서 자극을 받은 그의 낯빛은 신명이 깃들어 있었다.

"어머나…! 정말입니까? 호호!"

모던한 한옥경은 영문도 모르는 채 그를 반갑게 맞이했다.

"도대체 무슨 일이신데 그렇게 좋아하시는 겁니까? 얘기나 좀 해 보세요? 호호!"

도회적인 안혜숙은 몹시 궁금한 얼굴로 그를 보챘다. 그때였다. 눈을 희번덕거리며, 삼각 머리 조편재가 주절거렸다.

"아니… 무슨 대단한 수확을 건져 왔는데 도대체 이 난리들 입니까? 점잖지들 못하게시리!"

그는 갑자기 집 안에서 부부 싸움이라도 하다 나온 사람 표정을 해 가지고, 괜히 성깔을 부렸다. 아무래도 그와 도회적인 안혜숙이 다정하게 노닥거리는 모습을 보자 그의 심보가 터진 것 같았다.

"으이구…! 하여튼 저 사람…"

흰머리 윤편인은 그가 못마땅해서 인상을 구기고 있었다.

"그 한 건이 대박 정보라도 된답니까?"

삼각 머리 조편재는 그의 말은 제대로 들어 보지도 않은 채 선입견에 짜증부터 내며, 구시렁거렸다.

주위 회원들은 '저 지랄 또 나셨네…' 하며 몇몇이 그를 째려보고 있었다.

"조 이사님! 남은 기껏 힘들여서 고생하고 왔는데, 무슨 말을 그리 섭섭하게 하십니까? 맹 이사님이 홍부 박씨를 물고 왔는지? 놀부 박씨를 물고 왔는지를 묻지도 않은 채 다짜고짜 쥐어박는 소리를 하는 것은 예의가 아니죠."

흰머리 윤편인은 '사람 참! 성격하고는…' 하는 눈빛으로 그를 타일렀다.

반면 여성 회원들 몇몇은 일제히 그를 향해 눈총을 쏘아 가며, 비웃듯 입술을 씰룩거리고 있었다.

그때 젤 바른 선정재가 주절거렸다.

"아니… 도대체 무슨 꿀 떨어진 정보를 가지고 오셨는데, 사무실이 떠나가도록 시끄럽게 만드시는 겁니까? 어디 우선 그 말이나 한번 들어봅시다."

젤 바른 선정재는 자초지종 설명도 없이 사무실을 소란스럽게 만든 그가 왠지 못마땅해서 으르렁거렸다.

그러나 둥근 머리 맹비견 입장에서는 자기 말을 제대로 들어 보지도 않은 채 타박부터 하는 두 사람이 원망스러웠다. 그래서 순간 화가 머리끝까지 치솟아 성질을 부렸다. 마치 두 사람을 죽일 듯이 노려보며 으르렁거리고 있었다.

둥근 머리 맹비견 입장에서 '내 참! 기가 막혀서. 인간들이 돈이 많다고 유세 떠는 거야 뭐야? 우라질 새끼들 말이야…!'이렇게 대거리를 하려다가 여성 회원들 눈도 있어 꾹 눌러 참고 있었다.

그는 흰머리 윤편인이 한마디 거들고 나서자 천군만마를 등에 업은 것처럼 으르렁대던 성질을 죽인 채 영감님을 만나서 들었던 이야기를 일목요연하게 늘어놓기 시작했다.

그의 요지는 지분 소유주가 가지고 있는 땅을 우리가 사들일 수 있는 기막힌 정보를 입수했다는 것이었다.

그 말은 사안에 따라서 토지를 매입할 수 있는 중요한 정보이기도 했었다. 하지만… 두 사람은 달랐다.

"아니… 그 말은 아직 땅을 팔지 안 팔지도 모른다는 얘기 아닙니까?"

젤 바른 선정재는 어쩐 일로 역정부터 내며, 그를 한쪽 구석으로 몰아세웠다. 둥근 머리 맹비견은 정황이 그렇다는 사실을 말한 것뿐이고, 그 정보는 우리가 토지를 매입하는 중요한 단서가 될 수 있기에 회원들에게 알려 준 것뿐이었다.

'그런데 왜들 거품을 물고 지랄발광을 떠는 건지, 그는 두 사람의 속셈을 알다가도 모르겠어.' 그들을 죽일 것처럼 쏘아보고 있었다.

흰머리 윤편인은 "저 저… 심통하고는…." 하며, 혼잣말을 읊조렸다.

"뭘… 결정도 나지 않은 형제들 간에 분쟁이 도움이 된다고 이러십니까?"

가재는 게 편이라고 미간을 잔뜩 찌푸린 삼각 머리 조편재가 괜한 트집을 잡았다. 그가 심통을 부리며, 어깃장을 놓자, 젤 바른 선정재가 이어 주절거렸다.

"그러게 말입니다…. 오히려 우리에게 독이 든 성배일지 누가 알겠습니까? 괜히 미리부터 김칫국부터 마시지나 말고, 잠자코 있는 게 나을지도 모릅니다."

그가 한마디 거들고 나섰다.

"아니… 발바닥에 땀 내나게 고생해서 실컷 정보를 물어 왔더니 빈말이라도 수고했다는 말을 못 할망정 그게 할 소리입니까?"

흰머리 윤편인이 듣다못해 버럭 화를 내고 나섰다.

"그러게 말이야…. 쪽박을 깨도 유분수지, 남자들이란 하여간…."

우아한 전원숙은 작은 소리로 중얼거렸다.

그녀는 언젠가부턴가 흰머리 윤 부회장의 말이라면 무조건 편들고 있었다.

"젠장맞을! 아니… 두 분 말대로라면 내가 허풍이라도 떤다는 겁니까 뭡니까?"

둥근 머리 맹비견은 어이가 없기도 했지만, 하도 기가 막혀 결국 참다못해 큰소리로 핏대를 세웠다. 그러고는 눈알을 부릅뜬 채 그들을 잔뜩 노려보았다.

"지금 풍선을 마구 불고 있지 않습니까? 흐흐⋯."

삼각 머리 조편재는 그를 놀려 대듯 빈정거렸다.

"이거 보세요, 조 이사님! 그렇게 말씀하시면 애써서 고생한 사람에 대한 예의가 아니죠."

큰 머리 문정인은 그의 말이 너무 지나치다 싶어 둥근 머리 맹비견을 감싸고 나섰다. 그는 작은 정보라도 가져온 사람에게 쥐어박는 소리는 도리가 아니라는 것이었다.

"당연 그렇죠, 제가 몰라서 그러는 것은 아닙니다. 여러분도 듣다시피 그가 하는 말은 우리한테 독이 될지 약이 될지 모르는 것 아닙니까? 저도 어지간하면 이러지 않습니다."

삼각 머리 조편재는 이죽거리며, 목소리를 깔았다. 여성 회원들은 한심하다는 표정을 보이며, 창밖으로 시선을 돌렸다. 마치 참견하고 싶지 않다는 듯이 먼 곳을 쳐다보고 있었다.

"아니⋯ 조 이사님! 내가 뭘⋯ 어쨌다고 오늘따라 기분 더럽게 타박입니까, 타박이!"

둥근 머리 맹비견은 붉게 상기된 얼굴로 그에게 들이댔다. 금방이라도 주먹이 한 방 날아들 기세였다.

"어⋯ 어, 정말! 얘들처럼 왜들 이러십니까?"

흰머리 윤편인은 분위기가 살벌해지자, 이들을 가로막고 나섰다.

"글쎄⋯ 저 사람들 말하는 싹수가 아주 형편없지 않습니까?"

그는 '말로는 상대가 안 되겠다.' 싶어 두 주먹을 불끈 쥐고 눈이 뒤집혀 있었다.

"다 서로를 위해 하는 고생인데… 모두가 조금씩만 배려하고, 양보합시다."

흰머리 윤편인은 분위기가 일촉즉발의 위기로 험악해지자 양쪽에 눈치를 주며, 뜯어말렸다.

"남은 기껏 힘들게 일하고 왔더니 수고했다는 말은 못 하고, 빈정거리며 쪽박을 깨트리는 심보는 뭐야?"

둥근 머리 맹비견은 분이 가라앉지 않자, 버럭 성깔을 부리며 냅다 소리를 질렀다.

"저… 저 사람이 근데…."

삼각 머리 조편재는 도회적인 안혜숙이 끼어들어 끌어당기자 마지못해 밖으로 따라 나갔다. 그는 문밖에 나가서도 여전히 구시렁거리며 큰소리를 외치고 있었다.

"아니… 젠장맞을! 벌써부터 힘자랑하는 거야 뭐야?"

둥근 머리 맹비견은 결국 참다못해 속에 담고 있던 분풀이를 끄집어내 소리쳤다.

"누가 힘자랑하려고 한단 말입니까?"

젤 바른 선정재가 가만히 듣고 있다가 성질이 바짝 올라 대거리를 하며, 소리를 빽 질렀다.

"젠장! 지분을 많이 가지고 있으면 이래도 되는 거야? 정말!"

둥근 머리 맹비견은 그에게 화풀이를 하며 나오는 대로 지껄였다. 그는 활화산 폭발처럼 그동안 참았던 이야기를 까발렸다. 돈 사랑 회원들은 고개를 끄덕이며 공감을 하면서도 '싸움이 커지면 이도 저도 안 되겠다.' 싶어 모두들 달려들어 이들을 뜯어 말렸다.

"아⋯ 아니, 저 사람이 막 가자는 거야 뭐야?"

젤 바른 선정재는 회원들 눈치를 보느라 참고 있었는데 '이건 아니다.' 싶어 막 대거리를 하고 나섰다.

"이거야 원⋯! 정나미 떨어져서 같이 일할 맛 나겠어? 젠장!"

둥근 머리 맹비견은 계속 주절주절 나오는 대로 목청을 높였다.

그의 목소리가 커지자 삼각 머리 조편재가 다시 사무실로 들어 와 젤 바른 선정재에게 귓속말을 뭐라 뭐라 소근거렸다.

"저 사람이 근데⋯ 보자 보자 하니까? 내가 보자기로 보이나? 내 참!"

젤 바른 선정재는 한쪽 귀로 들으면서도 연신 중얼거렸다.

그의 말뜻을 알아들은 젤 바른 선정재는 분을 삭이며 꾹꾹 눌러 참고 있었다. 여성 회원들은 이들의 버럭질 소리에 놀라 어찌할 줄 모르며, 안절부절못하고 있었다.

"정말! 너무하는 처사 아니냐고!"

둥근 머리 맹비견은 두 사람을 번갈아 째려 가며, 분통을 터트렸다.

그는 따발총을 쏘아 대며 그동안 하고 싶었던 한풀이를 하듯이 속이 시원하게 내질렀다. 두 사람은 둥근 머리 맹비견이 대차게 들이대자 그제야 회원들 눈치가 보이는지, 아니 도회적인 안혜숙의 충고를 받아들인 건지, 여하튼 돌연 안면을 바꿔가며 납작 엎

드리고 나왔다.

모던한 한옥경도 그들을 달래며, 그러는 게 좋겠다고 눈치를 주면서 이들의 다툼을 말렸다.

"그래요, 가만히 듣고 보니 우리가 말실수를 한 것 같은데 죄송합니다."

젤 바른 선정재는 한 발을 양보하듯 핏발을 곤두세운 채 성깔을 부리는 그를 달래 가며, 먼저 손을 내밀고 사과를 청했다.

그들은 회원들이 쩨리는 눈총도 있다는 생각에 음흉스럽게도 한 수 접고서 서둘러 화해를 구하고 나섰다.

"하하하! 그럼요, 우리 사이에 그만한 일로 다툼이 있으면 앞으로는 아무 일도 함께 할 수 없을 겁니다."

큰 머리 문정인은 얼른 중재자로 나서 양쪽을 화해시키려고 애를 썼다.

"사과를 청하니 맹 이사님이 이해하시고, 화를 푸세요. 호호!"

도회적인 안혜숙은 그를 달래며 눈짓을 껌벅거렸다. 그 순간 흰 머리 윤편인이 중간에 들어서며 화제를 다른 방향으로 돌렸다.

"글쎄? 제가 짧은 생각인지 모르겠지만, 장남 사업이 기울어졌다면 땅을 내놓을 가능성이 높다고 봅니다."

그는 분위기를 다른 방향으로 몰아가기 위해 모두의 시선을 한군데로 모아 가며 계속 주절거렸다.

"뭐 어디까지가 사실인지 지금으로서는 판단할 수 있는 근거도 없고, 소문만으로 결정할 수도 없겠지만, 고려해 볼 여지는 충분히 있지 않겠는가 싶습니다."

그는 모두가 공감할 수 있는 내용을 간추려서 핵심을 들추어내며, 중얼거렸다. 회원들은 방금까지 싸우는 분위기에서 금세 새로운 분위기로 돌아섰다.

물론 앙금이 남은 세 사람은 불편한 안색을 감추느라 어정쩡한 낯빛을 하고 있었다.

"만약… 사실이라면 틀린 얘기는 아닌 것 같습니다."

큰 머리 문정인은 모두가 공감할 수 있는 화제를 끄집어 내 이들을 몰아갔다. 일부 여성 회원들은 수긍을 하며 연신 고개를 끄덕거렸다.

"다른 분들 생각은 어떠신지 들어 볼 수 있을까요?"

흰머리 윤편인은 모두를 둘러보며 물었다.

"물론, 틀린 말은 아니지만, 나머지 지분권자들이 큰아들의 지분을 매입할 수도 있지 않습니까?"

젤 바른 선정재는 손사래를 치며, 끝까지 부정적인 반응을 보였다.

"물론, 그럴 수도 있고, 아닐 수도 있으니 지금으로서는 누구도 섣부른 판단은 금물입니다."

큰 머리 문정인은 서로를 견제하며 모두의 흥분을 가라앉히는 데 집중했다.

"맞아요, 남 얘기만 듣고 콩이니 팥이니 하는 말싸움은 서로에게 상처만 주지 도움이 될게 하나 없어요."

도회적인 안혜숙은 불쑥 나서며, 먼저 화해 분위기를 조성하고 나섰다.

"그럼요."

큰 머리 문정인은 얼른 추임새를 넣으며, 그녀의 말에 맞장구를 쳤다.

"왜냐하면 우리가 직접 만나 보고, 그들의 의중을 확실하게 들어 보기 전에는 무엇 하나도 결정할 수 없으니까요?"

도회적인 안혜숙은 각자의 의견들이 분분하자, 자신의 생각을 꺼내 놓았다.

그러고는 이들이 공감을 하는 눈치인지 슬쩍 살펴보았다. 나머지 회원들은 눈만 껌벅껌벅거리며, 뭔가를 생각하고 있었다.

"그래도, 그들에 대해서 아무런 정보도 없이 맨땅에 헤딩하는 것보다는 내막을 알고 만나는 만큼 접근하기가 그만큼 수월하지 않겠습니까?"

흰머리 윤편인은 모두가 인정할 수 있는 이야기를 늘어놓았다. 돈 사랑 회원들은 공감이 가는 말에 대체적으로 수긍을 하고 있었다.

"그렇게 보면 이번에 맹 이사님이 아주 소중한 정보를 가져왔다고 봐야 합니다. 하하하!"

큰 머리 문정인은 은근히 둥근 머리 맹비견을 추켜세웠다.

"하하하! 이제야 내 정보 가치를 인정하시는 겁니까?"

둥근 머리 맹비견은 그의 칭찬에 고무되어 앙금을 털어 내듯 활짝 웃었다. 두 사람은 주둥이를 내민 채 마땅찮은 듯 씰룩거리고 있었다.

"호호! 맹 이사님이 본래 모습으로 돌아오니 제가 다 기분이 좋네요."

모던한 한옥경은 걱정이 사라진 표정으로 환하게 웃고 있었다. 그때 사무실 문을 열고 들어서던 상구 머리 노식신이 영문도 모르고 빙그레 따라 웃었다.

뒤따라 들어온 짱구 머리 나겁재는 모두가 웃는 모습에 덩달아 함께 웃어 가며 입을 열었다.

"하하하! 아니… 맹 이사님이 무슨 정보를 가져왔는데 온 동네가 떠나가도록 떠드는 겁니까?"

짱구 머리 나겁재는 들어서다가 언뜻 들은 귀동냥 소리로 호들갑을 떨었다.

"어서 오세요, 수고하셨습니다."

우아한 전원숙은 이들을 향해 아이롱 펌 머리를 가볍게 까닥거렸다.

"고생하셨습니다. 뭐 좀 건지게 있습니까?"

젤 바른 선정재는 그의 표정을 살피며 물었다.

"뭐… 특별하게 건진 건수는 없지만, 지주 모두가 현주소에 살고 있다는 사실을 확인했습니다."

짱구 머리 나겁재는 맥이 빠져 힘없이 대답했다.

"하하하! 애쓰셨네요. 첫술에 배부른 게 있습니까?"

삼각 머리 조편재는 먼저 나서서 그를 챙겼다.

순간 여성 회원들은 그의 다른 모습에 도통 모르겠다는 얄궂은 표정을 지었다. 그는 이상스럽게도 둥근 머리 맹비견을 대거리하던 모진 모습은 어디에서도 찾을 수가 없었다.

그래서 도회적인 안혜숙은 기가 막혀 하는 표정을 한 채 속으로 이렇게 읊조렸다. '세상에는 참! 알 수 없는 인간들이 어울려 사는구나?' 그 반면 두 여자들은 별종 캐릭터를 보듯 '참! 가지가지 하는구나.' 하는 눈길로 그를 쏘아보고 있었다.

가만히 이들을 지켜보고 있던 흰머리 윤편인이 곧바로 주절거렸다.

"어서 오세요, 모두들 수고 많이 하셨습니다."

그는 속 알머리 봉 회장이 비운 자리를 대신하듯 이들의 노고에 대해 먼저 감사를 전했다.

사무실은 여럿이 수군거리는 소리에 금세 시장 바닥처럼 소란스러웠다. 그러나 시끌벅적 속에서도 너도나도 한마디씩 주절거렸다.

"저희들을 제외하면 오늘은 모두가 중요한 일들을 처리하시느라 애들을 많이 쓰신 날이셨습니다. 호호!"

우아한 전원숙은 말을 해 놓고, 슬쩍 입을 가린 채 웃었다.

"무슨 말을 그리 섭섭하게 하십니까? 여성분들도 모두가 공로자입니다. 하하! 안 그렇습니까? 여러분!"

흰머리 윤편인은 그녀에게 사탕발림을 하듯 말을 받았다. 그리고는 달달한 눈길로 우아한 전원숙을 바라보았다. 순간 곱지 않은 눈길들이 그를 향해 실실 웃고 있었다.

"그럼요, 여성분들도 보이지 않는 곳에서 일을 많이 했습니다."

삼각 머리 조편재가 히죽 웃으며 빈정거렸다.

"헐…! 저 우라질 자식! 뭐라는 거야?"

둥근 머리 맹비견은 왠지 비위가 상해 속살거렸다.

아마도 그는 삼각 머리 조편재가 자기 눈에 미운 털이 박혀 그의 말 한마디 행동 하나가 괜히 밉상인 모양이다. 그러나 그는 누가 뭐라 하든 말든 이어 주절거렸다.

"그러니 앞으로도 오늘처럼 내 몸 바쳐서 아주 열심히 뭐라도 자주자주 해 주세요? 하하하!"

삼각 머리 조편재는 여성 회원들을 향해 엉덩이를 튕겨 가며 익살스럽게 몸 개그를 날렸다.

"어머머… 대박!"

도회적인 안혜숙은 어이가 없다는 표정으로 탄성을 질렀다.

"어머… 어머… 미쳤어! 미쳤나 봐?"

우아한 전원숙은 못 볼 걸 본 표정으로 그를 날카롭게 째려보았다.

"까르르…."

모던한 한옥경은 그녀들과 다르게 재미있다며, 배꼽을 잡고 웃었다.

"으하하하…!"

흰머리 윤편인을 비롯한 남성 회원들은 그의 허리 돌림이 예사롭지 않았기에 순간 빵 터졌다. 그 덕분이었을까? 사무실은 사람들의 웃음소리와 함께 방금 전 싸늘했던 분위기는 눈 녹듯 사라졌다.

지주 작업과 총력전

한자리에 모인 돈 사랑 회원들은 오늘 수집한 정보를 토대로 남은 문제들을 해결하기 위해 하루를 결산하는 작은 간담회를 갖고 있었다.

도착이 늦어지는 봉 회장을 대신해 흰머리 윤 부회장이 회의를 주관하고 있었다. 그는 우리 앞에 놓인 선결 과제가 무엇인지, 어떻게 처리해야 할 것인지, 난해한 문제에 대해 화두를 먼저 던졌다.

흰머리 윤 부회장은 지주를 포섭해서 대지를 확보하는 교묘한 계략이라도 우월한 지위를 앞세우는 땅 주인 앞에서는 무용지물이 될 수 있다는 계산이었다.

그래서 그는 처음부터 철저한 계획을 세워야 된다며 이렇게 떠들었다. 먼저 소유주에 대한 정보를 입수하고, 그들의 장단점을 파악하는 것이 관건이라 말했다.

그래야 당근과 채찍을 교묘하게 적용해 그들의 위기를 파고들고, 적당한 기회에 유리한 조건을 제시해야 성사가 있다는 것이었다.

그래서 지주 작업을 시작하기 전에 매수 등에 유리한 정보를 선점하고, 소유주들에게 유리한 조건과 불리한 조건을 동시에 제시하면서, 한 사람씩 불안감에 휩싸이도록 고도의 심리전을 활용하는 것도 하나의 전략이라고 떠벌렸다.

그러고는 소유주들이 우리에게 협력할 수 있도록 창과 방패를 제공하는 것도 그들을 설득하는 비수가 될 수 있다고 떠들었다.

그러면서 그는 명심해야 할 것은 지주들이 연합 모임을 갖거나, 야합하지 못하도록 최선을 다하는 가운데 철저하게 개인적인 미팅을 주선하라고, 마치 소리 없는 아우성처럼 가당치도 않은 우라질 말들을 강조했다.

여하튼 그가 말하기를 우리들의 최대 관건은 무조건 땅을 사들이거나 지주 작업에 소유주들을 합류를 시켜야 한다는 것이었다.

흰머리 윤편인은 그렇게 강성 노가리를 풀어 가며 우리의 지상 최대의 목표는 당장이라도 한 명의 지주라도 끌어들이는 것이라며, 입가에 게거품을 물었다.

돈 사랑 회원들 몇몇은 그의 말에 일리가 있다는 듯이 여기저기서 고개를 끄덕거리고 있었다. 나머지도 조금이나마 동조하는 표정이 역력했다.

그러자 흰머리 윤편인은 갑자기 힘이 솟는지 눈치를 슬쩍슬쩍 보아 가며 더욱 박차를 가했다. 자신의 말에 편승하는 동료들이 하나둘씩 늘어 가는 자부심을 갖는 눈치였다.

그는 한동안 흰머리 위에 헛헛한 짱구를 굴려 가며, 모두를 설득하듯 여러 말들을 늘어놓았다. 그렇게 신명이 오른 그는 전쟁터를 연상시키듯 역사상 전략가들의 병법을 하나씩 끄집어내서는 야무지게 떠벌리기 시작했다.

그의 잘난 말은 기가 막히게도 이랬다.

"마오쩌둥의 게릴라 전략을 이용하시든, 태공망의 육도삼략을 응용하시든, 그것도 아니면 제갈공명의 16책략을 적용하시든, 우리는 무조건 그들을 구워삶아야 합니다."

"…"

"쳇! 그걸 누가 몰라서 못하나 젠장! 여기가 전쟁터도 아니고, 자식 그놈의 잘난 척은…"

삼각 머리 조편재는 마땅찮아 혼잣말을 구시렁구시렁 거렸다.

"어쨌든, 망할 놈의 절묘한 수단과 천고의 기인 귀곡자(전국시대 사상가)가 술책으로 이용했던 삼십육계 혜안들을 몽땅 가져다가 써먹더라도, 아니 그중 미인계를 적절하게 응용하더라도 그들의 땅을 신속히 협조를 받든가, 그것도 아니면 일부라도 매입해야 합니다.

물론 손자병법 십삼계 책략 가운데 용간用奸을 빼놓을 수는 없겠죠…? 으하하하!"

그는 말을 늘어놓다 보니 너무 나갔다 싶어 자신도 어이가 없다는 듯이 한바탕 웃으며, 슬쩍 얼버무렸다. 그러면서도 흰머리 윤편인은 반드시 빠른 시일 내에 토지를 확보해야 경제적 이익이나 목적 달성을 할 수 있다고 강조했다.

그는 은근히 긴장감을 조성하며, 이들의 협조와 적극성을 보여달라고, 스스로의 자극을 늦추지 않았다. 그때 뒤늦게 도착한 속 알머리 봉 회장이 벗어진 이마를 매만지며 사무실로 들어왔다.

"허허허! 늦어 죄송합니다. 일이 좀 늦게 끝났습니다."

그는 환하게 웃으며 들어왔다.

"어서 오세요."

회원들은 일제히 입을 모았다.

"이거 불청객처럼 불쑥 들어와서 회의 분위기를 깨트리지는 않았는가? 모르겠습니다."

그는 해쭉거리며, 자리에 가서 앉았다. 흰머리 윤편인은 하던 말을 잠시 중단한 채 그를 맞이했다.

"어서 오세요, 봉 회장님! 기다리다가 늦으시는 것 같아서 제가 먼저 시작을 했습니다."

흰머리 윤편인은 어쩐 일인지 그에게 깍듯하게 인사를 드렸다. 웃어른보다 먼저 음식을 먹다가 들킨 사람처럼 어색해 하면서 히죽거렸다.

"잘하셨습니다."

속 알머리 봉 회장은 괜히 미안해하는 그에게 도리어 죄송해하며 웃음을 보였다.

"회의도 이제 막 시작했습니다."

그는 하지 않아도 될 변명을 떠벌리며, 싱겁게 웃었다.

"아… 정말! 죄송합니다."

그는 그럴수록 오히려 사과를 하며 가볍게 고개를 숙였다. 그러고는 이어 주절거렸다.

"이거 음료수인데 누가 좀 돌릴까요?"

속 알머리 봉 회장은 사 가지고 온 음료수 박스를 이들 앞에 내밀었다.

"이리 주세요, 제가 하죠."

옆자리에 서 있던 상구 머리 노 총무가 음료수 상자를 얼른 받아 들었다.

"제 작은 성의니 한 병씩 드시고, 하던 회의나 마저 끝냅시다."

속 알머리 봉 회장은 모두에게 마시라는 손짓을 하며 일일이 권했다. 상구머리 노 총무가 그를 대신해서 한 사람씩 음료수를 돌렸다. 돈 사랑 회원들은 음료수를 받아 들자 이내 병뚜껑을 비틀어 따고 있었다.

"바쁘면 그럴 수도 있죠, 뭘… 음료수까지 사 오십니까? 헤헤!"

상구 머리 노식신은 고마운 마음에 음료수를 돌리며, 넉살을 떨었다. 그는 빙그레 웃어 주고 있었다.

"아무튼 잘 마시겠습니다."

음료수를 받아 든 회원들은 가벼운 목례로 고마움을 표시하고는 곧바로 목을 축였다. 다시 속개된 이들의 회의는 짧은 시간 동안 이어졌다. 그러나 회의 내용은 속 알머리 봉 회장이 주장한 의견에 대한 질문과 답변이었다. 그렇게 이들은 한동안 서로의 의견을 하나씩 조율해 나갔다.

　마침내 몇 가지 결론에 도달한 돈 사랑 회원들은 목표를 달성하기 위해 한사람씩 각자 임무가 주어졌다. 그리고 내일을 기약하며 뿔뿔이 헤어졌다.

제32장

속절없는 세월

다음 날부터 총괄 책임자 속 알머리 봉 회장의 지휘 아래 회원들은 일사불란하게 움직였다. 굿 아이템을 제공했던 금융 자금 담당 젤 바른 선정재와 돈이라면 사족을 못 쓰는 삼각 머리 조편재는 개발 사업의 꽃인 자기 자본금(에쿼티)과 타인자본(대출 및 외상공사)을 비롯해 자금 조달 업무에 차질이 없도록 뛰어다녔다.

그들은 특히 자기 자본 비율을 30% 이상을 끌어올리려고, 무던히 애를 쓰며 최선의 노력을 기울이고 있었다.

새로운 사업 계획을 추가해 건축 계획을 담당한 흰머리 윤편인은 시행사(개발 사업 운영자) 돈 사랑 법인 설립을 추진하는 한편 관공서 업무를 맡은 큰 머리 문정인과 함께 파트너 십을 발휘해 개발 사업에 필요한 전체적인 총괄 업무에 박차를 가하며 추진력을 높여 가고 있었다.

이들은 자신들이 맡은 책무보다 능력을 뛰어넘는, 보기보다 놀라운 실행력을 발휘하며 뛰어다녔다. 그리고 유창하고 화려한 말솜씨와 달콤한 꾀주머니로 상대의 마음을 현혹해야 하는 나머지 회원들은 시련과 고난의 지주 작업에 매달려 총력전을 펼치고 있었다.

상구 머리 노식신과 일행들은 하루도 거르지 않고, 콧방귀도 뀌지 않는 우라지다 자빠질 지주 사내들을 만나 보겠다며, 수도 없이 방문을 시도하면서 뛰고 또 뛰어다녔다. 이들은 협상과 공작을 병행했지만, 결과는 우리 모두가 알다시피 지지부진했다.

그렇게 하염없이 세월은 흘러가는데 우라지게도 지주 작업은 해저 수천리을 헤매고 다니며, 바위틈을 쑤셔도 이렇다 할 진전이 없었다. 그렇게 6개월이라는 세월이 빠르게 흘러갔다.

그러나 색정을 밝히는 늑대 같은 음흉한 소유주들이 조금씩 마음을 바꾸면서 지쳐 가던 회원들은 그나마 작은 위안을 얻을 수 있었다.

하지만 지주 작업은 앞에서 둥근 머리 맹비견이 대머리 영감님에게 들었던 말대로 시간의 주름을 길게 펴고서 하염없이 세월만 지나가고 있었다.

상구 머리 노식신은 1년이 지나간 어느 날 지분 소유주로부터 만나자는 연락을 한통 받았다.

마지막까지 한 푼이라도 더 받겠다고 버티던 동생이 땅을 팔기로 형제들과 합의를 봤다는 소식이었다.

그는 돈 사랑 회원들이 목마르게 기다리던 소식을 듣고 보니 만감이 교차했다. 상구 머리 노식신은 이 사실을 대화방에 신속하게 올렸다.

그렇게 지분 매입 소식은 지쳐 가던 회원들에게 가뭄 끝에 내리는 단비 같은 희소식이었다. 점차 누적된 실망감으로 회의를 품었던 일부 회원들도 새로운 희망에 부풀었다.

흰머리 윤편인은 지분 소유주들이 친형제가 아니었다면, 벌써 손을 써도 수백 번은 개수작을 피웠을 것이다.

겨우 작은 양심을 운운하며 기다렸는지, 아니면 어차피 다른 토지 매입도 지지부진하고 있어 기회를 엿보고 있었는지, 그 속은 누구도 몰랐다.

그는 이미 마음이 돌아선 지분권자를 꼬드겨 그의 지분을 사들일 수 있었다. 왜냐하면 토지 분할 소송을 전개해 형식적 경매(임의경매)를 신청할 수도 있었기 때문이었다. 그렇게 수없이 먼저 토지를 낙찰을 받을까? 하는 일말의 생각까지도 품고 있었다. 그러나 그는 오늘 이 소식을 듣고 '그래 기다리기를 잘했다.' 하며 스스로를 위로했다.

사실 공동으로 소유한 땅은 현물 분할이 원칙이나, 현물 또는 가액 배상 방법에 협의나 분할이 되지 않으면, 결국 경매를 통해서 매각할 수밖에 없었다. 왜냐하면 부동산은 현물로 분할할 수 없거나, 분할로 인해 그 가액이 감손될 염려가 있을 때, 법원은 경매를 명할 수 있기 때문이었다.

또한 경매 신청자(공유자)는 매수인 자격이 있으나, 다른 공유자는 우선매수 권(1회에 한해 낙찰자가 제시한 금액으로 매입할 수 있는 권리)의 자격이 주어지지 않기 때문이었다.

다만 소송은 서로에게 재災만 남긴다는 소신이 깊숙한 곳에 자리하고 있는 그였기에 기다릴 수밖에 없었는지 모른다.

그러나 기쁜 소식 뒤에도 개인 소유주 두 명이 끈질기게 속을 썩였다. 그들은 재개발 제의를 날선 망나니 칼로 목을 베듯이 단칼에 거절했었다. 땅값을 올릴 심산으로 버티기에 들어갔다. 흔히 말하는 우라질 알 박기와 비슷했지만, 설계상에 문제가 될 수 있는 땅은 아니었다.

다만 목표한 층수를 올리는 데 필요한 면적이라 포기할 수는 없었다.

건폐율이나 용적률을 조정해 설계도를 개선할 수 있는 마지막 여유는 남겨 둔 채 이들의 밀고 당기는 줄다리기 게임은 계속되고 있었다. 그러는 가운데 장기전에 지친 여성 회원들 중 모던한 한옥경을 제외한 세 명은 결국 버티지 못하고, 두 손을 들었다.

이들은 지분을 적당한 금액에 젤 바른 선정재와 삼각 머리 조편재 손에 넘기고 떠나갔다.

될듯하다가 쉬어 가는 세월에 망할 놈의 조급증은 돈이 급한 사람에게 선택의 여지가 없었다.

버틸 여력이 없는 이들은 세월만 기다리다가 우라질 동맥 경화증으로 목구멍에 거미줄을 칠 수 없었기에 눈물을 머금고 넘겨야 했었다.

재개발에서 장부상 집값만 오른 소유주와 추가 부담금이 과중해 입주권을 팔고, 이사 간 소유주처럼 이들은 그렇게 떠나갔다.

그 와중에 팬티 벗고 막춤을 흔든 돈 꾼은 젤 바른 선정재와 삼각 머리 조편재였다. 자신들이 횟집에서 나누었던 간계 아니 전화상으로 야합을 했던 말들이 점점 현실로 다가오자, 이들은 희소식을 들은 기쁨에 뻔질나게 발품을 팔았다.

말 그대로 돈 가진 인맥(지하 경제의 큰손, 마이너스 금리 국가의 지인 등)을 찾아내 보이지 않는 무형의 자금을 동원하고 있었다.

삼각 머리 조편재는 홍정의 귀재답게 상대방이 나오는 태도를 살피기 위해 상구 머리 노 총무를 전면에 내세웠다. 그는 교섭 등에서 형세를 유리하게 이끌어 가기 위해 뒤에서 그를 도왔다.

그러나 결정적인 거래에서는 그가 전면에 나섰다. 상구 머리 노 총무가 일을 벌여 놓으면 뒤처리는 그가 마무리를 했다.

그렇게 상대를 견제하듯 늦추었다 당겼다 하는 시소게임 끝에 적당한 가격에 지분 소유주 땅을 남김없이 사들였다. 손에 땀을 쥐게 하는 홍정을 구경한 나머지 회원들은 차마 투자할 엄두조차 내지 못했다. 아니 그만한 재력을 동원할 인맥이나 금융권에 손이 닿지 않았다.

젤 바른 선정재와 삼각 머리 조편재가 자금을 동원해 지분을 사들이는 동안에 흰머리 윤편인과 큰 머리 문정인은 자신들의 업무와 땅문서를 검토했을 뿐이었다.

그러는 가운데 공인 중개사 속 알머리 봉 회장은 계약서를 작성해 주는 수고를 마다하지 않았다.

한마디로 재주는 곰이 부리고 실익을 챙긴 사람은 따로 있었다. 삼각 머리 조편재의 위상은 날로 커져 가는데 나머지 회원들은 누구 하나 나서서 그의 행보를 제지하거나 딴죽을 걸고 나오지 못했다.

모두가 거대한 자본 앞에 몸을 낮추는 태도를 보였다.

그러나 돈이 부족해서 젤 바른 선정재의 제의를 승낙한 상구 머리 노식신과 달리 흰머리 윤편인과 큰 머리 문정인은 자신들만의 비술을 숨기고 있는 의연한 태도로 유유자적하게 자신들 임무에 충실했었다.

한편 상구 머리 노식신과 그 일행들은 나머지 지주를 설득하기 위해서 혼신의 노력을 쏟고 있었다. 이들은 자신들이 가진 역량을 발휘하며, 발바닥에 땀이 무좀이 되도록 밤낮을 쫓아다녔다. 짱구 머리 나겁재와 둥근 머리 맹비견의 노력은 결코 헛되지 않았다. 기어코 1년 6개월 만에 남은 두 명의 지주 중 한 사람을 설득해 계약서에 도장을 받아 냈다.

그러나 나머지 지주 하나가 끝까지 고집으로 버티며 이들의 발목을 잡고서 애를 먹이고 있었다.

토지 명의 신탁

"아이고! 저놈의 인간을 어떻게 설득을 해야 할지 도무지 답이 없네, 답이 없어…. 젠장!"

짱구 머리 나접재는 나름대로 노력을 했지만, 거대한 태산처럼 버티고 있는 고집불통 우라질 문수탁을 어찌해 볼 도리가 없었다. 그는 혼자서 여러 날을 고민하던 끝에 하루는 흰머리 윤 부회장을 찾아가 하소연을 하듯 자신의 고충을 털어놓고 있었다.

"아니… 그 망할 놈의 자식은 도대체 얼마를 받겠다고 끝까지 버티는 겁니까?"

흰머리 윤편인은 그를 안타깝게 바라보며, 목청을 높였다.

그의 고충이 돌이켜보면 자신의 일이라 걱정스러운 마음이 누구보다 앞섰기 때문이었다.

"돈 얘기는 아예 꺼내 보지도 못했습니다."

짱구 머리 나겁재는 코가 석자나 빠져 고개를 흔들었다.

"그 정도로 대단한 인간입니까?"

흰머리 윤편인은 걱정스러운 낯빛으로 중얼거렸다.

"아예… 막무가내입니다. 그는 팔 생각도, 참여할 의사도, 없다
는 겁니다."

짱구 머리 나겁재는 난감한 표정으로 어깨 뽕을 살짝 올리며,
양팔을 벌렸다.

"그럼 혹시… 버티는 이유가 다른 데 있는 게 아닐까요?"

흰머리 윤편인은 의심의 눈초리로 되물었다.

"그래서 저 나름대로 수소문을 해 보았지만, 뚜렷한 이유를 찾
지 못했습니다."

그는 무거운 얼굴로 주억거렸다.

흰머리 윤편인은 그의 어두운 표정이 답답해서 잠시 우수에 잠
긴 채 골똘히 머리를 굴려 보았다. 그러다가 번뜩 한 가지 생각이
떠오르자 다시 입을 열었다.

"그럼 혹시… 그 토지 등기사항 전부 증명서를 가지고 계십니까?"

그는 별안간 등기부 등본을 살펴보고 싶었다.

"그야 당연하죠."

짱구 머리 나겁재는 '그거야 기본 아니야?' 하는 눈빛으로 끄덕
였다.

"어디… 제가 한번 볼 수 있겠습니까?"

흰머리 윤편인은 '혹시라도 등본에 숨어 있는 작은 단서 하나가 해결의 실마리를 제공하지 않을까?' 싶어 밑져야 본전이라는 마음에 작은 희망을 거는 눈치였다.

그러나 짱구 머리 나겁재는 '저라고 별수 있나?' 싶은 눈길로 이렇게 주절거렸다.

"봐도 뾰족한 수가 없을 겁니다."

그는 조금 어두운 표정으로 말했다.

"그래요? 등기에는 별다른 사항이 없었나 봅니다."

흰머리 윤편인은 그의 말을 듣고 되물었다.

"아니… 하나 있긴 한데… 근저당권 액수가 워낙 커서 말입니다."

그는 예전에 근저당권 금액이 워낙 엄청난 액수라 특별히 기억하고 있었다. 그가 가방을 이리저리 뒤적거렸다. 서류를 찾고 있는 눈치였다.

"그래요, 찾았으면 이리 줘 보시겠습니까?"

그러나 흰머리 윤편인은 그 말을 듣고 '그래, 바로 그거야!' 하는 얼굴로 씽긋 웃었다.

"가만있자, 그놈이 어디로 들어갔나? 아… 여기 있네."

짱구 머리 나겁재는 가방에 넣고 다니던 누런 봉투를 찾아서 곧바로 그에게 건네주었다.

봉투를 받아 든 흰머리 윤편인은 종이 속을 뒤적거려 한 장의 등기사항 전부 증명서를 꺼냈다. 그러고는 곧바로 표제부[건물과 토지(대지권) 표시]와 갑甲 구(소유권에 관한 사항)를 대강 훑어보고는 뒤로 넘겨 을乙 구(소유권 이외의 권리에 관한 사항)의 근저당권을 천천히 확인을 해 나갔다.

그 순간 그의 눈빛은 총기가 빛나듯 갑자기 반짝거렸다.

"역시… 제 예상대로 근저당권 설정 일이 상당히 오래전에 설정된 채로 살아 있군요."

그는 흐뭇한 미소를 짓고서 흰머리를 끄덕거렸다. 순간 그의 얼굴에는 형언할 수 없는 환희가 번지고 있었다.

"그렇죠?"

짱구 머리 나겁재는 영문도 모른 채 맞장구를 쳤다.

"오호! 금액도 제법 큰데요?"

흰머리 윤편인은 100억이 넘는 큰 액수를 가리키며 냄새를 맡는 사냥개처럼 고개를 갸웃갸웃거렸다.

짱구 머리 나겁재는 '뭔 수작이야?' 하는 눈빛으로 그를 쳐다보며, 중얼거렸다.

흰머리 윤편인은 다시 첫 장 표제부부터 갑 구에서 을 구까지 차례대로 훑어나갔다. 그의 의미심장한 표정을 짱구 머리 나겁재는 이상한 듯 쏘아보며 다시 주절거렸다.

"그 외에는 고집불통 문수탁이 돈쓸 일이 없어 그랬는지, 을 구가 깨끗하더라고요."

그는 도리질을 치면서 수상쩍은 눈빛을 반짝거렸다.

"아니… 저는 그보다도 근저당권자인 명신탁이 진짜 땅임자가 아닐까? 의심이 드는군요?"

그는 히죽 웃었다.

"그래요, 설마?"

짱구 머리 나겹재는 미처 거기까지 생각을 하지 못했던 터라 고개를 갸웃거렸다.

"제 판단으로는 그럴 가능성이 농후하다고 봅니다."

흰머리 윤편인은 직감적으로 '이거다.' 싶었다. 왜냐하면 매매가 성립된 후 등기 접수한 날짜와 근저당권 설정 날짜가 공교롭게도 같은 날이라는 점과 큰 금액이 금융권이 아닌 개인으로 설정되어 있다는 데에 초점을 맞추었다.

그러자 짱구 머리 나겹재는 '점쟁이 나셨네…' 하는 빈정대는 눈길로 그를 쏘아보며, 이어 주절거렸다.

"에잇… 만약 그렇다면 지금까지 헛다리짚었다는 얘긴데… 설마 그럴 리가 있겠습니까?"

그는 듣고 보니 앞뒤가 맞아떨어지는 것이 왠지 긴장이 되어 졸지에 안색이 변했다.

그러고는 괜히 부정하듯 손을 내저었다. 그러면서도 한편 생각해 보니 자신의 어리석음 때문에 쓸데없는 시일을 소모하지는 않았나 싶은 불안감과 함께 은근히 자괴감이 밀려왔다.

그 순간 그의 심정은 허탈감에 빠져 멍한 표정이었다.

"이렇게 생각해 봅시다."

흰머리 윤편인은 그에게 믿음을 주기 위해 하나의 예를 들기 시작했다.

"어떻게요?"

그는 속이 바짝 타들어 가고 있었지만, 무슨 이야기를 하려나 궁금해서 귀를 쫑긋 세워 그를 쏘아보았다.

"고집불통 문수탁이 지금까지 명의를 빌려주는 대가로 땅을 공짜로 사용했는데, 갑자기 땅을 판다고 하면 그로서는 마른하늘에 날벼락을 맞는 소리가 아니겠습니까?"

흰머리 윤편인은 하나의 가설을 내세워 그럴 듯하게 픽션을 늘어놓았다.

"뭐… 가만히 듣고 보니 그렇기는 한데 설마…?"

그는 갸웃갸웃 고개를 가로저으며 의심의 끈을 놓지 않았다.

"아니… 자기 딴에는 지금까지 땅 주인 행세를 했는데 진짜 땅 소유주가 이 소식을 듣고 땅을 팔겠다며, 나선다면 어떻겠습니까?"

흰머리 윤편인은 실실 웃어 가며, 묻고는 그를 쳐다보았다.

"말해 뭐 합니까? 한마디로 기분 엿 같은 거죠. 크크!"

짱구 머리 나겁재는 대뜸 받아쳤다.

"하하! 맞습니다. 졸지에 토지를 내놓고 거리로 내몰리는 신세인데, 두 말이 필요 없죠, 한마디로 개—떡 같은 기분일 겁니다."

흰머리 윤편인은 맞장구를 치며, 순간 험한 말이 튀어나왔다.

"젠장! 지금껏 누린 생각은 못 하고, 자기 딴에는 뒤통수를 맞은 기분이겠죠. 뭐…?"

짱구 머리 나겁재는 입에서 튀어나오는 대로 마구 중얼거렸다.

"그럼요, 말해 뭐 합니까? 당장 일이 터지면 누구라도 좋아 할리 없겠죠?"

흰머리 윤편인은 진지하게 말했다. 당하는 사람 입장을 생각하는 듯 그렇게 보였다.

어찌 보면 이들은 자기들 입장에서 차치고, 포치며, 우라질 소설을 쓰고 있는 줄 모른다.

"가만히 듣고 보니 말이 되긴 합니다."

짱구 머리 나겹재는 고개를 끄덕대며, 수긍하는 눈치였다.

"만약, 제 말이 사실이라면 나라도 완전 거절하죠."

흰머리 윤편인은 자신이 당하는 입장이라도 고민할 필요도 없이 일단 노라며, 손을 흔들었다.

"예에…. 뭐, 딴은…?"

짱구 머리 나겹재는 어떨 결에 대답하고는 다시 생각하는 눈치였다.

"스토리가 그렇지 않습니까?"

흰머리 윤편인은 그와 눈빛을 마주치고, 어째 인정을 하겠느냐며 껌벅거렸다.

"하하하! 뭐… 설정이 그럴듯하긴 합니다."

그는 잘 모르겠다는 눈망울로 껌벅거리고 있었다.

그사이 문자가 들어오며, 그의 핸드폰 알람이 규칙적으로 울렸다.

흰머리 윤편인은 핸드폰을 살짝 들어 문자를 확인했다. 그는 자기 문자가 아니라는 것을 확인한 후 "그렇죠?" 하며 재차 중얼거렸다.

"혹… 가설이 사실이라면 문제는 의외로 쉽게 풀릴 가능성도 있겠는데요?"

짱구 머리 나접재는 핸드폰 문자를 확인하며 대답했다. 그리고 그는 가만히 들어 보니 소설이지만 그럴싸한 스토리에 긍정적인 반응을 보이기 시작했다.

"말이 나온 김에 근저당권자 명신탁을 찾아가서 근저당권을 우리에게 넘겨달라고, 사정해 보면 어떨까요?"

흰머리 윤편인은 의외로 강수를 꺼내 놓으며, 그를 당황하게 만들었다.

"예…에? 우리에게 넘기라고요?"

그는 순간 바짝 긴장해서 놀라는 기색을 보였다.

흰머리 윤편인은 '뭘… 그렇게 놀라나, 이 사람아!' 하듯 그를 빙그레 웃어 가며 쏘아보았다. 그는 때로는 역으로 치고 들어가는 전략도 하나의 방법이라고 생각했다. 달리 보면 그는 짱구 머리 나접재에게 기발한 제안을 하고 있는 줄 모른다. 그래서 그랬을까? 긴장했던 그의 얼굴에 비로소 미소가 번졌다.

흰머리 윤편인이 무엇을 말하고 싶은 건지, 그의 의도를 눈치챈 그는 이어 주절거렸다.

"그거 아주 죽이는 굿 아이디어 같은데요?"

짱구 머리 나접재는 히죽 웃으며, 손가락을 문질러 '딱!' 소리를 냈다.

"그럼 서둘러 보세요. 나 이사님이라면 잘 해내실 수 있을 겁니다."

흰머리 윤편인은 그를 은근히 부추기며 격려를 아끼지 않았다. 짱구 머리 나겁재는 괜히 우쭐해서 양어깨 뽕을 살짝 들어 올렸다가 내렸다.

"알겠습니다. 왜 나는 진작 그 생각을 못 했을까? 젠장맞을!"

그는 자신의 머리통을 가볍게 두드리며, 자신을 학대하듯 중얼거렸다.

"하하하!"

흰머리 윤편인은 그의 하는 짓이 우스워 순간 웃음이 터졌다.

"하여간, 돌머리 같은 놈!"

짱구 머리 나겁재는 계속해서 알밤을 먹이듯 짱구 머리를 쥐어박고 있었다.

"그렇다고 너무 자책하지 마세요. 하하하!"

흰머리 윤편인은 은근히 걱정이 앞서 그를 말렸다.

"자책은 뭐…. 그냥 해 보는 소리죠. 크크!"

그는 아무렇지도 않은 척 쓰린 속을 감추고, 슬쩍 받아넘겼다.

"하하하! 사람은 한곳에 몰두하면 다른 생각을 떠올리기가 쉽지 않거든요?"

흰머리 윤편인은 한바탕 웃고는 누구나 그럴 수 있다며 그를 달랬다.

"히히! 딴은 그렇기는 하죠."

그는 실실 웃으며, 짱구 머리를 끄덕거렸다.

"허탕을 친다고 생각하고, 한번 다녀오세요."

흰머리 윤편인은 그의 등을 떠다밀듯이 권하고 있었다.

"그런데 만약 아니면 괜히 일만 틀어지지 않을까요?"

해쭉거리던 짱구 머리 나겁재는 돌연 걱정이 되어 긴장한 낯빛을 한 채 그를 쏘아보았다.

"물론 그럴 가능성도 없지 않지만, 그렇다 해도 대안은 없는 것은 아닙니다."

흰머리 윤편인은 여유로운 표정으로 그를 안심시켰다.

"오…호! 대박! 그래요?"

짱구 머리 나겁재는 '진짜죠?' 하는 눈빛으로 그를 바라보았다.

"그러니 안심하고 다녀오세요."

흰머리 윤편인은 해쭉 웃으며, 그에게 손짓을 해 보였다.

"어떤 대안을 가지고 계신 건지, 제게도 귀띔을 해 줘야 저도 뽕짝을 맞춰 들이대 보죠? 흐흐…"

짱구 머리 나겁재는 은근히 호기심이 생겨 가만히 돌아서지 못했다. 그는 쏘삭거려 꾀거나 뭔가를 알아내려고 애를 쓰는 뚜쟁이 표정을 하고 덤벼들었다.

"뭐… 어렵게 생각하실 필요가 없습니다. 하하하! 근저당권을 우리가 아예 사 버리면 되니까요?"

흰머리 윤편인은 최후에 가서는 근저당권자 명신탁을 설득해 저당권을 매입하고, 근저당권을 이용해 땅을 사들일 생각에서 그렇게 말했던 것이었다.

"설마? 근저당권을 손에 쥔다고 일이 해결될까요?"

짱구 머리 나겹재는 걱정스럽게 그를 쳐다보았다. 왜냐하면 근저당이야 다른 금융 대출로 얼마든지 갈아탈 수 있기 때문이었다.

"하하하! 안 되면 되게 해야죠?"

흰머리 윤편인은 그에게 달이라도 금세 따다 줄 얼굴을 하고서 호탕하게 웃었다. 짱구 머리 나겹재는 그래도 긴장을 풀지 않은 채 다시 주절거렸다.

"그럼 윤 부회장님은 무슨 신묘한 비책이라도 가지고 있다는 얘기 같은데…. 그러신 겁니까? 흐흐…."

그는 어두운 그림자로 드리워진 긴장된 낯빛을 환하게 바꿔가며 히죽 웃었다.

"그렇다고 치고, 나 이사님 같으면 어떻게 처리하실 것 같습니까?"

그는 씽긋 웃고는 말꼬리를 물고 늘어지듯 토를 달았다.

"하하하! 저요?"

짱구 머리 나겹재는 뒷머리를 긁적거리며 웃었다.

"예…에."

흰머리 윤편인은 짧게 대답을 하면서 눈짓으로 깜박거렸다.

"글쎄…? 이건 제 짧은 생각이지만, 돈 갚아라, 안 갚으면 경매 법원에 넘기겠다. 뭐… 이 정도. 히히!"

그는 실실 웃어 가며, 단타로 끊어 중얼대고는 자기 말을 갈무리했다.

"크크!"

흰머리 윤편인은 그의 앞뒤 없는 말의 뉘앙스가 재미있었는지 킥킥거렸다.

"아니… 제 말은 뭐 그런 식이 되지 않을까 싶어서요? 흐흐…."

짱구 머리 나겹재는 빚을 빨리 갚으라고 채근해서 안 되면 최후의 수단으로 임의경매 신청이라도 해야 되지 않느냐, 뭐 그런 식이었다.

"하하하! 그거야 우리 같은 경매 전문가에게는 정해진 레퍼토리 아닙니까?"

흰머리 윤편인은 크게 웃고는 어처구니없는 답변을 견책하기보다 비틀어 대꾸해 주었다.

"뭐… 딴은 그렇긴 하죠? 헤헤!"

짱구 머리 나겹재는 당연하다는 듯이 끄덕끄덕 고개를 흔들며 해쭉거렸다.

"이도 저도 안 되면 최후의 방법으로 빼놓고 가는 방법도 있지 않습니까? 하하하!"

흰머리 윤편인은 그의 말을 부정을 하지 않은 채 생뚱한 답변으로 그를 놀래 키고 있었다.

"으하하하! 그런 우라질 방법이야 삼척동자도 다 아는 사실 아닌가요?"

짱구 머리 나겹재는 한바탕 웃어 가며 집게손가락으로 그를 찌를 듯이 가리켰다.

"내 말이⋯. 그래서 하는 얘기입니다."

두 사람 사이에 생각은 상이했다. 하지만 두뇌플레이에 능한 흰 머리 윤편인은 '그게 뭐 어때서?' 하는 뻔뻔스러운 낯짝으로 그를 쳐다보았다.

"하긴, 뭐⋯ 그 방법이 제일 수월하긴 하죠."

짱구 머리 나겁재는 '그 소리는 누군 못 해!' 하는 눈길로 그를 쏘아보았다. 그가 쏘아보든 말든 윤편인은 낄낄 웃고는 계속 주절거렸다.

"아주, 속 시원하게 털어 내는 거죠, 뭐⋯. 하하하!"

흰머리 윤편인은 흉금을 털어 내듯 그와 마주 보며 웃었다.

"하지만, 지금까지 고생한 보람이 개고생으로 끝나기에는 제밀할! 재미는 꽝이죠⋯?"

짱구 머리 나겁재는 왠지 뒷맛이 씁쓰레해서 그건 아니라며 고개를 흔들었다. 그는 뭔가를 기대하는 눈치였다.

"나 이사님이나 회원님들이 고생한 거 생각하면 그렇게 끝내서는 당연히 안 되겠죠?"

흰머리 윤편인은 그 심정을 백번 이해하고도 남는다며 고개를 끄덕거렸다.

"맞아요, 똥 싸고 밑도 닦지 않은 꺼림직한 기분이랄까? 아주 기분 지랄이죠."

짱구 머리 나겁재는 안면을 찡그린 채 맞장구를 쳤다.

"저도 그건 아니라고 봅니다. 하하하!"

흰머리 윤편인은 그의 기분을 맞춰 주며, 한바탕 웃었다.

"하여튼 무슨 말인지는 알았습니다."

짱구 머리 나겁재는 지푸라기라도 잡는 심정으로 찾아왔다가 뜻밖에 아이디어를 얻고는 작으나마 위안이 되는 눈치였다.

"그럼, 수고 좀 해 주세요."

흰머리 윤편인은 성공하라는 마음에서 그의 손을 꽉 잡아 주었다.

"일단 벌집을 건드려보고 벌침에 쏘이든, 달콤한 꿀을 따먹든, 젠장! 한번 부딪쳐 보는 거죠, 뭐."

짱구 머리 나겁재는 히죽 웃으며 넉살을 떨었다. 그는 실마리를 찾았다는 기쁨에 갑자기 힘이 솟구쳐 확신에 찬 표정이었다.

"이왕이면 달콤한 꿀을 따셔야죠? 흐흐…."

흰머리 윤편인은 손을 내밀면서 꿀을 따는 시늉을 해 보였다. 짱구 머리 나겁재는 알겠다며 간단한 수인사로 작별을 고하고는 환한 얼굴로 돌아섰다.

"대책이야 결과를 보고 나서 그때 가서 세워도 늦지는 않습니다."

흰머리 윤편인은 돌아가는 그의 뒤통수를 향해 냅다 소리를 질렀다. 그에게 안심하고 일을 처리해 보라는 것 같았다.

짱구 머리 나겁재는 용기와 희망을 한 보따리 걸머지고 그길로 곧장 사무실로 달려갔다. 그는 어떤 이유에서인지, 아니 무슨 꿍꿍이속인지 지금까지 함께한 상구 머리 노식신에게는 이렇다 할 말 한마디 언질을 주지 않았다.

효부의 횡재

그는 단지 둥근 머리 맹비견만을 동행해 저당권자 명신탁을 수소문하기 시작했다. 그렇게 며칠을 고생스럽게 뛰어다닌 끝에 그는 어렵사리 저당권자의 새로운 주거지를 찾아낼 수 있었다.

그러나 저당권자는 실망스럽게도 변두리 달동네에서 전세방을 얻어 살고 있었다. 짱구 머리 나겁재는 자신의 상식으로 도저히 이해가 되지 않았다.

도대체 백억이 넘는 저당권자 명신탁이 이런 변두리 달동네에 전세로 살고 있다는 게 영 믿어지지 않았다.

그는 포기하려다가 흰머리 윤편인의 말을 떠올리며, 혹시나 하는 기대를 걸고서 음료수를 사 들고, 그의 집으로 찾아갔다. 두 사람은 가파르기가 험준한 암벽 같은 산동네 계단을 치악산을 등정하듯 한 걸음씩 천천히 걸어서 올라갔다. 이마에서 불거져 나오는 땀방울을 손수건으로 닦아 가면서 한참의 나이에도 불구하고, 가쁜 숨을 몰아쉬듯 헉헉거렸다.

짱구 머리 나겁재는 다리가 저려오자, 몹시 힘이 들어 하며 "젠장! 우리 마누라하고 등산을 그리 오래 했어도 이렇게 힘든 등산은 난생처음이다."라면서 올라가는 내내 고시랑거렸다.

이들은 쉬엄쉬엄 핸드폰이 가르쳐 주는 화살표를 따라 동네를 헤맨 끝에 마지막 골목 두 번째 양옥집 앞에서 발길을 멈춰 섰다. 화살표 방향이 그 집을 가리키고 있었기 때문이었다.

이들의 눈앞에는 세월 속에 녹이 슬고, 칠이 바래진 허름한 양철 대문이 턱 버티고 서 있었다. 작은 쪽문은 녹색 칠이 벗겨져 안으로 열려 있었다.

짱구 머리 나겁재는 연속해서 초인종을 세게 눌렀다. 그러나 한참이 지나도 인기척이 없었다. 그는 문 안쪽을 기웃거리면서 소리쳤다.

"실례합니다! 여보세요!"

짱구 머리 나겁재는 여러 번 불러도 개미 새끼 한 마리도 대답이 없자, 목청을 한 옥타브 더 높여 불렀다. 그러고는 악을 써대어 붉어진 낯빛으로 누군가 나오기를 기대하며 마냥 소리를 지르고 있었다.

그때였다. 뒤쪽에서 누군가 소리를 지르며 다가왔다.

"누굴 찾아오셨는지요?"

어디를 다녀오던 중년 여자가 물었다. 그녀의 손에는 찬거리가 담긴 파란 비닐봉지가 들려져 있었다. 둥근 머리 맹비견은 순간 고개를 돌렸다. 그러고는 해쭉 웃으며 주절거렸다.

"혹시… 이 집에 명신탁 씨가 살고 계십니까?"

그는 말을 건네며, 그녀를 위아래로 훑어보았다. 그녀는 가까이 다가와 빠르게 주절거렸다.

"저희 시아버님이 되시는데 무슨 일로 찾아오셨는지요?"

헝클어진 파마머리를 다듬지 못해 산발한 중년부인은 대답과 동시에 잔뜩 긴장한 얼굴로 이들을 살펴보았다. 그녀는 이들을 몹시 경계하는 눈치였다.

순간 이들도 그녀를 번갈아 훑어보고 있었다. 두 사람 눈에 비친 며느리의 첫인상은 초라하기가 그지없는, 영락없는 빈곤층 아줌마 행색이었다.

그녀는 가난에 찌들어 궁핍하게 살아온 세월의 흔적을 온몸에 고스란히 간직하고 있었다.

"예…에, 우리는 시아버님을 뵙고 잠깐 상의할 일이 있어서 찾아왔습니다."

짱구 머리 나곱재는 공손하게 인사를 했다. 그녀는 순간 긴장된 얼굴을 풀면서 고개를 끄덕이며 이어 주절거렸다.

"무슨 일인지는 모르겠지만, 우리 시아버님은 거동조차 할 수 없는 중환자 몸입니다. 그래서 지금은 곤란합니다."

그녀는 약간의 불편한 심기를 드러내며, 의심의 경계를 풀지 않은 채 이들을 쏘아보았다.

"어디가 많이 편찮으십니까?"

짱구 머리 나접재는 걱정스러운 눈빛으로 물었다.

"예…에."

그녀는 산발한 파마머리를 끄덕거렸다.

"저런! 어쩌다 병이 드셨습니까? 쯧쯧!"

짱구 머리 나접재는 몹시 안타까운 표정으로 혀를 찼다. 그러고는 그녀가 보기에도 오히려 죄송스러울 정도로 슬픈 기색을 보이고 있었다.

"저 혹시… 실례가 되지 않는다면 시아버님께 몇 가지만 물어보아도 괜찮겠습니까?"

둥근 머리 맹비견은 옆에 서 있다 아쉬운 마음에 간절한 표정을 보이며 끼어들었다.

"죄송합니다. 우리 시아버님은 혼수상태로 한마디도 할 수 없는 중증 환자입니다. 그래서 잠자듯이 누워만 계십니다."

그녀는 자신도 어찌해 볼 도리가 없다며, 고개를 가로저었다.

"어유… 저런!"

이들은 동시에 안면을 찡그렸다. 그러고는 몹시 불쌍하고 안타까운 표정을 하고 있었다.

"무슨 말인지는 모르겠지만, 딱히 할 얘기가 있으시면 저에게 말씀해 주세요?"

며느리는 두 사람의 거동이나 말씨가 예의가 바르고, 공손하다는 생각이 들자 조금은 안심하는 눈치였다.

"아이… 죄송합니다. 그런 줄도 모르고, 실례를 범한 것 같습니다. 그나저나 참! 마음고생이 심하시겠습니다."

짱구 머리 나접재는 예의를 갖춰 걱정스러운 얼굴로 그녀를 대했다.

"그냥, 내 팔자려니 생각합니다."

산발한 며느리는 좀 전과 달리 지인을 대하듯 심드렁하게 대꾸했다. 그녀는 어느새 경계심이 흐트러져 이들을 대하는 태도가 조금은 느슨해져 있었다.

그 소리에 맹비견은 순간적으로 '기회는 이때다.' 싶어 잽싸게 주절거렸다.

"아참! 이거 우리가 사 가지고 온 음료수인데 받아 주시겠습니까?"

그는 들고 있던 음료수를 그녀에게 건넸다. 산발한 며느리는 순간 당황하며, 손사래를 치면서 애써 사양을 했다.

"하하하! 우리의 작은 성의입니다. 받아 주세요."

둥근 머리 맹비견은 빙그레 웃어 가며 받으라는 눈짓을 하고는 미적미적거리는 그녀에게 박스를 안기다시피 건넸다.

"제가 아무런 이유도 없이 이걸 받아도 되는지를 모르겠습니다."

산발한 며느리는 한사코 사양을 하다가 결국에는 어설픈 미소를 보이며 양손으로 받아드렸다.

"할 수 없죠, 어쨌든 주시는 거니 고맙게 잘 먹겠습니다."

그녀는 음료수를 받아 챙기며 가볍게 고개를 숙였다.

"저기… 우리에게 잠깐만 시간을 내어 주시겠습니까?"

짱구 머리 나겁재는 '이때다.' 싶어 며느리 눈치를 살피면서 상냥하게 부탁을 드렸다.

둥근 머리 맹비견은 옆에서 그렇게 해 달라는 동정 어린 눈빛으로 그녀를 바라보고 있었다.

"그럼, 누추하지만, 잠깐 안으로 들어오세요."

잔뜩 움츠렸던 산발한 며느리는 두 사람의 점잖은 태도에 경계를 풀고, 이들을 시아버지가 누워 계신 방으로 안내를 했다. 두 사람은 침침한 방 안으로 들어서며, 공손하게 "실례하겠습니다." 하고 인사를 했다.

그때 며느리가 "아! 내 정신 좀 봐?" 하고는 잽싸게 방 안쪽 형광등 스위치를 올렸다.

잠시 후.

깜박깜박거리다가 불이 켜지자 방 안은 낡은 형광등 불빛이 점차적으로 환하게 밝아졌다. 그녀는 당장 집에 대접할 만한 것이 없다면서 죄송스런 표정을 지었다.

이들이 괜찮다며 손사래를 치자 그녀는 이들이 가져온 박스를 개봉해 음료수를 두 사람 앞에 하나씩 꺼내 놓았다.

"지금 누워 계신 분이 시아버님이 되시는 명신탁 씨 본인이십니까?"

짱구 머리 나겁재는 방바닥에 털썩 주저앉으며, 환자를 쳐다보

고 말했다. 그는 병들어 누워 계시는 영감님을 며느리가 간호를
하고 있는 눈치라 그렇게 질문을 던졌다.

그사이 둥근 머리 맹비견은 어지럽게 흐트러진 방 안을 휙 훑어
보고는 약봉지가 놓여 있는 곳을 피해 빈자리를 찾아가 앉았다.

"예… 맞아요. 누워 계신 분이 우리 시아버님 되십니다."

산발한 며느리는 파마머리를 끄덕이며, 금세 눈물을 찔끔 거렸다.

"그런데 언제부터 병석에 누워 지내셨습니까?"

둥근 머리 맹비견은 그녀를 돌아보며, 걱정의 눈길로 물었다.

산발한 며느리는 하늘이 꺼져라 한숨을 내쉬고는, 순간 눈물
을 글썽거렸다. 그녀는 한이 서린 지나간 세월을 끄집어낼 기세
로 호흡을 길게 한번 내쉬었다.

그러고는 입을 열기 시작했다. 그녀의 가슴속에 맺힌 눈물의
곡절은 이랬다. 시아버님이 8년 전만 해도 사업을 크게 하셨는데,
어느 날 갑자기 뇌경색으로 쓰러지셨다는 것이었다.

그 여파로 하시던 사업은 부도가 나고, 가세는 기울어져 변변히
치료를 한번 제대로 못 하시고 누워만 계신다며, 눈시울을 적셨다.

두 사람은 안타까운 눈망울을 껌벅이며, 그녀의 응어리를 넋
놓고 듣고 있었다.

"저희가 가정 형편이 어려워도 식물인간이 되어 누워 계신 시아
버님을 혼자 버려둘 수 없어서 이렇게 모시고, 살고 있습니다."

산발한 며느리는 병간호 때문에 직장도 가질 수 없었다며, 조
용히 눈물을 훔쳤다. 둥근 머리 맹비견은 부모님 생각이 문득 떠

오르자 울컥해서 눈물을 찔끔 흘렸다.

"정말… 힘든 세월을 사셨습니다."

짱구 머리 나겁재는 안됐다는 얼굴로 눈가에 눈물을 슬쩍 훔쳤다.

"지난 세월 동안 변두리 산동네 전셋집을 전전하며, 살고 있는 이유도 갑자기 찾아온 병마 때문이기도 하지만, 예전에 시아버님이 벌어 놓은 돈의 행방을 찾을 수가 없어서 우리 남편이 마음고생을 많이 했습니다."

그녀는 구구절절 사는 형편을 늘어놓고는 순간순간 구들장이 꺼져라 한숨을 내쉬었다.

짱구 머리 나겁재는 산발한 며느리 얘기를 듣고 보니 대충 스토리가 어떻게 돌아가는지를 알 것 같았다.

지난번 윤 부회장이 늘어놓은 시나리오 가설과 어딘가 닮은 구석이 있어 피식 웃음이 나왔다.

어찌되었든 한 가닥 희망의 불씨를 찾았다는데, 왠지 모를 상쾌 유쾌 통쾌감에 힘이 불끈 솟았다.

중환자 시아버님은 잠을 자는 것처럼 호흡 소리만 간간이 들려왔다. 그러나 그의 눈가에는 소리 없는 뜨거운 눈물이 흐르고 있었다.

도란거리는 사람들의 이야기 소리를 듣고 있는 것이었다. 짱구 머리 나겁재는 여건이 무르익었다고 생각해서, 자신들이 찾아낸 시아버님의 재산이 어딘가에 묶여 있다는 줄거리를 조심스럽게 꺼냈다.

자초지종은 아니었지만, 대충 핵심만 들려주면서 거래를 제안하고 나섰다. 자신들에게 협조를 하게 되면 시아버님의 엄청난 재산을 찾아 줄 수 있다는 소리에 어안이 벙벙해진 그녀는 어느새 눈물부터 찔끔거렸다.

그러고는 도저히 믿기지 않는 다는 표정으로 이들을 유심히 바라보았다.

그렇게 그녀의 눈빛은 이들을 선뜻 믿을 수 없다는 의심의 태도를 취했다. 한동안 허공을 주시하던 산발한 며느리는 설령 그렇다고 하더라도 자신은 너무나 엄청나서 지금은 뭐라고 대답이나 승낙을 할 수 없다며 고개를 절레절레 흔들며 잘라 말했다.

조바심이 난 두 사람은 며느리를 회유하기 위해 최선을 다해 주둥이를 놀렸다. 하지만 그녀는 이들의 적극적인 요구에도 불구하고 극구 사양을 하며 나왔다.

갑자기 찾아온 행운인지? 아니 불행의 씨앗이 될지도 모를 뜻밖의 소식에 화들짝 놀란 산발한 며느리는 한참을 훌쩍거렸다. 그렇게 시간이 흐르면서 나름 고심을 하던 그녀는 정신을 수습하고 나서야 이렇게 말했다.

"죄송하지만 당장은 아무런 답을 해 드릴 수 없습니다. 다만, 저녁이면 남편이 퇴근하고 돌아옵니다. 그때 남편과 잘 상의해서 전화를 드리도록 하겠습니다." 하고, 이들에게 양해를 구했다.

짱구 머리 나겹재는 앞뒤 상황 판단이 섰는지, 알겠다며 편하실 대로 하시라고 말했다. 그러고는 다시 못을 박기를, 그러면 빠른 시일 안에 연락을 주셔야지 만약 시일이 지나면 돈을 찾을 수가 없을지도 모른다며 은근히 강박감을 심어 주었다.

그는 마지막으로 그녀의 손을 슬그머니 붙잡고 명함을 건네주었다. 그러면서 어려운 살림에도 시아버님을 잘 돌보신 효부에게 하늘이 복을 내리신 것 같다고 추켜세웠다. 그러고는 이어 말하길 빠른 시일 안에 꼭 연락을 달라며 신신당부를 하고는 그 집을 빠져나왔다.

그렇게 사무실로 돌아온 짱구 머리 나겁재는 그로부터 하루가 지난 뒤에 산발한 효부 며느리로부터 한 통의 연락을 받았다.

남편이 나겁재 씨를 만나 보고 싶어 한다면서, 계신 곳으로 찾아오겠다는 것이었다. 짱구 머리 나겁재는 쾌재를 부르면서도 순간 잔머리를 굴렸다. 그는 무슨 야로인지 사무실을 피해 딴 곳으로 약속 장소를 정했다.

그러면서 둥근 머리 맹비견을 따로 불러 아무도 모르게 남편을 만나 보고 오라면서 몇 가지 주의 사항을 속닥거렸다. 그는 누구에게도 탄로 나지 않아야 된다며 그의 입단속을 단단히 시켰다.

그러면서 비밀을 지켜 줄 것을 다시 한번 그에게 신신당부했었다.

짱구 머리 나겁재가 이러는 엉큼한 속셈은 따로 있었다.

그는 부부가 무슨 소리를 하는지, 그리고 어떻게 부탁을 해 올지, 또한 요구 조건은 무엇인지, 거기에 대한 대가는 어떻게 치를 것인지를 먼저 들어 보겠다는 심산이었다.

그는 그렇게 시간을 벌어 대책을 강구한 다음에 자신이 다시 만나야 되겠다는 계획을 세웠었다. 여하튼 딴 생각이 있던 그로서는 일단 뒤로 빠져 지켜보고 있었다.

한나절이 지나 부부를 만나고 돌아온 둥근 머리 맹비견은 입꼬리가 귀에 걸린 채 짱구 머리 나겹재를 사무실 밖으로 불러냈다.

그렇게 밖에서 만난 두 사람은 조용한 카페를 찾아 들어갔다. 안으로 들어선 이들은 빈 좌석에 앉자마자 짱구 머리 나겹재의 궁금한 표정과 달리 둥근 머리 맹비견은 입이 귀에 걸려 이렇게 주절거렸다.

그녀의 남편이 아버지 재산만 찾게 해 주면 부탁한 조건은 물론 충분한 사례까지 섭섭하지 않게 해 주겠다고 약속을 했다며, 설레발을 떨었다.

그러고는 덧붙여 이렇게 말했다.

부부가 적극적으로 협조를 하겠다며 자필로 확약한 각서까지 직접 써 주었다는 것이었다.

그러면서 그는 받아 온 각서를 확인해 보라며 그에게 건네주었다.

"이 사실을 누구에게도 발설하시면 안 됩니다. 오직, 맹 이사님하고 저만 알고 있는 걸로 합시다."

짱구 머리 나겹재는 무슨 꿍꿍이 속셈, 아니 수작인지, 둥근 머리 맹비견의 입단속을 단단히 시켰다.

"무슨 일인지는 모르겠지만, 당분간 그렇게 하겠습니다."

둥근 머리 맹비견은 그가 지금 무슨 개수작을 벌이고 있다는 것을 대충은 짐작을 하면서도 음흉스럽게도 모르는 척 시치미를 떼고서 대답을 했다.

잘하면 한몫 챙길 수 있다는 달콤한 유혹이 그를 그렇게 만들고 있었다. 그러나 짱구 머리 나겁재는 그가 받아 온 각서는 문서에 불과해 정작 믿을 수 없었다. 그래서 다음 날 남편을 불러내어 공중 사무실에 함께 다녀왔다.

그렇게 시작된 저당권자 매수 작업은 흰머리 윤편인이 짐작한 그대로였다. 그의 아버지 명신탁이 건물을 짓기 위해 토지를 사 놓고, 근저당권을 걸어 놓은 부동산 명의신탁(부동산 실소유자가 편의를 위해 소유자명의를 다른 사람에게 신탁하는 것) 토지로 판명이 난 것이었다. 그 사유는 이랬다.

신탁자와 만남

그의 아버지 저당권자 명신탁은 한때 자신의 회사에서 수하로 부리던 고집불통 문수탁을 설득해 그의 명의를 빌리기로 했었다. 그러고는 그의 명의로 매입한 토지에 자신을 근저당권자로 담보 설정을 걸어 놓았다. 즉 명의신탁을 해 놓은 것이었다.

왜냐하면 그가 외골수라는 이유가 그에게 신뢰감을 주었다. 그래서 그동안 쭉 지켜보니 자신이 판단한대로 그가 삿됨이 없다는 결론을 얻었다. 그래서 그를 선택한 것이었다. 그게 이렇게 발목을 잡을 줄이야 그때는 꿈에도 몰랐다.

어찌 되었든 짱구 머리 나겁재는 이 사실을 빌미로 고집불통 문수탁의 목을 조이며 강력하게 압박을 가하기 시작했었다.

그러나 고집불통 문수탁의 지랄 맞은 저항은 결코 만만치가 않았다. 온갖 권모술수와 책략을 다 부리다 지친 짱구 머리 나접재는 결국 아들 부부를 끌어들이기로 마음을 바꾸었다. 그래야 하루라도 빨리 이 기나긴 지주 작업을 끝낼 수 있다는 생각이었다. 그는 고민 끝에서 아들 부부를 끌어들여 고집불통 문수탁의 약점을 공략하기로 작심을 하고, 그와 함께 만나기로 약속을 잡았다.

그 동네 조용한 커피숍으로 양쪽을 불러낸 짱구 머리 나접재는 약속한 대로 그들을 처음 대면을 시켰다. 하지만 양자가 초면이라 그랬을까? 만남의 자리는 분위기 자체부터 냉기가 싸늘하게 흘렀다.

이들의 어색한 첫 대면은 눈빛이 부딪치며 시작되었다. 상방의 눈에는 불꽃이 튀었다. 정말 보이지 않는 서로의 냉기는 서늘하기가 살벌할 정도였다.

두 사람은 서로가 일면식도 없는 사이였지만, 고집불통 문수탁은 그가 저당권자의 명신탁 아들이라는 사실을 한눈에 간파하고 있었다.

그는 예전에 자신이 모셨던 사장님의 모습을 아들이 쏙 빼어 닮아 마치 유전인자 세포를 그대로 옮겨 놓은 것처럼 착각할 정도였다. 그래서 한편으로는 남모를 긴장감에 움찔하고 있었다.

"아저씨! 그동안 명의를 빌려주셔서 감사를 드립니다. 하지만, 아버지를 생각해서 이렇게 나오시면 서로 곤란하지 않겠습니까?"

아들 부부는 문수탁을 만난 자리에서 예의고 뭐고 들이대듯 대뜸 말을 꺼냈다. 그러고는 아버지의 몸 상태를 감춘 채 그간에 사정 이야기를 간추려 대충 들려주었다.

그러면서 아들은 지금까지 사용한 토지 사용료는 그간의 명의를 빌려준 대가로 받지 않겠다며, 양보하듯 말했다. 그 대신 의 토지를 매도하는 데 협조를 부탁한다고 간청했다. 그러나 문수탁이 꼼짝을 하지 않자 한참을 생각 끝에 방법을 달리 먹었다.

아들은 짱구 머리 나접재로부터 들은 얘기가 있어 고집불통 문수탁의 발뺌을 사전에 막아 보자는 생각에 하나의 간계를 펼쳤다. 그래서 얘기 도중에 부동산 명의를 대여한 수탁자도 부동산 실명제법 위반죄(최고 3년 이하 징역 또는 1억 원 이하의 벌금)에 해당한다는 경고를 넌지시 들려주었다.

그가 듣기에 따라 그의 말은 겁박 비슷한 공갈이었다. 하지만 그는 미리 위험스러운 문제를 미연에 방지하자는 아니 서로 간에 손실을 피해 가자는 뜻에서 위법한 법적인 사항을 먼저 귀띔해 주었던 것이었다. 그보다 더 솔직히 말하자면 간단하게 일을 수습하기 위한 그만의 개수작이었다.

그러나 고집불통 문수탁의 반응은 의외로 차갑게 나왔다. 놀부 마누라가 흥부 뺨을 올려붙이듯 그의 눈빛과 표정은 냉정하고 쌀쌀하기가 그지없었다.

그의 태도는 토지를 통째로 꿀꺽하겠다는 날카로운 몸짓 같았다. 그러고는 이렇게 주절거렸다.

"이 사람! 내가 나라 법을 어겨 가면서 명의를 빌려준 대가는 받아야 되지 않겠나?"

고집불통 문수탁은 되레 호통을 치고 나왔다. 그는 오히려 의기양양해서 저당권자 명신탁은 사업으로 벌어들인 돈으로 각종 세금 포탈과 실명제 규제를 피해 장만한 부동산이라며, 오히려 으름장을 놓았다. 그는 한마디로 그냥은 못 주겠다는 도둑놈의 심보였다.

"이보게…. 자네 아버지는 투기나 탈세 혐의 및 부동산 실명제법 위반죄(최고 5년 이하 징역 또는 2억 원 이하의 벌금과 과징금 100/30%)가 수탁자인 나보다 더 죄질이 크다는 우라질 사실을 모르는 것은 아니겠지?"

고집불통 문수탁은 그냥 물러날 수 없다며, 강경한 겁박으로 역공세를 펼쳤다.

부부는 '이래서는 안 되겠다.' 싶어 마음을 돌려 사정도 하며, 눈물로 호소도 해 보았다. 하지만 그는 눈도 깜짝하지 않았다. 그래서 엄포도 놓고 반 공갈 협박을 하며 애원도 했지만, 그에게는 소용이 없었다.

아들은 결코 그가 만만치 않은 상대라는 것을 직감했다. 그래서 그는 생각 끝에 자포자기하는 심정으로 최후의 통첩을 꺼내고 말았다.

그가 순순히 물러날 사람이 아니라는 판단이 섰기에 망설임 없이 이렇게 주절거렸다.

"좋아요, 아저씨가 정 이렇게 나오시면 아버지 재산을 돌려받기 위해 소송도 마다하지 않겠습니다."

그는 강편치를 날리는 것처럼 소송을 입에 담았다. 그러나 그 순간 으름장도 그의 흉악한 발뺌 앞에서는 무용지물이었다.

그는 말로는 어찌해 볼 도리가 없다는 생각이 들었다. 차라리 벌금을 물더라도 법에다 호소를 해 토지를 찾겠다면서 자리를 박차고 나가 버렸다. 고집불통 문수탁은 소송을 한다는 말에 은근히 겁을 집어먹었다.

아니, 그보다도 자신이 감당해야 할 벌금 1억 이하 또는 형량 3년 이하의 무게가 감당이 안 됐다.

그는 그길로 나가 사방으로 수소문을 하며 처방전을 구하러 돌아다녔다.

사고 친 아들을 구제하러 뛰어다니는 그런 심정으로 자신이 알고 있는 지인이나 무료 법률 서비스 등을 찾아다녔다.

짱구 머리 나겁재가 한동안 소식이 뜸하던 고집불통 문수탁으로부터 한 통의 연락을 받은 것은 그로부터 열흘이 지나서였다.

그는 여러 가지 정황으로 미루어 볼 때 어차피 토지를 돌려주어야 한다는 판단을 내린 것 같았다. 다만 한 가지 조건부 제안을 해 왔다. 그간에 명의를 사용한 대가를 성의껏 보여 달라는 조건이었다.

짱구 머리 나겁재는 그 소식을 부부에게 알렸다.

부부는 그동안 땅을 공짜로 사용한 대가도 받지도 못했는데, 도리어 대가를 보상해 달라는 고집불통 문수탁이 한편으로 괘씸했다.

그래서 부부는 한동안 연락이 없었다. 은근히 똥줄이 타는 사람은 하루라도 빨리 토지를 매입하고 싶은 짱구 머리 나겁재와 돈 사랑 회원들이었다.

한편 저당권자 명신탁의 아들은 한동안 시간이 날 때면 자신에게 도움을 줄 만한 지인들을 찾아다녔다. 그는 여기저기 자신이 손길이 닿는 곳이라면 어디든 자문을 구하러 다녔었다. 그러면서 시간은 어느덧 보름이 지나갔다. 그러던 어느 날 짱구 머리 나겁재는 한 통의 연락을 남편으로부터 받았다.

부부가 상의 끝에 최종적으로 그의 제안을 받아들이기로 했다는 것이었다. 짱구 머리 나겁재는 그 소리를 듣고는 자신도 모르게 양손을 번쩍 올렸다.

그리고 만세 삼창을 외치듯 그렇게 준비하겠다며 뛸 듯이 좋아했다.

왜 아니겠는가? 그동안 질질 끌었던 마지막 토지 문제가 드디어 해결의 실마리를 찾았다. 그런데, 그보다 기쁜 일이 당장에 무엇이 또 있겠는가? 마침내 엉켰던 매듭이 풀린 것처럼 짱구 머리 나겁재는 한동안 감격스러움에 말을 잇지 못했다.

순간 그간의 시련의 세월들이 눈앞에서 스크린처럼 스치고 지나갔다. 그는 통쾌 상쾌 유쾌함이 한꺼번에 몰려오는 웅장한 파도 소리를 듣고 있었다.

그날부터 짱구 머리 나겁재는 한동안 양쪽을 바쁘게 오가며, 모종의 합의로 결말을 지었다.

그리고 며칠 뒤에 그의 주선으로 부부는 토지 매매를 담판 짓기 위해 속 알머리 봉 회장과 상구머리 노 총무를 사무실에서 만났다. 부부는 한 푼이라도 더 받겠다고 악착을 부리며 흥정을 마다하지 않았다.

그들은 시시비비 끝에 결국 현 시세에서 약간의 금액을 더 올려 주는 조건으로 매매 계약서에 도장을 찍었다. 그렇게 돈 사랑 회원들은 지주 작업을 시작한 지 약 2년 만에 드디어 마지막 땅을 사들인 것이었다.

토지를 사고파는 계약은 봉 회장의 공인 중개 사무실에서 양쪽 이해 당사자가 모인 가운데 원만하게 이루어졌다.

결국 짱구 머리 나겁재는 흰머리 윤편인에게 얻은 힌트로 장기전을 펼치던 마지막 골칫덩어리를 어렵사리 매듭을 지을 수 있었다.

상구머리 노식신과 그 일행들도 마지막 땅을 매입하면서 비로소 지주 작업 책무에서 무거운 짐을 내려놓을 수 있게 되었다. 마침내 돈 사랑 회원들은 우라지게 속을 썩이던 지주 작업의 종지부를 찍은 것이었다.

그 과정에서 짱구 머리 나겁재와 둥근 머리 맹비견은 함께 고생한 일행들과 달리 저당권자의 아들로부터 상당한 사례금을 남몰래 받아 챙겼다.

그들은 처음 약속한 대로 각서 공증을 이행한 것이었다. 뒷거래는 두 사람의 함구무언으로 쥐도 새도 모르게 넘어갔다.

자금 규제

돈 사랑 회원들은 마지막까지 속을 썩이던 고집불통 문수탁, 아니 명신탁의 토지가 마침내 계약서에 도장을 찍었다는 소식을 들었다. 이들은 두 사람의 검은 뱃속도 모른 채 너나없이 기뻐 만세를 불렀다. 회원들은 두 사람의 노고에 금자탑을 완성한 업적처럼 축배를 들어 가며 다함께 칭송을 해 주었다.

그러나 이들의 기쁨은 그리 오래가지 못했다. 순탄하게 끝날 줄 알았던 나머지 잔금 문제가 예상과 달리 중도금 기일에 임박해서 꼬여 가기 시작했다. 지금까지 거침없이 자금을 동원했던 삼각 머리 조편재의 돈줄에 난감한 사태가 벌어지고 있었던 것이었다.

그의 거만한 태도와 오만함에 하늘이 노했나 보다. 꿈에서도 생각하지 못했던 빌어먹을 탈이 생긴 것이었다. 그 이유야 오만가지로 변명을 댈 수 있었겠지만, 그중 한 가지를 끄집어 내어 보면 이렇다.

이들이 자고 일어난 어느 날 세상을 돌아보니 전국은 온통 부동산 자금 규제 소식으로 시장이 난장판처럼 떠들썩거리고 있었다. 젠장! 돈 사랑 회원들이 흥에 겨워 즐기는 사이에도 부동산 맨틀은 급격한 변화를 맞이하고 있었던 것이었다.

왜냐하면 정부가 발표한 부동산 대출 규제 소식은 삼각 머리 조편재가 지금까지 자금 줄을 쥐고 있던 보이지 않는 인맥들마저 꽁꽁 묶어 버리고 말았기 때문이었다. 이들은 뒤이어 나올 규제가 자금출처와 세금 조사라는 것을 눈치 채고는 도마뱀 꼬리를 자르는 것처럼 일찌감치 숨어 버린 것이다.

이들은 당분간 쏟아질 소낙비를 피하듯 일제히 어디론가 잠적해 연락조차 닿지 않고 있었다. 겨우 연락이 닿아도 돈거래만큼은 침묵과 모르쇠로 일관했었다.

발등에 불이 떨어진 삼각 머리 조편재는 혼자 똥줄이 타서 지문이 닳아 없어질 정도로 사방에 핸드폰을 누르고 또 눌렀다. 그러나 누구 하나 선이 닿지 않았다. 갑자기 찾아든 막막함에 눈앞이 캄캄해진 그는 현기증을 느끼며, 어지럽고 메스꺼운 구토 증세까지 겹쳐져 자신을 혼란 속으로 몰아가고 있었다.

무엇보다 회원들 앞에서 큰소리를 치며, 의기 당당했던 그였다. 그런데 회원들로부터 받았던 부러움과 찬사들이 금방이라도 비난으로 변질되어 자신을 향해 쏟아질 것 같았다. 순간 뒤에서 손가락질하며, 비웃는 얼굴들이 주마등처럼 스쳐 지나갔다.

돈 사랑 회원들의 수많은 질책과 비난을 생각하니 잘난 자존심에 혼이 나갈 지경이었다. 그러나 기일은 점점 다가오는데, 당장 중도금을 해결할 수 있는 방법을 찾을 수가 없었다. 궁리와 고민을 거듭한 끝에 암흑 속에서 반짝이는 발광 램프처럼 한 사람이 번뜩 스치고 지나갔다.

그는 자신이 구애를 하는 척 속마음을 떠보았던 젤 바른 선정재였다. 삼각 머리 조편재는 자존심을 구기더라도 중도금을 책임을 져야 했었다. 그래서 썩 내키지는 않았지만, 젤 바른 선정재에게 잘난 자존심 한번 죽이고 연락을 취해야겠다며, 마음을 굳게 먹었다.

그는 어차피 감당할 수난이라면, 속이 뒤집혀도 상처가 아물 때까지는, 어금니를 물자고 생각한 뒤라 체면이나 창피스러움도 두려울 것이 없었다.

하지만 그놈의 자존심 때문에 몇 번이나 핸드폰을 만지작거렸다. 고심을 거듭하다가 결국 통화를 시도한 그는 한참 지나서야 젤 바른 선정재와 겨우 연결이 되어 통화를 할 수 있었다.

"여보세요?"

젤 바른 선정재는 알람이 울리자 허겁지겁 달려와 받는 목소리였다.

"선 형! 접니다. 통화 한번 하기 꽤나 힘듭니다."

그는 약간의 짜증 섞인 초췌해진 목소리로 지껄였다.

"아, 네에… 제가 화장실에 다녀오느라 못 받았습니다. 그래, 무슨 일 있습니까?"

"이거… 큰일 났습니다."

삼각 머리 조편재는 다급한 마음에 다짜고짜 말했다. 그는 몹시 당황한 상태에서 목소리마저 떨리고 흔들렸다. 지금까지 겪어본 적이 없는 황당한 처지에 놓이고 보니 그로서는 초초해서 불안한 심리 상태를 겪고 있었다.

"무슨 안 좋은 소식이라도 있습니까? 아, 참! 그보다 중도금 문제는 어떻게 마련이 되셨습니까?"

젤 바른 선정재는 그의 불안한 목소리에 느낌이 안 좋았던지 돈 문제부터 챙겼다.

"젠장! 제가 그 일 때문에 허겁지겁 전화를 걸었다면 믿겠습니까?"

그는 금방이라도 숨이 넘어갈 듯 대꾸하면서도 제 버릇은 못 버리는 모양이다. 여전히 그의 말에는 장난기가 섞여 있었다.

"왜 무슨 문제라도 생겼습니까?"

젤 바른 선정재는 덩달아 조급해져 물었다.

"제기랄! 그게 말입니다. 부동산 대출을 규제하면서 자금까지 추적을 하는 모양입니다. 도대체 사람들이 연락이 되지 않습니다."

삼각 머리 조편재는 툴툴대면서 불안한 음성으로 구시렁거렸다.

"네…에! 그렇다면 이거 큰일이 아닙니까?"

젤 바른 선정재는 깜작 놀라 목청을 높였다.

"그래 말입니다."

그의 음성은 가늘게 떨리고 있었다.

"그렇지 않아도 뉴스를 듣고 걱정을 하고 있던 참인데 기우가 현실이 될 줄이야…. 휴우!"

그는 하늘이 꺼져라 한숨을 내쉬었다.

"저도 날벼락을 맞은 심정입니다. 중도금 치를 날짜는 다가오는데 이거 어쩌면 좋겠습니까?"

삼각 머리 조편재는 여유만만하던 평소와 달리 전전긍긍하며 말했다.

"큰 낭패로군요, 낭패야…."

젤 바른 선정재는 어느새 한숨과 함께 일그러진 표정으로 중얼거렸다.

"젠장! 정부가 집값이 천정부지로 치솟자 그 원인을 투기꾼 소행으로 보는 모양입니다. 어쩌죠?"

그의 긴장된 목소리는 상대를 불안하게 만들고 있었다.

"우라질 놈들! 집값은 공급이 부족해서 오르는데, 왜 엉뚱한 곳을 쑤셔대고 지랄이야!"

젤 바른 선정재는 누군가를 원망하듯 짜증 난 말투로 투덜거렸다.

"정말이지… 시장을 그렇게도 모르나? 에잇!"

그는 누구를 빗대고는 소리를 질렀다. 뽕나무를 가리키며 홰나무를 욕하듯이 삼각 머리 조편재를 겨냥한 듯 구시렁거렸다.

"정부도 자고 일어나면 오르는 집값에 서민들의 원성이 날로 높아 가니 두고만 볼 수 없었겠죠?"

삼각 머리 조편재는 급작스럽게 일을 당하고 보니 혼백이 날아갔다. 지금 자신이 무슨 상황인지, 아니 무슨 넋 빠진 소리를 하고 있는지도 모른 채 중얼거리고 있었다.

"참! 내…. 지금 뭔… 한가한 소리를 하시는 겁니까? 내 코가 석 자라며…."

젤 바른 선정재는 그의 말에 갑자기 뚜껑이 열려 벌컥 짜증을 내며 목청을 높였다.

"하긴… 이 상황에서 내가 할 소리는 아니지만, 제가 오죽하면 정신 나간 소리를 다하겠습니까? 젠장!"

그는 약간 맛이 간 사람처럼 고시랑거렸다.

그러고는 이내 제자리로 돌아왔다. 그는 욕을 퍼부어 본들 누가 원위치 시킬 것도 아니고, 해서 답답한 마음에 우라지다 자빠질 헛소리를 퍼붓고는, 허한 속이나 달래 보겠다며, 떠들고 있었다.

"선 형은 뭐… 들은 얘기라도 있습니까?"

삼각 머리 조편재가 다시 물었다.

"정부가 세금을 올려 시장을 안정시킨다며 설쳐 대니 집을 내놓고 싶어도 세금이 무서워 눈치를 보는 거 아니겠어요?"

젤 바른 선정재는 세율이 오른 양도 소득세를 거들먹거렸다.

"하긴… 다주택자들이나 주택을 가진 사람들이 꼼수를 피는 것도, 다 정부가 원인을 제공한 셈이니까? 젠장!"

이들이 구시렁거리는 데는 다 이유가 있었다. 집값이 정부의 강력한 규제로 당분간 올라가지 못해도 그 원인이 공급 부족으로 이어져 서울 등 입지가 뛰어난 곳은 한계 안에서 수요가 움직일 것이라는 예측을 하고 있기 때문이었다.

"왜 아니겠습니까? 젠장!"

젤 바른 선정재는 툴툴거렸다.

"그러니 주택 공급이 부족해 집값이 오르지요."

삼각 머리 조편재는 자신의 처지를 잠시 잊고, 꼬박꼬박 말대꾸를 해 주었다.

"아… 세금과 재개발 재건축 규제를 풀고, 용적률만 올려도 숨통이 좀 트일 텐데 말입니다."

"암만, 낫고말고요. 다는 아니더라도 일부라도 풀면 시장이 조금이라도 숨통이 트여 집값 풍선효과는 다소나마 수그러들 텐데… 쫏쫏! 서울은 기득권층 눈치를 보는 건지? 아니면 자신들 실속을 차리려고 그러는지? 하여튼 시장은 보지 않고, 대책만 난발하는 정책은 언제까지 하려는지 답답합니다."

"그러나 저러나 전세금 대출까지 조인다는 말이 도는데 난감합니다."

정부는 대출액이 사회 문제로 부각하자 부동산 투기를 뿌리 뽑겠다고, 대책을 강구하고 나섰다. 부동산 정책은 금융권 투자 자금을 원천 봉쇄하는 대출 규제로 두 가구 이상 다주택자를 겨냥하고 있었다.

정부는 가계 자금이 2,100조를 향해서 날마다 증폭되고 있어 상당한 위기의식을 느끼고 있었다. 제 2의 서브프라임 모기지와 같은 사태가 재연되는 것은 아닐까? 걱정하는 눈치였다.

세계 거시 경제가 순항하지 못하고 저성장 시대로 접어들고 있다는 경각심의 발로인지? 투기와의 전쟁을 선포하는 건지? 하여튼 부동산 정책은 규제의 일변도로 칼을 휘두르고 있었다. 그러나 대한민국은 선진국과 달리 외국 채무가 많지 않아 대외 신용도가 나쁘지 않다는 사실을 간과하고 있는지 모른다.

물론 세계 거시 경제가 저성장으로 돌아서면 대한민국 부동산 시장만 안전할 수 없다는 사실은 인정해야 한다.

저금리 시대에서 통화 팽창은 화폐 가치를 하락시켜 부동산 시장을 불안하게 한다는 사실도 인지하고 있어야 이후에 시장을 대비할 수 있다. 시장은 저금리 유동성으로 갈 곳을 잃은 투자성 자금의 탈출구가 절실하게 필요할 것이다. 즉 정상적인 시장경제가 돌아올 날을 손꼽아 기다리며, 칼날을 갈고 있는 줄 모른다.

"선 형! 어디 손 닿을 만한 자금줄이 없습니까?"

삼각 머리 조편재는 처음과 달리 조금은 안정되어 있었다.

"글쎄요? 되든 안 되든 발 벗고 나서 봐야 되겠지요?"

그는 호흡을 짧게 내쉬었다.

"어이쿠! 이거 고맙습니다. 역시 믿을 사람은 선 형뿐이 없다니깐…. 크크!"

그는 곧 숨 넘어갈듯 하다가도 타고난 성격 탓인지 은근히 능청을 떨고 있었다.

"뭘요?"

"아… 역시 파트너라 뭐가 달라도 다르시군요? 흐흐…"

그는 조금씩 안정을 찾아 가고 있었다.

"하지만, 요즘은 금융권도 총부채 상환 비율이나 담보 인정 비율로 대출하는 시대는 끝났다고 해도 과언이 아닙니다."

젤 바른 선정재는 가득이나 불안한 그에게 비극적인 소식으로 겁을 주었다.

"헐…! 제기! 그럼 무얼 기준으로 한답니까?"

삼각 머리 조편재는 금세 풀이 죽어 물었다.

"정부가 규제를 발표했는데 꽤 까다로운 모양이더라고요?"

그는 자신의 말에 힘을 주었다.

"규… 규제가 뭔지 아십니까?"

그는 몹시 당황해서 긴장한 채 더듬더듬거렸다.

"글쎄? 보기는 했는데…. 음… 가만. 그래, 여기 있네."

젤 바른 선정재는 책상 위에 올려놓은 스크랩을 찾아서 읽기 시작했다.

"그게 말입니다. 예전 대출 제도는 잠정 중단한답니다."

그는 불만스러운 음성으로 말했다. 그러자 부리나케 삼각 머리 조편재가 주절거렸다.

"그러면요?"

그가 한숨을 내쉬자 젤 바른 선정재는 이어 주절거렸다.

"새로운 총부채 상환 비율과 총체적 상환 능력 비율로 대출을 해 준다고 합니다."

"말로 들어서는 잘 모르겠는데 뭐… 구체적인 내용 같은 것이 없습니까? 흐흐…"

그는 미안한 마음에 긴장감 속에서도 히죽거렸다.

"그럼… 대충 읽어드릴까요?"

젤 바른 선정재는 신문을 오려놓은 종이를 한 손으로 치켜들며, '자식 급하긴 어지간히 급했던 모양이네? 흐흐…' 하고 속으로 읊조렸다.

"저야 땡큐죠. 흐흐…"

삼각 머리 조편재는 버릇처럼 손가락을 세우고 익살을 떨었다.

"가만있자, 이거 글자가 작아서 하여튼 새로운 총부채 상환 비율의 경우에는 연간 주택 담보 대출의 원리금을 연 소득으로 나누어서 대출 금액 한도를 선정하는 제도입니다."

그는 작은 글씨라서 그런지 읽는 속도가 굼벵이 할멈처럼 느릿느릿 몹시 불편하게 읽어 내려갔다.

"그리고요?"

삼각 머리 조편재는 얼추 알아듣자 재차 재촉했다.

"에… 또 총체적 상환 능력 비율의 경우에는 주택 담보 대출, 전세금 대출, 마이너스 통장, 카드론, 신용 대출, 자동차 할부 대출 등 전 금융권의 상환 원리금 모두를 일괄적으로 합산해서 부채로 정하는 제도입니다."

젤 바른 선정재는 대출자의 총부채를 더해서 대출을 결정한다고, 말해 주었다.

"헐…! 완전 초대박!"

삼각 머리 조편재는 반감을 드러내며, 순간 언성을 높였다.

"가령… 예를 들자면, 연간 총 금융 부채 원리금 상환액을 연 소득으로 나누어 대출금을 결정하는 제도입니다."

젤 바른 선정재는 작은 글씨를 읽어 주고, 그를 생각해서 해석을 덧붙였다.

"헐…! 젠장! 이제는 대출마저 꿈도 꾸지 말라는 소리 아닙니까?"

그는 툴툴대며, 고시랑거렸다.

"내 말이요…. 그뿐 아니라 임대업 이자 상환 비율은 연간 임대 소득을 이자 비용과 나누어서 주택은 1.25%에서 1.5%까지 조정되고, 주택 외는 1.5%가 넘어야 대출이 나온다고 합니다."

젤 바른 선정재는 한숨을 쉬어 가며 중얼거렸다. 즉 임대 수입 금액이 정부가 책정한 이자 비용 상환 비율을 넘어서야 대출을 해 주겠다는 것이었다.

"이런… 우라질 자식들!"

삼각 머리 조편재는 대뜸 목청을 높였다.

"정부가 돈 없는 사람은 부동산에 접근도 하지 말라는 규제 정책이 아닌가? 이거야말로 완전 시장 질서를 빙자한 법을 위한 대책이네, 젠장!"

그는 현찰 부자들만 집을 사라는 정책이 아니냐며 볼멘소리를 내뱉었다.

"왜 아니겠어요?"

그는 말과 달리 조 형이랑 나 같은 사람만 집 사라고 정부가 특혜를 주는데, 왜 난리 블루스냐며 부르짖고 싶었다.

"앞으로는 부동산 갭 투자나 무주택자가 아니면, 아니지 돈 있는 유·무주택자가 아니면, 대출로 집 살 생각은 꿈도 꾸지 말라는 얘기겠죠?"

삼각머리 조편재는 긴장한 탓인지 짜증을 내면서도 구둣발로는 연신 박자를 맞추듯 까닥거리고 있었다.

"젠장맞을! 내 말이….."

젤 바른 선정재는 웃지 못할 현실이 기가 막혔다.

대출은 연간 약 40% 이자가 붙지만, 전세 보증금은 당장 손에 쥐는 월세 소득은 없지만, 그나마 무이자로 다행히도 숨을 쉴 수 있다는 것이었다.

그러니 갭 투자야말로 스마트한 국민이 가질 수 있는 탈출구라는 것이다.

그러나 이것도 부동산 시장 규제의 역설 가운데 하나에 불과할 뿐이다. 그래서 그랬을까? 사람들은 불나방처럼 나중이야 하우스 푸어나 깡통 주택이 될지 모르는 불안한 투자에 올인 하고 있는 줄 모른다.

왜냐하면 정부가 규제 일변도로 밀어붙여도 공급 부족으로 집 값은 계속 천정부지로 솟아오르고 있기 때문이었다. 그래서 이들은 법을 위한 규제만 내놓는 정부를 믿고 있다가는 평생을 내 집 한번 장만하지 못한다는 불안감에 서둘러 전세 떠돌이 인생을 마감하고 있는 것이다.

그래서 조급한 사람들은 고금리로 빚을 내서라도 분양권 차액의 로또도 무시한 채 매물이 나오면 눈 감고 달려들고 있는 집 나방이 된 것 같았다. 이러한 시장의 숨은 사정을 간파하지 못한 정부는 일단 집값부터 잡겠다며, 시장을 무시한 규제에 규제를 더한 묶고 더블로 가는 부동산 정책을 마구 쏟아놓고, 역효과(풍선효과 등)를 내고 있는 것이었다.

"아무래도 부동산 시장은 국지적 현상이 당분간 지속될 것 같지 않습니까?"

그는 강남 같은 지역 또는 입지가 뛰어난 코어 지역을 겨냥하고 말했다. 그러나 땅이 좁은 서울은 오르지 않은 지역은 언제가 반등한다는 사실이다. 왜냐하면 수요에 비해 공급이 부족해 널뛰기 풍선효과는 당분간 지속될 가능성이 크기 때문이었다.

"잘 보셨습니다."

이들은 오르는 곳만 계속 오르는 현상을 늘어놓고 있었다.

"그러나저러나 저출산으로 인구는 줄어들고, 생산성까지 감소하는데, 부동산 시장까지 안개 속이라 걱정입니다."

젤 바른 선정재는 국가적 걱정 보따리를 내놓는 것처럼 아는 척 지껄였다.

"선 형! 대한민국 국민이 어떤 민족입니까?"

삼각 머리 조편재는 어느새 긴장이 풀려 있었다.

"어떤 민족이긴요? 배달의 민족이죠. 크크!"

젤 바른 선정재는 핸드폰을 코앞에 갖다 대고, 넉살을 떨듯 이죽거렸다.

"아니… 맨땅에 헤딩해서 지금까지 이 나라를 한강의 기적으로 부흥시킨 단군의 후손이죠. 흐흐…."

그는 나오는 대로 넉살을 떨었다.

"하하! 그 말이야 길을 막고 물어보아도 틀린 얘기는 아니죠."

삼각 머리 조편재가 웬일인지, 농지거리 없이 히죽 웃고는 이어 주절거렸다.

"그러니 제 말은 정부가 아무리 흐르는 물줄기를 틀어막아도 물이 넘치거나, 우회하는 꼼수까지 무슨 수로 막겠습니까?"

긴장이 풀어진 삼각 머리 조편재는 자기 같은 꾼은 어찌해 볼 수 있겠느냐며 깝작거리고 있었다.

"내 말이요…."

젤 바른 선정재는 동감이라며, 머리를 살짝 만지면서 다시 주절 거렸다.

"아… 국민이 스마트한데 시장을 정부가 어찌하겠습니까?"

그는 목청을 올려 큰소리로 말했다.

"그럼요, 누군가 이 난관을 뚫고 나가는 해법을 제시할 테니 두고 보세요…. 우라질 자식들 말이야!"

삼각 머리 조편재의 말은 정부가 대출을 규제하면 당분간 가계 자금 축소로 집값은 조정 기간을 거치겠지만, 장기적인 관점에서 볼 때 기존 금융권을 벗어난 자금들이 지하 경제 시장의 규모를 키우면서 사채업자를 육성하고, 서민들의 호주머니를 털어 그들의 배만 불려 주는 실패한 대출 정책으로 갈 가능성을 배제할 수 없다는 것이었다.

즉 선의를 내세워 한발 앞서가는 줄 알았더니 두 발자국 뒤에서 애꿎은 서민의 사다리만 꺾어 버렸다는 것이다. 왜냐하면 풍부한 저금리의 유동성과 풍선 효과가 집값 상승을 경신한다는 시장의 원리를 무시했기 때문이었다.

또한 저금리, 저물가, 저성장, 저출산 시대의 흐름을 간과하고 있다는 것이다. 그는 인간은 진화하며 생각하는 동물이기에 혁신적인 창조를 당장은 보여 주지 못한다 하더라도 새로운 돌파구를 찾아내어 기존의 형태를 성형할 것이라 생각했다.

왜냐하면 정부의 정책과 따로 노는 자신들만의 리그를 만들기 때문에 결국 정책이 시장을 이길 수 없다는 것이었다.

이 제도가 지속되면 무주택자나 새집을 원하는 실수효자들의 욕망을 막는 데는 곧 한계에 부딪칠 것이라고 보았다.

수요는 증가하는 데 공급을 막는 규제 정책은 집값 상승을 부추기는 도화선이라는 사실을 스마트한 국민들은 학습을 통해서 너무도 잘 알고 있기 때문이었다.

그 이유가 수도권에 2600만 인구가 밀집되어 살고 있다는 사실이다. 게다가 저금리 기조가 지속되는 한 화폐 가치가 하락할 것이라고 내다본 이들은 개인 간에 사채 형식으로 거래되는 고금리를 받아서라도 또는 전세금을 안고 갭 투자를 할 것이라고 보기 때문이었다.

그러나 삼각 머리 조편재가 걱정하는 것은 저금리에서 고금리로 옮겨간 서민들은 대출이자 증가로 생활 소비 자금이 줄어들어 생산성 혁신에 치명타를 가하기도 하고, 금리가 오르거나 세계 거시 경제가 저성장을 지속하거나 고성장으로 돌아서면 물가도, 소비도, 금리도, 하락하거나, 상승해 디플레이션(인플레이션으로 떨어진 화폐 가치를 끌어올리는 수단으로 통화를 수축시키는 방법) 및 인플레이션(통화량이 팽창해서 화폐 가치가 떨어지고 물가가 올라 실질 소득이 줄어드는 현상) 시대로 들어서면, 부동산 가격도 하락해 하루 아침에 하우스 푸어나 벼락 거지로 내몰리는 위험이 도사리고 있다는 것이었다.

서민을 위한 정책이 서민을 궁지로 몰아 주택은 강제경매로 시장에 내놓고, 가족은 거리에 나앉는 사회적 파장을 불러올 가능성도 커진다는 것이었다.

그는 진짜 꾼들은 바닥시세에 싼 가격으로 매입해서 부동산 가격 상승에 불을 지피다가 적당한 시기가 오면 차익을 챙기고 빠져나간다.

그리고 정부의 규제 정책에 손뼉을 치며, 다음 시장을 물색하러 다닌다. 꾼들은 부동산 규제 정책으로 집값이 하락하면 다시 헐값으로 거둬들이는 투자를 반복하면서 시장을 우려먹는 것이다.

이들은 세금 따위는 겁내지 않는다. 경제 원리가 그렇듯이 금융의 경영 원리를 그대로 답습하고 있었다.

금융기관은 저금리에는 대출금 총액을 총량제로 운영하는 것처럼 꾼들은 다른 사람이 한 채 구입할 때 그들은 세금 낼 차익까지 계산에 집어넣고, 자신의 목표 금액까지 다량의 부동산을 현찰로 사들여 돈 놓고 돈 먹는 자본주의 시장의 원리를 그대로 적용한다.

이렇듯 세상은 환경에 잘 적응하는 개체는 살아남고, 그렇지 못한 개체(독립해 존재하는 낱낱의 물체)는 소멸하는 진화론처럼 부동산 시장도 영악한 자들만의 리그라는 설을 믿는 것 같았다.

그는 열이 받쳐 젤 바른 선정재에게 끓는 속을 퍼붓다시피 늘어놓다가 불현듯 자신의 처지가 생각나 슬며시 말을 돌렸다.

"선 형! 우리 발등에 불이 붙었는데 시장 타령만 하면 뭐 합니까?"

그는 가만히 생각해 보니 누워서 자신에게 침 뱉기라 피식 웃었다.

"크크! 맞아요, 제가 생각나는 곳이 몇 군데 있긴 합니다."

"저… 정말입니까?"

삼각 머리 조편재는 막혔던 숨구멍이 터진 것처럼 더듬거렸다.

"일단 급한 불부터 끄고 봐야 할 게 아닙니까?"

"아이고! 말이라고요, 돌파구만 있다면 무슨 짓은 못 하겠습니까?"

"그래요…. 손 놓고 하늘만 쳐다볼 수는 없는 노릇이니 도리가 없지 않습니까?"

"당연하죠, 대출만 된다면야 제가 가서 무릎이라도 꿇어야 되겠죠."

삼각 머리 조편재는 구세주를 만난 심정으로 너스레를 떨었다.

"아무튼… 노력을 해 봅시다. 그러나 회원들 입방아가 장난이 아닐 겁니다."

젤 바른 선정재는 그가 걱정이 되어 한마디 덧붙였다.

"아… 자금만 해결된다면야 그까짓 것 회원들의 비난이 대수겠습니까? 이미 각오는 다 하고 있습니다. 제가 눈 한 번 질끈 감으면 됩니다."

삼각 머리 조편재는 영악스럽게도 자신을 학대하는 척 능청을 떨고 있었다.

"에… 이! 누가, 조 형을 비난한다고, 조금은 시끄럽기야 하겠지만, 그러다 말겠지요, 그런 걱정은 하지도 마세요."

그의 말은 위로를 하면서도 생각은 '자식! 앞서가기는. 누가 그 우라질 속셈을 모를까 봐?' 하며 속살거렸다.

"선 형! 정말 감사합니다."

삼각 머리 조편재는 핸드폰을 앞에 대고 헛바닥을 날름거리며, 말과 다르게 가운뎃손가락을 버릇처럼 슬쩍 올렸다.

"천만에요, 제 일이기도 하잖습니까?"

젤 바른 선정재는 어차피 한 배에 올라탔다고 생각했기에 그렇게 말할 수밖에 없었다.

"그 말도 틀린 소리는 아니지만, 그래도 나서 준다는 게 쉬운 일은 아니지 않습니까?"

삼각 머리 조편재는 혓바닥에 꿀을 발라 놓은 뱀처럼 살랑거렸다.

"아무튼, 저는 선 형만 믿고 기다리고 있을 테니 연락을 주시겠습니까?"

삼각 머리 조편재는 처음과 다르게 긴장이 풀어져 말끝에 히죽 웃었다.

"알겠습니다. 그럼 들어가세요."

젤 바른 선정재는 '우라질 자식! 하늘을 찌르던 자존심은 다 어디다 팔아먹고, 살랑대는 꼴이란⋯. 흐흐⋯. 이 잘난 형님이 살려 줄 테니 기다려 봐라 짜⋯샤.' 하고 읊조렸다.

그는 잠시 핸드폰을 내려놓고, 한참을 이 궁리 저 궁리를 하고 있었다. 젤 바른 선정재는 그렇게 한동안 로댕의 생각하는 사람이 되었다가 나름 정리를 끝냈다. 그러고는 모든 비상망을 총 가동하기 시작했다.

그는 손이 닿을 만한 큰손들에게 연락을 취하면서 기존 거래처 금융권에 손을 내밀었다.

그러나 금융기관들도 정책적 대출 규제에 묶여 눈치를 보는 입장이라며, 몸을 사린 채 거부반응을 보였다.

젤 바른 선정재는 삼각 머리 조편재의 일 이전에 자신의 사업이 사활이 걸린 문제이기에 콧대도 낮추고, 체면도 내려놓은 채 매달렸다.

칼자루를 잡고 있는 금융권들은 역시 거래의 고수로 높은 금리에 꺾기까지 요구하고 나왔다. 그는 단독으로 결정할 수 없는 중대한 사안이라 할 수 없이 대화방에 안건을 올렸다.

돈 사랑 회원들의 반응은 뜨거웠다. 특히 삼각 머리 조편재 이름을 거론하며 미주알고주알 들먹이는 회원들이 압도적으로 많았다.

이들은 대놓고는 말을 못 하고, 싸잡아 우라질 놈들이라며 물고 뜯었다.

회원 중에는 이쯤에서 지역 및 직장조합(해당주택건설대지의 50% 이상 확보 및 토지 사용 권원 80% 이상 확보와 토지소유권 15% 이상 확보, 일정 기간 이상 해당 지역 거주 무주택자 및 전용 85제곱미터 이하 1주택 소유자 조합원 50% 이상 모집 후 인가신청 등)으로 돌려 금융에서 자유로워지자는 주장도 나왔다.

그는 회원들의 의견을 하나하나 살피면서 지혜롭게 조율을 해나갔다.

여러 의견들 가운데 효율적인 이익을 추구하면서도 유리한 조건을 선택해야 했었다. 하지만 이들에게는 금융기관 대출이 여러 가지 면에서 유리하다는 결론이 나왔다.

그러나 우라질 금융기관은 자신들이 요구하는 적정선 이상의

자기 자본금을 투입할 수 있는 개발 사업의 한해 대출을 승인하는 구조였다.

왜냐하면 자기 자본 비율(에쿼티 비율)이 높을수록 사업에 대한 책임감이 투철하다고 믿기 때문이었다.

그래서 제1금융권의 시설 자금을 대출받기 위해서는 최소 자기 자본 비율이 우라지게도 30% 이상 확보되어야 승인이 떨어졌다.

게다가 제2금융권은 사업 성공 가능성을 파악하고 대출을 승인하는 프로젝트 파이낸싱을 주로 취급하고 있었다.

망할 놈의 대출을 승인하는 데 있어서는 건축주가 최소 20% 이상 자기 자본을 투입할 수 있어야 젠장맞게도 대출이 나가고 있는 실정이었다.

여기에 인터넷 온라인 대출과 투자를 연결하는 서비스 피투피 사금융 대출도 우라지게도 자기 자본 비율이 10% 이상 투입되어야 지랄 맞게도 대출이 승인되는 구조였다.

그러므로 건축 사업을 추진하기 위해서는 환장하게도 최소 자기 자본과 예비비 등이 필수적인 선결 조건이었다.

우리가 흔히 알고 있는 망할 놈의 남의 돈으로 건축은 그림의 떡이라는 사실이었다. 물론 외상으로 시공을 해 주고, 공사비와 이자율을 뻥튀기하는 업체도 부지기수로 많지만, 준공 이후에 막대한 손실과 피해를 떠안고 부도나는 건축주가 한둘이 아니다.

우라지게도 타인 자본은 자기 자본금이 최소의 자금이라도 투입할 수 있을 때, 레버리지처럼 이용 가능성이 우라지게 팽창한다는 사실을 알아야 한다.

다만 돈 사랑의 금융기관 거래 조건은 이랬다. 자기 자본비율이 대출금에 비해 상당히 높은 평가를 받았다. 왜냐하면 우선은 매매 대금의 30%를 계약금으로 지불했다는 것과, 돈 사랑 시행사가 건축할 토지 대부분이 회원들(시행사)의 소유라는 사실이었다.

그래서 고금리를 피하는 대신에 건축 비용 대출금 융자와 분양대금 일체를 망할 놈의 주거래 은행에 유치하는 조건으로 꺾기와 같은 우라질 합의를 보았다.

결국 급한 사람이 우물을 파는 심정으로 돈 사랑 회원들은 울며 겨자 먹기로 망할 놈의 대출 계약서에 도장을 찍을 수밖에 없었다.

그러나 흰머리 윤편인의 생각은 전혀 달랐다. 그의 말을 빌리면 우라지다 자빠질 금융비용은 늘어났지만, 나름 걱정했던 건축 비용을 예상과 달리 손쉽게 해결할 수 있어 한시름을 덜었다는 것이다.

하지만 목적 달성을 위한 그의 긍정적인 생각일 뿐 누구에게는 개똥같은 위안일 수도 있었다.

한편 한동안 똥줄이 탔던 속 알머리 봉상관은 돈이 해결되었다는 소식에 막혔던 속이 뻥 뚫어졌다.

왜 안 그렇겠는가? 돈 가뭄으로 속이 까맣게 타들어 가던 그였다. 흰머리 윤편인도 회원들도 모두가 똑같은 심정이었다.

그러나 이제는 이자가 나가든 비용이 들어가든 어쨌거나 돈비가 시원스럽게 내렸다는 것이었다.

속 알머리 봉 회장은 날짜에 맞추어 상구 머리 노 총무가 찾아다 준 중도금과 잔금을 원스톱으로 처리했다.

명신탁의 아들은 부동산 매매 인감증명서와 부동산 등기 권리증을 비롯해 근저당권 말소에 필요한 서류 일체를 넘겨주었다. 그렇게 매매 거래를 매듭지은 속 알머리 봉상관은 명의 변경에 필요한 관계 서류와 등기 업무 등을 거래은행 대출계에 위임을 했다.

그동안 상구 머리 노 총무는 지주 작업에 충당한 비용 등이 어떠한 위험을 가져왔는지에 대해 계산기를 두드렸다. 그러나 아직 분양 전이라 손익계산서는 마이너스로 집계되었다. 아직 사업의 총결산은 아니 대차대조표(일정한 시점에서의 기업의 재정 상태를 알 수 있게 나타낸 표. 차변에는 자산, 대변에는 부채와 자본을 기재.)는 안개 속에 감춰져 있었다.

왜냐하면 인허가 및 심의와 인증에 사용될 비용과 앞으로도 진행할 건축 자금 등에 투입할 비용이 산적해 있었기 때문이었다.

제33장

마지막 공정

복합 개발의 문제점

오랜 기간 동안 지지부진을 면치 못했던 지주 작업이 드디어 매듭을 지었다. 돈 사랑 회원들은 새로운 희망에 부풀어 있었다. 이들은 장기전을 견디며 남아 있는 만큼 아직 미결된 문제들이 무엇인지 누구보다 잘 파악하고 있었다. 그래서 그랬을까? 이들의 이목은 한 곳에 쏠려 있었다.

그것은 건축법 제10조 1항에 따라 사전 결정 신청자로서 미리 받아둔 사전 결정 통지서(건축 심의 질의서의 허가)였다. 동시에 신청한 교통 영향 평가서 검토와 환경 영향평가 등도 심사 대상에 포함되어 있었다.

건축 허가를 2년 이내에 신청하지 못하면 사전 결정 효력은 상실된다. 그래서 우라질 내용을 기억하고 있는 회원들은 시일이

다가올수록 조바심을 내며, 애를 태웠었다.

"봉 회장님. 이제 지주 작업은 끝난 셈이니 정식 허가를 서둘러야 되지 않나요?"

모던한 한옥경이 그를 올려다보며 물었다. 일부 회원들은 그녀의 말에 공감을 하듯 고개를 끄덕이고 있었다.

"허허허! 그렇지 않아도 벌써 윤 부회장님과 문 감사님이 부지런히 움직이고 있습니다."

속 알머리 봉상관은 그녀의 말뜻을 금세 알아듣고, 너털웃음을 웃어 가며 말했다. 그러고는 이미 두 사람이 명 소장(건축사)의 도움을 받아 오래전부터 많은 일들을 진행해 오고 있다며, 그녀와 회원들에게 보충 설명을 늘어놓았다.

"아하! 벌써 발 빠르게 움직이고 있는 겁니까?"

둥근 머리 맹비견은 그런 줄 뻔히 알고 있으면서 무슨 수작인지 능청스럽게 내숭을 떨었다.

"저기요? 봉 회장님! 명 소장님은 몇 층까지 올릴 수 있다고 했나요?"

모던한 한옥경은 건축물의 용적률과 층수에 대해 물었다. 그녀는 홍일점으로 유일하게 남아 있는 여자 회원이었다. 그녀가 유독 건물 층수에 눈독을 들이는 것은 자신이 투자한 자금이 얼마의 수익을 불려 줄 수 있는가? 두둑한 돈주머니 때문이었다.

과연 수지 타산은 얼마나 자신의 기대치를 충족시켜줄 수 있을까? 그것이 궁금했다.

즉 건물 높이는 분양 수익과 직접적인 연관이 있다는 것을 그녀는 물론 돈 사랑 회원 전체가 잘 알고 있었다.

용적률 확장으로 이익금 배당은 얼마가 돌아올 것인지가 이들에게는 초미의 관심사가 아닐 수 없었다.

"충수요?"

속 알머리 봉 회장은 일전에 안 좋은 반감이 남은 표정으로 그녀를 돌아보며, 주절거렸다.

"윤 부회장님은 고층에 분양 평수가 많이 나올수록 좋다고 한 모양 같은데, 명 소장님! 말은 좀 다른가 봅니다."

봉 회장은 그녀를 마주 대하기가 어딘가 거북해 보였다. 그는 두 눈두덩을 실룩거리며, 왠지 모르게 아쉬운 표정이었다.

"그분이 뭐라고 했는데요?"

모던한 한옥경은 그와는 달리 배시시 미소를 보이며 물었다.

"그게, 국토교통부 및 서울시 허가 조건과 지방자치단체 조례 규정 등을 통과해야 우리가 원하는 충수를 올릴 수 있다고 했답니다."

속 알머리 봉상관은 쌍까풀이 아름다운 그녀의 눈을 유심히 쳐다보며, 들은 그대로 옮겼다.

그리고 첫 대면 때 그녀에게 느꼈던 사랑스럽던 감정을 떠올려 보고 있었다.

"어머머… 구청장 인허가를 받으면 건축하는 데 문제없지 않나요?"

모던한 한옥경은 황당하다는 표정으로 양손을 벌렸다. 그녀의 말에 회원들은 눈총을 쏘듯 두 사람을 번갈아 쳐다보았다.

"예… 단층 건축물이라면 틀린 말은 아닙니다."

가만히 듣고 있던 상구 머리 노식신이 불쑥 끼어들었다. 그는 다른 이유가 있다는 표정이었다.

"그럼, 또 다른 조건이라도 있나요?"

모던한 한옥경은 '뭔 소리야?' 하는 표정을 바꿔 다시 의아한 얼굴로 그를 돌아보며 물었다.

"건축법 제11조를 살펴보면 21층 이상 건축물 등은 대통령령이 정하는 용도 및 규모의 건축물을 특별시 혹은 광역시에 건축하려면, 특별시장 혹은 광역시장의 허가를 받아야 한다고 나와 있거든요. 하하하!"

상구 머리 노식신은 관련법을 들먹이며, 한바탕 웃었다.

그러자 그녀는 갑자기 속이 타는 듯 걱정스러운 얼굴로 빠르게 주절거렸다.

"설마… 허가 조건에 미달되는 것은 아니겠죠? 호호!"

그녀는 속과 다르게 그런 사실은 전혀 몰랐다는 듯이 익살스럽게 미소를 보였다.

"아마 그런 걱정은 안 하셔도 될 겁니다. 하하하!"

상구 머리 노식신은 손사래를 치며 걱정도 말라는 듯이 웃었다.

"허허! 제가 듣기로는 명 소장님이 그 계통 짬밥을 수십 년은 먹었다고 들었는데 설마하니 그런 식으로 일처리를 하시겠습니까?"

속 알머리 봉상관은 쓸데없는 걱정들을 한다는 표정을 한 채 째진 눈초리로 두 사람을 한심하다는 듯이 번갈아 쳐다보았다.

"그래도 한편으로 걱정이 돼서요. 호호!"

모던한 한옥경은 입을 살짝 가린 채 살며시 웃었다.

"그보다는 이제는 별 탈 없이 끝났으면 좋겠어요."

그녀는 자라보고 놀란 가슴 솥뚜껑을 보고도 놀란다고, 또다시 새로운 문제가 불거져 나올까? 싶어 한 걱정을 하면서 빠르게 고시랑거렸다.

"허허! 이제야 큰일이야 있겠습니까? 염려 놓으셔도 될 겁니다."

속 알머리 봉상관은 그녀의 긴장감을 풀어 주듯 안심을 시켰다.

그러나 말이야 쉽지만, 이들 앞에 놓인 산적한 문제들은 이제부터가 진짜 인간 시장의 장애물이 시작되는 산 넘어 산이라는 것쯤은 눈치 빠른 사람들은 다 알고 있었다.

"정말요?"

모던한 한옥경은 지나간 세월 속에 툭하면 터졌던 많은 사건들이 주마등처럼 스쳐 가자, 괜히 다짐을 받듯 묻고서 해죽거렸다.

"윤 부회장님과 문 감사님이 어련히 잘 알아서 처리하시려고요?"

상구 머리 노식신은 주먹을 불끈 쥐었다 펴 보이며, 그는 두 사람을 믿는다는 자기만의 몸짓을 보였다.

"물론 저도 두 분을 철석같이 믿고 있지만, 그래도 혹시나 해서요?"

그녀는 신뢰를 하다면서도 한편 걱정이 되어 순간 안색이 어두워졌다.

"왜 뭐가 그렇게 마음이 놓이지 않으십니까?"

상구 머리 노식신은 눈알을 희번덕거리며 물었다. 순간 모던한 한옥경은 그를 쏘아보며 이렇게 주절거렸다.

"왜, 지난번에 조 이사님 큰소리만 믿다가 된서리를 맞을 뻔했잖아요?"

그녀는 미간을 찌푸리며, 착잡한 표정을 보였다.

"허허허! 하긴 사람 하는 일은 언제 무슨 일이 터질지 모르는 게 사실이지만, 그래도 이제는 한시름 놓아도 될 겁니다."

속 알머리 봉상관은 그녀의 불안한 마음을 달래주듯 말했다. 사실 그때 일은 누구라도 감당하기 힘든 상황이라 어쩔 수 없었던 사고였다는 것을 모두가 알기에 그렇게 변명을 해 주었다.

"예…에, 맞습니다. 그때야 정부 규제 때문에 우리로서는 어쩔 수 없는 상황이었지만, 이번엔 좀 다를 겁니다."

상구 머리 노식신은 밝은 표정을 보이며, 웃었다.

속 알머리 봉 회장은 이제는 안심해도 된다는 눈치를 계속주면서 '여편네, 그렇게 의심이 많아서야 어찌… 지금까지 참고 기다린 거야?' 하며 이해할 수 없다는 듯이 웅얼거렸다.

"호호! 무슨 제가 모르는 좋은 소식이라도 있나요?"

그의 말에 갑자기 미소를 되찾은 그녀가 어느새 근심이 가신 기색으로 방실방실 물었다.

"에이… 좋은 소식은커녕 정부가 집값을 잡겠다고, 온갖 규제를 다 들이대며 시장을 흔들어 놓고 있지 않습니까?"

상구 머리 노식신은 그녀의 기대와는 달리 한술 더 떠 짜증이 왕창 나는 소리를 지껄였다. 그러고는 당신들도 아느냐는 눈빛을 보인 채 두 사람을 번갈아 쳐다보았다.

"아하! 시장에 혼선을 빚은 부동산 규제 정책 말인가요?"

모던한 한옥경은 딴 나라 이야기를 하듯 모른 척 물었다.

그녀는 자신이 기대한 것과는 상반된 말이 나오자 약간 실망한 표정이었다. 하지만 이미 뉴스를 통해 대충은 알고 있었기에 슬쩍 끼어들었다. 그녀의 말에 회원들은 이구동성으로 고개를 끄덕이며 주절거렸다.

"아하! 그 짜증 나는 뉴스…?"

"…"

"젠장맞게! 오히려 집값만 부추겼다고 여론의 몰매를 맞았다는 데…. 그게 왜요?"

봉 회장은 미간에 갈매기를 그려 가며, 이미 알고 있다는 제스처를 취했다. 그리고 오히려 그가 이상하다는 눈으로 쏘아보았다.

"흐흐… 역시 예상한 대로 알고들 계시네요?"

상구 머리 노식신은 예리한 눈빛을 반짝이며 역시 뭐가 달라도 다른 인간들이라고 생각하며 고개를 끄덕거렸다.

"우라질 자식! 누구를 맹물로 아나…?"

둥근 머리 맹비견은 두 눈을 치켜뜨며 말없이 속살거렸다.

"그럼, 정부가 수도권 주변에 여러 신도시 후보지(남양주, 하남, 과천, 인천, 김포 고촌, 하남 감북, 고양 대곡 등)를 발표한 뉴스는 보셨습니까?"

상구 머리 노식신은 모두를 향해 눈알을 회번덕거렸다. 보지 않았다면 꿀밤이라도 한 대 때려 줄 기세였다.

"호호! 강남이나 과천 그린벨트를 해제시켜서라도 주택을 공급하겠다는 뉴스 말이죠?"

그 말에 모던한 한옥경은 대뜸 뜨거운 반응을 보였다.

"예… 맞습니다. 그 우라질 발표로 국토부와 서울시가 기 싸움하느라 꽤나 시끄러웠다면서요?"

상구 머리 노식신은 뭔가 알고 있는 표정으로 되물었다. 하지만 그녀는 무얼 생각하는 건지 잠시 머뭇거리고 있었다.

"그 발단은 서울시가 적극 반대하고 나서면서 국토부하고 되니 안 되니 갈등을 빚었다죠?"

그녀가 머뭇거리는 사이 봉 회장이 불쑥 끼어들어 먼저 바람을 잡고 나섰다.

"뭐라고 했습니까?"

둥근 머리 맹비견은 아직 소식을 모르는 의아한 얼굴을 해가지고, 해쭉거렸다.

"아마… 그린벨트는 후손들의 몫이라 절대 손을 대면 안 된다고 반대했다죠? 허허허!"

봉 회장은 둘러말하며 히죽 웃었다.

가만히 지켜보던 돈 사랑 회원들은 이때만큼은 당연하다는 듯이 함께 웃음을 보였다.

"그 문제로 서울시는 다른 제안을 했다는데 누가 아십니까?"

질문을 던진 상구 머리 노식신은 두 눈을 굴려가며, 모두를 향해 주억거리고 있었다.

"음⋯. 그래서 그 대안으로 서울시는 상업지역과 준주거지역에 용적률을 높여 주겠다고 제안을 했습니다."

속 알머리 봉 회장은 슬쩍 나서며, 아는 척 중얼거렸다.

"아니⋯ 용적률로 부족한 주택을 해결하겠다고요? 쳇! 어림도 없는 소리 하지도 말라고 하세요."

둥근 머리 맹비견은 고개를 가로저으며, 콧방귀를 뀌었다.

"아하! 임대 주택과 공공 분양 주택을 제공하겠다는 뉴스가 그 소리였군요? 호호!"

모던한 한옥경은 이제야 감을 잡고서 고개를 끄덕이며, 말을 이어 갔다.

"그 정도 가지고는 어림도 없을 텐데요?"

그녀는 고개를 가로저으며 무거운 표정을 지었다.

급기야 이들은 '그거야 수요 예측을 주먹구구식으로 보는 게 더 큰 문제가 아니냐?' 하며 서로가 잘난 듯 입방아를 찧기 시작했다.

"그것도 부족하면 공공용지나 철도청 유휴지 등을 최대한 확보해서 임대 주택을 짓겠답니다."

봉 회장이 놓친 내용을 노 총무가 보충하며 말을 이어 갔다. 회원들은 서로가 잘난 척에 설왕설래하며 듣고 있었다. 그는 말을 하면서도 차라리 철도 위나 도로 위에 가용성 공간을 확보해 임대 주택을 건설해서 제공하는 편이 훨씬 효율적이라 보고 있었다.

"그래서 말인데 우리도 여기에 답이 있다고 봅니다."

상구 머리 노 총무는 새로운 희망을 쏘아 올릴 듯 확신에 찬 얼굴로 모두를 향해 양손을 벌렸다.

이들은 갑자기 '뭔 소리야?' 하는 눈길로 그를 쏘아보았다.

"그럼 뭔지는 모르겠지만, 우리도 혜택을 받을 수 있다는 얘긴 가요?"

모던한 한옥경은 의혹의 찬 눈길로 궁금한 듯 그를 쏘아보았 다. 돈 사랑 회원들은 두 사람을 번갈아 쳐다보았다.

"잘은 모르겠지만, 서울시 정책에 적극 협조하는 설계도라면 허 가도 가능하지 않겠습니까? 흐흐…"

상구 머리 노 총무는 양손을 벌려 어깨 뽕을 살짝 올렸다. 그 러고는 '어때, 내 아이디어가?' 하는 표정을 보였다.

"어머… 대박! 그럴 수도 있겠네요? 호호!"

그녀는 그의 재치 있는 대답에 웃음을 터트리며 양손을 가볍 게 두드렸다.

"허허허! 굿 아이디어 같습니다. 내 오늘 노 총무님을 다시 봤 습니다."

속 알머리 봉 회장은 설익은 수박에 칼질 하는 경제성 없는 개 소리 말라며 퍼붓고 싶었다.

하지만 그는 나름 괜찮은 생각인 것처럼 엄지손을 척 추켜세웠 다. 그러고는 고개를 돌려 쓴 입맛을 다셨다.

"에이… 제 생각은 좀 다릅니다."

가만히 구경하고 있던 둥근 머리 맹비견은 어깃장을 놓듯이 들이대고 나왔다.

"아니… 뭐가 다르다는 겁니까?"

상구 머리 노 총무는 마땅찮은 낯빛을 보이며, '이 자식! 뭔 개소리야?' 하는 눈빛으로 그를 쏘아보았다.

"용적률을 몇 프로나 올려 줄지 모르겠지만, 그 정도로는 어림도 없을 겁니다."

둥근 머리 맹비견은 고개를 흔들며 말을 이어 갔다. 그러자 상구 머리 노 총무는 '주접을 따따블로 떨고 있네, 빌어먹을 자식!' 하는 눈빛으로 그를 째려보며, 넌지시 냉소를 머금고 있었다. 그러던 말든 그는 계속 주절거렸다.

"혹시… 모르죠? 미국의 대도시 뉴욕이나 일본 도쿄 롯폰기 힐스처럼 엔터테인먼트와 문화시설 등이 함께 건축된 복합시설, 그것도 아니면 독일 베를린에 건축된 포츠다머 플리츠처럼 복합개발로 용적률을 대폭 끌어올려 준다면 가능할까요?"

둥근 머리 맹비견은 달관한 전문가처럼 우리의 실상을 적나라하게 늘어놓고 있었다. 그는 세계적인 도시들의 추세가 상업오피스와 주택들이 한 공간에서 공유하는 복합 개발이라며 미래 건설 방향을 제시하듯 설을 풀었다.

대한민국 대도시를 영국의 슈퍼 커넥티드 시티처럼 광대역 통신망 스마트 도시나, 유비쿼터스를 겸비한 콤팩트 스마트 도시로

건설 계획을 세우고, 거기다 백층 이하 초고층 건물까지 접목시
켜 달라고 말이다.

"허허허! 틀린 말은 아닌데, 문제는 서울처럼 땅이 없는 상태에
서 용적률만 높인다고 별 효과가 있을까요?"

속 알머리 봉 회장은 갸웃거리며, 의혹의 찬 눈초리를 보였다.

"헐…! 뭔 개소리야?"

상구 머리 노 총무가 그를 째리며 속살거렸다.

"혹시… 재건축 재개발을 병행한다면 문제는 달라지겠죠?"

봉 회장은 국지적인 공급 문제의 한계를 지적하듯 그나마 수요
를 해결할 수 있는 포인트 한 가지를 끄집어냈다.

"어머머…. 맹 이사님도 교통지옥이나 일조, 채광, 통풍 등 환경
문제는 나 몰라라 해도 괜찮다는 얘긴가요?"

모던한 한옥경은 말도 안 된다는 표정을 보였다.

"허허허! 그러고 보니 여러 가지 문제점을 고려해서 결정할 사
항이긴 합니다."

속 알머리 봉 회장은 그녀의 지적이 나름 걸림돌로 작용할 수
있어 고민을 해 볼 필요가 있다고 보았다.

"하긴 뭐… 문제라면 문제이긴 하지…."

둥근 머리 맹비견은 그녀의 거센 항의에 당황하며 웅얼거렸다.

"그럼요, 민원이 발생하면 그것도 골치 아픈 문제니까요?"

속 알머리 봉 회장은 그녀의 예리한 지적에 머뭇거리는 둥근 머
리 맹비견을 바라보며, 중얼거렸다.

"하하! 당연한 반론입니다."

그는 할 말이 남아 있다는 얼굴로 받아넘겼다.

"헐…! 저 맹물이 뭐라는 거야?"

그녀는 가만히 그를 흘겨보며, 혼잣말을 속살거렸다.

"그래서 독일은 기반 시설에 관한 개발 규정과 법안을 통과시키는 데 만 4년이나 걸렸다고 합니다."

둥근 머리 맹비견은 반론을 잠재우려는 마음에 하나의 사례를 끄집어냈다.

"하하하! 그 나라에서는 나름 충분한 시뮬레이션을 거쳤다는 얘긴데… 그렇다면 제게도 아이디어가 있습니다."

상구 머리 노 총무가 가만히 듣고 있다가 한바탕 웃고는 해결책이 있다며, 큰소리 치고 나섰다.

"어머나! 정말입니까? 호호!"

모던한 한옥경은 '진짜일까?' 싶어 호기심을 보였다.

"들어 보실래요?"

그는 실실 웃으며 물었다.

"네에! 뭔지 빨리해 주세요, 궁금하네요?"

그녀는 그를 보채 가며, 자신은 생각도 못 했는데 뜻밖이라고 살짝 웃어 보였다.

"가령, 지금의 재건축, 재개발, 건축물을 100층 이하로 용적률을 높여서 주로 역세권 주변에 건축하고, 일조나 채광에 우라질 문제가 생긴다면 우선 설계도부터 새롭게 작성해야 되겠죠. 그리고 확보한 일정량의 토지는 삶의 질이 높아질 수 있도록 녹색 공원으로 조성하는 겁니다."

그는 말을 해 놓고 '아니 뭐가 그리 급해?' 하는 야릇한 눈빛을 해가지고, 그녀를 쏘아보았다.

"당연하죠. 호호!"

모던한 한옥경은 그를 달리 보며, 방실방실 미소를 지었다. 예전에 보지 못했던 그의 진 면모에 살짝 놀라는 눈치였다.

"그게 가능은 한 건지는 잘은 모르겠지만, 어떻게 한다는 겁니까?"

둥근 머리 맹비견은 그를 의심에 찬 눈초리로 묻고는 '자식! 진짜라면 뭐 나름 장난은 아니네?' 하고 생각했다.

"예를 들자면 건축물은 H 빔 철근 구조로 건축하고, 일조가 부족한 곳으로 햇살을 끌어들일 수 있는 반사경 창문이나 유리 벽 등을 시공하는 겁니다."

상구 머리 노 총무는 건축 공법을 알고 있는 건축가처럼 뻔뻔스럽게 설을 풀었다. 회원들은 그거 말 되는데, 하고 속살거렸다.

"호호! 그럼 통풍은요?"

모던한 한옥경은 '정말일까?' 하는 눈초리로 되묻고는 그를 쏘아보았다.

"아… 그것도 설계 단계부터 건축물에 바람이 통과하는 공간을 확보하는 겁니다."

그는 눈도 깜짝하지 않고, 건축 공학도처럼 느물스럽게 늘어놓았다.

"어머머…. 재미있는 발상이군요? 호호!"

그녀는 흥미로워 하며 호기심이 가득한 눈빛이었다.

"왜 공상과학 영화 같은가요?"

그는 믿기지 않느냐며 애매한 눈빛으로 되물어 왔다.

"아니 뭐…? 그럼 교통 혼잡은 어떻게 처리하죠?"

그녀는 입술을 삐죽하고는 어깨 뽕을 살짝 올리며 양손을 벌렸다.

그가 이들의 호기심을 자극하자 회원들은 '이번엔 뭔 소리를 하려나?' 싶어 눈길을 모아 그를 쏘아보았다.

"그것도 지상 도로나 지하 대심도(지하 50미터 아래)를 운행하는 도시 설계를 착수하고, 건물과 함께 혼용할 수 있는 자동차 상하 유료 도로를 복합 설계해 인공지능 스마트 도시를 건설하자는 겁니다. 흐흐…."

그는 긴 설명으로 갈증을 느껴 입술에 침을 바르며, '어때? 내 말이 그럴듯하죠?' 하듯 그녀를 직시하고 있었다.

"호호! 그런데 가능은 할까요?"

모던한 한옥경은 그를 의식하고 '설마?' 하는 의혹의 눈빛을 보였다.

"글쎄요? 혼자 생각 같지만, 외국의 성공 사례를 도입하거나 유비쿼터스한 스마트 도시나 슈퍼 커넥티드한 콤팩트 도시라면 가능하지 않을까요? 하하하!"

그는 당장 떠오르는 이런저런 우라질 상식을 몽땅 끌어다 붙이고, 유들유들 웃었다.

언젠가는 자기 말이 맞을 거라고 우기는 것 같았다.

하지만 미래는 하이퍼 루프 같은 초고속 진공 열차와 하늘과 도로를 달리는 플라잉 카 그리고 인공 지능 로봇과 자율 자동차와 드론 등이 상용화되어 우리의 일상생활을 확 바꿔 놓을 교통혁명이 코앞에 와 있다는 사실이었다.

이러한 교통수단이 세상을 보다 짧은 시간에 빠르게 변화시키고 부동산 건축물도 전체 구도가 혁신적으로 전환될 것이다.

"호호! 노 총무님도 엉뚱한 구석이 있네요?"

모던한 한옥경은 갸웃거리며, 얄궂은 농담처럼 받아들이고 있었다.

"제가요? 그럼 어느 실업가의 십팔번 해 봤어? 라는 말을 들어 보셨나요? 호호…"

상구 머리 노 총무는 젠장맞게도 엉뚱하다는 말에 빈 정이 상해 신경질적으로 되받아쳤다.

그는 미래(2028~2030년)의 세계는 하늘과 도로를 자유자재로 날아다니는 플라잉 카와 하이퍼 루프 초고속 진공 열차가 대심도 땅속을 최고 시속 1,280킬로미터로 서울과 부산을 15분 이내에 주파하는 시대가 곧 도래한다는 노가리는 풀지 않았다.

"그럼 나중이라도 해 보시든가요?"

그녀는 쌀쌀맞게, 비아냥거렸다. 그러자 상구 머리 노식신은

'줘 보기나 하고 말하면 밉지나 않지…' 하는 눈길로 그녀를 째려 보았다.

"허허! 어째… 두 분이 사랑싸움을 하는 연인 같습니다."

속 알머리 봉 회장은 분위기가 냉랭해지자, 갑자기 조크를 던 졌다.

그러나 그녀의 반응은 예상외로 냉담했다. 아무래도 그녀의 일 진이 사나운 날이었다. 매사가 신경질적이고 짜증이 나 있었다.

한마디로 남편 바람기에 성난 마누라가 사내 뺨을 후려칠 정도 로 쌀쌀맞고 차가왔다고나 할까? 아무튼 그랬다. 속 알머리 봉 회 장은 자신의 생각하고는 전혀 다른 방향으로 불꽃이 튀자 몹시 당황한 표정이었다.

"어머머… 회장님! 농담이라도 그런 억측이 어디 있어요?"

그녀는 신경질적으로 쏴붙이고는 냉담한 얼굴로 고개를 획 돌 렸다. 그녀의 반응에 잠시 어색해진 속 알머리 봉 회장 이렇게 주 절거렸다.

"허허! 그냥 두 분 분위기가 서먹해져서 한 말이니 오해하지 마 세요."

그는 어찌할 바를 몰라 변명을 하듯 한마디 하고는 표정이 몹 시 어두워져 있었다.

"어머머…! 그래도 그렇지요? 할 말이 있고, 못 할 말이 있잖아 요, 그게 가당키나 한 말입니까?"

그녀는 분노를 드러내며, 툴툴대고는 가시눈을 흘겼다.

"기분이 상하셨다면 죄송합니다."

속 알머리 봉 회장은 그녀를 달래려다가 오히려 서릿발 같은 그녀의 항변에 체면만 구기고 말았다.

가만히 지켜보고 있던 상구 머리 노 총무는 아무래도 안 되겠다는 생각에 한마디 주절거렸다.

"오늘은 이쯤하고 들어들 갑시다."

사무실 공기가 싸늘해지자, 흩어진 서류들을 서둘러 챙긴 그는 사람들의 시선을 다른 쪽으로 돌렸다.

"그러는 게 좋을 성싶습니다."

속 알머리 봉 회장은 음성마저 가라앉은 채 몹시 기분이 상한 눈치였다.

그래서 그랬을까? 노 총무가 던진 한+마디에 이렇다 저렇다 하는 말도 없이 냉큼 받아들였다. 그러고는 바로 귀가 준비를 서둘렀다. 그때까지도 모던한 한옥경은 끓어오르는 분을 삭이지 못한 채 얼굴이 벌겋게 달아올라 있었다.

속 알머리 봉 회장은 대충 사무실 정리가 마무리되자, 인사는 하는 둥 마는 둥하고 서둘러 사무실을 빠져나갔다. 나머지 회원들도 내일 보자며, 각자 발길을 돌렸다.

시행 회사 등록과 인허가

한편 흰머리 윤편인과 큰 머리 문정인은 건축 인허가 문제들로 시간을 쪼개 써가며 바쁘게 뛰어다녔다. 이들은 눈코 뜰 새 없는 바쁜 와중에도 시행사 돈 사랑 법인을 설립하고, 엽태는 부동산 개발 업으로 등록을 마쳤다.

그러고는 이들 앞에 놓였던 험준한 40여 고개와 우라질 건축 심의 및 허가 그리고 가파른 준령을 넘어야 하는 스무 고개와 우라지다 자빠질 인증 문제는 명 소장의 도움을 받아 진작부터 움직이고 있었다.

한편 밤잠을 설쳐 가며 완성된 설계 도면은 명 건축사가 직접 국토교통부 전산화 시스템에 들어가 절차를 밟았다.

그는 건축 행정 업무(세움터) 사이트에 들어가서 건축 허가를 신청했다. 반면 민원을 접수한 해당 지자체 공무원은 건축법과 관계 법령 및 조례 등을 검토했다. 또한 관련 부처와 협의를 거쳐 허가 여부도 처리했다.

그렇게 결정된 인허가 신청 결과를 민원인에게 통보하는 것도 늘상 하는 연례행사처럼 공무원들의 몫이었다.

그러나 세상 일이 공짜가 없듯이 여기서 드러난 문제들을 가지고 이들은 관공서를 내 집 드나들듯 두발로 뛰어다녀야 했었다. 난생 처음 맞닥뜨리는 건축 일이었지만, 한번 물면 놓지 않는 불도그처럼 인허가권자를 끈질기게 쫓아다녔다.

하지만 남은 기간 동안 실타래처럼 엉킨 문제들을 해결하는 데는 상당한 비용과 시간이 필요했다. 두 사람은 하루가 멀다 하고 술에 찌들어 가고 있었다.

인허가와 관련된 문제를 쉽게 보고 접근했던 게 화근이라면 화근이었다.

그러나 이들은 난관에 굴하지 않고 최선을 다해 관계자들을 만나러 다녔다. 하지만 공을 들인 만큼 쉽게 풀릴 낌새는 좀처럼 보이지 않았다. 하나가 풀리면 새로운 우라질 문제가 불거져 나왔다. 이들의 인내의 한계를 시험하는 건지? 각종 현안들이 이들을 괴롭혔다.

어려운 가운데서도 실망하거나 포기할 줄 모르는 흰머리 윤편인은 고지식하게도 정석대로 문제를 해결하겠다며, 겁도 없이 덤벼들었다.

그래서 그랬을까? 돌파구는 좀처럼 보이지 않고, 시간만 흘러가고 있었다. 게다가 상상을 초월하는 여러 현안들이 이들의 발목을 붙들고 늘어졌다.

어리석게도 그때까지 보이지 않는 검은 손들이 자신들을 가로막고 있다는 생각을 하지 못했다. 이들 앞에는 당태종唐太宗 이세민李世民이 안시성 성주를 만난 것처럼 앞이 보이지 않았다.

두 사람에게는 인허가보다 사람을 대면해야 한다는 엄청난 스트레스가 고통의 시간이요, 고난의 행군이었다.

이들이 시련의 세월을 걸어가며, 건축 허가를 받는 과정이나, 건축 심의를 받는 과정에서 소요되는 시간들이 예측할 수 없을 정도로 장기간에 걸쳐 중복 심의 및 추가 제출도서 요구, 그리고… 우라질 심의 위원의 주관적인 의견 제시 및 디자인 훼손 등 우라지다 자빠질 건축 허가권자의 재량 행위가 이들에게는 상당한 걸림돌이었다.

또한 지랄 맞게도 반복적이고, 유사한 심의를 계속 거치면서 망할 놈의 비용이 추가되고, 심의 절차에 드는 비용도 막대했다.

인증 절차만 스무 가지로, 에너지 절약 계획서, 결로 방지 성능 평가, 소음 예측 시뮬레이션 보고서, 준공 소음 보고서, 건강 친화형 주택, 범죄 예방 환경 설계, 교육 환경 영향 평가, 사전 재해 영향성 평가, 그리고… 장수명 주택 인증, 에너지 사용 계획 보고서, 일조 시뮬레이션 보고서, 녹색 건축물 예비 인증 및 본 인증,

건물 에너지 효율 등급 예비 인증 및 본 인증, 장애물 없는 생활 환경 예비인증 및 본 인증, 지능형 건축물 예비 인증 및 본 인증, 에너지 절약형 친환경 주택 성능 평가 등 얼마나 종류가 만리장성 아니 태산 같은지 이들은 앞이 캄캄하고 숨이 꼴딱 넘어갈 지경이었다.

게다가 대행업체에 위임하는 비용이 대략 총 1억 8000만 원 정도 예산이 잡혔다.

건축 절차에서 우라질 인증 제도는 정부 부처 및 부서 중심 그리고 다자화된 유사성과 우라지다 자빠질 중복성과 상충성이 그러지 않아도 힘든 이들을 툭하면 괴롭혔다.

과다한 비용도 문제지만, 망할 놈의 허가 지연 유발도 걸림돌로 돌아 버릴 지경이었다. 무엇보다도 사람으로 인한 스트레스와 먹겠다고 덤벼드는 쥐꼬리만큼 힘을 가진 권리자들의 횡포는 인내심의 한계를 요구하고 있었다.

결국 두 사람은 회원들에게 도움을 청하기로 했다. 왜냐하면 심의 위원 및 공무원 그리고 대행업체들과 유착 관계를 형성하지 않고서는 해결책이 보이지 않았기 때문이었다.

지금까지 그들의 보이지 않는 우라질 지연 절차에 가로막혀 있는 줄도 모른 채 무작정 하세월何歲月을 기다려 보았지만, 돌아온 희망은 기약 없는 메아리뿐이었다.

기다리다 지친 이들은 할 수 없이 돈 사랑 회원들과 난상공론 펼친 끝에 기어코 모종의 방안을 하나 찾아냈다.

그것은 흰머리 윤편인이 죽기보다 싫어했던 뒷거래를 받아들이기로 결정했다는 것이었다. 그 이유는 간단했다. 큰 것을 얻기 위해 작은 것을 풀어 주자는 합의였다.

삼각 머리 조편재가 지금까지 살면서 그들과 경험한 실체를 가지고 하나의 일반 상식처럼 굳어 버린 우리의 민낯이자 실상을 제안했다.

두 사람은 어쩔 도리 없이 그 방안을 따르기로 결정했다. 왜냐하면 지자체에 건축 허가를 신청하면 심의를 거쳐 허가가 나기까지 대규모 건물의 경우 7단계 절차를 거쳐야 했다.

그리고 소요되는 시일만 해도 최대 430일 정도가 걸리기 때문이었다. 그러나 보이지 않는 손이 작용하면 인허가는 아예 꿈도 꾸지 못하는 것이었다.

그날부터 두 사람은 항상 주머니를 열고 다녔다. 관공서로 접대 장소로 발바닥에 땀이 나도록 뛰어다닌 노력은 곧바로 신통력을 발휘했다.

자신이 부대끼며 익혔다는 삼각 머리 조편재의 신의 한 수는 사람의 마음을 움직이는 힘이 있었다. 아니 세상을 움직이는 기운이 숨겨져 있었다.

마법처럼 지금까지 엘로 카드를 받았던 서류들이 고속도로를 달리며 속속 어려운 관문을 통과하기 시작했다. 지루하게 속만 태우던 인허가들이 거짓말처럼 한 방에 결재가 떨어지고 있었다.

그들은 각고의 노력 끝에 드디어 지하 3층에 지상 41층 주상 복합 아파트 건축 허가를 받아 냈다. 때마침 불어 준 집값 폭등은 용적률을 높이는 데 최적의 효과를 발휘했다. 국토부와 이견을 보인 서울시는 부족한 주택을 제공하기 위한 특단의 조치를 발표하고 있었다.

이들은 우연인지 행운인지 때맞춰 그 혜택을 받을 수 있었다. 그러나 늘어난 용적률의 절반은 공공 임대주택을 건축해서 서울시에 채납하는 조건이었다. 돈 사랑 회원들로서는 경제성 반감에 서로 간에 이해 상충이 일어나 상당한 소요가 수반되고 있었다.

하지만 두 사람은 랜드마크 건축물 완성이 먼저였기에 수익보다는 목적 달성이 중요했다. 그래서 반대할 이유가 없었다.

그러나 이해타산이 다른 이들에게는 높아진 용적률은 수익과 직결되는 상여금이라는 혜택과 달리 공공의 이미지가 건축물의 가치를 상당하게 하락시킨다고 여겼다.

특히 돈 생 돈사 두 사람은 수익 감소에 대해 상당한 불만을 제기했다. 그것뿐 아니었다. 임대 아파트가 주는 민감한 반응은 돈 사랑조차 두 쪽이 날 지경이었다. 회원들은 사회적 환경에 대해 이렇게 주장했다.

일반 사람들이 생각하는 민간 주택과 공공 주택은 인식 자체가 완전 달라 상당한 가치로 차별을 둔다는 것이었다.

그러면서 회원들은 나름대로 한걱정을 늘어놓았다. 그러자 보다 못해 명 소장이 나섰다. 그는 설계 변경으로 여러분이 우려하는 결점을 최소화시키겠다고, 이들을 달래고 나섰다.

그래서 돈 사랑 회원들의 들끓는 공분이 차츰 수그러들기 시작했다.

그제야 흰머리 윤편인과 큰 머리 문정인은 그나마 한시름을 놓을 수 있었다. 명 건축사는 아파트 브랜드 이미지가 랜드마크로서 훼손되지 않도록 건축물의 설계를 출입구부터 철저하게 이원화 시키겠다는 해결책을 내놓은 것이었다.

이들은 그렇게 합의에 도달하자 명 소장과 함께 다음 일들을 일사천리로 진행시켰다.

그로부터 한참이 지난 후에야 비로소 기다리고 기다렸던 우라질 허가를 받아 냈다. 여하튼 건축 허가 소식은 대화방에 긴급 뉴스로 올라갔다. 그동안 숨을 죽이고 잠잠했던 이들의 핸드폰 소리가 한동안 요동을 치기 시작했다.

알람은 분초를 다투듯 발광을 떨며, 울려 대고 있었다. 각자에게 뜨는 화면은 서로에 대한 축하 내용이 대부분이었다.

돈 사랑 회원들의 문자는 영화관의 마지막 엔딩 자막처럼 화면을 가득 채우고 있었다. 그렇게 미친 듯이 울려 대던 알람 소리가 멈춘 것은 내일 오전 10시까지 사무실로 모이라는 통보 문자였다.

한편 잠자리에 누운 흰머리 윤편인은 건축 허가를 기뻐하면서도 시공 과정에서 발생하는 여러 가지 현안들로 벌써부터 걱정이 앞서 골치가 뻐근하게 저려왔다.

왜냐하면 생각지도 못했던 사건 사고로 뜻하지 않은 공사 연기 그리고 지자체들의 들쑥날쑥한 요구 조건도 문제였기 때문이었다.

공사 기간 안에 공기를 맞춰 주지 못하면 많은 차질이 따르고, 특히 마지막 준공 허가를 받으려면, 구청 공무원의 비위를 거스르거나 요구 조건을 거부할 수 없다는 상실감에 마지막까지 안심할 수 없어 잠을 설치고 있었다.

어찌 보면 '대한민국 건설 행정의 공권력이 검은 비리의 창구 역할을 맡고 있지나 않을까?' 하는 고민을 미리부터 하고 있었다. 그는 한 번도 가 보지 못했던 길을 뚜벅뚜벅 걸어가면서 수많은 역경과 고난을 체험하고 있는 것이었다. 누군가 말하지 않았던가? 내일이 두려워도 반드시 아침이 밝아 오니 오늘을 준비하라고 말이다.

다음 날.

사무실은 서둘러 나온 회원들로 일찍부터 부산스러웠다.

이들은 너 나 할 것 없이 기쁜 얼굴로 인사를 나누고 있었다.

그간에 힘들었던 시간들을 까맣게 잊어버린 회원들의 표정은 환하게 빛나고 있었다.

"좋은 아침입니다. 흐흐…"

흰머리 윤편인은 상쾌한 얼굴로 모두에게 인사를 건넸다.

"밤새 안녕들 하셨습니까?"

속 알머리 봉 회장은 입구에 들어서면서 힘차게 소리쳤다.

"굿모닝!"

상구 머리 노식신은 모닝커피를 양손에 들고서 노래를 하듯 외쳐댔다.

"여기, 모닝커피 가져다 드세요!"

모던한 한옥경은 상구 머리 노 총무가 준비해온 커피를 가리키며, 목청을 높였다.

돈 사랑 회원들은 한 사람씩 드문드문 커피를 가져다가 홀짝홀짝 마시고 있었다.

"윤 부회장님 그리고 문 감사님도 그동안 수고 많이 하셨습니다."

속 알머리 봉 회장은 두 사람을 보자마자 그동안 노고를 치하하며, 깍듯하게 인사를 챙겼다.

"예… 이것도 다 봉 회장님과 회원님들께서 염려해 주신 덕분이 아니겠습니까?"

흰머리 윤편인은 겸손한 자세로 인사를 받았다. 큰 머리 문정인은 공손하게 두 손을 모으고 예의를 갖췄다.

"자… 자! 우리 모두 여기 두 분께 그동안 수고했다고, 박수나 한번 쳐드립시다."

"…"

속 알머리 봉 회장은 먼저 손뼉을 치며, 회원들의 뜨거운 호응을 유도했다.

"와! 짝짝짝! 짝짝짝…!"

사무실은 금세 박수 소리로 소란스럽게 웅성거렸다.

그러는 와중에도 회원들은 돌아가면서 한마디씩 감사의 인사를 전하고 있었다.

시공 회사 선정

"하여튼, 감사합니다. 이제는 시공사를 잘 만나야 하는데, 아니 그보다도 입주자들이 선호하는 우수한 건설 업체를 선정해야 분양률이 그만큼 높아진다는 거 다들 아시죠?"

흰머리 윤편인은 가볍게 예의를 갖추며, 모두의 의견을 구했다.

"그야… 완전 당근이라고 알란가 몰라? 헤헤!"

상구 머리 노 총무가 익살스러운 목소리로 웃음을 자아내자 돈 사랑 회원들은 일제히 폭소를 터트렸다.

"으하하하!"

"까르르…."

사무실은 순식간에 웃음바다로 변했다. 한바탕 웃음소리에 이들의 분위기는 아침부터 기분이 날아오르고 있었다. 이제는 주상 복합 아파트 건축물 허가도 나오고, 곧 시공자 선정을 앞두고 있어서였을까? 모두의 마음은 어딘가 모르게 약간 들떠 있었다. 아주 기분이 좋은 상쾌한 출발 같았다.

그러나 그때 흰머리 윤편인이 나서며, 주절거렸다.

"봉 회장님! 시공사 선정은 어디까지 진전을 보았습니까? 흐흐…"

그는 웃음을 머금은 채 그를 마주 보며 물었다. 순간 회원들의 눈길이 두 사람을 쫓아가고 있었다. 흰머리 윤편인은 자신들의 할 일을 끝냈다는 자만심이 말 속에 그대로 스며 있었다.

"그 일은 염려를 붙들어 매셔도 좋을 성싶습니다. 왜냐하면 조 이사님과 선 감사님이 잘 준비하고 있으니까요."

그는 두 사람을 번갈아 돌아보며 '그렇지요?' 하고, 눈짓을 해 보였다.

"아… 예, 우리가 맡은 일은 실수 없이 잘 진행하고 있습니다."

젤 바른 선정재는 안심하라며 먼저 선수를 치고 나왔다. 그러나 다른 회원들과 달리 몇몇 사람들은 의혹에 찬 눈초리로 두 사람을 번갈아 쏘아보고 있었다.

"아… 그래요? 수고들이 많으시겠습니다."

흰머리 윤편인은 가볍게 받아 주며, 미소를 지었다. 그러고는 이들의 눈을 바라보았다.

"수고는 뭘요? 여러분 기대에 미칠지는 모르겠으나, 신중을 기해 잘 준비하고 있습니다."

젤 바른 선정재는 걱정도 하지 말라며 손사래를 쳤다. 그러고 는 흰머리 윤편인을 슬쩍 쳐다보았다. 그러자 흰머리 윤 부회장 은 대거리를 하듯 노골적으로 이렇게 주절거렸다.

"시공사 선택의 중요성은 여러분도 잘 알고 계시죠?"

그는 시공사 선정이 잘못되면 크나큰 손실은 물론 사업 자체가 부도의 길로 접어들 수 있다는 생각에 이전부터 누누이 강조를 해 왔었다.

"그야 당연하죠."

삼각 머리 조편재는 어금니를 살짝 깨물고 대답했다.

"분양 과정에서 매수자의 마음을 움직이는 이정표라는 사실도 말입니다."

흰머리 윤편인은 건설회사 선정이 브랜드 마케팅에 큰 도움이 된다는 사실을 은근히 강조했다.

"어머머… 그거 모르는 사람이 여기 있으면 돈 사랑 회원이 아 니죠. 호호!"

모던한 한옥경은 매끈한 각선미를 다시 꼬아 가며, 호들갑을 떨 었다.

순간 남자들은 한곳을 쏘아보고는 민망해서 슬쩍 눈길을 돌렸 다. 유일한 홍일점인 그녀의 움직임은 이들에게는 미모를 떠나서 하나의 이슈였다.

"이보세요? 윤 부회장님!"

삼각 머리 조편재는 얼굴을 살짝 붉히며 들이대듯 말했다.

"왜요?"

그는 히죽 웃으며 받았다.

"우리가 모르고 있을까? 싶어 하는 말은 아닐 테고, 거… 하고 싶은 말이 있으면 빙빙 돌리지 마시고, 속 시원하게 털어놔 보시죠?"

그는 신경질적으로 들이댔다. 몹시 속이 아리고 불편한 표정이었다. 요즘 들어 그는 부쩍 신경이 예민해져 있었다.

지난번 중도금과 잔금을 해결하지 못한 이유가 그 원인이 아닌가? 싶었다. 왜냐하면 그 일로 충격을 받은 돈 사랑 회원들은 그를 무척이나 원망을 했었기 때문이었다. 그 이후부터 그는 분노장애를 주체할 수 없는 반항아처럼 곧잘 이상 행동을 했었다. 그래서 근래에 그의 성난 모습을 자주 볼 수 있었다.

"아… 제 말을 곡해하지 마시고 들어 주시기 바랍니다. 하하하!"

흰머리 윤편인은 까칠하게 나오는 그를 보며, 능청스럽게 한바탕 웃었다.

"그래, 도대체 무슨 말을 하려고 그럽니까? 어디 한번 들어나 봅시다."

삼각 머리 조편재는 예의를 갖추는 그를 더 이상 어찌해 보지 못한 채 닦달하듯 몰아치고 노려만 보고 있었다. 회원들은 그러는 그를 힐끔대며 실실 웃고 있었다.

"다름이 아니라 저는 우리 모두에게 손실이 돌아가지 않도록 조 이사님과 선 감사님께 부탁을 드리는 것뿐이지, 다른 의도는 전혀 없습니다."

흰머리 윤편인은 그의 눈동자를 똑바로 쳐다보며 말했다.

"아니… 그럼 우리가 뒷돈이라도 챙길까 봐 미리부터 예방주사를 놓는 겁니까?"

삼각 머리 조편재는 '이 우라질 자식이 무슨 낌새라도 차린 거야 뭐야?' 하는 눈빛이었다. 속을 들킨 사람처럼 낯빛을 붉히며, 그는 까칠하게 굴었다. 방귀뀐 놈이 먼저 성을 낸다고 자신의 속을 내보이고 있었다.

"허허허! 조 이사님! 너무 앞서가시는 것 같은데 자중해 주세요."

속 알머리 봉 회장은 사무실 분위기가 싸해지자 '이래서는 안 되겠다.' 싶어 중간에 끼어들었다.

"아니…. 제가 듣기에는 우리가 리베이트(사례금)나 챙기는 검은 손처럼 뉘앙스를 풍기시는데, 그 말 듣고, 기분이 좋을 사람이 어디에 있겠습니까?"

삼각 머리 조편재는 그를 사납게 꼬나보며, 금방이라도 싸움을 걸어올 시비조 기세였다. 짱구 머리 나겹재는 '저 우라질 자식! 뒤가 몹시 구리긴 구린가 보네? 망할 자식 말이야.…' 하며, 그를 쏘아보고 있었다.

"지금 윤 부회장님! 말씀은 그런 얘기가 아니잖습니까? 허허!"

속 알머리 봉상관은 그를 달래듯 자중해 달라며, 눈짓을 깜박거렸다.

"아… 예… 예, 알겠습니다."

그는 '봉 회장님을 봐서라도 제가 그만하죠.' 하는 눈치였다.

"조 형! 너무 앞서가지 마시고, 끝까지 들어 봅시다."

젤 바른 선정재는 그의 손을 붙잡고 말리는 시늉을 해 보였다. 가만히 지켜보던 모던한 한옥경은 '하여튼 남자들이란. 쯧쯧!' 하며, 못마땅한 눈길로 그를 쏘아보았다.

"저도 괜히 짜증이 나서 한번 해 본 소리지 별다른 뜻은 없습니다. 흐흐…."

삼각 머리 조편재는 듣는 사람 어이없게도 그냥 한번 내질러 봤다는 눈빛으로 선 감사에게 찡긋거렸다.

"저희가 뒷돈 챙기는 일은 없을 테니 그런 걱정일랑 아예 붙들어 매세요. 헤헤!"

젤 바른 선정재는 모두를 돌아보며, 입술에 침을 발랐다. 그는 자기 새끼를 보호하는 어미 새처럼 선수를 치고나왔다. 삼각 머리 조편재는 그 소리에 눈알을 굴려 가며, 히죽히죽 웃고 있었다.

"예… 부탁드립니다. 선 감사님!"

큰 머리 문정인은 당부를 하듯 그의 손을 꽉 잡았다가 살며시 놓았다.

"아, 참! 봉 회장님도 이번에 뭐 하나 준비하신다면서요?"

큰 머리 문정인은 무겁던 입을 놀려 요사이 풍문으로 들려오는 봉 회장의 근황을 물었다.

회원들은 갑자기 '이게 무슨 자다가 봉창을 두드리는 소린가?' 싶어 이들에게 눈길을 모았다.

"허허! 소식통 한번 빠르군요?"

속 알머리 봉상관은 '사람들하고는. 눈치 하나는 대따 빠르네….' 하며, 씨익 웃었다.

"무슨 일?"

"…."

돈 사랑 회원들은 서로의 얼굴을 살피며 두리번두리번 거렸다.

"이번 일을 빌미로 분양 대행사와 손을 잡아 볼까 검토 중에 있습니다."

속 알머리 봉상관은 이미 모든 일을 진행하고 있으면서 '혹시나?' 싶어 조심스럽게 말을 아끼고 있었다.

"하하하! 그거 듣던 중에 반가운 소리입니다."

막 도착한 둥근 머리 맹비견이 그 말을 듣고서 잘되었다며 가볍게 손뼉을 쳤다. 그의 박수 소리에 회원들의 눈길이 자연스럽게 그에게 쏠렸다.

"안녕들 하셨습니까? 제가 조금 늦었습니다."

그는 모두를 둘러보며, 가볍게 목례를 나누었다.

"어서 오세요, 등장 한번 요란하십니다."

속 알머리 봉 회장은 그에게 손짓을 해 보이며 말했다. 둥근 머리 맹비견은 잠시 쑥스러운 얼굴로 뒷머리를 긁적거렸다.

나머지 회원들도 그를 반갑게 맞았다. 순간 잠시 이야기 흐름이 끊어지면서 사무실은 짧은 침묵이 흘렀다.

"…."

그때 적막감을 깨 버리듯 흰머리 윤편인이 먼저 입을 열었다.

"아무래도 봉 회장님이 분양 사무실을 직접 운영하면 우리야 손뼉 칠 일이 아니겠습니까?"

그는 그의 얼굴과 회원들을 둘러보며 말했다.

그때 창밖 너머로 요란한 자동차 클랙슨 소리가 들려왔다. 순간 여러 눈길들이 창가로 돌아갔다. 지나가는 난폭 운전자의 짓궂은 소음이었다. 그 순간 흰머리 윤편인이 다시 주절거렸다.

"안 그렇습니까? 여러분!"

그는 '무슨 일인가?' 싶어 창가를 넘겨보는 눈길을 쫓아가며 물었다.

"완전 당연하지요. 크크!"

큰 머리 문정인은 얼른 눈길을 돌려 대답하며 겸연쩍게 웃었다.

"어차피 분양 대행사에 맡겨야 하는 일인데… 차라리 잘 된 일이 아니겠습니까? 하하하!"

둥근 머리 맹비견은 잠시 한눈을 팔다가 그의 물음에 얼른 중얼거리며 한바탕 웃었다.

그러고는 계면쩍인 표정으로 가볍게 손뼉을 두 번 '짝짝!' 쳤다.

"두말하면 잔소리, 세말하면 개소리죠. 크크!"

짱구 머리 나겹재는 일전에 자기가 한 말에 대한 약속을 지키려고 호들갑을 떨며 맞장구를 쳤다.

그는 봉 회장에게 들어 보라는 듯이 가증스럽게 웃어 가며, 그를 향해 소리쳤다.

"호호! 오늘은 축하할 일만 가득하네요? 봉 회장님!"

모던한 한옥경은 지난 일은 벌써 까마득하게 잊은 채 밝게 웃으며, 그를 올려다보았다. 그러자 남자들의 눈길이 그녀의 미끈한 종아리를 훔치며, 따라 웃고 있었다.

"허허허! 그러게 나 말입니다."

속 알머리 봉상관은 고개를 까닥이며, 반갑게 웃었다.

"아주… 지랄들을 해요."

삼각 머리 조편재는 혼잣말을 속살거리며, 젤 바른 선정재에게 슬쩍 눈치를 주었다.

"분양 사무실… 제기랄! 돈 버는 인간은 따로 있었잖아? 젠장! 아주 이번 기회를 빌미로 재력을 키워 보겠다…. 흥!"

젤 바른 선정재는 괜히 심사가 뒤틀려서 못마땅한 낯짝으로 삼각 머리 조편재를 돌아보며, 구시렁거렸다.

"아직 결정 난 것은 아무것도 없으니 너무 큰 기대는 갖지 마십시오."

속 알머리 봉상관은 혹시나 모를 뒷일을 걱정해 서둘러 입단속을 하고 나섰다.

그로부터 한 달이 지난 후….

공인 중개사 봉상관은 장안에 유력한 분양대행사와 분양협정 양해각서를 체결하면서 그들의 도움을 받기로 약정을 맺었다.

그렇게 그는 지사 형식으로 부동산 중개 및 분양 법인을 설립했었다. 그러고는 상구 머리 노식신과 모던한 한옥경을 파트너로 끌어들였다.

새롭게 시작되는 사업을 준비하느라 그는 눈코 뜰 새 없이 바쁘게 움직였다. 하지만 돈 사랑 시행사 업무와 연장선상에 있어 어느 것 하나도 소홀히 할 수는 없는 처지였었다.

그즈음에 짱구 머리 나겁재와 둥근 머리 맹비견은 철거작업을 완료하고, 땅고르기 작업을 마무리하고 있었다. 그사이 삼각 머리 조편재와 젤 바른 선정재는 여러 건설 회사를 수소문해 접촉하다가 막후에서 영향력을 가진 망할 놈의 실력자를 내세우는 바람에 차라리 공개 입찰이 좋겠다고 생각을 돌렸다.

왜냐하면 두 사람은 명 소장이 다리를 놓은 시공사조차도 자기들 마음에 들지 않는다며, 퇴짜를 놓은 터라 어쩔 수 없는 고육지책이었다. 그래서 이들은 공개 입찰 광고를 내고, 시공사 선정에 들어갔다.

그 이유는, 흰머리 윤편인의 당부도 무시할 수 없어 울자 겨자 먹기로 마음을 돌린 것뿐이었다.

그러나 시공사 측은 막후 접촉을 통해 이들에게 먼저 검은 손을 내밀었다.

두 사람이 은근히 바라고 있던 리베이트를 제공하겠다는 유혹과 함께 미인계로 접근을 시도해 왔다.

두 사람은 갑자기 연락을 받고 미팅을 나갔다가 시공사 측과 질펀한 유흥을 즐기고 말았다. 이들은 한순간에 도덕적 해이에 빠져들어 그들과 손을 잡지 않을 수 없었다.

그렇게 우라지다 자빠질 물밑 협상은 쥐도 새도 모르게 그림자들만 움직였다. 하지만 어찌 된 노릇인지 형태는 보이지 않았다. 어찌 되었든 그들이 주관한 공개 입찰에서 공사를 수주한 시공 회사는 결국 뒷돈을 들이댄 대박 건설 회사였다.

시공사 수주 경쟁에서 짜고 치는 고스톱처럼 보이지 않는 망할 놈의 공작이 승리를 거머쥔 것이었다.

그러고는 공정한 룰을 거쳐 수주를 쟁취한 업체처럼 두 사람은 정식 건설 업무 계약 체결에 앞서 양해 사항을 확인하기로 했었다. 그러고 나서 곧바로 각자의 양해 각서를 주고받았다.

내용은 주로 건설을 진행함에 있어 상호 협력과 목적의 정의 그리고 당사자 간의 역할, 분쟁 발생 시 해결 등을 내용으로 하는 합의를 맺었다. 두 사람은 양해 각서를 가져가 회원들과 조촐한 간담회를 진행했다.

그러고는 모두의 의견을 일치시키느라 속을 태웠다. 하지만, 결국 이들은 속 알머리 봉 회장을 앞세워 대박 건설회사와 정식 계약을 성사시켰다.

비로소 공식적으로 돈 사랑 시행사와 건물 시공 계약서를 체결한 대박 시공사는 입찰 보증금 외에도 공사 하자 보증금을 조속한 시일 내에 예치시켰다. 그러고 나서 모든 공정을 서두르기 시작했다.

공사장 주변은 일찌감치 대박 시공사의 가림 막으로 보호막이 가려졌다. 대지는 터파기 공사가 시작되어 최초로 기초 작업이 한창이었다.

다른 한쪽에서는 분양 모델하우스가 빠르게 착공되고 있었다. 시공이 시작된 모델하우스 건축물 공사는 채 세 달도 안 된 기간에 거의 완공된 모습을 드러내고 있었다.

분양 모델하우스는 건축법 제20조 및 주택법 제60조에 따라 내부에 사용하는 마감 자재 및 가구는 사업계획승인의 내용과 같은 소재로 시공·설치했다.

그리고 입주자 모집 공고 승인을 얻기 위해(주택법 제54조 3항) 모델하우스에 설치된 마감 자재 목록 표 및 내부 촬영 영상물을 승인권자에게 서둘러 제출했다.

분양 공고 및 청약 신청

한편 속 알머리 봉 회장은 주택공급에 관한 규칙에 따라 대한 주택 보증 회사에 분양 보증을 받아 냈다. 투기 지역 및 투기 과열지구와 조정 대상지역에서 실시되는 분양가상한제 규제는 공공 택지에만 적용되었다.

민간택지는 규제 전 허가를 받은 돈 사랑은 피해 갈 수 있었다. 그리고 절차에 따라 일간지에 입주자 모집공고를 실었다.

그러나 특이한 사항은 공사 명, 위치, 발주자, 공사기간, 설계자, 감리 자, 시공사, 구조, 내용이 아니었다.

공사규모 내용 가운데 대지 면적도, 건축 면적도, 건폐율도, 규정에 어긋남이 없었다.

유독 눈에 뜨이는 특이한 점은 용적률이 달랐다. 준주거지역 용적률은 400~500% 규정을 벗어날 수 없었다.

그러나 돈 사랑 시행사 스카이 브리지 라운지 트윈 건축물은 일반적인 생각보다 높은 용적률로 분양 공고가 나갔다.

대지 면적 2,700평에 분양 총면적은 6만 2,414제곱미터(1만 8,880평)로 광고가 나갔다.

청약금은 주택 가격의 10%로 계약금을 10%를 더해 20% 그리고 중도금은 60% 범위 안에서 3차로 나누어 받기로 했다.

마지막 잔금은 준공이 떨어진 이후에 입주자의 입주 기일을 맞추어 편의를 제공하기로 했다. 분양 날짜에 앞서 완공된 모델하우스는(상가: 지하 1층~지상 1·2층, 오피스텔: 지상 3~6층, 사무실: 전용 29~59제곱미터, 아파트: 전용 면적 59~150제곱미터) 주로 아파트를 위주로 A·B·C평형별로 각각 분리되었다.

오피스텔 사무실 평형은 상가와 공간을 달리해 별도의 모습으로 꾸며져 스카이 브리지라운드 트윈빌딩 즉 지역의 랜드마크 스마트 주상복합 아파트로서 위용을 드러내고 있었다.

총괄 분양 책임자는 속 알머리 봉 회장이 지휘를 맡고 있었다. 아파트와 오피스텔 분양팀은 모던한 한옥경과 상구 머리 노식신이 각각 팀장으로 책임을 맡았다. 상가 분양팀은 본사에서 지원 나온 인원을 충원해 별도로 진행 요원을 구성했다.

이들은 각자의 팀장 책임아래 마케팅 홍보에 나섰다.

완성된 모델하우스는 분양 전부터 각종 매스컴을 통해 광고가 나가면서 구경나온 방문객들로 연일 북적거렸다. 수많은 인원들이 다녀가면서 모델하우스는 자연스럽게 방송 등 전파를 탔다. 매스컴을 통한 광고 효과는 역시 대단했다. 그중 상당수 인원들이 청약 상담을 받고서 호감을 가지고 돌아갔다. 일단 분양 모델하우스 현장 분위기는 시장의 예상을 뛰어넘고 있었다.

적극적인 홍보비용 효과는 방문 숫자가 여실히 증명을 해 주고 있었다.

"오늘 밤은 모두들 꿈을 잘 꾸시길 바랍니다. 허허허!"

속 알머리 봉 회장은 분양 전날 퇴근을 하면서 회원들과 분양팀들에게 파이팅을 외쳤다.

한편 흰머리 윤편인은 한동안 분양 걱정으로 머리 위에 커다란 바윗돌을 이고 살았다. 나머지 돈 사랑 회원들도 숙고의 기다림 속에서 그 과정들을 지켜보고 있었다.

이들이 그러거나 말거나 건물 분양은 예정된 날짜에 맞추어 청약 신청을 받기 시작했다. 오전 출근 시간부터 주간 은행 홈페이지(현: 한국 부동산원 청약 홈페이지)와 접수창구 그리고 모델하우스에서 신청을 받고 있었다.

그즈음 사무실에서 분양 상황을 기다리던 속 알머리 봉상관은 어제 밤에 꿈자리가 영 뒤숭숭해서 잠시 그 생각에 잠겨 있었다. 그는 지난밤 이 생각 저 생각으로 밤잠을 설치다가 새벽녘에 잠깐 잠이 들었다가 이상한 꿈을 꾸었다.

자신이 노숙자처럼 모델하우스 계단 복도에서 잠을 자고 있는 꿈이었다. 한데 누군가 다가오더니 자신을 번쩍 들어 어디론가 집어던졌다.

그런데 날아가 떨어진 곳이 하필 누런 물결이 넘실대는 똥통 속이었다. 그는 똥물을 뒤집어쓴 채 한참을 허우적거리다가 눈을 번쩍 떴을 때는 이미 날이 훤하게 밝아 있었다. 깜짝 놀란 속 알머리 봉상관은 허겁지겁 자리를 털고 일어났다. 그러고는 한편으로 똥은 재물이라는 생각을 하면서도 괜히 불안한 마음에 서둘러 분양사무실로 출근을 했었다.

그런데 이게 무슨 조화 속인지 접수시간이 다 되어 가는데 신청자는커녕 개미 새끼 한 마리 몰려들지 않고 있었다.

서둘러 사무실로 출근한 속 알머리 봉 회장을 비롯해 흰머리 윤 부회장 그리고 나머지 돈 사랑 회원들은 점점 불안하고 초조해지기 시작했다. '돈생돈사' 두 사람은 서로가 긴장이 되어 각자의 얼굴만 쳐다보며, 안절부절못하고 있었다. 이들과 달리 분양팀들은 서로의 얼굴을 쳐다보며 혹시나 하는 긴장감 속에서 애를 태우고 있었다.

그러나 모델하우스와 달리 주간 은행 홈페이지[2]와 접수창구는 청약 신청자들로 넘쳐나 홈페이지가 다운 일보 직전까지 혼잡을 빚었다. 한마디로 청약 결과는 말로만 듣던 완전 대박 수준이었다.

아파트와 오피스텔 전 평형이 몇 시간 만에 동이 났다. 반면 상

---

[2] 금융 결제원에서 주관하던 주택 청약 업무는 2020년 2월 1일부로 한국 부동산원으로 이관됨.

가는 실적이 미비했다. 흰머리 윤편인은 마음이 초조해져 있었다. 상가 쪽에서 미달 조짐이 보인다는 사실에 한숨이 저절로 터져 나왔다.

돈 사랑 회원들은 이 소식을 듣자, 나름 시름과 걱정을 쏟아 내고 있었다. 그러나 이들의 우려와 달리 쪽박 사태는 일어나지 않았다. 나머지 상가들도 모두가 걱정했던 것처럼 시일을 오래 넘기지 않았다.

주상 복합 아파트 분양은 일단 거짓말처럼 남김없이 청약을 마쳤다. 흰머리 윤편인의 걱정은 한낱 기우에 지나지 않았다. 그는 전날 밤 글씨가 새겨진 큰 비석이 빛을 발광하는 꿈을 꾸었다. 그런데 다음 날 정말 말로만 듣던 초대박이 터졌다. 돈 사랑 회원 대화방은 말 그대로 난리가 나서 완전 축제 분위기였다.

"얼씨구절씨구 지화자 좋구나… 좋아!"

경매 입찰로 매입한 대지가 어려운 지주 작업의 과정을 거쳐 굽이굽이 산등성이를 돌고 돌아 구곡간장 애를 태우더니 마침내 분양까지 성공리에 마쳤다. 결국 고비마다 인간 세상 온갖 책략을 다 쏟아 붓은 성과는 약 2년 6개월여 만에 목적지를 향해 성큼 다가가고 있었다.

악전고투 끝에 고지를 눈앞에 둔 것처럼 이들은 선전은 눈부셨다. 그 과정을 함께 지켜보았던 회원들은 너나 할 것 없이 기세가 천정을 뚫고 올라갔다.

아무튼 모두의 사기는 고무되어 갔다. 마음속에서 배어 나오는 감동이나 희열은 끝이 없는 환희의 세계로 날아다녔다. 이들은 구름 위를 걷는 통쾌 상쾌 유쾌함에 무릉도원을 거니는 기분이었다.

그러나 실제 계약으로 이어질 것인지는 아직은 미지수였다. 속알머리 봉 회장은 자격 미달자를 가려 발표 다음 날에 당첨자 명단을 돈 사랑 홈페이지에 올렸다. 그는 청약자 가운데 우라질 자격 미달자나 청약을 포기하는 망할 놈의 인원을 충원시키는 예비 당첨자도 미리 포함을 시켰다.

정해진 날짜에 계약금을 입금한 당첨자는 입금표를 가지고 본사로 방문해 분양 계약서 발급을 받아 갔다. 돈 사랑 회원들의 걱정과 달리 분양 계약은 순조롭게 진행되고 있었다.

그 가운데 몇 명의 빌어먹을 자격 미달자가 발생해 예비 당첨자로 교체되었다. 그 과정에서 약간의 불미스러운 뒷거래가 있었지만, 특별히 문제 될 사항은 없었다.

그나마 다행인 점은 청약을 포기한 우라질 당첨자가 한 명도 나오지 않았다는 것이었다.

분양은 한마디로 성공적이었다. 특별 상향된 용적률에 절반은 서울시에 임대 아파트로 채납되었다. 하지만, 나름 선전한 분양이었다. 돈 사랑 회원들은 주변 아파트 시세를 감안하고, 지방자치단체 심사기관의 심의 과정을 거친 평균 분양가 내에서, 지역 아파트 분양가를 충분히 고려해 분양 면적의 평당 분양가를 계산했었다.

그렇게 한 평(3,3058제곱미터)에 2900만 원을 책정했다. 대지는

8925.7제곱미터에 건물은 41층 트윈 타워로 주상 복합 아파트였다.

그렇게 해서 입금된 총 분양 대금은 잔금을 포함해서 거금 5500억 원에서 조금 못 미치는 5452억 원으로 돈 사랑 회원들이 희망했던 염원처럼 한마디로 대박 그 이상이었다.

축하 연회

그러고는 며칠이 지난 어느 날 속 알머리 봉 회장과 흰머리 윤 부회장은 의기투합을 해서 돈 사랑 회원들을 모아 놓고, 분양 성공에 대한 자축 연회를 개최하자는 데 뜻을 모았다.

쇠뿔도 단김에 빼랬다고 행사 책임을 맡은 흰머리 윤편인은 당장에 좋은날 주말 저녁 시간을 정해 내외 귀빈 등 부동산 경매 대학원 교수님을 비롯해 동기 그리고 회원들과 그의 가족들에게 초대장을 보냈다.

또한 이번 투자 대열에서 이탈한 회원 모두에게는 꼭 참석해달라고 각별한 초대장을 띄웠다.

그날부터 흰머리 윤편인은 분양이 끝난 모델하우스에 축하 행사를 치르기에 손색이 없는 연회장으로 새롭게 단장을 시작했다.

특히 돈 사랑 회원들은 축하 만찬 공연 등 연회 진행에 실수가 없기를 바라는 마음에서 서로가 적극적으로 도움을 주고 있었다.

음식은 호텔 출장 뷔페를 불러 축하객들의 다양한 식도락 취향을 고려해서 특별히 신경을 썼다. 그것도 부족하다 싶어 연예인을 초청해 작은 공연도 준비했다. 어느덧 시간은 훌쩍 지나 약속된 축하 행사 날이 밝아 왔다.

연회장은 이른 아침부터 부산스러웠다. 행사 모임이 있는 날이기에 일찍부터 모여든 도우미를 비롯해 행사에 동원된 인파로 모델하우스는 이른 오후부터 북적거리고 있었다.

분양 성공을 자축하는 축하 행사는 오후 다섯 시로 식순이 잡혀 있었다. 내외 귀빈을 초정한 축하 연회는 속 알머리 봉 회장의 감사 및 답례 인사를 시작으로 지자체 단체장 및 각계 인사들의 축하 인사가 있을 예정이었다. 그리고 만찬과 더불어 작은 공연은 행사 의례가 끝나는 대로 식사와 함께 병행할 수 있도록 식순이 꾸며져 있었다.

연회 시간이 가까워질수록 축하객들의 발길은 잦아져 이미 행사장 입구는 인파들로 북적거렸다. 하나둘씩 늘어나기 시작한 참석 인원들은 갈수록 증가해 연회장은 벌써부터 여기저기 많은 축하객들로 웅성거리고 있었다. 그동안 만나지 못했던 대학원 동기들과 돈 사랑 회원들은 서로에게 각자의 안부를 묻고 답하느라 정신들이 없어 보였다.

"허허허! 안 고문님! 이거 얼마 만에 얼굴을 보여 주는 겁니까?"

속 알머리 봉상관은 그를 보자 반갑게 악수를 청했다.

탈퇴 회원 투자 물건과 한반도 벨트

그는 햇볕에 그을린 건강한 얼굴로 밝게 웃으며 머리를 가볍게 숙였다.

"봉 회장님! 안녕하셨습니까?"

새치 머리 안편관은 반가운 나머지 그가 내민 손에 힘을 주며 되도록 꽉 쥐었다. 순간 통증을 느낀 속 알머리 봉상관은 미간을 약간 찡그렸다가 펴고는 이내 주절거렸다.

"그래 요즘은 어떤 물건을 건지러 다니십니까?"

그는 여유로운 미소를 보이며, 그를 빤히 쳐다보았다.

그는 이번 일을 계기로 자신도 모르게 어깨에 은근히 힘이 들어가 있었다.

"지방이야 빤한데 뭐 있습니까?"

새치 머리 안편관은 대충 둘러대며, 풀이 죽은 채 그의 말을 받았다.

"허허허! 그래도 돈 될 만한 물건이 제법 나오지 않습니까?"

속 알머리 봉상관은 사람 좋게 웃고는 그를 가만히 쳐다보았다.

"그래서 저는 임야에 집중하고 있습니다."

새치 머리 안편관은 무심결에 자신의 활동 상황을 중얼거렸다.

"오호… 그래요? 그쪽에 관심을 두고 있는 줄은 미처 몰랐습니다."

속 알머리 봉상관은 갸웃거리며 의외라는 반응을 보였다. 그때 슬그머니 다가온 이국적인 조다혜가 곱게 화장한 얼굴을 내밀고, 인사를 해 왔다.

"안녕하세요? 봉 회장님!"

그녀의 목소리는 어딘지 모르게 경쾌했다.

"아니! 이게 누구십니까?"

속 알머리 봉 회장은 화들짝 놀라는 표정으로 눈을 크게 뜨며 반겼다.

"축하드립니다. 봉 회장님! 이번에 좋은 일이 많으셨다면서요? 호호!"

그녀는 이전과는 사뭇 달라진 세련된 모습이었다.

몰라보게 변해 버린 그녀는 예전의 모습을 찾아볼 수 없을 정도로 고운 자태를 하고 나타난 것이었다. 속 알머리 봉상관은 자기 눈을 의심하며, 자신이 알고 있던 이국적인 조다혜가 맞나 싶어 몇 번이고 두 눈을 비벼 가며, 그녀를 보고 또 보고도 새삼 놀라는 눈치였다.

"허허허! 이거 정말 까딱하면 몰라볼 뻔했습니다."

속 알머리 봉상관은 깜박 속은 기색으로 한바탕 웃고는 변화된 그녀의 모습에 혀를 내둘렀다.

정말 오래간만에 만나는 얼굴인데다가 화사하게 세련된 그녀의 자태가 나이답게 늙어 가는 자신에 비해 더욱 매력적으로 다가왔기 때문이었다.

"정말이지 저도 처음에 긴가민가했었습니다."

새치 머리 안편관은 짐짓 모르는 척 시치미를 떼면서 어색하기가 그지없는 표정으로 놀라는 시늉을 해 보였다.

"호호! 안 고문님은 여전하시군요?"

이국적인 조다혜는 밝게 웃으며, 그간에 서로가 만나지 못한 얼굴을 대하듯 그를 반갑게 맞았다.

"조 고문님! 근황은 간간이 듣고 있었지만, 미인 얼굴보기는 근래 들어 처음 같습니다. 하하하! 그래 어떻게 잘 지내셨습니까?"

새치 머리 안편관은 그녀보다 낯짝이 더 두꺼웠다. 그래서 그랬을까? 천연덕스럽게 넉살을 떨어 가며, 능청스럽게 받아넘겼다.

두 사람은 회원들에게 은밀한 만남을 들키고 싶지 않았다. 그래서 더욱 숨기고 싶었는지 모른다. 어쩌면 둘만의 사생활이 되어 버린 즐거움을 감추기 위해 이들은 오랫동안 못 본 사람들처럼 인사를 나누고 있는 것이었다.

"허허허! 두 분은 가끔씩 연락을 취하고 지내는 줄 알았는데 그렇지도 않은가 봅니다."

속 알머리 봉상관은 두 사람의 뻔뻔한 낯짝을 번갈아 훑어보며
히죽거렸다.

"호호! 회장님도 참! 멀리 떨어져 사는데 연락하기가 쉬운가
요…."

그녀는 새치 머리 안편관을 힐끔 쳐다보면서 말도 안 되는 소리
를 지껄이고 있다는 표정을 보였다.

그러고는 뭔가 속이 껄끄러워 웃음을 참지 못하고 고개를 돌려
실소를 자아냈다.

그 모습을 바라보는 속 알머리 봉상관은 '아니 연락이야 못할게
뭐 있어… 거리와 무슨 상관이 있다고…' 하는 눈빛으로 두 사람
을 번갈아 쏘아보며 계속 주절거렸다.

"그래 조 고문님은 요즘에 무슨 물건을 주로 건지러 다니십니까?"

속 알머리 봉상관은 눈앞에 다가온 그녀의 앞가슴을 훑어보면
서 물었다.

"저… 말인가요?"

그녀는 자신을 가리키며, 묻고는 '어머… 영감탱이 예쁜 것은 알
아 가지고, 지금 어디를 힐끔대는 거야?' 하는 눈총으로 그를 흘
겨보았다.

"예…에, 흐흐…"

속 알머리 봉상관은 대답과 동시에 마른침을 꼴깍 삼켰다.

그러고는 뭔가를 기다리듯 그녀에게서 눈을 떼지 못하고 있었다.

"그냥 해안가 주변에 나오는 물건들을 주로 살피면서 한가하게 지냅니다."

그녀는 조금의 망설임도 없이 일상을 늘어놓았다. 그녀는 요즘 들어 주로 관광지가 될 만한 지역을 요소요소 찾아다녔었다.

서해안 장항선과 신안산선 복선 전철이 언젠가는 완공이 되는 날이 오겠지, 기대를 하면서 나름 투자 유망 지역에 나온 경매 물건을 찾아다녔었다.

"허허! 두 분이 비슷한 성향을 가지고 계십니다그려…"

속 알머리 봉상관은 무슨 이유인지 잔망스러운 눈망울로 두 사람을 번갈아 훑어보면서 히죽 웃었다.

"뭐가요? 봉 회장님!"

이국적인 조다혜는 그의 의미심장한 말투가 신경이 쓰여 순간 예민한 반응을 보였다. 그때 눈치 빠른 새치 머리 안편관은 잽싸게 한쪽 눈을 껌벅이며 조용히 있으라는 눈치를 주었다.

그는 혹시라도 자신도 모르게 흉금이라도 털릴까 싶어 그녀에게 은근히 사인을 보낸 것이었다.

"아…. 한 사람은 임야를 보러 다니시고, 또 한 사람은 해안가 주변 물건을 건지러 다니시니 하는 말입니다."

속 알머리 봉상관은 두 사람을 슬쩍 떠보려는 수작으로 말도 안 되는 억지를 끌어다 붙이고 있었다.

"아이! 봉 회장님도 엉뚱하시기는. 같긴 뭐가 같다는 겁니까?"

그녀는 순간 입술을 파르르 떨면서 긴장된 얼굴로 쏘아붙였다.

"허허! 아닌가?"

그는 말을 해 놓고 보니 자신도 말인지 막걸린지 헷갈려 순간 헛웃음이 툭 터져 나왔다.

"엄연히 산과 바다로 엇갈리는데 뭐가 같다는 건지, 제가 다 이해가 안 되는걸요?"

그녀는 싸늘하게 눈을 흘기면서 그를 쏘아보았다.

"허허! 얘기가 그렇게 되나…"

속 알머리 봉상관은 "아니면 말고." 하는 능청을 떨고서 그녀의 미모를 핥으며 다리를 흔들고 있었다.

두 사람은 정분이 나면서 수시로 연락을 취했다. 그렇게 만남이 잦아지면서 어느새 은밀한 내연 관계로 발전해 연인처럼 지냈다. 그러는 가운데 이들은 시간이 날 때면 서로가 원하는 물건을 함께 찾으러 다녔었다.

새치 머리 안편관은 우리나라 국토의 78% 이상이 산지라는 데 주목하고 있었다.

그는 우리나라 산지를 이용해 세계적인 관광 명소로 탈바꿈 시킬 산림 휴양지의 꿈을 가지고 있었다.

속 알머리 안편관은 밀레니얼 세대, 즉 Y 세대들이 소유보다 공유 그리고 경험적인 삶을 즐긴다는 데에 관심을 가졌다.

왜냐하면 그들은 한 번 사는 인생이라며 자신만을 위해 소확행(작지만 확실한 행복)이나 워라밸(일과 삶의 균형)을 새롭게 추구하는 포스트 세대라고 보고 있었다.

새치 머리 안편관은 그들의 관점에서 세상을 바라보며 시대의 흐름을 읽고 있었다. 어쩜 그들의 욕망을 타깃으로 자신의 목적을 실현시키려고, 경매 나온 임야를 낙찰을 받는지도 모른다. 사람의 속은 심해보다 깊어서 그 누구도 가늠하기 힘들기 때문이었다.

그는 다가오는 인공지능 시대와 빅 데이터의 딥 러닝 그리고 사물인터넷을 파이브 정보 통신 기술과 교통 인프라 등을 융·복합시킨 도시처럼 스마트한 새로운 지역으로 관광 영역을 넓히고 있는 줄 모른다.

반면 이국적인 조다혜는 우리나라 국토가 삼면이 바다로 둘러싸여 있다는 데 주목하고 있었다.

특히 천혜의 보고 작은 섬들이 3,237개로 유인도가 470개, 무인도가 2,767개라는 데 관심을 가졌다.

그녀는 해안가 주변에 나온 물건들을 낙찰받아 해양 관광지를 개발하고 싶다는 소망을 가지고 있었다.

그러나 그녀의 기대와 달리 대부분의 섬들은 전라남도 남해 쪽에 60~65%가 치우쳐 있었다.

이국적인 조다혜는 섬들과 해안가를 연결하는 관광벨트를 개발해 세계적인 수변 관광 대국으로 만들고 싶어 했다.

왜냐하면 그녀는 전국을 작은 박물관으로 보고 있었다. 그녀는 5,000년 역사가 잠들어 숨을 죽이고 있는 유적지에 생명을 불어넣고, 지금까지 잘 알려지지 않은 내 고장의 문화 스토리를 찾아내서 세계인이 공감하고 다시 찾는 관광지로 환생시키는 데 역점을 두고 있었다.

그녀도 밀레니얼 세대를 겨냥하고 있는 마음은 새치 머리 안편관을 닮아 있었다.

미래 먹거리를 제4차 산업 혁명과 인공 지능 시대를 융·복합해 스마트 도시와 벤처 산업 단지 그리고 스마트 팜(인공지능농장)을 건설하는 것처럼, 수변 관광 산업도 같은 맥락에서 연관을 지어 부흥시켜 보겠다는 발상이었다.

이들은 일본 정부가 제조업이 축소되자 관광 산업을 국가적 산업으로 개발해 큰 성과를 달성하고 있다는 데 주안점을 두고 있었다. 지금은 반도체나 철강보다 높은 소득을 벌어들이고 있다는 것이다. 그래서 우리나라도 정책적으로 관광 산업에 눈을 돌릴 것이라는 흐름을 읽고 한발 앞서 움직이고 있었다.

속 알머리 봉상관은 두 사람의 움직임을 다른 회원을 통해 대충은 들어 알고 있었지만, 모른 척 묻고 있었다. 그때 출입문 쪽에서 미모의 명정관이 빼어난 자태를 자랑하며, 건치 미소로 천천히 다가왔다.

"안녕하세요? 무슨 얘기들을 그리 재미있게 하세요?"

그녀는 밝은 미소로 물어 왔다.

"아니! 이게 누구야? 허허허! 우리의 마스코트 마돈나 여사가 아니신가…? 어서 와요."

속 알머리 봉상관은 오래간만에 모습을 드러낸 그녀를 보자, 반가움에 슬쩍 농담을 던졌다.

"봉 회장님도 참! 여전하시네요? 저 그렇게 놀리시면 다음부터는 안 나옵니다. 호호!"

그녀는 눈을 흘겨 가며 으름장을 놓고는 히죽 미소를 보였다.

"호호! 어서 오세요, 그동안 잘 지내셨지요? 정말 오랜만에 뵙네요."

이국적인 조다혜가 그녀의 손을 살짝 잡았다 놓으며 반갑게 맞이했다.

"그러게나 말이에요, 죄송합니다."

미모의 명정관은 괜히 미안해서 먼저 가볍게 머리를 숙였다.

"그간 모두들 안녕하셨지요?"

그녀는 모두를 향해 인사를 했다.

"그래, 뭐가 바쁘셔서 한 번도 얼굴을 보여 주지 않는 겁니까? 호호…"

새치 머리 안편관은 자신도 오래간만에 나와 괜히 서먹서먹해서 마치 자주 나온 사람처럼 능청을 떨었다.

"그러게나 말입니다. 도대체 뭔 사무가 그리도 바쁘십니까? 하하하!"

젤 바른 선정재는 보고 싶었다는 마음을 둘러서 묻고는 해쭉거렸다.

그는 자신이 그녀에게 무슨 짓을 했었는지를 벌써 잊고 있는 눈치였다. 그녀는 회원들이 모인 자리라 어쩔 수 없이 그의 물음에 응하며 이렇게 주절거렸다.

"저요? 요즘 지식 산업 센터 물건을 건지러 다닙니다."

미모의 명정관의 음성은 쌀쌀맞기가 그지없었다. 자칫 뺑덕어멈도 울고 갈 정도로 냉랭하게 대했다.

그녀의 매몰찬 대거리에 젤 바른 선정재는 이전에 느끼지 못했던 섬뜩한 기분에 금세 얼음장처럼 굳어 더 이상은 말을 시키지 못했다. 그는 그나마 남아 있던 정마저 사라진 소름 끼친 낯빛을 한 채 그녀를 외면을 하고 있었다.

"그게 요즘 장안의 화제라면서요?"

그와는 달리 속 알머리 봉상관은 그녀만 보면 괜히 기분이 좋아져서 다정스럽게 굴었다. 은근히 두 사람의 결별을 반기듯 그는 노골적으로 추파를 던지기도 했었다. 그녀가 젤 바른 선정재와 이별을 한 뒤에 찾아오는 싫은 감정은 차라리 사랑을 나누지 못했던 징그러운 봉 회장 보다 더했다.

"호호! 벌써 경매시장에 소문이 파다하게 퍼졌나 보네요?"

미모의 명정관은 호들갑을 떨면서 웃었다. 그녀의 웃음 뒤에는 그를 따돌리려는 자신의 마음을 감추고 있었다.

"요즘, 돈 되는 수익성 물건을 잡으려면 그 바닥에서 놀아야 된다고 소문이 자자합니다."

새치 머리 안편관은 슬쩍 끼어들며 아는 척을 했다.

"호호! 저만 아는 꿀 정보인지 알았는데 그것도 아닌 모양이네요?"

미모의 명정관은 벌써 소문이 이 정도인 줄 몰랐다는 얼굴로 의외라는 표정을 지어 보였다. 옆자리에 서 있던 이국적인 조 다해는 혼잣말로 '쳇! 지 혼자만 똑똑하지…' 하며 읊조리고는 아니꼬운 눈초리로 그녀를 쏘아보았다.

"대출도 80%까지 나오고요, 게다가 세금혜택은 취득세가 50% 재산세는 37.5%까지 감면이 돼서, 투자자의 부담을 덜어 주기도 합니다."

그녀는 중요한 정보를 아꼈다 꺼내 주는 표정으로 양 어깨 뽕을 살짝 올렸다 내려가며 떠들었다.

"어머… 그러고 보니 다주택자로 잡히지 않는 오피스텔도 투자자들 사이에 경쟁이 심하다고 하던데요?"

우아한 전원숙은 언제 왔는지 가만히 듣고 있다가 한마디 툭 던졌다.

"맞습니다. 요즘은 세대 분리나 1인 가구 증가로 수요가 꾸준한 편이죠."

미모의 명정관은 알고 있다는 표정으로 끄덕였다.

"하긴 소형 아파트보다 저렴하고, 대출 한도가 높은 편이라 진입 장벽도 낮은 편이라고 들었습니다."

속 알머리 봉상관은 가만히 듣고 있다가 넌지시 한마디 거들었다.

"하지만, 관리비나 월세가 비싸서 위치 선정이 상당히 중요한 물건이기도 합니다. 또한 새로운 규제로 주택용 오피스텔은 다주택자들에게는 입주권이나 분양권처럼 주택에 포함시켜 세금폭탄을 맞고 있는 시대라는 것을 아시고 접근하셔야 합니다."

미모의 명정관은 오피스텔의 단점을 이것저것 끄집어내서 까발렸다. 그러고는 그녀는 가만히 고개를 흔들었다.

"물론 업무 지구 중에서도 직장인들이 선호하는 역세권 부근에 위치한 오피스텔을 낙찰받아야 유리합니다. 그리고 우리 같은 베이비부머들에게 노후생활비 조달 물건으로도 적당하다고 봅니다. 속 알머리 봉상관은 고개를 끄덕거리며 맞장구를 쳤다.

"호호! 그리고요, 낡은 오피스텔은 임차인이 꺼려서 5년 이내 신축을 노려야 잘 나갑니다. 참! 이왕이면 복층을 선택해야 한결 유리하답니다."

우아한 전원숙은 중요한 지적을 하듯 말하고는 뿌듯한 얼굴로 그들을 일일이 둘러보았다. 그녀는 한동안 도회적인 안혜숙과 어울려 재개발과 재건축 경매 물건을 입찰 보러 다녔었다.

그러나 수익을 제대로 건지지 못해 시간이 날 때면 틈틈이 오피스 시장과 분양 시장에 들러 미분양 물건을 챙기러 다녔다. 그녀는 미달 사태를 빚은 지역(수도권) 가운데 수익이 날만 한 아파트를 청약 통장도 없이 무순위로 '줍줍(줍고 또 줍는다)' 빨아들여 재미를 보고 다녔었다.

현찰을 싸 가지고 올라온 지방 부자들이 급매 나온 강남 아파트를 싹 쓸어 담듯이 이들도 활개를 치고 다녔다.

이들은 세금 따위는 아랑곳하지 않는다.

왜냐하면 나온 만큼 벌어들인 수익에서 내겠다는 배짱이었다.

요즘은 투기 지역, 투기 과열 지역, 투기 조정 거래 지역을 벗어난 비규제 지역[청약 조건: 다주택자, 세대주, 세대원 모두 가능, 청약가입기간 현지 거주 6개월 이상, 타 지역 거주 1년 이상(지역 면적별 예치금 충족) 재당첨 제한 없음, 집값 최대 70% 융자가능, 6개월 뒤 분양권 전매가능(수도권 자연보전권역에 한함)]이 풍선효과를 톡톡히 발휘하고 있었다.

정부의 규제를 비웃기라도 하듯 공시지가 1억 원 미만 수도권 분양 아파트와 인기 있는 지방아파트가 연일 상승 가도를 달리고 있다. 저금리에 풍부한 유동성과 집값 상승은 연일 화폐 가치를 바닥으로 끌어내리고 있었다.

이에 놀란 무주택 서민들은 집값을 잡겠다는 정부 정책을 신뢰할 수 없다며, 고금리로 대출을 받아서라도 주택구입에 불나방처럼 달려들고 있었다. 집값이 한 달 사이에 수억 수천만 원씩 뛰고 있는 세상이다 보니, 이들은 손 놓고 하늘만 쳐다볼 수 없다는 것이었다.

장안에는 증여받거나 빚을 내서라도 부동산부터 장만하겠다는 패러다임이 요즘 대세이고 보니 벼락 거지가 되고 싶지 않은 젊은 세대들도 어쩔 수 없는 모양이다. 지금의 청년 세대는 내가 사면 투자고 남이 사면 투기 세상에 살고 있는 줄 모른다.

약자를 위한 규제와 평등이 유토피아가 아닌 독이든 성배가 되어 디스토피아로 돌려주는 요즘 세상이다.

차라리 자유를 규제하는 법치 사회 보다 자유와 평등이 균등한 질서 사회가 이들이 바라는 세상일 것이다.

어찌 되었든 자유경제 자본시장은 규제와 더불어 다방구 놀이를 닮아 가고 있었다.

"헐…! 뭐 세상에 비밀이 없군요."

모던한 한옥경이 그 말을 받았다.

"베이비부머 세대들이 은퇴하면서 그쪽으로 상당하게 몰리는 모양이더라고요…?"

흰머리 윤편인도 슬쩍 끼어들었다.

"그럼 X 세대들은 어느 방향을 보고 있나요?"

뒤늦게 나타난 짱구 머리 나겁재도 가만있지 못하고 들이대듯 끼어들었다.

"글쎄? 모르긴 몰라도 남북 경제 벨트에 꽂혀 있지 않을까? 싶습니다."

흰머리 윤편인은 모두를 둘러보며 물밑에 가라앉은 지난 이야기를 가만히 들춰냈다.

"저는, 그쪽 세대들은 재개발 재건축에 쏠려 있다고 생각했는데 그것도 아닌 모양이죠?"

큰 머리 문정인은 해죽 거리며 고개를 갸웃거렸다. 그는 긍정도 부정도 없이 히죽 웃었다.

"혹시… 경제 벨트에 대해 뭐 아는 꿀 정보라도 있나요?"

얌전히 듣고만 있던 도회적인 안혜숙이 침묵을 깨고 물어 왔다.

그녀는 요즘 들어 재개발과 재건축 경매 물건에서 비규제지역을 제외하고 크게 재미를 보지 못하고 있었다.

다만 우아한 전원숙과 함께 투자한 미분양 아파트에서 작은 재미를 보고 있을 뿐이었다.

"왜요? 투자하시게요?"

둥근 머리 맹비견은 그녀를 살펴보며 빈정거렸다.

"아니요, 그것보다도 세상이 어떻게 돌아가는 줄은 알아야 흐름을 따라갈 것 아니겠어요?"

도회적인 안혜숙은 건치를 살짝 보이며, '그래 맹물 아저씨야, 어쩔래?' 하는 눈길로 쏘아보았다.

"허허허! 그렇긴 하죠, 아는 만큼 세상이 보이니까요."

속 알머리 봉상관은 긍정을 하듯 고개를 끄덕거렸다. 일부 회원들은 '그렇지, 알아야 면장도 하지…' 하는 표정을 짓고서 웃고 있었다.

"혹시… 3대 경제 벨트라는 소리를 들어 보셨습니까?"

흰머리 윤편인은 그녀의 눈을 마주 보며 물었다. 주변 사람들은 귀가 솔깃해서 이들을 쏘아보고 있었다.

자기가 모르는 색다른 꿀 정보라도 얻을까? 싶은 궁금한 눈길이었다.

"아하! 러시아나 중국 등으로 연결시킨다는 경협 벨트요?"

도회적인 안혜숙은 검은 눈동자를 반짝거리며, 뭔가 아는 척하고 나섰다. 그녀는 무슨 연유에서인지 유독 관심이 많은 얼굴이었다.

"예…. 환동해 경제 벨트는 러시아로, 환황해 경제 벨트는 중국으로 연결해 개발하다고 한참을 떠들었던 한반도 프로젝트 말입니다."

흰머리 윤편인은 모두를 향해 목청을 높였다.

삼각 머리 조편재는 '쳇! 이상 가족 상봉도 못 하고 있는데 어느 하세월에…. 아니, 그뿐인가? 젠장! 개성공단 중단에 폭파까지…. 게다가 금강산 관광 중단은 사람까지 죽었는데 그게 가당키나 할까?' 하며 그를 쏘아보았다.

"출발역은 어디인가요?"

우아한 전원숙은 흥미를 드러내며, 달달한 눈빛으로 물어 왔다.

"왜, 관심 있으세요?"

흰머리 윤편인은 밝게 웃어 가며, 다정한 눈길을 그녀에게 주었다.

"알아 둬서 나쁠 거야 없잖아요? 호호!"

그녀는 달콤한 눈빛으로 생긋 웃었다. 며칠전 그와의 뜨거운 밤을 보낸 뒤라 그런 건지, 그녀는 매혹적인 추파를 두 눈에 담고 있었다.

"아마… 환동해 벨트는 부산과 울산 그리고 북쪽은 청진과 원진, 나진이 될 것 같습니다."

흰머리 윤편인은 그녀를 달콤하게 바라보며 눈짓을 했다. 삼각 머리 조편재는 땅에 관한 얘기라면 자다가도 벌떡 일어나는 중독 수준이면서 괜히 못마땅한 척하며, '젠장! 그 지역은 핵무기 개발이 한창인데. 미친놈!' 하고 속살거렸다.

"그럼, 그쪽으로 자원, 에너지, 관광 벨트를 개발한다는 얘긴가요?"

큰 머리 문정인이 아는 척 끼어들었다. 그는 신문 기사나 방송을 통해서 대충 정보를 가지고 있는 눈치였다.

"아마… 통일이 된다면 그렇게 개발될 겁니다. 흐흐…."

흰머리 윤편인은 히죽 웃으며, 끄덕거렸다. 그는 반드시 그런 날이 올 것이라고 기대하는 눈치였다.

"그럼, 환 황해 경제 벨트는 어디를 개발하는 겁니까?"

짱구 머리 나겁재는 웬일인지 의외로 열띤 반응을 보이고 있었다.

그는 북한에 조상 대대로 물려 내려온 땅문서를 가지고 있는 눈치였다. 그러나 지금은 휴지조각에 불과할 뿐이었다. 아마 통일 이후에도 얼마의 효력을 발휘할지 누구도 모르지만, 아마도 국토 통일 특별법에 의해서 수용된 토지들은 정부에서 기득권을 우선으로 처리될 가능성이 농후하다는 것이다.

한마디로 꿈보다 해몽이 좋을지 모른다. 정보에 어두운 사람들은 지금도 북한 땅문서가 돈이 된다고 믿고서 거래가 이루어지고 있다는 풍문이 종종 들려오고 있다.

특히 남북 정상이 회담을 한다는 뉴스는 그들에게 좋은 먹잇감이 되곤 했었다.

"음… 우리 쪽은 수도권을 겨냥하는 것 같습니다."

흰머리 윤편인은 차분하게 말했다. 흥미가 당기는 일부의 회원들은 귀를 쫑긋 세워 듣고 있었다.

"그럼 위쪽은요?"

짱구 머리 나접재는 무척 홍미를 느끼며, 되물어 왔다.

"북쪽은 개성과 해주 그리고 평양과 남포, 아… 신의주도 계획에 포함되는 모양 같더라고요."

그는 장황하게 늘어놓고는 음료수로 목을 축였다. 갈증이 나는 모양이었다.

"그게 다입니까?"

삼각 머리 조편재는 새로운 사실을 더 알고 싶은 눈치였다. 그래서 그랬을까? 뒤늦게 관심을 드러냈다. 땅 투자에 일가견이 있는 그는 오래전부터 한반도가 통일이 되면 북쪽으로 건너가겠다며, 마음을 먹고 있었다.

그는 신도시나 혁신 기업도시 등으로 건설될 만한 토지 그리고 산업 단지로 개발될 지역을 선점해 자신이 먼저 깃발을 꽂겠다는 야심찬 구상을 하고 있었다.

그는 아마도 상전벽해를 꿈꾸며 통일이 오기만을 손꼽아 기다리고 있는 사람 중에 한 명인 줄 모른다.

그러나 '국론 통일보다 더 어려운 것이 남북통일이 아닌 가?' 싶다며, 때로는 한숨을 내쉬기도 했었다.

"아니요, 접경 지역 평화 벨트도 있습니다."

흰머리 윤편인은 고개를 가로저으며 그를 보았다.

"서해를 연결해서 뭘 실현한다는 겁니까?"

젤 바른 선정재는 의아한 눈빛으로 물어 오며, '자식들 도발이나 안 하면 다행이지…' 하고 웅얼거렸다.

"글쎄? 잘은 모르지만, 아마… 산업, 물류, 교통 등을 개발할 모양입니다."

그는 말로는 한발 빼면서도 입으로는 달관한 식견을 뽐내듯 까발리고 있었다.

젤 바른 선정재는 이미 알고 있었지만, 그가 뭐라 개수작을 떠드는지를 듣고 싶었다. 그래서 그는 빈정거리며 묻고는 '우라질 자식! 하여튼 아는 것은 더럽게 많네.' 하고 속살대며, 냉소를 머금고 있었다.

"그렇게 개발하는 이유가 있나요? 호호!"

우아한 전원숙은 그와 한 번이라도 눈을 더 맞춰 보고 싶은 생각에 이따금씩 질문을 물었다.

"이유요? 이유라…."

흰머리 윤편인은 고개를 돌려 그녀를 마주 보며 달콤한 눈빛으로 중얼거렸다.

"예…에, 호호!"

그녀는 웃음을 보이며, 곱게 손질한 손가락으로 입을 살짝 가렸다.

"음…. 한반도와 중국을 연결하는 경제 협력 지대를 건설해서 동북아 성장 시대를 열어 가자는 계획이겠지요? 흐흐…."

흰머리 윤편인은 달달한 눈빛으로 말하고는 실실 웃고 있었다.

"그럼, 나머지 벨트는 그 계획이 뭡니까?"

둥근 머리 맹비견은 깜빡이등도 켜지 않은 채 끼어드는 우라질 녀석처럼 불쑥 들이댔다.

　순간 우아한 전원숙은 눈살을 찌푸리며, 마땅찮은 듯 그를 쏘아보았다.

　"환경 관광 벨트를 개발한다고 합니다."

　흰머리 윤편인은 그의 행동을 아랑곳하지 않은 채 대답했다. 그는 비무장 지대가 세계에서 유일하게 자연 생태계를 보존하고 있는 청정 지역이라 믿고 있었다.

　그런 곳을 관광 자원으로 개발하겠다고 해서 자신조차도 한때는 어안이 벙벙했었다.

　"그래서 어떻게 개발시킨다는 겁니까?"

　짱구 머리 나겹재는 의아스러워 하며 먼저 물어 왔다.

　"아마… 비무장 지대에는 생태 평화 안보 관광 지구 및 통일 경제특구를 개발하지 않을까요?"

　흰머리 윤편인은 생각나는 대로 늘어놓았다.

　"가만히 얘기를 들어 보니 만약 실현이 된다면 부동산 시장에도 큰 지각 변동이 일어나겠습니다."

　삼각 머리 조편재는 남북이 연결되어 금융 자본과 물류 그리고 인적 자원이 오고 가는 거시적 자본시장을 상상을 하며 중얼거렸다. 그는 동물적 감각으로 돈 맥을 짚어 내는 안목을 가지고 있기에 대한민국이 아닌 한반도에 큰 그림을 그리는 상상의 설계도를 나름 펼치고 있는지 모른다.

　"주변 토지나 지역 가치가 상승해 기대 만발이겠습니다."

젤 바른 선정재도 미래 토지 시장의 흐름을 읽어내고, 자기 긍정을 하듯 끄덕거렸다.

그러나 지금의 대한민국 부동산 시장은 안개 속이라 장님이 코끼리를 만지는 형국이다.

다만 을사乙巳년(2025)부터 다가오는 기사己巳년(2049)까지 25년은 미래 세대에게 터닝 포인트가 되는 중요한 시기로 철저한 사전 준비가 필요한 세월이 될 것이다.

물론 부동산 시장은 한반도가 어떻게 전환하는가에 따라 그 속에 답이 있다. 다만 부동산은 인간의 삶 속에 녹아 있어 국지적으로 변화를 거듭할 것이다. 과거나 현재가 그랬던 것처럼 미래의 재테크도 부동산 조화에 달려 있는지 모른다.

왜냐하면 국가는 부동산을 정책 과제로 경기 부양 및 규제 수단으로, 정치가는 표심의 응집 수단으로, 개인은 삶의 안식처와 재산 축적 수단으로 삼아 왔던 먹잇감을 저버릴 수 없기 때문이다. 그래서 부동산에 대한 애착은 삶이 지속되는 동안 절대 놓지 못할 것이다.

그러나 여기서 짚고 넘어가야 할 것이 하나 있었다. 그것은 평생 주택을 소유하지 못하는 국민들이(주택을 소유했다가 상실한 자 포함) 국가 전체 통계적 수치에 의하면 평균 43%에 이른다고 한다. 그렇다면 삶을 사는 생의 길목에서 국민들은 평균 56~7%만이 내 집을 소유한다는 결론이 나온다.

여기에 부동산 시장의 핵심이 있지 않을까? 고민해 볼 필요가 있다.

정부나 지방자치단체가 공공 임대 주택 정책을 수립할 때 이러한 수치에 근거해 접근한다면 시장의 집값 인상은 국지적 입지에 따라 혹은 글로벌 경제 흐름에 따라 찰랑거리기보다 물가지수에 따라 오르내리지 않을까? 궁금해지는 대목이다.

흰머리 윤편인은 공급과 수요 그 흐름을 알면 시장이 보인다고 믿었다. 그는 집값을 안정시키는 열쇠는 공급과 투기수요 차단에 있다고 한때는 그렇게 생각을 했었다. 그러나 요즘 들어 너무 안일한 생각이 아니었나 싶었다.

왜냐하면 집값 인상은 풍부한 유동성과 저금리에 의해 편승하는 시장과 정책의 오판 그리고 규제에 의한 풍선효과 특히 공시지가 인상과 임대차 3법 등에서 역효과가 강력하게 나타났다는 것이다. 그래서 보유 세는 선진국 수준보다 현실에 맞는 대한민국 수준에 맞추고, 거래세는 후진국 수준으로 낮춰 출구를 열면 어떨까 생각해 보기도 했었다.

반면에 불로 소득은 걷어 들이는 만큼 소득세를 경감시켜야 시장이 안정된다고 논리를 비약시켜도 보았다.

하지만 부동산은 사람들의 심리에 의해 좌우되기에 시장의 움직임에 무게를 두고, 그 흐름을 잘 파악해야 전체적인 균형을 유지하지 않을까? 그는 진지하게 고민을 했었다.

그리고 혼자 사는 세대의 증가는 인구 및 부동산을 감소시킬 뿐 아니라 국가의 존망을 위협하는 핵심 코드로 방치할 수 없는 우리나라의 중요한 과제로 보았다.

하지만 그는 마지막에 이렇게 주절거렸다. '젠장! 누가 보면 대한민국 고민 보따리는 혼자 다 짊어지고 있는 줄 알겠네, 우라질 자식! 말이야…' 하고 그는 놀고 자빠져 있었다.

그즈음 벽시계는 정확하게 오후 다섯 시를 가리키고 있었다. 상구 머리 노식신은 축하연 행사를 위해 사회를 맡고 있었다. 그는 시간에 맞추어 축하객들에게 간단한 감사 인사를 드렸다.

그리고 시작된 첫 번째 순서는 사회자 노 총무 소개로 단상에 올라온 속 알머리 봉 회장이었다.

그는 앞자리에 내외 귀빈들과 장내를 가득 메워 주신 축하객들을 향해 가볍게 고개를 숙였다.

그렇게 시작된 봉 회장의 경과 보고는 그간의 진행 과정 설명과 함께 경매 입찰부터 분양을 마칠 때까지 동고동락을 함께해 준 모든 분들께 대박의 공을 돌렸다.

그는 간단한 감사 말씀으로 답례를 마치고, 곧바로 단상을 내려왔다.

그리고 다음 소개가 이어지면서 지자체 단체장을 비롯해 지역 인사 몇 분이 차례로 단상에 올라갔다. 이들은 분양 성공을 축하한다는 답사와 더불어 자신의 치적을 기리며, 따분한 연설을 늘어놓기 시작했다. 대부분 그간의 공적과 업적을 고루 섞어 우라질 봉사와 희생인 양 한껏 거들먹거리다 내려왔다.

마지막으로 부동산 대학원 초청 인사로 나 경매 교수의 축사가 있었다.

그리고 악단 연주에 맞추어 초대 가수의 공연과 함께 축하 연회가 이어졌다. 분위기가 무르익자 상구 머리 노식신은 장내에 계신 모든 축하객들께 잔을 들어 건배해 달라는 부탁을 드렸다.

순간 '쟁그랑!' 유리잔 부딪치는 맑은 소리가 사방에서 울려 퍼졌다.

그렇게 여흥이 시작되자 공사에 다망하신 지자체 단체장과 지역 인사들은 어느 순간 자취를 감췄다. 이들은 한잔 술을 마시고, 잽싸게 돌아갔다. 어느 서방질을 하는 화냥년 시집 다니듯 삐죽 얼굴만 내밀고 사라진 것이다.

장내에는 돈 사랑 회원들과 축하객들이 어울려 계속 연회를 즐기고 있었다.

그즈음 사발 머리 나 교수는 자신에게 경매 수업을 받은 수강생들이 현업에서 나름 성공을 거두는 광경을 직접 목격하자, 그는 청출어람이 생각난 듯 감회가 새로웠다.

그는 성취감에 도취되어 가슴 깊이 차오르는 벅찬 기쁨을 한잔 술로서 만끽하고 있었다.

그래서 그랬을까? 제자들이 따라주는 술잔을 마다하지 않았다.

그러나 그는 연회가 한참 무르익어 가는 도중에 잘 먹지 못하는 술기운을 이기지 못한 채 이만 돌아가야겠다며 연회장을 빠져나갔다.

그 소식을 들은 흰머리 윤편인은 얼른 쫓아나가 사발 머리 나 교수를 배웅해 드렸다. 그는 분양 성공의 근원을 부동산 경매 지식을 전수해 준 나 교수에게 있다고 보았다. 그래서 이번 프로젝트 성공의 일등 공신을 그로 지목했다.

부동산 경매에 눈을 뜨게 도와준 은사에 대한 작은 보답이라도 해야 되겠다는 마음은 돈 사랑 회원 모두를 움직였다. 그래서 작은 선물을 준비했지만, 그 속에는 돈 사랑 회원들의 갸륵한 마음이 담겨 있었다.

그렇게 이들이 준비한 감사의 선물을 흰머리 윤편인이 직접 나서 그에게 챙겨 주고 돌아왔다.

사발 머리 나 교수가 돌아가고, 흰머리 윤편인이 다시 합석을 하자, 술자리는 점점 무르익어 갔다. 남아 있던 회원들 중에 누군가 다시 한번 축하를 하자며 소리를 질렀다.

그 소리에 흥이 오른 흰머리 윤편인은 모두를 둘러보며 주절거렸다.

"자… 자! 이제 교수님과 축하객들은 다 떠나시고, 우리 돈 사랑 회원들만 남은 것 같은데, 새롭게 잔들 채우시고, 돈 사랑을 위해 제대로 건배를 한번 해야죠?"

그는 성공리에 마친 분양을 다시 한번 축하를 하자며, 목소리를 높였다.

그 순간 여성 회원들은 우아한 전원숙을 비롯해 모두가 붉게 타오르는 얼굴로 건배를 외쳤다.

"허허허! 그래요, 모두들 이렇게 참석을 해 주셔서 정말 감사를 드립니다."

속 알머리 봉상관은 밝게 웃어 가며, 말하고는 이렇게 다시 주절거렸다.

"제가 '돈 사랑'을 외치면, 여러분이 '분양 성공'을 외쳐 주시길 바랍니다."

그는 만면에 가득 웃음을 보이며, 건배사를 주문했다. 흰머리 윤편인을 비롯한 나머지 회원들은 그를 주시하며 잠시 기다렸다.

"돈 사랑!"

속 알머리 봉상관은 술잔을 높이 올리고, 목청껏 외쳤다. 그 순간…

"분양 성공…!" 하는 외침이 장내에 울려 퍼졌다. 이들은 다 함께 목청껏 외치고 "우우!" 함성을 질렀다.

동시에 회원들은 술잔을 높이 치켜들어 '쨍! 쟁그랑!' 서로에게 유리잔을 힘차게 부딪쳤다.

그렇게 뜨거워진 분위기는 술기운이 거나하게 오르자, 남녀의 눈빛은 이글거리고 낯빛은 석양의 노을처럼 붉게 물들어 갔다.

돈 사랑 회원들은 5500억 원 분양 대금을 거머쥔 이번 프로젝트가 경매의 끝이 아니라고 외치고는 흥취가 고조되어 목청들이 점점 높아져 갔다.

그 가운데에 흰머리 윤편인은 부동산이야말로 지구가 공전과 자전을 계속하는 한, 아니 인류가 살아서 존재하는 동안 영원한 테마이자 동반자라며, 인간들은 부동산 시장을 벗어나서 살 수 없는 주거의 노예이자 정복자라고, 소리소리를 질러 댔다.

그러고는 돈 사랑 발길이 미치는 곳이라면 전국 구석구석을 찾아다닐 거라며, 굶주린 승냥이처럼 으르렁거렸다. 그러나 고래고래 술고래도, 소리를 지르던 이들도, 밤이 까무러치고, 어둠이 걷힐 무렵 가족을 그리워하듯 각자의 목적지로 뜨거운 발길을 돌렸다.

준공 허가와 사용 승인

그로부터 어느덧 2년 3개월이란 세월이 더디고 빠르게 격동 속에서 흘러갔다. 대박 시공사의 힘들었던 공정은 거의 마무리가 되어갔다. 주상복합아파트 건축은 중간에 온갖 격랑의 모진 세월과 많은 애로 사항이 있었지만, 다행히도 무사히 잘 넘길 수 있었다.

그리고 얼마 후….

공사에 대한 준공 허가를 받기 위해 흰머리 윤편인과 큰 머리 문정인은 허가권자를 발바닥에 땀이 나도록 찾아다녔다.

그러나 담당 공무원들은 이런저런 구실을 가져다 붙이며, 시일을 차일피일 미루고 있었다. 한마디로 뒷돈을 챙겨 달라는 그들만의 암묵의 시위였다. 윗사람 선물값과 점심값 정도는 말을 안 해도 알아서 챙겨 달라는 눈치였다.

이들은 상납을 노골적으로 요구하거나 직접적으로 강요하지는 않았다. 다만 보이지 않는 검은 커넥션처럼 살살 뉘앙스를 풍기면서 같이 나눠 먹고 살자는 그들만의 숨겨진 개수작이었다. 결국 그들의 뱃속을 채워 주고 나서야 겨우 준공 허가가 떨어졌다.

그 소식을 접한 명 건축사는 설계도에 따라 공사를 진행했는지, 감리 업무를 철저하게 수행하고 다녔다. 감리를 끝낸 그는 만족한 표정으로 준공감리조서를 작성해 보고를 마쳤다. 그리고 달반이 지난 후에 주상 복합 아파트 사용 승인이 떨어졌다.

이날을 손꼽아 기다리고 있던 짱구 머리 나접재와 둥근 머리 맹비견은 다른 회원들과 달리 횡재를 만난 얼굴로 남몰래 만세 삼창을 불렀다. 이들은 지주 작업에서 챙겼던 호재를 다시 만난 낯짝으로 활발하게 움직였다.

관리 질서 파괴자

그러고는 발 빠르게 움직여 관리 사무실을 비롯해 모든 관리 업무 일체를 송두리째 장악하기 시작했다. 관리비부터 주상 복합 아파트와 관련된 각종 이권 사업들을 낱낱이 파악해 떡국물이라도 떨어지는 곳은 마치 감초처럼 어김없이 파고들었다.

이들이 벌이고 있는 개수작하고는 상충되는 이야기지만 요즘 장안에 핫한 야바위꾼들의 예를 하나 들어 보면 이렇다. 그들이 전문적으로 노리는 곳은 되도록 세대수가 많고, 장기수선 충당 금액이 몇 십억대로 누적된 18~20년 이상 된 노후 아파트였다.

왜냐하면 오래되고 낡은 아파트일수록 교체해야 할 공사 건수가 산적해 있기 때문이었다. 그들은 공사비가 수억 원을 호가하는 거래에서 검은 돈을 노리고, 먹자 덤벼드는 것이다. 망할 놈의 야바위꾼들의 목적은 한마디로 리베이트에 있었다. 이들을 일명 관리 질서 파괴자라고 칭한다.

놈들은 선량한 주민들을 선동해 안녕과 질서를 파괴하고, 기존의 입주자 대표 및 운영 위원들을 도덕적 해이에 빠진 파렴치한 도둑놈으로 몰아세운다.

이유를 모르는 주민들은 야바위꾼들이 내세운 선동자와 합세해 평소에 입주자 대표 및 운영 위원들에게 불만을 품은 입주자를 가세시켜 규모를 키우고는, 확장된 세력을 앞세워 기존의 질서를 파괴하는 것이다.

그들의 공작에 말려든 입주자 가운데 민형사상 책임을 짊어진 책임자는 혼자 독박을 쓰는 데 반해 놈들은 뒷돈만 챙기는 개수작으로 자신들의 배만 불리고 떠나가는 것이다.

그러나 이들과 달리 짱구 머리 나겁재와 둥근 머리 맹비견은 입주자 대표 회의가 발족될 때까지 어깨 뽕에 힘을 주고, 찾아오는 업자들로부터 감칠맛 나는 떡값을 남모르게 챙기고 있는 것이었다.

사업의 뒷자리

돈 사랑 회원들 가운데는 지분에 대한 수익률 외에도 이렇게 의외의 불로 소득을 제법 올린 회원들이 더러 있었다.

불로 소득의 대표 격인 삼각 머리 조편재와 젤 바른 선정재는 자금 융통 과정에서 수수료와 시공사 리베이트를 챙겨 회원들 가운데 최고의 뒷주머니를 불렸었다.

속 알머리 봉상관과 그 일행은 분양 대행사를 창립해 초대박 분양을 내면서 노력의 대가로 적지 않은 수수료를 벌어들였다.

반면 흰머리 윤편인과 큰 머리 문정인은 시행회사 법인을 등록하고, 각종 관공서와 대인관계 과정에서 돈 대신 내공을 체득하는 것으로 특별 보상을 받았다.

그렇게 돈 사랑 회원들은 자신들의 능력을 발휘해 다양한 경험을 체험하면서 소득을 벌어들였다. 전체적으로 이들을 살펴보면, 경매 낙찰과 지주 작업 그리고 분양 사업을 성공적으로 결합시켜 거금 5500억 원에 조금 못 미치는 총 매출액을 달성한 것이다.

영업 이익은 손익 분기점을 넘어섰고, 순이익은 잉여금(기업의 자산 가운데 법률로 정해진 자본금을 넘는 금액)을 자본 잉여금과 이익 잉여금으로 나눠 결산을 마쳤다.

이들은 첫 사업에서 우연처럼 행운이 찾아들어 한 방에 대박을 쳤었다.

다만, 분배하는 과정에서 지분의 수익은 투자 자본을 비례했다. 그래서 개별 차익금은 각자가 천차만별이었다.

그래도 각종 세금(법인세 소득세 등)을 공제하고도 수십억 원이라는 황금 보따리를 챙길 수 있었다.

결실의 열매는 하고자 하는 마음들이 모여서 이루어낸 협동 정신이었다. 다만 누구나 다 마음먹은 대로 행운이 따라 주지 않는다는 것을 흰머리 윤편인은 잘 알고 있었다.

왜냐하면 그는 사주팔자가 운명을 결정한다고 믿지 않았다. 다만 타고난 숙명에 순환하는 대세월일 기운이 융·복합 작용을 거쳐 마지막 시운을 결정한다고 추정했다.

그리고 세월이 흐른 어느 날….

흰머리 윤편인은 한동안 소식이 뜸했던 그녀에게 한 통의 연락을 받았다. 그녀는 주택 규제를 피해 건물(꼬마빌딩) 입찰 문제로 몇 가지 상의할 일이 있다며, 잠깐 얼굴을 보자고 했다.

그래서 흰머리 윤편인은 자신이 건축하고 그녀가 살고 있는 스카이 브리지 라운지 트윈빌딩으로 약속 장소를 정했다.

미리 도착한 그는 스카이 브리지 라운지 럭셔리 소파에 파묻혀 아메리카노 커피를 즐기며 그녀를 기다렸다.

그러다 황홀한 야경 속으로 빠져 들은 그는 지나간 일들을 떠올리며 한동안 회상에 잠겨 있었다. 뒤늦게 도착한 그녀를 의식했지만, 그는 미동도 하지 않은 채 진한 커피 향을 음미하고 있었다.

그는 깊은 상념에 빠져 있는 눈동자로 다가오는 그녀의 모습을 지그시 바라보다가 문득 인간은 이로우면 찾아오고, 해가 되면 떠나가는 이해의 저울추라는 생각을 떠올렸다.

세상은 지금 서양의 변증법적 유물론처럼 경제적 물질 만능 시대에 집착해 휴머니즘의 근본마저 희미해져 버린 황금만능 시대에 살고 있는 것이다.

물론 하원 갑자 시대(1984)는 그런 문화가 창궐해 유통되는 기운이 강하다고 하지만, 상원 갑자 시대(2044)로 회귀하면 종교와 조상 등 사람을 지향하는 동양의 정신적 문화가 다시 회복될 것이라며, 흰머리 윤편인은 세상 쓴 커피를 삼키고 있었다.

끝

독립운동가 김돈金墩

■ 김돈(1887. 9. 12.~1950)

경북 의성 춘산면 금천리 814번지 출생.

항일운동 단체, 독립운동 단체 신민부新民府에 몸담았다.

저자의 외조부로, 2002년 건국훈장애국장을 서훈받았다.

27세 때 아호 '농속膿俗' 김돈의 외침과 업적

난세에 "내가 할 일은 나라를 구할 일밖에 없다."라며 가산을 정리해 북만주로 향했다. 일본 제국주의 타도와 민족 해방운동에 앞장섬과 동시에 한민족 농민조합 운동과 재만 한인의 귀화권 등 법적 지위 향상에 전력했다.

1925년 김좌진 장군 등과 함께 신민부를 결성하고 중앙 집행위원 심판부위원장審判部委員長으로 활동했다.

1926년 국민당과 연계하여 동북 혁명군을 조직하고 직접 전투에 참여했다.

1928년 신민부 계파 중 민정파에서 활동 4월 국민부 결성 교통위원에 선임되었다.

1929년 4월 결성되어 남만주 일대를 관장했던 국민부 창립 대회에서 외무담당 위원을 맡았다.

같은 해 9월에는 길림吉林에서 국민부의 정당으로 결성된 조선 혁명당의 중앙 집행 위원에 선임되었으며 조선혁명당이 조직한 길흑 특별회의 특별 위원에 선임되어 활동했다.

해방 후 1946년 1월 임시정부 비상정치회의 주비회의에 조선혁명당 정당대표로 참여, 2월 비상 국민회의에 후생위원으로 활동. 또 같은 해 12월부터 1948년 5월까지 과도임시정부 관선입법의원으로 활동하며 대한민국 건국에 크게 기여했다.

1950년 6·25 동란 겨울 인민군에 의해 납북되어 굶주림과 추위 등에 의해 사망했다.